LES CHAISES
ET AUTRES PIÈCES

THÉÂTRE COMPLET
D'EUGÈNE IONESCO

2

尤内斯库
戏剧全集

椅子

2

[法]欧仁·尤内斯库 著　宫宝荣 黄晋凯 屠珍 梅绍武 谭立德 杨志棠 译

上海译文出版社

目　　录

椅 子

悲剧性闹剧

黄晋凯　译

人物表

老头儿　九十五岁　　　保罗·谢瓦利耶

老太太　九十四岁　　　齐莉娅·切尔顿

演说家　四十五到五十岁　西尔万·多姆

以及许许多多其他人物

《椅子》，悲剧性闹剧，一九五二年四月二十二日在朗克里剧院首演。导演西尔万·多姆，布景雅克·诺埃尔。

一九五六年二月和一九六一年三月，在香榭丽舍剧院再度上演。导演雅克·莫克莱本人饰演老头儿，齐莉娅·切尔顿饰演老太太。

布　景

环形墙壁,凹陷至舞台深处。

这是一间几乎没有什么摆设的大厅。台右,靠台前是三扇门,然后是一扇窗,窗前有一把凳子,过去又是一扇门。舞台深处的弧顶,是一双扉大门;凹陷的大门,两侧是面对面的两扇小门,这两扇小门,或至少其中之一,是观众看不见的。台左,也是靠台前有三扇门,然后是一扇窗,一把凳子,与台右的窗户相对称。然后是一块黑板和一个讲台。为更明白,请看下图:

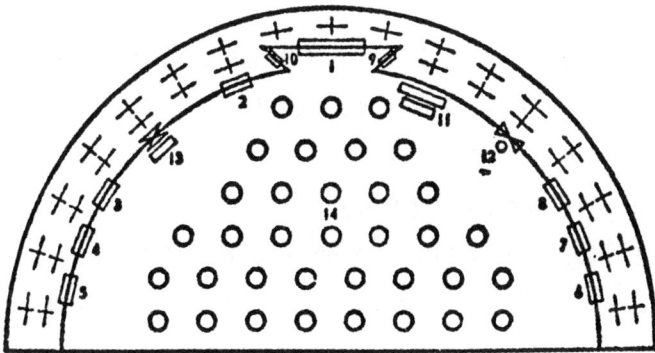

1. 舞台深处的双扉大门　　　2.3.4.5. 右侧门
6.7.8. 左侧门　　　　　　　9.10. 凹陷处隐蔽的门
11. 讲台和黑板　　　　　　 12.13. 左侧和右侧的窗户,及凳子
14. 空椅子　　　　　　　　 ＋＋＋走廊(幕后)

靠台口,紧挨着有两把椅子。

天花板悬吊下一盏煤气灯。

〔幕启:光线半明半暗。老头儿蹬着凳子趴在左边窗口上。老太太点亮煤气灯。光线发绿。老太太走过去拽老头儿的衣袖。

老太太　来吧,我的小乖乖,快关上窗户,死水的味儿好臭,蚊子也都进来了。

老头儿　让我安静会儿!

老太太　来吧,来吧,小乖乖,来坐下吧,别趴着了。你会掉水里的。你知道弗朗索瓦一世的事吧。你得当心点。

老头儿　又是历史典故!我的小屎蛋,我对法国历史已经厌倦了。我想看看,阳光下小船在水面上留下的痕迹。

老太太　你看不见的,现在是晚上,没有太阳,小乖乖。

老头儿　还有影子。

〔他使劲向外倾身。

老太太　(用全力拽他)啊!……你吓死人了,小乖乖……快坐下吧,你看不见的。别白费劲了,天都黑了。

〔老头儿无奈地被拽了下来。

老头儿　我想看看,我太爱看水了。

老太太　你怎么能这样呢,小乖乖?……我可是头昏脑涨的。啊,这房子,这孤岛,我可总也习惯不了,周围都是水……窗户下面就是水,一望无际都是水。

〔老太太拽着老头儿走向台前的两把椅子;老头儿很自然地坐在老太太的大腿上。

老头儿　刚六点钟……天就全黑了。你记得吧,过去可不是这样;晚上九点、十点,甚至十二点,天还是亮的。

老太太　多半是吧,记性真好!

老头儿　现在可全变了。

老太太　依你说,怎么会这样?

老头儿　我不知道。塞米拉米斯,我的小屎蛋……可能是因为越走陷得越深。也可能是因为地球总在转,转,转,转……

老太太　转,转,我的小乖乖……(静场)啊,真的,你实在太聪明了,你就是个天才,我的乖乖。要是你愿意的话,要是在生活中你哪怕有一点儿雄心壮志,你就能成为总统头儿,国王头儿,甚至是大夫头儿,统帅头儿……

老头儿　这对咱们有什么好处呢? 咱们并不会因此而活得更好……而且,咱们的处境不错,既然我是看门人,我就是这些房子的统帅嘛。

老太太　(像抚摸孩子似的抚摸老头儿)我的小乖乖,我的小宝贝……

老头儿　我烦透了。

老太太　你刚才看水的时候,不是挺开心的吗……为了解闷儿,像那天晚上那样,你装着玩儿吧。

老头儿　你装吧,该轮到你了。

老太太　该你了。

老头儿　该你。

老太太　该你。

老头儿　该你。

老太太　该你。

老头儿　请喝茶吧,塞米拉米斯。

　　　　　〔显然,并没有茶。

老太太　来吧,你装装二月的样子。

老头儿　我就不喜欢一年里的这些月份。

老太太 可眼下,没别的可装啊。凑合吧,就算是给我逗逗闷子……

老头儿 好吧,这就是二月。

〔他像斯坦·劳莱①那样抓耳挠腮。

老太太 (笑,鼓掌)是这么回事儿。谢谢,太谢谢了,你真太可爱了。我的小乖乖。(亲吻他)噢,你可真是天才,要是你愿意,你至少能当个统帅头儿……

老头儿 我是看门人,是这些房子的统帅。

〔静场。

老太太 给我讲个故事,你知道的,那个故事:"那时,我们笑了……"

老头儿 还讲那个? 我烦了……"那时,我们笑了"? 还是那个故事……你总让我重复一件事情! ……"那时,我们笑了"? ……可这多单调啊……咱们结婚七十五年来,每天晚上,没错,绝对是每天晚上,你都让我讲同一个故事,让我模仿同样的人物、同样的月份……一成不变……咱们说点儿别的吧……

老太太 我的小乖乖,我可没烦……这就是你的生活,它使我热血沸腾。

老头儿 你都能倒背如流了。

老太太 记得快,忘得快……每晚我都有一种新的心态……是的,小乖乖,我是有意的。我吃泻药……对你来说,乖乖,每晚我都变成了一个新人……来吧,开始吧,我求你啦。

老头儿 要是你愿意。

老太太 开讲吧,讲你的故事……也是我的故事。你的就是我的:"那时,我们到了……"

老头儿 "那时,我们到了……"我的小屎蛋。

老太太 "那时,我们到了……"我的小乖乖。

---

① Stan Laurel(1890—1965),英国喜剧演员。

老头儿 "那时,我们到了一个大栅栏旁,浑身湿透,冻入骨髓,一连几个小时、几个白天、几个晚上、几个星期……"

老太太 "几个月……"

老头儿 "……一直淋在雨里。咱们的耳朵、脚丫子、膝盖、鼻子、牙齿,都冻得咯咯直响……这事儿有八十年了。他们就是不让咱们进去……他们至少可以打开花园的门……"

〔静场。

老太太 "花园里的草是湿的。"

老头儿 "有一条小路通向一个小广场;广场中央,有一座乡村小教堂……"这村子在哪儿? 你还记得吗?

老太太 不,小乖乖,我不记得了。

老头儿 路在哪儿,咱们怎么到的那儿? 我想,这地方叫作巴黎。

老太太 巴黎,它从来就没有存在过,小东西。

老头儿 既然这座城市已经毁灭了,那它肯定存在过;这座城市肯定是座光明的城市,既然它四十万年前就熄灭了,漆黑一片……今天只剩下一首歌,别的什么都没有了。

老太太 一首真正的歌吗? 太奇怪了。什么歌?

老头儿 摇篮曲,讽喻诗:《巴黎将永远是巴黎》。

老太太 到那儿去要经过花园吗? 远吗?

老头儿 (梦幻、迷茫)那首歌? ……那场雨? ……

老太太 你真是天才。要是在生活中你有一丁点儿雄心壮志,你就能成为国王头儿,记者头儿,演员头儿,统帅头儿……所有这些,都掉进洞里了,那个漆黑的大洞……我跟你说,黑洞。

〔静场。

老头儿 "那时,我们到了……"

老太太 哦,对,接着说。……讲吧……

9

老头儿 （老太太开始轻轻地傻笑，渐渐变为哈哈大笑，老头儿也跟着笑）"那时，我们笑了，笑得肚子都疼了，那故事多么滑稽……一个坏蛋飞快地跑来，亮着肚子，吃得饱饱的肚子……他带来装满大米的一个箱子，大米撒了一地……坏蛋跑得很快，也摔在了地上……那时，我们笑，我们笑，怪怪的肚子，一地大米，箱子，装着大米的箱子摔在地上，光着的肚子，一地的大米，那时，我们笑，坏蛋光着屁股来到，我们笑……"

老太太 （笑着）"那时，我们笑那个坏蛋，光着屁股到来，我们笑，箱子，装米的箱子，装进肚子的米，撒了一地……"

两个老人 （一起笑着说）"那时，我们笑。啊！笑……到……啊！……啊！笑……到……坏蛋光着肚子……带着大米到……带着大米到……（大家能听到的）那时，我们有……光肚子……到……箱子……（二人渐渐平静）我们有……啊！……到……啊！……到……啊！……到……去……笑。"

老太太 就是这样的，你著名的巴黎的故事。

老头儿 谁能讲得更精彩呢。

老太太 噢！你真是，小乖乖，好吧，啊！你真是，你知道，真是，真是，你这一生肯定能成个什么人物，绝不仅仅当个房子统帅。

老头儿 咱们谦虚点儿……就知足吧……

老太太 你多半把你的才能给毁了？

老头儿 （突然哭泣）我把才能给毁了？我把才能给断了？噢！你在哪儿？妈妈，妈妈，你在哪儿，妈妈？……呜，呜，呜，我是一个孤儿。（呜咽）……孤儿，苦儿……

老太太 我和你在一起，你害怕什么呢？

老头儿 不，塞米拉米斯，我的小屁蛋。你不是我的妈妈……孤儿，苦儿，谁来保护我？

10

老太太　我在这儿呢,我的小乖乖!……

老头儿　这不是一回事儿……我要妈妈,那,你不是我的妈妈,你……

老太太　(抚摸他)别哭了,你把我的心都哭碎了,小宝贝。

老头儿　呜,呜,别管我;呜,呜,我整个给毁了;我难受,我的才能让我难受,我的才能全断了。

老太太　你安静点。

老头儿　(像婴儿似的张着大嘴哭)我是孤儿……苦儿。

老太太　(尽力安慰他、哄他)我的孤儿,我的乖乖,你让我太伤心了,我的孤儿。

　　　　　〔老头儿又坐到老太太腿上,老太太摇哄他。

老头儿　(哭泣)呜,呜,呜,我的妈妈! 我的妈妈在哪儿? 我没妈妈了。

老太太　我是你老婆,现在,我就是你妈妈。

老头儿　(稍好一点)这不是真的,我是个孤儿,呜,呜……

老太太　(一直摇着他)我的乖宝宝,我的孤儿,苦儿,雏儿,傻儿,孤儿。

老头儿　(还在赌气,但逐渐舒缓)不……我不愿意,我……不……不愿……意。

老太太　(轻声哼唱)孤儿嘿,雏儿啦,傻儿,苦儿啦。

老头儿　不……不……不。

老太太　(同前)嘿啦啦,嘿啦咧,雏儿哩,雏儿嘿,哩格楞,傻儿哩,哩格楞……

老头儿　呜,呜,呜,呜(抽泣,渐渐平静)她在哪儿,我的妈妈?

老太太　在鲜花盛开的天堂……她在花丛中听着你,看着你。你别哭了,你把我也弄哭了!

老头儿　这也不是真……的……她看不见我,听不见我。我这一生都是孤儿,你不是我妈妈……

11

老太太　（老头儿几乎完全平静）瞧,安静点,别这么激动……你有很多很多才能,我的小统帅……擦干你的眼泪,今晚客人们准会来的,别让人家看到你这副样子……不是一切都完了,不是一切都没了,你要对他们和盘托出,解释清楚……你掌握着信息……你总说你要把它说出来……为此必须要活下去,要为你这信息而斗争……

老头儿　我掌握着一个信息,你说得对,我要斗争,这是使命,我肚子里藏着秘密,一个要告诉全人类的信息,告诉全人类……

老太太　我的乖乖,告诉全人类你的信息!……

老头儿　是这样,这是真的,真的……

老太太　（给老头儿擦鼻涕眼泪)是这样……你是一个男子汉,一个战士,一个房屋统帅……

老头儿　（从老太太的腿上站起,用碎步踱步,激动)我可与众不同,我这一生有理想。我多半是个天才,像你说的,很有天赋,可过得并不顺当。我出色地完成了房屋统帅的职责,始终忠于职守,秉公办事,这就足够了……

老太太　对你来说可不够,你与众不同,你要伟大得多,要是你能和大家一样,和大家和睦相处,你肯定会做出更多事情来。可你和所有的人都吵架,你的朋友们,你的头头们,你的统帅们,还有你的兄弟。

老头儿　这不是我的错。塞米拉米斯,你很清楚,他说了些什么。

老太太　他说什么啦?

老头儿　他说:"我的朋友们,我有个跳蚤,我想看看您去,为的是把跳蚤留给你们家。"

老太太　有这么回事,我亲爱的。可你没必要太当回事儿,卡雷尔呢,你干吗跟他生气,这也是他的错?

12

老头儿 你要让我发火了,真要让我发火了。呐,当然是他的错,一天晚上他来了,他说:"我祝你们好运,我本该对你们说一个能带来好运的词儿,我就是不说,我只想着它。"说完就像头小牛那样哈哈大笑。

老太太 他是个好心人,我的乖乖,在生活里,别太神经过敏了。

老头儿 我不喜欢这类玩笑。

老太太 你本来可以成为海军头儿,木匠头儿,交响乐团的头儿。

〔长时间静场。他们僵直地坐在椅子上,有顷。

老头儿 (如梦)"这是在花园的尽头……那儿是……那儿是……那儿是,是什么来着,亲爱的?"

老太太 巴黎城!

老头儿 "在巴黎城的尽头,尽头的尽头,那儿是……那儿是……"是什么来着?

老太太 我的乖乖,是什么,我的乖乖,是谁?

老头儿 是一块地方,天气十分美妙……

老太太 你认为天气很好?

老头儿 我记不得那个地方了……

老太太 那就别折磨自己啦……

老头儿 这太遥远了……我已经想不起来了……那是什么地方?

老太太 你说什么呢?

老头儿 我说这……俺说那……那是什么地方? 是谁?

老太太 甭管那是什么地方,我跟你走遍天涯,我跟你走,小乖乖。

老头儿 啊! 我怎么说得那么费劲啊……我一定得把什么都说出来。

老太太 这是你的神圣义务,你没有权利不说出你掌握的信息,你必须把这信息告诉人们,人们在等着呢……整个宇宙都等着你发话。

13

老头儿 是啊,是啊,我要说。

老太太 你决定了吗? 一定得说。

老头儿 喝你的茶吧。

老太太 你要是在生活里意志更加坚定,肯定能成为演说家头儿……真骄傲,我真高兴,你终于决定对所有国家、对整个欧洲、对所有大陆讲话了!

老头儿 可是,我说得太费劲了,要说清楚,可真不容易。

老太太 万事开头难,就像生和死一样……一旦决定就好了。大家都是这样,边说边找到思想,找到语言,我们也是在自己的语言里才找到自己的,城市、花园都一样,我们多半可以找回一切,我们也就不再是孤儿了。

老头儿 我不打算自己去说,我要让一个职业演说家以我的名义去说,你瞧好吧。

老太太 那好啊! 定的就是今天晚上吗? 你把该请的人都请了吗? 所有的大人物,所有的大财主,所有有学问的人?

老头儿 都请了,所有的大财主,所有有学问的人。

〔静场。

老太太 保安,主教,化学家,烧锅炉的,拉提琴的,代表们,总统们,警察们,商人们,房子们,钢笔杆们,染色体们? 所有这些都请啦?

老头儿 是啊,是啊,邮递员们,客栈老板们,艺术家们,凡是知书达理的,有钱有势的,都请啦!

老太太 还有银行家?

老头儿 请了!

老太太 无产者,公务员,军人,革命者,反革命者,疯人院的大夫和疯子们?

14

老头儿 是的,请了,都请了,所有的,所有的,他们不都算是知书达理、有钱有势的吗?

老太太 别太激动了,我的乖乖。我不是成心给你找碴儿,你就像所有伟大的天才一样,实在是太粗心了,这次聚会很重要,一定要确保所有的人今晚都来齐了。你信得过他们吗?他们都答应了吗?

老头儿 喝你的茶吧,塞米拉米斯。

　　〔静　场。

老太太 还有教皇、蝴蝶和废纸?

老头儿 我都请到了。(沉默)我要把我的信息通报他们……这一辈子我都过得很憋闷,现在好了,他们可以都知道了,多亏了你,多亏了演说家,只有你们俩理解我。

老太太 我真为你感到骄傲……

老头儿 再过一会儿,大会就要开始了。

老太太 这可是真的了,今天晚上他们都要来?你不会再想哭了,知书达理的和有权有势的人可以当你的爸爸和妈妈了。(沉默)咱们不能把这会推迟几天吗?今晚就开,不会把咱们弄得太累吗?

　　　　〔躁动不安。老头儿迈着老人或孩子常有的犹豫的碎步,围着老太太转了好一阵子。他向一扇门走了两步,又回来围着老太太转。

老头儿 你真的认为这会弄得咱们太累吗?

老太太 你有点感冒。

老头儿 怎么能撤销约定呢?

老太太 你可以打电话,请他们改天晚上再来。

老头儿 我的天啊,那可不行,已经太晚了,他们多半都上船了!

老太太　你本来应当更慎重一点。

〔传来小船在水上划行的声响。

老头儿　我想是有人来了……（小船划行的声响越来越大）……是啊，有人来了！……

〔老太太也站了起来，一瘸一拐地走了几步。

老太太　多半是演说家来了。

老头儿　他不会来得这么快。大概是别的什么人。（门铃响）啊！

老太太　啊！

〔老头儿和老太太神经质地向舞台深处右侧的暗门走去，他们边走边说。

老头儿　来啦……

老太太　我还没梳头呢……等一会儿……

〔她一瘸一拐地走去，同时整理头发和衣裙，拽起红色的长袄。

老头儿　你该提前做准备……你本来有的是时间。

老太太　我穿的这一身真糟糕……一件老式的连衣裙，还皱皱巴巴的……

老头儿　你把它熨熨不就得了……快点吧！别让人家等着。

〔老头儿向凹陷处的暗门走去，老太太嘟嘟囔囔地跟在后面；观众看不见他们了，很快，就听见开门、关门，请某人进来的声响。

老头儿的声音　您好，夫人，您请进。很荣幸能接待您。这是我妻子。

老太太的声音　您好，夫人，很高兴认识您。当心，别把您的帽子弄坏了。您可以把帽针拔下来，这样更方便。哦，不会有人往上坐的。

16

老头儿的声音 您把皮大衣放这儿吧。我来帮您,不会弄坏的。

老太太的声音 多漂亮的套装啊! ……三色的上衣。您来点小饼干……您可不胖……不……丰满……把雨伞放下吧。

老头儿的声音 请随我来吧。

老头儿 (背影)我的职业很低微……

〔老头儿和老太太一起转过身来,二人之间有一定距离,留下客人的空当。客人是看不见的。老头儿和老太太面对面走向台前,他们和走在他们中间的看不见的夫人说话。

老头儿 (对看不见的夫人)您这一路好吗?

老太太 (对同一个人)您没累着吧? ……是啊,有点儿累。

老头儿 (对同一个人)在水边……

老太太 (对同一个人)您这样太可爱了。

老头儿 (对同一个人)我给您搬把椅子去。

〔老头儿向台左走去,从六号门下。

老太太 (对同一个人)请您先坐这把椅子吧。(她让夫人在两把椅子中的一把坐下,她自己坐在夫人右边的椅子上)真热,是吧?(她对夫人微笑)多漂亮的扇子! 我丈夫……(老头儿搬一把椅子出现在七号门)……送过我一把一样的扇子,那是七十年之前……我还保存着呢……(老头儿把椅子放在看不见的夫人左侧)……是给我的生日礼物……

〔老头儿在刚搬来的椅子上坐下,看不见的夫人夹在中间,老头儿把脸转向夫人,朝她微笑、点头,两手轻搓,像是在听她说话,老太太也如此这般地做一遍。

老头儿 夫人,生活可从来不是廉价的。

老太太 (对夫人)您说得对……(夫人在说话)正像您所说的。总有一天,事情会变的……(改变声调)我的丈夫,多半会掌

17

握……他一会儿会对您说的。

老头儿 （对老太太)闭嘴,闭嘴,塞米拉米斯,这还没到说的时候。
（对夫人)请原谅,夫人,我们激起了您的好奇心。(夫人有所反应)亲爱的夫人,别坚持要……

〔二位老人微笑。大笑。他们像是津津有味地听着看不见的夫人在讲故事。有顷,谈话停顿片刻。二人全无表情。

老头儿 （对同一个人)是啊,您说的完全正确……

老太太 是,是,是……哦,不。

老头儿 是,是,是,完全不对。

老太太 是吗?

老头儿 不是吗?

老太太 您刚才说过了。

老头儿 （笑)不可能。

老太太 （笑)哦,好吧。(对老头儿)夫人真可爱。

老头儿 （对老太太)夫人把你给征服了。(对夫人)我祝贺您……

老太太 （对夫人)您可不像当今的那些年轻人……

老头儿 （艰难地弯弯腰要捡拾看不见的夫人掉在地上的一件看不见的东西)让我来……您甭动……我来捡……噢,您比我快……(他直起身)

老太太 （对老头儿)她可没你这把年纪!

老头儿 （对夫人)老年可是个很沉重的负担。我祝福您永远年轻。

老太太 （对同一个人)他是真诚的,这可是肺腑之言。(对老头儿)我的乖乖!

〔一阵沉默。二位老人从厅的两侧看着夫人,礼貌地微笑;
转过脸面向观众。又转过脸来看夫人,以微笑回应她的微笑;
以下面的台词回答她的问题。

18

老太太　您这样关注我们,实在太可爱了。

老头儿　我们过着隐居的生活。

老太太　我丈夫并不是愤世嫉俗,他只是喜欢孤独。

老头儿　我们有收音机,我常去钓鱼,船上的服务也很不错。

老太太　每个星期天,总是早上有两条船、晚上有一条船经过这里,还不算那些私人游艇。

老头儿　(对夫人)天气好的时候,还有月亮。

老太太　(对同一个人)他对房屋统帅的工作总是尽职尽责的……这让他忙极了……真的,以他的年纪,该多休息休息了。

老头儿　(对夫人)在坟墓里,我有足够的时间去休息。

老太太　(对老头儿)别说这个,我的小乖乖……(对夫人)十年前吧,家里还活着的那些人,我丈夫的同事们,还时不时地来看看我们……

老头儿　(对夫人)冬天,在暖气旁,读一本好书,回忆整个一生……

老太太　(对夫人)卑微但是充实的一生……每天他要用两个小时琢磨他的信息。

　　　　　〔门铃响,很快又听到小船划行的声音。

老太太　(对老头儿)来人了,快。

老头儿　(对夫人)请原谅,夫人,稍等。(对老太太)快去搬几把椅子来!

老太太　(对夫人)亲爱的,请您稍等一会儿。

　　　　　〔门铃巨响。

老头儿　(吓坏了,急忙向台右的门跑去,与此同时,老太太瘸着腿、慌里慌张地向台左的暗门跑去)肯定是个大人物。(他跑去打开二号门,看不见的上校上场;也许这时候有节制地吹响几声军号、喊几声"向上校致敬"之类的口号是有益的;一打开门,看

19

见看不见的上校,老头儿就来了个标准的"立正"姿势以表敬意)啊! ……我的上校!(他犹犹豫豫地把手臂举向额前,做一个并不到位的敬礼姿势)您好,我的上校……我真是太荣幸了……我……我……我完全没想到……虽然……不过……总而言之,我为能在寒舍接待您这样一位大英雄而感到十分骄傲……(他握住看不见的上校伸过来的看不见的手,毕恭毕敬地鞠躬,然后直起腰来)我不想假装谦虚,我可以坦率地向您承认,我并不认为我配不上您的来访! 是的,我感到骄傲……但绝不自卑! ……

〔老太太搬着把椅子从台右上。

老太太 啊,多漂亮的军服! 多漂亮的勋章! 我的乖乖,这位是谁啊?

老头儿 (对老太太)你难道没看见吗,这是上校。

老太太 (对老头儿)噢!

老头儿 (对老太太)数数有几道杠!(对上校)这是我老伴儿,塞米拉米斯。(对老太太)过来,我把你介绍给上校。(老太太拖着那把椅子走过来,没放下椅子就行屈膝礼。对上校)我妻子。(对老太太)这是上校。

老太太 很荣幸,上校,欢迎欢迎。您是我丈夫的同事,他是统帅……

老头儿 (不高兴)房子的统帅,房子的……

老太太 (上校吻老太太的手;这要从老太太向他的嘴唇抬起手的姿势和激动的样子才能看出来。老太太放下椅子)噢! 他真是彬彬有礼……看得出来,这是一位高级的、高级的人物! ……(她又搬起椅子,对上校)您请坐这把椅子……

老头儿 (对看不见的上校)请您屈尊跟我们来……(他们走到台前,老太太拖着椅子;对上校)是的,又有一位来了。我们在等待很多很多人物! ……

〔老太太把椅子放在台右。

老太太 （对上校）请您坐下吧。

〔老头儿在为两位看不见的人物做介绍。

老头儿 这是我们朋友中的一位年轻夫人。

老太太 一个很好的朋友。

老头儿 （同样的腔调）这位是上校……出色的军人。

老太太 （指着她刚搬出来的椅子，对上校）请您坐这把椅子……

老头儿 （对老太太）不，你没看出来，上校想坐在夫人旁边！……

〔看不见的上校在台上左起第三把椅子上坐下，看不见的
夫人假定是坐在第二把椅子上；两位紧挨着坐下的看不见的人
物进行着听不见的谈话；两位老人在他们椅子后面，分别站在
两位看不见的客人两边。老头儿在夫人的左边，老太太在上校
的右边。

老太太 （倾听两位客人的谈话）哦，哦，这太过分了。

老头儿 （也在倾听）可能吧。（老头儿和老太太边听着他们的谈
话，边在两位客人的头上比划着手势；谈话好像有什么不对劲
的地方让二人很不高兴。突然）是的，上校大人，他们还没到，
可他们会来的。演说家会代表我讲话，他将解释我的信息的
意义。……当心啊，上校，这位夫人的丈夫不定什么时候就
到了。

老太太 （对老头儿）这位先生是谁？

老头儿 （对老太太）我跟你说过了，这是上校。

〔不为所见地出现了些不大得体的事情。

老太太 （对老头儿）我早就知道这事儿。

老头儿 （对老太太）那你还问什么？

老太太 就是为了了解了解。上校，别往地上扔烟屁股！

21

老头儿 （对上校）我的上校，我的上校，我完全忘了，上次打仗，您是打赢了，还是打输了？

老太太 （对看不见的夫人）我的小宝贝，您可别这么干！

老头儿 看着我。看着我，您看我像个孬种士兵吗？一次，我的上校，在开战的时候……

老太太 他言过其实了！这可不合适！（她拉扯上校看不见的衣袖）听听他说的！我的乖乖，别让他这样！

老头儿 （很快地继续着）我一个人就干掉了二百零九个，有人把他们叫过来，是因为他们蹦得老高地要逃跑，不过还是比苍蝇少得多。很明显，这并不太好玩。上校，这是由于我性格的力量，我把他们……哦，不，对不起，对不起。

老太太 （对上校）我的丈夫从来不撒谎；我们已经老了，这是真的，可我们是值得尊重的。

老头儿 （对上校，粗暴地）一个英雄，要想成为完整的英雄，还得学会彬彬有礼！

老太太 （对上校）我认识您已经很长时间了，我万万没想到您会干这事。（转向夫人，同时能听见划船声）我万万没想到他会干这事。我们有我们的尊严，人格的自重。

老头儿 （以颤抖的声音）我现在可还能舞枪弄剑的。（门铃响）请原谅，我去开门。（动作莽撞，碰翻了看不见的夫人的椅子）哦，对不起。

老太太 （急忙过去）您没摔疼吧！（老头儿和老太太扶起看不见的夫人）您都弄脏了，沾了好些土。（帮夫人掸土。门铃又响）

老头儿 对不起，真对不起。（对老太太）去搬把椅子来。

老太太 （对两位看不见的客人）请等一会儿。

　　〔老头儿去开三号门，老太太从五号门出去搬椅子，从八号门复上。

老头儿　（向门口走去）他是成心要惹我生气，我可真生气了。（打开门）噢，夫人，是您！我简直不敢相信我的眼睛，不过，要是……我可真没敢奢望……真的，这……噢！夫人，夫人……我可一直都在想念您，我这一辈子，整整一辈子，夫人，大伙儿都叫您大美人……这是您丈夫……人家跟我说起过，当然……您一点都没变……哦，是啊，是啊，好像鼻子长长了，还是肿了……刚才第一眼我没看出来，可现在看清楚了……长得可怕……啊！真可惜！……一点儿一点儿地……请原谅，先生和亲爱的朋友，您得允许我称呼您为亲爱的朋友，我认识您妻子要比认识您早得多……她还是老样子，就是鼻子大变样了……我祝贺您，先生，你们看上去恩恩爱爱的。（老太太搬一把椅子从八号门上）塞米拉米斯，又来了两位，还得要一把椅子……（老太太把椅子放在那四把椅子的后面，从八号门出从五号门进，片刻之后，她把新搬来的椅子放在刚才搬来的椅子旁边。此时，老头儿和两位客人来到老太太身旁）来，过来点，人来得不少了，我给你们介绍介绍……呃，这样，夫人……噢！美人，美人。大美人小姐，大家都这么叫……您腰都弯成两截了……哦！先生，她总还是个美人，在眼镜后面，还是那么一双漂亮的眼睛；她头发都白了，但白色下面还有棕色的、蓝色的，我敢肯定……过来，再过来点……这是什么，先生，是给我妻子的礼物？（对刚把椅子摆好的老太太）塞米拉米斯，这是美人，你知道的，大美人……（对上校和第一位看不见的夫人）这是美人小姐，对不起，是美人夫人，别笑……还有她的丈夫……（对老太太）这是小时候的一个朋友，我常跟你说的……还有她丈夫，（又对看不见的上校和夫人重复）她丈夫……

23

老太太 （点头示意）他介绍得真好,真的,风度翩翩。您好,夫人, 您好,先生,(她给新来的客人介绍另外两个看不见的人物)我 们的朋友,他们……

老头儿 （对老太太）他给你的礼物。

〔老太太接过礼物。

老太太 是一朵花吗,先生? 还是一个摇篮? 一棵梨树? 还是一只 乌鸦?

老头儿 （对老太太）不对,你没看见吗,这是一幅画!

老太太 噢,多美啊! 谢谢,谢谢,先生……（对第一位看不见的夫 人）看看,您看看,亲爱的朋友。

老头儿 （对看不见的上校）看看,您看看。

老太太 （对美人的丈夫）大夫,大夫,我恶心,一阵阵难受,真想吐, 浑身疼,我感觉不到我的脚了,眼睛发冷,一直冷到手指头,肝 儿疼,大夫! 大夫!

老头儿 （对老太太）这位先生不是大夫,他是照相制版工。

老太太 （对第一位夫人）要是您欣赏完了,您可以把它挂起来。 （对老头儿）这没什么,他还是很可爱、很迷人的。（对照相制版 工）我可不是有意恭维您……

〔此时,老头儿和老太太在椅子后面逐渐靠近,几乎挨上了, 但是背靠背;他们在说话;老头儿在和美人说话;老太太在和照相 制版工说话;有时,他们转过头去和最早来的两位客人说话。

老头儿 （对美人）我很感动……不管怎么说,您还是老样子……我 爱您,已经有一百年了……您有了那么大的变化……您一点变 化都没有……我曾经爱过您,我现在还爱着您……

老太太 （对照相制版工）噢,先生,先生,先生……

老头儿 （对上校）我完全同意您的观点……

24

老太太　（对照相制版工）哦，真的，先生，真是这样……（对第一位夫人）谢谢您把它挂起来了……请原谅我这么打扰您。

　　〔此时，光线明亮。随着看不见的客人的到来，光线越来越亮。

老头儿　（对美人，唉声叹气地）往年白雪今何在？

老太太　（对照相制版工）哦，先生，先生，先生……哦，先生！

老头儿　（用手指着第一位夫人对美人）这是个年轻的朋友……她很温柔……

老太太　（用手指着上校对照相制版工）是啊，这是骑兵上校，我丈夫的同事……部下……我丈夫是统帅……

老头儿　（对美人）您的耳朵一直就不是很尖的！……我的美人，您记得吧？

老太太　（对照相制版工，搔首弄姿，媚态百出；在这场戏里，她愈演愈烈；她亮出红长筒袜，撩起多层长裙显出网状的衬裙，暴露老妇的胸口；她双手扶着幕墙，头竭力向后仰，发出淫荡的叫声，她挺起下身，又开双腿，大笑，像老妓女似的大笑；这段表演，与此前此后的表演判若两人，表现的是老太太藏而不露的人格特点，表演戛然而止）这对我这把年纪不大合适了吧……您说呢？

老头儿　（对美人，十分浪漫地）咱们那时候，月亮还是一颗活着的星星，啊！是啊，是啊，要是咱们当时大胆一点，可咱们还是孩子。您希望咱们一起追回那逝去的岁月吗？……这可能吗？可能吗？啊！不，不，这不可能了。时光像火车一样飞逝。它在我们的皮肤上留下划痕。您认为美容外科大夫能创造奇迹吗？（对上校）我是军人，您也是，军人永远年轻，统帅就像是天神……（对美人）本来应该这样的……得了！得了！咱们已经丧失了一切。我跟您说，咱们本来可以，本来可以，本来可以，十分幸福的。也许,在积雪之下鲜花照样生长!……

老太太 （对照相制版工）马屁精！臭无赖！啊！哈！我比我这年纪显得年轻吗？您就是个小流氓！您兴奋得受不了啦。

老头儿 （对美人）您愿意作我的伊瑟,我作您的特里斯当吗？美在心灵……懂吗？咱们本可以分享欢乐、美丽、永恒……永恒……为什么咱们就不敢呢？还是勇气不足……现在可全完了,完了,全完了。

老太太 （对照相制版工）哦,不,哦,别,哦,呵,呵。您让我浑身都酥了。您呢,您也痒痒吧？您是愿意咯吱人还是让人咯吱？我真有点不好意思……（笑）您喜欢我的裙子吗？还是更喜欢这衬裙？

老头儿 （对美人）房子统帅的生活真可怜！

老太太 （向第一位看不见的夫人转过头去）您想做中国的油煎鸡蛋饼吗？一只公牛蛋,一小时的黄油,少许胃糖。（对照相制版工）您的手指真灵巧,哦……不管……怎么……样,哦,哦,哦,哦……

老头儿 （对美人）我高贵的老伴儿,塞米拉米斯,当了我的妈妈。（转向上校）上校,我早跟您说过,人们在找到真理的地方掌握着真理。（转向美人）

老太太 （对照相制版工）您真的认为,真的,一个人不管多大岁数都能怀上孩子吗？都能怀上不管多大岁数的孩子吗？

老头儿 （对美人）拯救我生命的法宝是……内心生活,平静的内心,朴实无华,我的科学研究,哲学,我的信息……

老太太 （对照相制版工）我还从来没欺骗过我的老伴儿,那位统帅……别这么使劲儿,我快掉下去了……我只不过是他可怜的妈妈！（她抽泣）一个……妈妈,往后点儿,往后（她推他）,往后点儿……这是我的良心迫使我发出的叫喊。对我来说,苹果树枝已被砍断。您去另探新路吧。我不想再采摘生命的玫瑰了……

老头儿 (对美人)……以及对上峰命令的毕恭毕敬……

〔老头儿和老太太带领美人和照相制版工走到两位看不见的客人身旁,安排他们坐下。

老头儿和老太太 (对照相制版工和美人)请坐,请坐。

〔两位老人坐下,老头儿在左,老太太在右,中间空着四把椅子。长时间静场,然后,不时地发出"不""是""不""是"的答话①。二位倾听着看不见的客人在说话。

老太太 (对照相制版工)我们有过一个儿子……当然,他还活着……他远走高飞了……这是常有的事……或者说很离奇……他抛弃了他的父母……他有一颗金子般的心……那是很久很久以前的事儿了……我们那么爱他……可他砰一声就把门关上走了……我的丈夫和我努力想把他留下……他七岁,是懂事的年龄了。我们喊他:"我的儿子,我的孩子,我的儿子,我的孩子……"他头都不回地走了……

老头儿 真是的,不……不对……我们就没有孩子……我很想要一个儿子……塞米拉米斯也一样……我们尽了一切努力……我可怜的塞米拉米斯,她可是充满母性的。也许就不该要儿子,我就是个忘恩负义的儿子……啊!……痛苦,懊恼,悔恨……只有这些……我们只有这些……

老太太 他说:"你们打死了那些鸟儿!为什么你们要打死那些鸟儿!"……"我们没有打死那些鸟儿……我们连一只苍蝇都没伤

---

① 这些"是""不""是"的答话,应是缓慢、单调、有节奏的;节奏逐渐加快,老人的头也有节奏地摆动。——原注

27

害过……"他两眼充满大滴的泪水,他不让我们给他擦去泪水,我们没办法走近他。他说:"就是的,你们打死了所有的鸟儿,所有的……"他冲我们举起他的小拳头……"你们撒谎,你们骗我!满大街都是被打死的鸟儿。那些快死的孩子。"……"这是鸟儿的歌声!"……"不,这是它们在呻吟。天空都被鲜血染红了"……"不,我的孩子,天空是蓝色的……"他还在喊:"你们骗我,我崇拜你们,相信你们是好人……满大街都是死鸟儿,你们还挖掉了它们的眼睛。……爸爸,妈妈,你们太坏了!……我再也不愿意留在你们家里了……"我趴下抱着他膝盖……他父亲大哭。我们没能留住他……他还不停地大喊:"这是你们的责任……"什么是我们的"责任"?

老头儿 我让我母亲独自在沟里死去,她喊我,衰弱地呻吟:"我的孩子,我亲爱的儿子,别让我独自死去……留下来陪陪我。我没有多少时间了。""别担心,妈妈,我对她说,我一会儿就回来……"那时我还正忙着……赶去舞会,跳舞。"我一会儿就回来。"当我回来的时候,她已经死了。已经被深深地埋葬……我掘地三尺,我找她……我没能找到她……我知道,我知道,当儿子的总要抛弃他们的母亲,说不定还会杀死他们的父亲……生活就是这样……我为此很痛苦……别的人可不……

老太太 他喊道:"爸爸,妈妈,我再也不想看到你们了……"

老头儿 我为此很痛苦,是的,别的人可不……

老太太 别跟我丈夫谈论他。他非常爱他的父母,他从未离开过他们,他照顾他们,珍爱他们,他们死在他的怀抱里,对他说:"你是个完美的孩子。上帝保佑你。"

老头儿 我看见她躺在沟里,手里拿着铃兰花,大声喊着:"勿忘我,勿忘我……"她眼里闪着大滴的泪珠,叫着我的小名,对我说:

"小鸡子,小鸡子,别把我孤独地扔在这儿。"

老太太 （对照相制版工）他从不给我们写信,有时候,一个朋友来告诉我们,说看见他在这儿,在那儿,他身体很好,他是个好丈夫……

老头儿 （对美人）当我回来的时候,她已经被埋葬很久了。（对第一位夫人）噢! 是这样,没错儿,太太,我们家里有电影院、餐馆,还有好几个澡堂子……

老太太 （对上校）是这么回事儿,上校,这的确是因为他……

老头儿 说到底,是这么回事儿。

〔谈话断断续续,陷入困境。

老太太 但愿!

老头儿 这样我没……我对他……肯定的。

老太太 （对话前言不搭后语,精神疲惫）反正一样。

老头儿 给我们的,和给他的。

老太太 就这些。

老头儿 我有它。

老太太 他还是她?

老头儿 它们。

老太太 包糖纸……咱们去吧。

老头儿 不是那么回事儿。

老太太 为什么?

老头儿 是啊。

老太太 我。

老头儿 反正一样。

老太太 反正一样。

老头儿 （对第一位夫人）高兴吗,夫人?

〔稍停片刻。二老呆坐在椅子上。门铃又响。

老头儿 （神经越来越紧张）有人来了，好多人，多多的人。

老太太 我好像听到划船的声音……

老头儿 我去开门，你去搬椅子。先生们，夫人们，请原谅。（朝七号门走去）

老太太 （对先前到来的看不见的客人们）请起立，就一会儿。演说家马上就到了。咱们得布置一下会场。（老太太整理椅子，把椅背转向观众席）劳驾，请搭把手。

老头儿 （打开七号门）早上好，夫人们，早上好，先生们，请进，请进。

〔这会儿进来的三四个看不见的客人都是大个子，老头儿得踮起脚尖才能和他们握手。

老太太按上述方法摆好椅子后，跟着老头儿过去。

老头儿 （介绍）这是我妻子……这是先生……夫人……我妻子……先生……夫人……我妻子……

老太太 这些人都是谁，我的乖乖？

老头儿 （对老太太）去找椅子，亲爱的。

老太太 我不能什么都干啊！

〔她嘟囔着从六号门下，从七号门上；与此同时，老头儿领着几个新来的客人向台前走去。

老头儿 别摔了您的摄影机……（介绍）上校……夫人……美人夫人……照相制版工……这些是记者，他们也是来听演讲的，演说家肯定马上就到……别不耐烦……你们大伙儿……都不会无聊的……（老太太搬着两把椅子从七号门上。）你快点，快把椅子搬过来……还缺一把……

〔老太太一直嘟囔着去找另一把椅子，从三号门出，八号门进。

老太太 来啦,来啦……我只能尽力而为……我又不是机器……来的这些到底是什么人啊?(下)

老头儿 请坐,请坐!夫人们和夫人们挨着坐,先生们和先生们挨着坐,要是愿意,掺和着坐也行……我们没有更漂亮的椅子了……暂时凑合一下吧……对不起……请坐当中那一把……您要钢笔?打电话给玛依奥,您会见到莫尼克的……克罗德,简直是个神人……我没有收音机……我收到所有的报纸……这取决于好些事情;管理这么多房子,我可没帮手……得节约开支……现在,对不起,请别采访……一会儿,咱们再看……你们肯定会有座位的……她在干吗呢?(老太太搬一把椅子从八号门上)快点,再快点,塞米拉米斯……

老太太 我已经尽力了……这到底是些什么人?

老头儿 我一会儿给你解释。

老太太 我的乖乖,这个女的,那个女的,都是谁?

老头儿 你别担心……(对上校)上校,新闻记者也是一种职业,就像一个当兵的……(对老太太)照顾一下夫人们,亲爱的……(门铃响,老头儿奔向八号门)等一下,(对老太太)椅子!

老太太 先生们,夫人们,对不起……

〔老太太从三号门出,从二号门上;老头儿去打开隐蔽的九号门,当老太太又在三号门出现时,老头儿就不见了。

老头儿 (隐身)请进……请进……请进……请进……(他领着一大堆人上台,手拉着一个很小的孩子)我们就不该让孩子来参加科学报告会……可怜的孩子会无聊的……他要是大吵大闹,或者往夫人们的裙子上撒尿,那可就热闹了。(他把客人们带到舞台中央。老太太搬两把椅子上)我给你们介绍我的妻子。塞米拉米斯,这是他们的孩子。

老太太　先生们,夫人们……噢,他们可真乖!

老头儿　这个,这是最小的。

老太太　噢,他可真可爱……可爱……可爱……

老头儿　椅子不够。

老太太　啊,啦啦啦啦……

　　　　〔她又去找椅子,这次是从右边的二号门和三号门出进。

老头儿　把这孩子抱到你腿上……这对双胞胎可以坐一把椅子。当心,它们可不大结实……这是房东的椅子。是啊,我的孩子们,他会跟咱们大吵大闹的,他是个坏蛋……他想让咱们把这些椅子买下来,可它们一钱不值。(老太太很快地搬一把椅子上)你们大家彼此都不认识……你们是第一次见面……你们都知道彼此的姓名……(对老太太)塞米拉米斯,帮我给他们介绍介绍……

老太太　他们到底是些什么人? 我给你们介绍,对不起,我给你们介绍……可他们是谁啊?

老头儿　请允许我给你们介绍……我给你们介绍……我把她介绍给你们……先生,夫人,小姐……先生……夫人……夫人……先生……

老太太　(对老头儿)你穿毛衣了吗?(对看不见的客人)先生,夫人,先生……

　　　　〔门铃又响。

老头儿　来人啦!

　　　　〔门铃又响。

老太太　来人啦!

　　　　〔门铃又响,一次次地响,又一次次地响;老头儿手忙脚乱;椅子转向演讲台,椅背对着观众席,像演出大厅那样,整齐地排列,一行比一行高;老头儿气喘吁吁,擦拭额头的汗水,从一个门到另一个门,安排看不见的客人落座;老太太精疲力竭,一瘸一拐,尽其所能地迅速从一个门到另一个门寻找并搬来椅子;此时舞台上已经有很多看不见的客人;二老当心地躲避着,怕撞着人;他们在各排椅子间穿来穿去。可按下列顺序调度:老头儿走向四号门,老太太从三号门下,从二号门上;老头儿去打开七号门,老太太从八号门下,搬着椅子从六号门上,如此等等,这样就可以让他们用上所有的门,围着舞台团团转。

老太太 对不起……对不起……什么……好……对不起……劳驾……

老头儿 先生们,请进……夫人们……请进……这是夫人……请允许……是啊……

老太太 (搬着椅子)那里……那里……它们太……实在太……太多了……啊。啦啦啦啦……

〔可以听到窗外越来越响、越来越近的划船的声响;所有的声响都来自后台。老太太和老头儿继续着他们此前的动作,打开一扇扇门,搬来一把把椅子。门铃持续不断。

老头儿 这张桌子真碍事。①(他搬动桌子。或者在老太太帮助下,并不放慢速度地稍稍做出搬动桌子的动作。)一点儿地方都没有了,这儿,请原谅……

老太太 (作搬开桌子状。对老头儿)你穿毛衣了吗?

〔门铃响。

老头儿 又来人啦!再搬椅子!来人啦!再搬椅子!请进,请进,先生们……夫人们……塞米拉米斯,快一点……我这就来给你搭把手……

---

① 此语演出时被删;后面的舞台说明也被删。台上就没有桌子。——原注

老太太　对不起……对不起……早上好,夫人……夫人……先
　　　　生……先生……是的,是的,椅子……

老头儿　(门铃越来越响,还可以听到船只靠近码头的声响,越来越
　　　　密;他在椅子中间挤来挤去,简直没功夫从一扇门走向另一扇
　　　　门,而门铃却一声紧似一声)好的,马上……你穿毛衣了吗? 好
　　　　的,好的,马上,等一下,好的,好的……耐心点……

老太太　你的毛衣? 我的毛衣?……对不起,对不起。

老头儿　这边走,先生们……夫人们,请你们……请你……对不
　　　　起,……们……请进,请进……这边……座位……亲爱的朋
　　　　友……不是那边……当心……您,我的朋友?……

　　　　〔此后,相当长一段时间没有对话。只听见波涛声、船行
　　　声、持续不断的门铃声。舞台运动的紧张度达到了顶点,所有
　　　的门不停地同时自动打开和关闭。只有舞台深处的大门紧闭
　　　着。二老一言不发地从这扇门到那扇门地跑来跑去,就像是脚
　　　蹬滑轮在滑行。老头儿接待来客,陪伴着他们,但不走多远,只
　　　陪他们走一两步,给他们指派座位,他没时间;老太太不停地摆
　　　椅子。老头儿和老太太有一两次相遇或相撞,但并不中断舞台
　　　活动的节奏。然后,老头儿在舞台深处的当中站定,身体从左
　　　到右、从右到左地转来转去,对着所有各扇门,用胳膊指派座
　　　位。胳膊挥动得很快。而终于老太太站住不动,手上端着一把
　　　椅子,放下又拿起,拿起又放下,她好像也想从这扇门到那扇门
　　　地走动,她的头和脖子从右到左、从左到右地很快转动着;这一
　　　切不能使舞台活动节奏有所中断。二老要给人永不停止活动
　　　的印象,即使是站在原地不动;他们的双手、上身、脑袋、眼睛
　　　在不停地运动,像是各自在画小圈儿。最后,活动的节奏逐渐
　　　放慢,减轻;门铃不那么响了,也不那么频繁;门打开的频率

越来越慢了;老人动作的速率也减低了;当各扇门完全停止打开和关闭、铃声也不再作响时,我们感到舞台上已挤满了人。①

老头儿 我就给您找座儿……稍等……塞米拉米斯,好样儿的……

老太太 (做了一个大动作;两手空空)再没椅子了,我的乖乖。(突然开始在门已关闭、挤满人群的大厅里兜售看不见的节目单)节目单,请看节目单,今天晚会的节目单,请看节目单!

老头儿 安静,先生们,夫人们,会照顾你们的……每个人都有份儿,先来后到……你们都会有座的……很快就安排好……

老太太 请看节目单!稍等一会儿,夫人,我不能同时为所有人服务,我没有三十三只手,我不是母牛……先生,劳驾,请把节目单送给您旁边那位,谢谢……钱,我的钱……

老头儿 我说了会给你们安排座儿的!你们就别起急嘛!这儿,打这儿走,那边,留神……哦,亲爱的朋友……亲爱的朋友……

老太太 ……节目单……请……节目……单……

老头儿 是啊,我亲爱的,她在那儿,下边,她在卖节目单……没有什么职业是愚蠢的……那就是她……看见了吗……第二排有您一个座位……右边……不,左边……对啦!……

老太太 ……节目……节目……节目单……请看节目单……

老头儿 您还想让我干什么?我会尽力而为的!(对看不见的客人)再稍微挤一挤,劳驾……再来一点儿,这是给您的座儿,夫人……过来一点。(为人群所挤,他不得不上了讲台)夫人们,

---

① 舞台上摆放的许许多多椅子是很重要的。至少要有四十把左右,如果可能,再多些更好。椅子要上得很快,越来越快。为实现这种节泰和速度,最好由年轻演员来扮演老太太这个角色。老太太重复老头儿的台词,有时像是放大的回声,有时应用哀叹式的朗诵腔。

在这一轮上椅子的浪潮中,要让疯狂的老太太光搬椅子不说话,大约持续一分钟。在这一分钟里,铃声不断,老头儿站在台前,像木偶似的,向左、向右、向前点头哈腰,招呼来客。

还可以考虑使用"第二老太太",即与塞米拉米斯相似的形象参与快速地搬椅子,她总以背影进进出出,而且是与第一个老太太相对的舞台另一端,给人以满台都是老太太和椅子的印象。也可作如下处理:一个老太太在台一端上场的同时,另一个老太太从另一端下场,或者相反。——原注

先生们,请各位多多包涵,实在是没有座位了……

老太太　(站在老头儿对面的另一端,三号门和窗户之间)请看节目单……谁要节目单?巧克力冰激凌,焦糖果……酸味糖果……(老太太被人群挤住不能动弹,不时地将节目单和糖果从看不见的人头上扔出去。)看这边!那边!

老头儿　(站在讲台上,十分激动;他被挤来挤去,从讲台上下来,又上去,又下来,碰了某人的脸,又被某人的胳膊肘撞了一下)对不起……真抱歉……您当心点……

　　〔被推得东倒西歪,紧紧抓住某人的肩膀才艰难地站稳了。

老太太　这些人都是谁?节目单,请看节目单,巧克力冰激凌。

老头儿　夫人们,小姐们,先生们,请安静一会儿……安静……这很重要……凡是没能坐下的人,请把通道让出来……对,就这样……别站在椅子中间。

老太太　(对老头儿,几乎是大喊)我的乖乖,这些人都是谁啊?他们到这儿干吗来了?

老头儿　让一让,先生们,夫人们。为了大家方便,没能坐下的人请靠墙站,那边,往右或者往左……你们什么都能听见、看见的,别担心,所有的都是好位置!

　　〔一阵大骚乱,老头儿被人群推挤着,差不多绕台走了一圈儿,最后停在了右边窗前的凳子旁;老太太同样被推搡着反方向绕台走了一圈,最后停在了左边窗前的凳子旁。

老头儿　(边绕圈边喊)别挤啦!别挤啦!

老太太　(同样)别挤啦!别挤啦!

老头儿　(同样)别挤啦,别挤啦!

老太太　(同样)别挤啦,先生们,夫人们,别挤啦!

老头儿　(同样)安静……轻点儿……安静……这是怎么……

老太太 (同样)不管怎么说,你们还不是野人吧。

〔最后,他们站到了指定的位置上,各自靠着一扇窗户。老头儿在左,在凳前的窗户旁;老太太在右。他们直至剧终也没有离开。

老太太 (喊老头儿)我的乖乖……我看不见你……你在哪儿?他们都是谁啊?他们到这儿来都想干吗?那边这个人是谁?

老头儿 你在哪儿?你在哪儿?塞米拉米斯?

老太太 我的乖乖,你在哪儿?

老头儿 这儿,靠窗户……你听见我说话了吗?

老太太 是的,我听见你的声音了!……声音太乱了……可我能听出你的声音……

老头儿 你呢,你在哪儿?

老太太 我也一样,靠着窗户!……我亲爱的,我害怕,人太多了……咱们彼此离得太远了……咱们这把年纪,咱们可得留神……咱们要是分开了……咱们一定得待在一块儿,谁也搞不清会怎么样,我的乖乖,我的乖乖……

老头儿 啊!……我刚看见你了……哦!咱们又能互相看见了,别害怕……我和朋友们在一起。(对朋友们)我真高兴和你们握手……哦,是的,我相信进步,持续不断的进步,当然,难免会有打击……

老太太 谢谢……天气真糟!多好的天气!(旁白)我还是害怕……我在这儿干吗呢?……(大喊)我的乖乖!小乖乖!

〔他们与各自的客人交谈。

老头儿 为了阻止人对人的剥削,我们需要钱,钱,还是钱!

老太太 我的乖乖!(被朋友们缠住)是啊,我丈夫在那边,是他组织的……那边……哦,你们过不去,得要穿过去才行,他正和他

37

的朋友们……

老头儿　当然不是……我总这么说……纯粹的逻辑,是不存在的……有的只是赝品……

老太太　你们瞧,有的是幸福的人。他们早上在飞机上吃早点,中午在火车上吃午饭,晚上在轮船上吃晚餐,夜里睡在大卡车上,大卡车开啊,开啊,开啊……

老头儿　您在说人的尊严?咱们至少要顾脸面,尊严只是背面。

老太太　别滑到黑暗里去……(说着说着,突然大笑)

老头儿　你们的同胞跟我打听过。

老太太　当然……都跟我讲了吧……

老头儿　我把你们召集来……是为了向你们解释……个人和人,是唯一的、同一个人。

老太太　他看上去很尴尬。他欠我们好多钱。

老头儿　我并不是我自己。我是另一个人。我是一个在另一个人身上的人。

老太太　我的孩子们,你们谁也别相信谁。

老头儿　有时,我会在绝对寂静中醒来。这是一个球体。什么也不缺。但也得特别小心。它的外形会突然消失。这种外形会通过许多窟窿溜掉。

老太太　鬼魂,瞧,精灵,无耻之辈……我丈夫执行的是非常重要、非常崇高的使命。

老头儿　对不起……这根本不是我的意见!……到时候我会让你们理解我对这个问题的看法的……我现在什么也不说!……我们等的那位演说家,他会告诉你们,他会代表我告诉你们我心中所想的一切……他会给你们解释一切……什么时候?……当那一刻到来的时候……那一刻很快就会到来……

老太太　(在另一边对她的朋友们)最好是早一点……当然……(旁白)他们就不让我们安静一会儿。让他们快滚吧！……我可怜的乖乖,他在哪儿;我看不见他了……

老头儿　(同样)你们不用这么着急。你们就要听到我的信息了。马上。

老太太　(旁白)啊！……我听到他的声音了！……(对朋友们)你们知道吗,我的老伴儿总是不被理解。他的机会终于来了。

老头儿　听我说,我有丰富的经验。在生活和思想的各个方面……我不是一个自私的人,应当让人类从我的经验中得到好处。

老太太　唉哟,别踩我的脚啊……我脚上有冻疮！

老头儿　我创造了一个完整的体系。(旁白)演说家该来了。(大声)我经受了太多的苦难。

老太太　我们经受了许多苦难。(旁白)演说家该来了！时间应该到了。

老头儿　很多的苦难,也学到了很多。

老太太　(像是回声)很多的苦难,也学到了很多。

老头儿　你们可以亲自看看,我的体系是很完美的。

老太太　(像是回声)你们可以亲自看看,他的体系是很完美的。

老头儿　要是大家愿意服从我的指令。

老太太　(回声)要是大家愿意服从他的指令。

老头儿　咱们就能拯救世界……

老太太　(回声)拯救世界的同时拯救他的灵魂！……

老头儿　普遍适用的唯一真理。

老太太　(回声)普遍适用的唯一真理。

老头儿　服从我吧！……

老太太　(回声)服从他吧！……

39

老头儿 因为我是绝对可靠的！……

老太太 （回声）他是绝对可靠的！……

老头儿 从来如此……

老太太 （回声）无论如何，从来如此……

　　　　〔突然，从后台传来嘈杂的声音，军乐队的演奏。

老太太 出什么事儿啦？

　　　　〔声音越来越大，随着一声巨响，舞台深处的大门一下子敞开，门外一无所有，但见强光从大门和窗户射入，把舞台照得通亮，这是因为同样是看不见的皇帝陛下驾到。

老头儿 我不知道……我不相信……这可能吗，可是真的……真的……不可思议……不管怎么样是……是啊……不是……这是皇帝！皇帝陛下！

　　　　〔从大开的门和窗户射进的光线亮到极限，但这光是冷的、空的；继续着的噪音戛然而止。

老太太 我的乖乖……我的乖乖……这是谁？

老头儿 起立！……这是皇帝陛下！皇帝到我家了，到咱们家了……塞米拉米斯……你明白吗？

老太太 （不明白）皇帝……皇帝？我的乖乖！（忽然明白了）啊！是啊，皇上！陛下！（她狂乱地、以各种滑稽的姿势没完没了地行屈膝礼）到我们家来了！到我们家来了！

老头儿 （激动得哭泣）陛下！……噢！……我的陛下！……我的小陛下，我的大陛下！……噢！多么崇高的荣耀……真是一个美妙的梦……

老太太 （像回声）美妙的梦……妙……梦。

老头儿 （对看不见的人群）夫人们，先生们，起立，我们敬爱的君主，皇帝，大驾光临，万岁！万岁！（他登上凳子；踮起脚尖为了

能看见皇帝;老太太在她那一边做同样的动作)

老太太　万岁! 万岁!

　　　　〔跺脚。

老头儿　陛下! ……我在这儿! ……陛下! ……您听见我了吗? 您看见我了吗? 让陛下知道我在这儿! 陛下! 陛下! 您最忠诚的仆人,我在这里! ……

老太太　(仍作回声)您最忠诚的仆人,陛下!

老头儿　您的仆人,你的奴隶,您的走狗,汪汪,您的走狗,陛下……

老太太　(作大声狗吠)汪……汪……汪……

老头儿　(手搭凉篷)您看见我了,告诉我,陛下! ……啊,我看见您了,我刚看见陛下的尊容……您高贵的额头……我看见了,是的,尽管有这么多侍臣围着……

老太太　尽管有这么多侍臣……我们在这儿,陛下。

老头儿　陛下! 陛下! 夫人们,先生们,别让陛下站着……陛下,您看见了,我是唯一真正关心您的人,关心您的健康,我是您最忠诚的子民。

老太太　我们是陛下最忠诚的子民。

老头儿　让一下,让我过去,夫人们,先生们……这么乱糟糟的人群我怎么过去啊——我一定得过去向陛下致以最谦卑的敬礼……让我过去……

老太太　(回声)让他过去……让他过去……让……过……去……

老头儿　让我过去,让我过去嘛,(绝望地)唉,我怕是永远走不到他身边了。

老太太　……他身边……他……

老头儿　就算我过不去,我的心和我整个人都已拜倒在他的脚下了。一大堆弄臣包围着他,唉,唉! 他们不让我走近他,他们疑

41

神疑鬼……噢,我懂,我懂……宫廷诡计这些我很清楚……他们就是想把我和陛下分开!

老太太 安静点,我的乖乖……陛下看见你了,他正看着你呢——陛下冲我眨了眨眼……陛下和我们在一起!……

老头儿 得给陛下安排个最好的座位……靠近讲台……得让他听清演说家的每一句话。

老太太 (又爬上凳子,踮起脚尖,使劲仰脖看过去)总算给陛下安排好座位了。

老头儿 上天有眼。(对皇帝)陛下……陛下得相信咱们。在陛下身边的是一个朋友,我的代表。(踮起脚尖站在凳子上)先生们,夫人们,小姐们,我的孩子们,我恳求你们……

老太太 (回声)……恳……恳……

老头儿 ……我真想看……你们分开一点……我想……上天有眼,能让我一睹陛下的尊容、皇冠和光环……陛下,请您赏光把您的龙颜向我这边转一下,向您谦卑的仆人……谦卑的……噢!这回我清楚地看见了……看见了……

老太太 (回声)这回他看见了……他……看……见……

老头儿 我高兴至极啦——无法用语言表达我的感激之情……在敝人的寒舍里,噢!陛下!噢!太阳……这儿……这儿……在寒舍,真的,我是统帅……可在您军队的等级中,我只不过是个普通的房屋统帅……

老太太 (回声)房屋统帅……

老头儿 我为此而骄傲——既骄傲又谦卑……本该如此……是啊!没错儿,我是统帅,我原以为可以到王宫里去。我在这里只是看着一个院子……陛下……我……陛下,我说不清楚……我本可以有……很多东西,很多财产,如果我早知道,如果我愿

42

意……如果我……如果我们……陛下,请原谅我太激动了……

老太太 对第三人称说!

老头儿 (哭腔)请陛下多多包涵! 您真就来了……我们都不抱希望了……我们在这儿快待不下去了……噢! 救世主,我一生中受尽了屈辱……

老太太 (回声,抽泣)屈……辱……

老头儿 我一生经受了许多苦难……要是早能仰仗陛下的话,我肯定能成气候的……我没有任何后台……要是您再不来,一切就太晚了……陛下,您是我最后的靠山……

老太太 (回声)最后的靠山……陛下……最……靠山……陛……靠山……

老头儿 我给我的朋友们、所有帮助过我的人们带去不幸——雷电袭击向我伸出的援手……

老太太 (回声)……伸出的手……伸……手……

老头儿 人们总能找到最好的理由仇恨我,又能找到最坏的理由喜爱我……

老太太 这是胡说,我的乖乖,这是胡说,我爱你,我,我是你的小妈妈……

老头儿 我所有的敌人都得到了回报,我所有的朋友都背叛了我……

老太太 (回声)朋友……背叛……背叛……

老头儿 他们给我使坏。他们虐待我。要是我起诉,结果总是判他们有理……有时我也试过要报仇……可我从来做不到,从来都没能真正去报仇……我心眼儿太好了……我不愿意把敌人打倒在地,我总是太善良了。

老太太 (回声)他太善良、善良、善良、善良……

老头儿 我的恻隐之心战胜了我。

43

老太太 （回声）我的恻隐之心……恻隐……

老头儿 他们都毫无恻隐之心。我扎他们一针,他们就给我一棒,捅我一刀,轰我一炮,他们把我的骨头都砸碎了……

老太太 （回声）骨头……骨头……骨头……

老头儿 他们占了我的位置,偷了我的财产,还暗杀了我——我是倒霉的集大成者,灾难的避雷针……

老太太 （回声）避雷针……灾难……避雷针……

老头儿 为了忘却,陛下,我要运动……我去登山,他们抓住我的脚让我跌了个大跟头……我想爬楼梯,他们腐蚀台阶,让我摔了下来……我想去旅行,他们不给我发护照……我想过河,他们拆桥……

老太太 （回声）拆桥……

老头儿 我想翻越比利牛斯山,可比利牛斯山已经不复存在。

老太太 （回声）比利牛斯山不复存在……他呀,陛下,他像好些别的人一样,本来可以成为编辑头儿,演员头儿,大夫头儿,陛下,国王头儿……

老头儿 再说,压根儿就没人瞧得起我……就没人给我发过请帖……而我呢,您听着,我跟您说,只有我才能拯救病入膏肓的人类。要是我有机会公布我的信息,陛下就会像我一样明白……或者说,至少,我就能使四分之一世纪以来饱受苦难的人类远离灾难;我对拯救人类并不绝望,还有时间,我有一个计划……真是的,我怎么就说不明白呢……

老太太 （越过看不见的头顶）演说家就快来了,他会替你说的。陛下在此……大家也会听到……你用不着感到不安,你胜券在握,一切都在改变,一切都在改变……

老头儿 请陛下多多原谅……您还有很多别的事要操心……我受

尽屈辱……夫人们,先生们,请你们让开一点点,别把陛下的鼻子完全给我挡住,我想看看皇冠上熠熠闪光的宝石……陛下屈尊君临寒舍,显然是在表示对我这个可怜小人物的垂爱。这是多么异乎寻常的补偿啊,陛下,此刻,我的肉体高高地踮起脚尖,这可不是骄傲,而是为了瞻仰您的龙颜……而我的精神却跪倒在您膝下……

老太太　(抽泣)陛下,跪倒在您膝下,您脚下,您脚趾下……

老头儿　我得过疥疮。我的老板因为我没向他的小宝宝、他的马敬礼,就把我赶出了门。他还朝我屁股踢了好几脚。不过,陛下,这些都已经不重要了……陛下……您看……我在这儿,这儿……

老太太　(回声)这……这……这……这……这儿……这儿……

老头儿　既然陛下来到了这儿……既然陛下肯关注我的信息……而演说家该到了……他让陛下久等了……

老太太　请陛下原谅他。他该到了,他马上就到。有人给我们来电话了。

老头儿　陛下真是太好了。陛下不会不听完演讲就离开的。

老太太　(回声)听见……听完……听……都听完……

老头儿　他会以我的名义讲……我,我不能……我没这份天才……他,他掌握着所有文件、所有材料……

老太太　再耐心一点,陛下,我请您……他该来了,他马上就到了……

老头儿　(为让皇帝别着急)陛下,请听我说,很久以前,我得到了启示……那时我四十多岁……先生们,夫人们,我这也是说给你们听的……一天晚上,吃完饭,按照习惯,在上床前我都要在父亲的腿上坐一会儿……我的胡子比他的更密更尖……我胸口的毛比他还多……我的头发已经灰白,而他的还是褐色的……

有很多客人，都是大人，他们围坐在桌子旁，开始笑……大笑……

老太太 （回声）笑……大笑……

老头儿 "我不开玩笑，"我对他们说，"我很爱爸爸。"他们回答："已经半夜了，一个小孩不能睡这么晚。要是您还不去睡觉，那您就不再是孩子了。"如果他们不用"您"来称呼我，我还不相信他们……

老太太 （回声）您。

老头儿 用"您"，而不是用"你"……

老太太 （回声）你……

老头儿 "不过，"我想，"我还没结婚呢，我应当还算是孩子。"他们很快就让我结婚了，只是为了证明我不再是孩子了……幸好，我的妻子同时充当了我的父亲和母亲……

老太太 演说家该来了，陛下……

老头儿 他快来了，演说家。

老太太 他快来了。

老头儿 他快来了。

老太太 他快来了。

老头儿 他快来了。

老太太 他快来了。

老头儿 他快来了，他快来了。

老太太 他快来了，他快来了。

老头儿 他快来了。

老太太 他来了。

老头儿 他来了。

老太太 他来了，他在这儿了。

46

老头儿 他来了,他在这儿了。

老太太 他来了,他在这儿了。

老头儿和老太太 他在这儿了……

老太太 他就在这儿!……(静场;所有活动中止;二老僵直地盯着五号门看;舞台完全静止不动的时间持续约有半分钟之久;五号门很慢很慢、悄无声息地洞开;演说家出现;这是个真人。这是上世纪画家或诗人的典型;宽边黑礼帽,大花领结,宽大的短上衣,唇上的小胡子和下巴的山羊胡,哗众取宠、踌躇满志的神态;如果说那些看不见的人物应当尽可能显得真实的话,那么演说家就应当显得很不真实;他沿着右墙慢慢地溜到舞台深处的大门前面,向前走时,他头既不向右也不向左转;在经过老太太面前时,老太太为证明他是否真实存在而摸了摸他的胳膊,他也还是视而不见;此刻,她说道)他就在这儿!

老头儿 他就在这儿!

老太太 (眼神一直追随他)这就是他,他是活的。有血有肉。

老头儿 (眼神追随他)他是活的。这就是他。这不是梦。

老太太 这不是梦,我对你说过的。

　　　〔老头儿双手交叉,抬眼朝天,无言地狂喜着。演说家走到舞台深处,像火枪手,也有点像牵线木偶那样,向看不见的国王脱帽,静静地鞠躬,致敬。此时——

老头儿 陛下……我给您介绍演说家……

老太太 就是他!

　　　〔演说家又戴上帽子,登上讲台,居高临下地看着舞台上看不见的人群和椅子;他定格在一个郑重其事的姿势。

老头儿 (对看不见的人群)你们可以请他亲笔签名。(演说家机械地、默默地给无数人签名。此时,老头儿抬眼向天、双手合十,

47

无比兴奋地)任何一个人在他活着的时候也别指望……

老太太　（回声）任何人也别指望……

老头儿　（对看不见的人群)好了,现在,承蒙陛下允许,我要向你们
　　　大家讲话。夫人们,小姐们,先生们,我的孩子们,亲爱的同事
　　　们,亲爱的同胞们,主席先生,我亲爱的战友们……

老太太　（回声)我的孩……孩……子……们。

老头儿　我要对你们大家讲话,不论年龄、性别、身份、社会地位、关
　　　系亲疏,我都要真心地对你们表示感谢。

老太太　（回声)感谢你们……

老头儿　演说家也一样……热情地感谢来了这么多人……请安静,
　　　先生们!……

老太太　（回声)……安静,先生们……

老头儿　我还要对所有使今晚的大会成功举办的人表示感谢,对组
　　　织者……

老太太　棒极了!

　　　〔此时,演说家在讲台上郑重其事、一动不动地站着,只有
　　　手在机械地签名。

老头儿　感谢这幢房子的房东,感谢建筑师,感谢自觉自愿砌起这
　　　些墙的泥瓦匠们……

老太太　（回声)……这些墙……

老头儿　感谢所有挖地基的人……安静,先生、夫人们……

老太太　（回声)……先……夫……们。

老头儿　我不会忘记那些造出这么多椅子让你们落座的木工师傅,
　　　我要对他们表示最热情的感谢,特别是对那位能工巧匠……

老太太　（回声)……巧匠……

老头儿　……他制造的那把扶手椅让陛下坐得舒舒服服,同时又能

48

保持坚定顽强的精神……我还要感谢所有的技术员、机械师、电工……

老太太 （回声）电……工……

老头儿 ……感谢造纸工人和印刷工人，感谢校对和编辑，因为他们咱们才有了装帧如此精美的节目单，感谢所有人的广泛团结、合作，谢谢，谢谢，感谢我们的祖国，国家（向着皇帝陛下所在的方向）陛下正以真正领航员的技术引领着这只救生艇……感谢引座员……

老太太 （回声）……引座员……幸运……

老头儿 （手指老太太）巧克力冰激凌和节目单的售货员……

老太太 （回声）……售货员……

老头儿 ……我的妻子，我的老伴……塞米拉米斯！……

老太太 （回声）……妻……伴……米……（旁白）我的乖乖，他总忘不了提到我。

老头儿 感谢所有给予我宝贵的经济上和道义上有力支持的人，由于他们的帮助才使今晚的盛会取得如此圆满的成果……还要感谢，特别感谢我们敬爱的君主，皇帝陛下……

老太太 （回声）……皇帝……屁……

老头儿 （全场鸦雀无声）……安静点儿……陛下……

老太太 （回声）……屁……屁……下……

老头儿 陛下，我的妻子和我对生活已不再有任何需求了。我们即将驾鹤西行……感谢上苍赐予我们如此漫长而平静的岁月……我的生命十分充实。我的使命已经完成。本人的信息很快就会昭然于世，人生不虚此行……（向演说家示意，演说家并未发觉；演说家煞有介事地用胳膊推开前来索取签名的追随者）对全世界，或者不如说对幸存者！（手臂向看不见的人群一扫)对你们,先生们,夫人们,亲爱的同事们,你们是人类的幸存者,可就是幸存者,也还有油水可捞……演说家朋友……(演说家看向另一边)要是说我长期以来没能得到当代人的认可、尊重,那也只能如此了。(老太太抽泣)现在,一切都无所谓了,我把这事儿留给你了,你,我亲爱的演说家和朋友(演说家又推开一个新的要求签名者;摆出一副事不关己的冷漠神态四处扫视)……请你费心用我精神的光芒去照耀后代,让整个宇宙都认识我的哲学。别忽视我的私生活、我的兴趣、我的馋嘴等各方面的种种细节,这些细节,有的滑稽可笑,有的十分痛苦,也有的令人感动……把一切都讲出来……还得谈谈我的老伴儿……(老太太大声呜咽)……谈谈她怎样制作美味的土耳其小肉饼、诺曼底兔肉酱……谈谈我的故乡贝里……我相信你,伟大的导师和演说家……至于我和我忠诚的老伴儿,这么多年来我们都是正义事业的战士,为人类的进步付出了艰苦的努力,现在,我们该隐退了,我们要完成崇高的牺牲,尽管没有任何人这样要求我们……

老太太 (抽泣)是啊,是啊,我们将无限光荣地死去……我们死后将进入神话传说……至少,我们会有一条以我们命名的街道……

老头儿 (对老太太)噢,你,忠诚的老伴儿!……在整整一个世纪里,你毫不犹豫地始终相信我,从未离开过我,从未……可今天,在这最最关键的时刻,人们却毫不留情地把咱们俩给隔开了……

> 不能同日生
>
> 但愿同日死
>
> 同盖一床被

> 同葬一座坟
>
> 白骨紧相连
>
> 皮肉亦相混
>
> 一起腐烂掉
>
> 一起喂蛆虫

老太太 ……一起腐烂……

老头儿 哎呀呀……哎呀呀!

老太太 哎呀呀……哎呀呀!

老头儿 ……咱们的尸体将天各一方,咱们将在水中孤寂地腐烂……咱们不必过分怨天尤人。

老太太 该怎么样就怎么样吧!……

老头儿 我们不会被忘却的。永恒的皇帝陛下肯定会记住我们的,永远记住。

老太太 (回声)永远记住。

老头儿 我们会留下痕迹的,因为我们是人而不是城市。

老头儿和老太太 (同时)我们会有一条以我们命名的街道!

老头儿 如果我们不能像过去身处逆境时那样在空间里生活在一起,那么,现在就让咱俩在时间中、在永恒中紧密相连吧:咱们在同一瞬间去死吧……(对站着一动不动的演说家)最后一次……我嘱托你……我相信你……你把一切都讲出来……留下那份信息……(对皇帝)请陛下原谅……永别了,你们所有的人。永别了,塞米拉米斯。

老太太 永别了,你们大家伙儿!……永别了,我的小乖乖!

老头儿 皇帝陛下万岁!(向看不见的皇帝抛掷彩纸屑和彩带卷;鼓乐声起;如同烟花般的斑斓光照)

老太太 皇帝陛下万岁!(向皇帝抛掷彩纸屑和彩带卷,然后抛向

一动不动的演说家,抛向空着的椅子)

老头儿　(同前)皇帝陛下万岁!

老太太　(同前)皇帝陛下万岁!

〔老太太和老头儿同时喊着"皇帝陛下万岁!"从各自的窗户跳了出去。一下子寂静无声;没有了烟花,只听见从舞台两侧传来"啊"的喊声和人体落水的声音。从窗户和大门射进的光线消失;只剩下本剧开始时的微弱光线;窗户洞开着,窗外一片漆黑,窗帘在风中飘动。

演说家　(在二老双双自杀时,他仍然一动不动;有顷,他决定开始讲话;面对一排排空椅子,他让看不见的人群明白他既聋又哑;他打着聋哑人的各种手势,绝望地努力让人了解他的想法;随后他喘息、呻吟、发出哑巴惯常的喉音)赫,姆,姆姆,姆姆,居,古,呼,呼,赫,赫,姑,古,故。

〔实在无能为力,他两臂垂放在身体两侧;突然,他神色一亮,计上心头,转向黑板,从衣兜里掏出一支粉笔,写下几个大字:

神　谕

又写下:

NNAA NNM NWNWNW V

〔他又转身面对台上看不见的人群,用手指着他在黑板上写下的这些字。

演说家　姆姆,姆姆,咕噜,咕,姑,姆姆,姆姆,姆姆姆。

〔然后,他突然一下子把自己用粉笔画出的符号擦掉,又画上许多符号,其中可以分辨出几个大字:

永　永别　永别　别

〔演说家重新转向大厅;他微笑着,做出询问的神态,希望大家明白了他的想法，听懂了他所说的事情；他对空椅子指着他写下的各种符号；他一动不动地等了一会，得意洋洋，神情庄重，却未能见到他所希望的反应，渐渐，他的笑容消失了，脸色变得阴沉；他又等了一会；突然，他心情不爽地鞠了一躬，很快便走下讲台；他以幽灵般的步履向舞台深处的大门走去；在走出大门前，又向一排排空椅子，向看不见的皇帝深深地鞠了一躬。舞台上空无一人，只有空椅子、讲台、满台的纸屑和彩带卷。大门洞开，外面是漆黑一片。此时，人们第一次听到看不见的人群发出的嘈杂声：大笑声、低语声、嘘声、嘲弄的轻咳声；起初这些声音很小，逐渐增强，后又渐渐变弱。这一切持续的时间相当长，长到使观众——真的、看得见的观众——对这一结尾留下深刻印象。大幕徐徐降落。①

幕　落

一九五一年四月至六月

---

① 演出在哑巴演说家的咕噜声中落幕。黑板的情节被删除。——原注

阿麦迪或脱身术

三幕喜剧

屠珍　梅绍武　译

人物表

阿麦迪·布西尼奥尼，四十五岁	吕西安·兰堡
玛德琳，阿麦迪妻，四十五岁	伊冯娜·克莱什
（阿麦迪第二）	
玛德琳第二	
邮　差	皮埃尔·拉图尔
第一个美国兵	让·马丹
（第二个美国兵）	
玛朵，一个姑娘	多米尼克·杜兰
（酒吧老板）	
第一个警察	让·拉图尔
第二个警察	S.G.
窗口的男人	让·大卫
窗口的女人	

该剧于一九五四年四月十四日在巴黎巴比伦剧院首次公演。导演让-玛丽·塞罗,布景雅克·诺埃尔,音乐皮埃尔·巴尔博。

一九六一年在法国奥德翁剧院再度上演。

第一幕

一间简朴的起居室,兼充饭厅和办公室。

右侧,一扇门。

左侧,另一扇门。

舞台后面正中是一扇大窗户,百叶窗紧闭着,但从它的宽缝间透进足够的亮光。

中间靠左有一张小书桌,上面堆满笔记本和铅笔等杂物。

右边靠墙,窗户和右边门之间有一张小桌子,上面放着电话总机接线台,旁边有一把椅子。台中央有一张桌子,旁边也有一把椅子。舞台前面适当地放一把旧扶手椅。第一幕还有一个看得见指针在移动的大挂钟,除此之外,别无其他家具了。

〔幕启时,阿麦迪·布西尼奥尼两只手背在身后,低头沉思,在几件家具之间紧张地转来转去。他是个中年小市民,头顶最好是秃的,唇髭刚开始变灰,戴一副眼镜,穿一件深色外衣和一条灰条纹黑裤子,假领发皱,打着一条黑领带。他时不时走到台中间那张书桌前,打开一个笔记本,拿起一支铅笔,试着写作(因为他在写剧本),但是写不下去,或者写了一个字马上又划掉。他显然心神不宁,时不时朝左侧那扇半开着的门瞥一眼。他越来越显得紧张不安。他在房间里转来转去,两眼盯着地板,突然俯身从椅子后面抓起一个什么东西。

阿麦迪 一个蘑菇!活见鬼!要是饭厅里也长起蘑菇来,那可真是
到头啦!(他站直身子,仔细端详蘑菇)这可是末一招儿
啦!……有毒的……当然喽!(他把蘑菇放在桌角,生气地瞧
着它,又开始踱来踱去,心情越来越不安定,一边嘟囔,一边用
手比划;他更经常地朝左侧瞥去,走到桌前写个字,可是又划
掉,接着他一屁股坐进扶手椅,精疲力竭)哎,这个玛德琳,这个
玛德琳!她一走进那间卧室,就再也不打算出来了!(悲伤地)
她现在总该把他看够了,看够了吧!我们俩都把那个家伙看够
了!哎,天哪,天哪!

〔他一声不吭了,疲惫不堪。稍停。从右侧楼梯平台处传
来说话声,显然是看门人和一位邻居的声音。

看门人声 维克多先生,您休假回来了!

邻居声 是的,古古太太,刚从北极回来。

看门人声 那边天气不会太暖和吧!

邻居声 哦,那边天气倒还不赖。当然,对于您这样的南方人来说……

看门人声 我可不是南方人,维克多先生。我奶奶的接生婆是土伦
人,我奶奶可一直住在里尔……

〔阿麦迪在听到"里尔"这个字眼后,实在憋不住了,突然站
起来,走到左侧那扇门前,把门开得更大些,喊了起来。

阿麦迪 玛德琳,我的老天爷,玛德琳,你在干什么哪?还没完吗?
快点出来吧!

玛德琳 (上台。她和她丈夫年龄相仿,跟他一般高甚至还高一点,
是个不大随和、个性倔强的女人;她裹一块旧头巾,穿着围裙;
她相当瘦,头发差不多花白了。她丈夫颇为敏捷地闪开,让她

60

走进来;她没关门,让它半敞着)你又怎么啦?我离开你一秒钟也不行! 我可不是在找乐子!

阿麦迪 那就别老待在他的屋子里,得了,那对你没啥好处!……你已经把他瞧够了。事到如今,已经没法子挽救。

玛德琳 我得打扫房间呀! 总得有人收拾这个家。咱们也没雇人,没人帮我。而且我还得挣钱养活咱们两个活人。

阿麦迪 我知道。我知道咱们没有用人。你一天不知道跟我唠叨多少次……

玛德琳 (又开始扫地掸灰)当然,跟你在一块儿,别人连抱怨的权利都没有……

阿麦迪 玛德琳,你看你,别不通情理……

玛德琳 对,接着就该骂我啦!

阿麦迪 亲爱的,你完全知道我是头一个也是唯一的一个疼你的人;我也很难过现在情况很不妙,我后悔……可我想,你总会……嗯,譬如说,你打扫这么大一间屋子只用一刻钟时间,可是他那间屋子比这间小得多,你一进去却一两个钟头也打扫不完……你待在那儿,瞪着两只大眼瞧他……

玛德琳 唔,原来你计算起我的时间来啦! 现在我得向我的大老爷汇报我的一切行动、每秒钟的一言一行了。我不能再自由行动,连自己也不是了,我是个奴隶……

阿麦迪 奴隶制度早已废除,亲爱的……

玛德琳 我可不是你的亲爱的,大老爷!

阿麦迪 奴隶是过去的事……

玛德琳 那我就是一个现代的奴隶!

阿麦迪 你不打算理解我。我只不过替你难受罢了……

玛德琳 我不需要你的怜悯。伪君子! 谎言家!

61

阿麦迪 你看,我是因为真替你难过,才不愿意……请原谅……才不希望你待在那里瞧着他。那对你没啥好处,也无济于事……

玛德琳 (无动于衷)去把那扇门关上!喂,你干吗愣着?有股过堂风吹过来了……

阿麦迪 门窗都关得紧紧的,哪儿会有什么过堂风?

〔他走过去关左侧那扇门,先朝门里那间屋子瞥一眼;玛德琳一直瞧着他,发现他在往里头看。

玛德琳 喂,你在干什么?你自己干吗也看他啊?可我一看,你就怪我……关上那扇门,行不行?

阿麦迪 (终于把门关上,接着走到玛德琳身旁)我只不过看看他是不是又长个儿了!好像又长了一点。

玛德琳 (尖刻地)从昨天到今天没长吧……或者说至少没那么明显!

阿麦迪 没准儿到此为止了,你知道。没准儿他已经停止再长个儿啦。

玛德琳 你呀,还有你那种愚蠢的"乐观想法"。你那套预言,谁都明白是怎么回事。你最好还是写你那个剧本吧。(她一边掸桌上的灰,一边看向桌子)看来进展不大嘛。第一幕还没写完。你呀,一辈子也完成不了啦!

阿麦迪 不会的……我至少又加了一句台词,(他打开笔记本。玛德琳停止干活,手里拿着扫帚或掸子,听他读)老头儿对老太婆说:"单干可不行!"

玛德琳 就这些吗?

阿麦迪 (放下笔记本)我没有灵感。良心上的负担沉甸甸的……咱们现在过的这种日子……气氛完全不对头……

玛德琳 你向来有借口……

阿麦迪　我感到太累了,太累了……精疲力竭,动弹不了。我消化不良,胃胀得要命,老是犯困。

玛德琳　可你整天都在睡大觉呀!

阿麦迪　那正是因为我老是犯困。

玛德琳　我也累极了,精疲力竭。可我还在干活,干活,干活……

阿麦迪　我吃不消了,没准儿肝出了问题。我觉得老了。真格的,我不再是个小伙子。但还不至于……

玛德琳　那就休息呗。谁也没拦着你休息! 晚上好好睡觉,白天别再打瞌睡。别吃得太多。这都是你放纵自己的结果。你酒也喝得太多了。

阿麦迪　你从来没见我喝醉过一次。

玛德琳　不止一次! ……

阿麦迪　没影儿的事。

玛德琳　用不着一天到晚喝得醉醺醺的才算是个酒鬼! ……饭前那点酒……就坏了事。这种饭前一盅酒的坏习气就败坏了你身体的每个零件! ……

阿麦迪　除了番茄汁,我什么也不碰……

玛德琳　那么,你要是整天头脑清醒,没害什么大病,每个零件都安然无恙,那就醒醒吧,干点活,写你那部杰作……

阿麦迪　我缺乏灵感……

玛德琳　老是这一套! 我纳闷别人怎么办的。你已经十五年没有灵感啦!

阿麦迪　十五年,可不是吗! (他指着左侧那扇门)我只写出两句台词,自从他……(他拿起笔记本读起来)老太婆对老头儿说:"你说这样行吗?"还有我今天煞费苦心写出的那句,就是刚读给你听的那一句,老头儿回答道:"单干可不行!"(他在桌旁坐下)我一定得着手写下去了。像我现在这种处境,还能写作! 一个人只有在心情舒畅时才能创作。像我现在这种穷困潦倒的处境,除非是个英雄,是个超人才能写出作品……

玛德琳　穷困潦倒的超人,你见过吗? 你可算是独一无二了!

阿麦迪　我得着手干活啦。我得着手干活啦。难哟,可我得着手干活啦! ……

　　　　〔他瘫在桌旁的椅子上,两手托腮,趴在桌子上直瞪瞪地发呆;随后,脑袋慢慢耷拉下来,脑门枕在胳臂上。静场。这当儿,玛德琳已经打扫完毕,看到丈夫这个样子,耸耸肩,咬牙嘟囔:

玛德琳　(旁白)懒骨头!

　　　　〔她脱掉围裙和头巾,拿着扫帚和掸子朝左侧门走去;她刚走到门口,把门打开一半,阿麦迪蓦地抬起头来。

阿麦迪　又往他屋里去!

玛德琳　(给他看手里拿的东西)我总得把这些东西放到一边去啊! 你打算让我放在哪儿? 总不能放在饭厅里吧! 咱们家可没有高楼大厦!

阿麦迪　说得有理。但是别在那间屋里待得太久。

玛德琳　怎么可能待得太久。你明明知道我还得挣钱养家……过的是什么日子哟!

　　　　〔她走进左侧那扇门。阿麦迪忐忑不安地看着她,迟疑片刻,然后站起来,谨慎地朝左侧那扇半敞着的门走去;他做个无可奈何的手势,突然转身向他的书桌走去,可还是没来得及,跟走出来的玛德琳撞了个满怀。

玛德琳　你倒瞧着点啊! 把我撞得好疼!

阿麦迪　对不起,我不是故意的! ……

64

玛德琳　这实在太过分啦！……如今监视起我来了！

阿麦迪　他还在长个儿吗？

玛德琳　把门关上。你向来不关门！

　　　　〔阿麦迪走过去关门，但在门口停住，朝屋里扫视。

玛德琳　关上门，行不行！（阿麦迪一边慢慢关门，一边还往里头
　　　　看，直到门完全关上为止）把门关好！（阿麦迪关上门；玛德琳
　　　　注意到阿麦迪拾起来放在椅子或桌角上的蘑菇）你在哪儿找
　　　　到的？

阿麦迪　那儿，就在地上。

玛德琳　在饭厅里？

阿麦迪　嗯，饭厅里！

玛德琳　你干吗不立刻告诉我？你总是什么事都瞒着我。

阿麦迪　我不想再给你添麻烦……你已经够烦的了。

玛德琳　（忧愁，声调哀伤）哎！要是饭厅里现在到处长起蘑菇，那
　　　　可怎么得了！又添了一份额外的活儿……还得一个个把它们
　　　　拔掉……好像我的活儿还不够干似的！……我的老天爷哟！

阿麦迪　得了，得了，冷静点。我来替你拔……我会帮你的忙……

玛德琳　唉，你这个人，一点也靠不住！而且也不卫生。

阿麦迪　不就只有一个吗？……一个小不点儿的。没准儿不会再
　　　　有了。

玛德琳　又是那一套表面乐观的老调调！我早知道会落到这个下
　　　　场，用不着自己骗自己，咱们得面对现实……他在那间屋子里
　　　　也是这样开始的。你也像往常一样对我这样说："一个小不点
　　　　儿，甭着急，这只是一种偶然现象！"可现在……

阿麦迪　你今天在那间屋子里又发现了一些吗？

玛德琳　你总是纳闷我干吗在他那间屋子里待那么久！我可不是

去休息!

阿麦迪　不是的,我从来也没这么说过……可你一有机会就站在那儿瞪着两眼瞧他;干脆说吧,你的两只眼睛简直离不开他。

玛德琳　刚才我就又拔掉了五十个。

阿麦迪　你瞧,越来越少了吧,昨天就比今天多。

玛德琳　昨天只有四十七个……已经够戗了。

阿麦迪　(绝望地)这么说,蘑菇还在孳长,还在没完没了地孳长!

玛德琳　到处都是! ……哪儿哪儿都有……地板缝里啦,墙边啦,天花板上啦……

阿麦迪　(自我安慰)全是小不点的。没准儿不能怪他……也许是因为潮湿……你知道,公寓房子里常会发生这种事,而且没准儿还有点什么好处咧,有了蘑菇就赶跑了蜘蛛……

玛德琳　你见过公寓房子里长蘑菇吗?

阿麦迪　我敢向你保证,确有此事。特别是在外省小城镇里,大城市里有的时候也有——譬如说,里昂。

玛德琳　我闹不清楚里昂的公寓里到底长不长蘑菇,反正巴黎的公寓没有这种事。

阿麦迪　咱们从来不出门,也不去串门。咱俩在这儿关着大门过了十五年啦。没准儿巴黎如今也不同往常了。没准儿就在隔壁人家里……巴黎蘑菇! ……你怎么知道没有呢!

玛德琳　别胡说八道啦! 我也不是个三岁小孩儿,都是因为他。(朝左侧那扇门看了一眼,指了一下)完全是因为他。

阿麦迪　(对事实勉强承认,两只胳膊耷拉着,心情抑郁)是的,当然,你说的对。除了他,不可能再有其他原因。

玛德琳　如果他让这间屋子里也长满蘑菇,那真是忍无可忍。他自己那间屋子还不够吗! 咱们可甭想再在这套房子里住啦! (忧伤地)这儿已经很不舒适啦!

阿麦迪　冷静,玛德琳,冷静!……没准儿不会再长蘑菇了。咱们走着瞧。没准儿只是一种偶然现象……

玛德琳　(抬头瞧一下挂钟)九点啦!到时间了。不管怎么样,我得上班去了,否则就要迟到啦!

阿麦迪　那就快去吧。

玛德琳　(戴上帽子)我又得去挨人骂了。他们现在随时可以拨电话……(电话总机接线台响起铃声)他们已经开始……来啦……(对阿麦迪,比较温柔地)你也试着干点活吧,写点东西……

阿麦迪　我向你保证,一定努力试试……

玛德琳　(迅速走到接线台,坐下,拿起耳机,开始接线;阿麦迪也立刻回到书桌前坐下,面前放着他的笔记本;挂钟走了一刻钟,时间是九点十五分)喂,您找谁?共和国总统?总统本人还是他的秘书?……哦,总统……

阿麦迪　(在书桌那儿重读他所写的东西)老太婆对老头儿说:"你说这样行吗?"

玛德琳　(在接线台)共和国总统视察去了,先生,过半小时您再来电话吧!……

阿麦迪　(在书桌那儿)老头儿对老太婆说……

玛德琳　(在接线台,铃声又响)喂,喂……

阿麦迪　(同前)老头儿对老太婆说……

玛德琳　(同前)食品店老板,夏洛先生?我就给您接。(铃声又起)喂,喂……

阿麦迪　(同前)……"单干可不行!"

玛德琳　(同前)不行,先生,不行。我已经跟您说过总统半小时之内接不了电话……

阿麦迪 （同前）……老太婆对老头儿说："你说这样行吗？"……

玛德琳 （同前）黎巴嫩国王来电话……（铃声又响；她接另一条线）请等一下！（插线）喂，爱丽舍宫吗？爱丽舍宫吗？！

阿麦迪 （同前）老头儿对老太婆说……

玛德琳 （同前）是的，当然有个黎巴嫩国王……可我告诉您，他的电话等着呢！……有电话找您，总统先生。（另一条线）跟共和国总统对话吧……

阿麦迪 （同前）……"不行，单干可不行。"

玛德琳 （同前，又接一条线。挂钟指针指到九点半）喂，喂，给您接通了。（又一个电话，又一条线）不行，先生，自从上次大战结束后就没有毒气室啦……等下一次吧……

阿麦迪 （依旧坐在书桌那儿，向玛德琳）玛德琳，我想不出下一句台词……

玛德琳 （对阿麦迪）你瞧不见我这儿正忙吗？……（铃声响）喂……对不起，消防队星期四不上班；他们休息，带孩子遛弯儿去啦……可我没说今天是星期四呀。（铃声又响）是的……喂……我正在给您接……

阿麦迪 （站起来，两只手按在桌子上）唉，写作多么累人哦……我简直累坏啦！……

玛德琳 （同前，答复另一个电话）喂……您要跟他太太说话吗？……她在浴室里接，您不介意吧？

〔阿麦迪又沉重地坐下来。

玛德琳 （同前，答复一个接一个的电话；挂钟指针指到九点四十五分，又指到十点）……我给您接……我正给您接……

阿麦迪 （茫然呆视）……老太婆茫然注视着……

玛德琳 （同前）……请等一下，我给您接……

阿麦迪　（眼睛突然一亮，他可"想出来"了）……"对，对，这样完全可以！"……

玛德琳　（同前）您的线接通了……

阿麦迪　玛德琳！……你要不要听我刚写好的东西？……你可以提提意见！……

玛德琳　（把耳机稍抬一下，听阿麦迪说话）我眼下没工夫！……等一下！……（铃声又响）喂……请等一下……（铃声不断地响；挂钟指针朝前走动；她说）我正给您接……我正给她接……我正给他们接……喂……喂……喂……我正给他接……我正给她接……我正给他们接……喂……喂！……

　　　　〔阿麦迪趁妻子在接线台繁忙之际，悄悄站起来，走向左侧那扇门，站在门口朝屋里张望，扭转头看一眼妻子，趁她没看见便偷偷溜进去，门半敞着。

玛德琳　（还在接线，铃声又响）喂，嗯，我听着哪……不对，夫人，不对，我们现在是共和国了……从一八七〇年起就是了，夫人……（没离开座位，对阿麦迪）阿麦迪，怎么又有过堂风？……（铃声）嗯，我给您接她……阿麦迪，你听不见我说话？……（她转身发现他不在）哎，他又进那间屋子里去了……真是个顽固的家伙，不可救药……（挂钟指针指到十点十五分，她气得直跺脚，走到左侧那扇门前）阿麦迪，你听见没有？你在干什么？不好好写作，又在里面瞎折腾！我叫你呢！

　　　　〔她走进屋里，门依旧半敞着；只听见他们在里面说话；接线台铃声时不时响一下，声音不太大，也没人管理。

玛德琳　（从左侧那间屋里传出）你瞪着眼瞧他干什么？……

阿麦迪　我控制不住自己……

玛德琳　那也白搭，没法挽救了。

69

阿麦迪　我突然抱有一线希望……我心想是否……他可能消失了……

玛德琳　就这样,他自个儿忽地一下消失了! 你简直发昏啦,可怜的家伙!

阿麦迪　人间不再有奇迹了……真不幸……

玛德琳　来,来……出来吧!

〔玛德琳拉着阿麦迪从左侧那间屋子里出来。

阿麦迪　我每次瞧见他都觉得恶心……

玛德琳　那就别瞧呗! 你干吗又到他那间屋子里去?

阿麦迪　我恶心透了……

玛德琳　你又在找碴儿不写作……

阿麦迪　他又长个儿了。过不了多久那张沙发床就要放不下他啦。他的两只脚丫子已经伸出床边。我好像记得十五年前他个儿并不太高,而且那么年轻。现在他长出一堆大白胡子。长着白胡子,他倒蛮神气! 二十岁加十五岁,也不过三十五岁……其实他并不老……

玛德琳　死人要比活人老得快,这点谁都知道……

〔阿麦迪精疲力竭,走过去瘫在扶手椅里;玛德琳站在舞台中间。

阿麦迪　他的脚指甲长得多长哟……我的天!

玛德琳　我也没工夫天天给他剪啊。我还得干别的活儿呢! 上星期我把满满一把脚指甲扔到垃圾桶里……这活儿也很难干。我现在简直成了一个女用人,一个苦力,谁都得伺候。

阿麦迪　他的脚指甲都长出鞋面了……

玛德琳　你要是有钱没处花,就再给他买一双呗! 你打算让我怎么办? 我是一分钱也不再给你啦! 咱们穷得这个样儿,你好像全不知道似的!

阿麦迪　可我也不能把自己脚上这双鞋给他穿呀。我现在就剩下
　　　　这么一双鞋。再说他也穿不上……如今他的脚长得那么大！

　　　　〔接线台铃声又响，玛德琳急忙走过去。

玛德琳　喂，是啊……（这当儿，阿麦迪从扶手椅上站起来，又走到
　　　　半敞着的左侧门，惊讶地瞪视）……没有，先生，他不在那
　　　　儿……至少我这样认为。

阿麦迪　（站在原处不动）百叶窗关得紧紧的，可是他的屋子里一点
　　　　也不显得黑。

玛德琳　（走到阿麦迪身边；她每次离开工作岗位，都摘掉帽子，回
　　　　去后又重新戴上）亮光是从他那双眼睛里射出来的。你又忘记
　　　　合上他的眼皮。

阿麦迪　他的眼睛不见老，还是那么漂亮。一双又大又绿的眼珠
　　　　子，像灯塔的探照灯那样闪闪发光。我还是进去合上他的眼
　　　　皮吧。

玛德琳　你居然认为他的两只眼睛漂亮！这倒像文学语言咧，你在
　　　　现实生活中充满了灵感。古里古怪的美。

阿麦迪　我可没说这古里古怪。

玛德琳　咱们没有他那份笨重讨厌的美，也照样过日子。（从左侧
　　　　那间屋里传出轻微的崩裂声）你听见没有？

阿麦迪　他又在长个儿了。正常现象。他在撒开了长呢。

玛德琳　你拿他当什么啦，当棵树吗？他倒是舒服！我的天，他就
　　　　快把这整套房子都给占了！整套房子！我该把他安置在哪儿
　　　　呀？你反正不在乎，家务事你一点也不管！

阿麦迪　当然，他给咱们添了不少麻烦。尽管如此，他还是给我留下
　　　　很深刻的印象。我有时想……唉，情况本来可以完全两样……

玛德琳　你呀，又在找借口，愣在那儿什么事也不干……写作去！

阿麦迪 好！……好！……

〔接线台铃声响。

玛德琳 （阿麦迪朝自己的书桌走去）没一分钟消停！（拿起耳机，冲阿麦迪）关上门！（回答电话）喂，是的，您找谁？……

阿麦迪 （走到左侧门前，手扶在门把手上，又往屋里瞅瞅，回头瞥一眼正在接线台忙着的玛德琳，似乎有点犹豫；接着把门关上，回到桌旁去工作。他坐下）老头儿对老太婆说……

〔接线台铃声又响。

玛德琳 （在答复电话之前，先对阿麦迪说）你还没把他的眼皮合上呢！（朝电话说）是的，市长大人，我这就给您接通您的助理。

阿麦迪 我就去……

〔他站起来，朝左侧门走去；临近门前时，他又听见玛德琳的说话声。

玛德琳 （对阿麦迪。挂钟这时应指十一点十五分）你现在该去买东西啦，咱们中午什么吃的也没有了，拿着菜篮去吧。

阿麦迪 （不高兴地）在这种情况下，简直没法写作。写不下去，你还觉得奇怪。待会儿你又要怪我。我真是没法工作，没法工作！我没有一个脑力工作者必要的工作条件……

玛德琳 直到现在你还在做什么美梦？你老是在最后一刻才有想工作的劲头。

阿麦迪 没有的事！

玛德琳 我也不能离开我的工作岗位，这点你很明白。我不能冒失业的危险，除非你想个什么别的法子来养活咱们俩。你不至于认为我这是在解闷吧？当然，你要是打算让咱们俩都喝西北风，那又当别论了。对我来说，反正都一样。

阿麦迪 对我来说也一样。这种生活活着也没多大意思！

玛德琳　你要是不吃饱肚子,还不知道会显出什么原形呢!我的老伙计,你老是喊饿,一天到晚要吃东西……(铃声响)你听见我说的话没有!(回答电话)您找谁,太太?(冲阿麦迪)快点,拿着菜篮快去,去晚了菜市场的东西都卖光啦!

　　　　　〔阿麦迪朝左侧门走去,手放在门把手上。

玛德琳　(坐在接线台前,瞧着他)我说,你又到他的屋子里去干吗?

阿麦迪　菜篮……菜篮……你叫我拿菜篮啊!

玛德琳　又没在那间屋子里放着! 你从来不知道东西放在什么地方!(铃声响)喂……请等一等!(对阿麦迪)在桌子底下呢……菜篮在那儿放着呢。下回可别再忘了。(对电话说)占线!

阿麦迪　(弯身看到菜篮)哦,是的!……绳子呢?

玛德琳　在篮子里。(对电话说)是的,小姐,当然可以,我给您读一下官方通告……没关系。

阿麦迪　(拎起篮子,站直身子)对,就是这个。

玛德琳　(对电话说)十吨重以上的车皮禁止……您能按我说的记下来吗?可以,小姐。好吧,我念慢一点。没关系……您甭忙,我不着急……

阿麦迪　(慢慢走向后窗户,提起篮子,篮子柄上系着一根绳子;挂钟这时应指十一点四十五分)这根绳子不够长,幸亏我们住在二层。

玛德琳　(对电话说)十吨重以上的车皮禁止……是的,十吨……穿过铁道……(阿麦迪轻轻拉起百叶窗或者半推开百叶窗,拎着绳子,吊下菜篮)阿麦迪,你在干什么哪?人家会看见咱们的!

阿麦迪　(头转向玛德琳)我得把菜篮吊下去啊!……

玛德琳　(对电话说)不是,对不起……我刚才是跟我丈夫说话……

73

（对阿麦迪说）别买香肠,你一吃猪肉就不舒服（对电话说）……
在午夜之后,早晨八点之前穿过铁道……

阿麦迪 （对玛德琳）我该买什么呀?

玛德琳 （对阿麦迪）爱买什么就买什么呗。（对电话说）……无书
面批准……

阿麦迪 （对楼下街上一个人说话）请放一磅李子!……一块奶酪。

玛德琳 （对电话说）……无公共卫生检验官开的书面批准……

阿麦迪 （同前）……两片面包干,两罐酸奶……

玛德琳 （对电话说）……向警察局书面提出申请可获得批准……

阿麦迪 （同前）……五十克细盐……

玛德琳 （同前）……由警察局长官签证。

阿麦迪 （同前）……够了……谢谢……您松手吧。

〔用绳子把菜篮拉上来。

玛德琳 （同前）喂……嗯,对,小姐……哦,不必了……没关系……
不必客气。

〔阿麦迪把菜篮拉上来,关上百叶窗,走到桌前把东西都掏
出来放在他的笔记本旁。挂钟正指十二点。

玛德琳 十二点啦。（把耳机摘下）好不容易哟!……

〔她摘掉帽子,走向阿麦迪。

阿麦迪 下班了吗?

玛德琳 嗯,也该下班啦,累死我了……我不爱吃这个牌子的奶酪。
你忘了买葱啦。

阿麦迪 你没说让我买呀。（头朝左侧门示意）听我说,玛德琳,你
说他是不是已经原谅咱们了?

玛德琳 （坐在桌前,脸朝左侧门;阿麦迪一直站着,也转向那个方
向）我不知道。

阿麦迪　事情总闹不清楚。

　　　　〔他朝左侧门走一步。

玛德琳　坐下吃饭吧。还等什么?

阿麦迪　(坐在玛德琳身旁,面朝观众)他没准儿已经原谅咱们了。
　　　　我相信他会的。(静场良久,他们俩吃着李子)唉,要是能肯定
　　　　他已经原谅咱们就好了!

　　　　〔又是一阵静场。

玛德琳　他要是原谅咱们,就不会再长个儿了。现在他还长个没
　　　　完……他心里肯定还有怨恨,不依不饶呢。死人特别爱记仇。
　　　　活人倒忘记得快一些。

阿麦迪　当然,活人还得活下去呀……没准儿他不像别人那样恶
　　　　毒。他活着的时候并不狠毒……

玛德琳　就你一个人这么想!他们都是一路货。我跟你说过他还
　　　　在长个儿呢。他搞得到处长蘑菇。这不算恶毒又是什么!

阿麦迪　没准儿这不是他存心干的!他长得很慢……一点一点长。

玛德琳　每天长一点儿,每天长一点儿,加在一块儿就不得了……

　　　　〔静场。

阿麦迪　我能不能再去看一下?没准儿已经不长啦。

玛德琳　吃饭的时候,我不想谈论他。

阿麦迪　别不高兴,玛德琳……

玛德琳　我要安安静静地吃饭。至少吃饭的时候消消停停的。成
　　　　天介够我操心的了。希望我的要求不算太过分!……

阿麦迪　一点也不,玛德琳。就照你说的办,玛德琳。

　　　　〔他俩默默地吃饭。

玛德琳　这儿简直太热啦。我都喘不过气来了……

阿麦迪　我倒没觉得热。

玛德琳　开开门,透透空气……

阿麦迪　哪扇门?

玛德琳　(指左侧门)那一扇。你不至于想去打开通往楼梯的那扇门吧!

阿麦迪　你又会激动的。

玛德琳　我并不是想看他,我告诉你。我太热啦。不过是想透透气罢了。

阿麦迪　听我说,玛德琳……这样做不太明智。

玛德琳　请照我说的办。

阿麦迪　好好……可我认为这样做不大对头……(他站起来,打开门,又回到桌前)这样也凉快不了多少,你知道。没什么风进来。他那间屋子里的窗户都关着呢。(玛德琳停止吃饭,坐在原处,通过敞开的那扇门朝屋子里瞧)你不饿吗?(玛德琳没答理他)你难道不饿吗?

玛德琳　别管我,让我先喘口气……(两眼朝那间屋子里盯视。静场片刻)我造了什么孽,要受这份罪……受这种惩罚……

阿麦迪　我也同样在受罪,你知道……

玛德琳　那可不一样。你罪受得少,你没有那么敏感。

阿麦迪　可我……

玛德琳　我不是在惹你生气,也不是在怪你。你比我要幸运一些。

阿麦迪　比你要幸运一些?

玛德琳　当然。你至少还可以要要笔杆子,转转别的念头什么的,你还有那么多书和你的文学著作,用不着太操心……而我呢,什么也没有……除了上班,操持家务,什么也没有……

阿麦迪　可怜的玛德琳!

玛德琳　(厌烦地)我不需要你的怜悯……

〔静场片刻;他们一起朝左侧的房间望去。

阿麦迪　他好像在喘气儿。(静场片刻)他的面孔多富有表情啊!
　　　　(静场)他好像在听咱们讲话呢!

玛德琳　反正咱们也没说他什么坏话!

　　　　〔静场。

阿麦迪　他确实长得挺英俊。

玛德琳　他过去确实挺英俊,如今老多喽!

阿麦迪　他现在还挺英俊!……(静场)他还怨咱们吗?他还怨咱
　　　　们吗?(静场片刻)咱们把他安置在最好的房间里,那可是咱俩
　　　　当初结婚时候的洞房呀……

　　　　〔他想握住玛德琳的手,但她缩了回去。

玛德琳　快吃你的饭!噢……我觉得冷得要命……

阿麦迪　你要我把门关上吗?

玛德琳　(不理睬他)把我的披肩拿来。

阿麦迪　(慢慢站起来,朝左侧那间屋子里瞧一眼,然后在饭厅其他
　　　　地方寻找玛德琳的披肩)他好像在看咱们呢!

玛德琳　你又忘了把他的眼皮合上!你看你,老是健忘!总得我想
　　　　着!总得我,总得我想着!

阿麦迪　是,是……我先给你拿披肩去,你太冷了!……

玛德琳　我倒宁愿你先把他的眼皮合上!

　　　　〔阿麦迪朝左侧那间屋子走去。楼梯上传来脚步声,接着
　　　　一声咳嗽。

阿麦迪　(在距离左侧门一步处停下)嘘,有人来啦!

玛德琳　你想会是谁?不过是咱们的一位邻居回家了。足足有十
　　　　五年没人来看望咱们啦。咱们跟所有的人都失去了联系。

阿麦迪　只消一次就完蛋了。(楼梯上传来一个人的说话声)听!

（可以依稀听到有人在喊"布西尼奥尼"这个姓）我听见有人在喊咱们的姓呢。

玛德琳 （开始不安）你在胡思乱想！（可是又传来一声"布西尼奥尼"，这次更清晰。玛德琳站起来）我的老天爷！……（冲阿麦迪）我早就跟你说过会有这么一天！

〔他们俩焦灼地听着，又传来说话声。

邮差声 （在楼梯口）是布西尼奥尼先生家吗？

看门人声 （在楼梯口）就在对门，先生。他们肯定在家。他们从来不出门。

〔关门声。

玛德琳 （对阿麦迪）我跟你说了是找咱们的……我的老天爷！我的老天爷！

阿麦迪 （惊慌失措）用不着惊慌……

〔右侧有人敲门。

玛德琳 （指左侧门）唉，真要命，快把那扇门关上！（阿麦迪迅速把门推上，玛德琳这时已经靠近那扇门，把背倚在门上，好像陷入了绝境；她惊慌失措；右侧门又传来敲门声）

玛德琳 （手按在心口上）去看看……（阿麦迪犹豫不定）去看看呀，不开门也不顶事。只能更加坏事，再说门也不结实，一砸就破。

〔阿麦迪朝右侧门走去，楼梯口传来人声。

看门人声 再使点劲敲！他们一向在家！

〔又传来几下敲门声。

玛德琳 （一动不动，喃喃说）开门去吧……（阿麦迪正要走过去开门）不，别开！……

阿麦迪 （对玛德琳）那也不顶事啊。门一砸就破。

玛德琳 至少先看看是谁再说。

阿麦迪 （对玛德琳）嘘！

　　〔他小心翼翼地弯身从钥匙孔往外偷觑,楼梯口又传来说话声。

看门人声 再使点劲敲,他们不会听不见的。

　　〔这下玛德琳和阿麦迪吓得蹦起来。

玛德琳 （心惊肉跳）我的老天爷！到底会是谁啊？咱们谁也不认识呀……

阿麦迪 （站起来,对玛德琳）邮差！

邮　差 （从外面喊）布西尼奥尼先生！布西尼奥尼先生！

玛德琳 （吓坏了）邮差！不可能！你一定弄错了！哎,你啊,你啊,你啊……都是你交的一帮狐朋狗友,没错儿,准是你那些老相识……

阿麦迪 （玛德琳伸开两只胳膊,气喘吁吁,仿佛要禁止任何人进入左侧那间屋子）来啦,先生,马上就开。干吗不开呢？（他把门打开,邮差走进来）您瞧,先生,我把门打开了,请进请进！我没藏什么见不得人的东西,说真格的,我们家里也没什么可藏的。

玛德琳 （几乎紧紧抓住左侧那扇门的门框）我们没藏什么,先生,我们家里没什么可藏的。

阿麦迪 我太太和我刚才还在说:"干吗不开门呢？"

邮　差 （没感觉出什么异常）这个自然,先生。

玛德琳 （一动不动,对阿麦迪）他干吗说这个自然？（对邮差）先生,你干吗说这个自然？

邮　差 （一直无所谓）有您一封信……

阿麦迪 不可能吧,先生。

玛德琳 谁会给我们写信呢,先生？我刚刚还跟我丈夫说起呢！您真的只是个邮差吗？

阿麦迪　（对玛德琳）当然是,玛德琳,你在胡思乱想什么?

玛德琳　（对邮差）您不大可能有信给我们吧！您以为我们是什么人,会有人给我们写信?

邮　差　是的,阿麦迪·布西尼奥尼先生的一封信！

玛德琳　我们是姓布西尼奥尼！（她稍稍离房门远一些,意识到后又赶快退回去）没什么,先生,屋里没有任何人！

阿麦迪　（从邮差手里接过信）可不是嘛。他说得对！怪事,这封信真是写给咱们的:阿麦迪·布西尼奥尼……

玛德琳　糟糕！

　　　　〔邮差转身要走,阿麦迪仔细检查信。

阿麦迪　邮差先生,您看,错了！真的搞错了！

邮　差　那您不是阿麦迪·布西尼奥尼先生?

阿麦迪　我不是巴黎独一无二的阿麦迪·布西尼奥尼！巴黎差不多有三分之一的人都叫这个名字。

　　　　〔他把信递还给邮差,后者接过去;从左侧那间屋子里传出一阵崩裂声。玛德琳吃一惊,抑制住一声不安的喊叫,她狂笑起来以掩饰那阵响声。

邮　差　可您就是将军街二十九号的阿麦迪·布西尼奥尼先生。

阿麦迪　将军街二十九号这个门牌也不止一个,将军街不单单只有一个,有好几条将军街呐……

　　　　〔他不安地朝桌旁的地上望一眼,向玛德琳指一下,她依然一动也不动。

　　　　……又一个,玛德琳！将军……孳长得跟蘑菇一般多咧……

邮　差　（不动声色）你们种温室蘑菇吗?

阿麦迪　（连忙对邮差说）先生,这真是搞错啦。我不是阿麦迪·布西尼奥尼,我是阿、麦、迪、布西尼奥尼;我不住在将军街二十九

80

号,而是住在将军街二十九号……你看信封上的阿麦迪的头一个字母是用大写的草体写的,而我的名字阿麦迪的头一个字母向来是用罗马体写的……

玛德琳　当初给他取名字的时候,老人家非要用他教父的名字不可。您看,这的的确确犯了个大错误。

邮　差　(检查信)您说得对,先生,您说得不错。

阿麦迪　(对邮差)谁也不认识我们,先生,我向您保证从来没有人给我们写信。

邮　差　对不起,打搅啦。请签个字吧,先生!

〔他拿出一个本子。

玛德琳　您不会是要我们签字画押吧?我们是规规矩矩的人家。

邮　差　哦,太太,不要紧。这完全是自愿的。太抱歉啦,先生,太太。再见,先生,太太!

〔他转身要走。

玛德琳　我们十分抱歉没请您喝杯酒,先生。我们家里什么都没有,我丈夫不喝酒,先生。

阿麦迪　(对邮差)确实如此,先生。我不会喝酒。我一喝就难受。

玛德琳　我们非常非常抱歉。

邮　差　没关系。巴黎没这种习惯。只有乡下邮差才有人招待一杯酒。

〔他离开。阿麦迪连忙上前给他开门。

阿麦迪　再见!(他关上门,又从钥匙孔往外看一会儿才轻松地站起来)这就好了! ……根本不是咱们的信!你认为我们惹他不高兴了吗?

玛德琳　(走到台中间,抱怨道)从来没有人给咱们写信!连个鬼都没有!咱们连一个朋友也没剩下!咱们跟所有的人都绝交了,

81

彻底绝交了！咱们也不能邀请人家到家里来……

阿麦迪　（到处寻找地上的蘑菇）我刚才还看见一个蘑菇！

玛德琳　（指着左侧那间屋子，继续刚才的话）……因为有他在这儿……

阿麦迪　（跪在地上，又站起来，手里拿着一个蘑菇）敢情在这儿呢，可让我找到啦！

玛德琳　这是饭厅里的第二个蘑菇……别放在桌子上，笨蛋，不卫生，你明明知道这些蘑菇有毒。（稍停）你听着，今天让你破一次例。喝杯酒吧，去吧，瞧你这倒霉样！（从左侧那间屋子里突然传出一声巨响）啊，吓死我了！

阿麦迪　是他，别害怕，玛德琳！

　　　　　〔从同一方向又传出玻璃破碎的响声；阿麦迪跑向左侧门，玛德琳紧跟在后面。

玛德琳　别站在那儿发愣！进去看看！

阿麦迪　又在捣什么鬼！（二人从左侧门下，门仍敞着；从左侧传出说话声）他把窗户撞碎了！……哎哟，他的脑袋瓜子伸到窗户外头去啦！

玛德琳　（在后台）他现在两头一块儿长起来啦！他想要干什么呀！阿麦迪，快想想法子吧。邻居会看见他的！快把他的脑袋拉进来！

阿麦迪　（在后台）我这不是正往里拉呢！

玛德琳　（她的后背出现在门框处）快点！（砰的一声）别让他的脑袋砸在地板上！你可真是个笨蛋！

阿麦迪　（在后台）不好弄啊！

玛德琳　把他扶起来。把他的脑袋放在枕头上。别忘了合上眼皮！

阿麦迪　（在后台）我弄不了。这里没地方啦。

玛德琳　（依旧站在门框处）那就把他折成两截,折成两截吧,这一点也不难!（可以听到阿麦迪在呼哧呼哧地喘气）不对,别那样。（玛德琳又走进屋去,可以听到她在说）让我来弄!

　　〔门框处露出阿麦迪的后背。

玛德琳　（在后台）瞧,就这样。什么事都得我做给你看!

阿麦迪　（在原处）我尽了最大的努力……你从来也没满意过……有没有邻居从窗口往这边看?

玛德琳　（在后台）没有……来帮帮忙呀……你总是让我一个人干最难办的活儿。

阿麦迪　（又走进室内,门大敞着,可以听见）我还以为你要……

玛德琳　（说话声更大了,但还在后台）拉呀,使劲儿拉呀!（可以听见他们使劲拉的声音;又是砰的一声）瞧着点! 小心!（又是一阵响声）把百叶窗关好! 屋里现在没有玻璃可要冷了!

阿麦迪　冬天还远着呢。

　　〔阿麦迪和玛德琳走出来。

玛德琳　就这样吧!

阿麦迪　你看,都搞定了。

玛德琳　（她要关门,又改变了主意）去把他的眼皮合上! 你又忘了!

　　〔阿麦迪折回去。

玛德琳　邻居们一定都听见了。

阿麦迪　（停住）他们也许没听见。（稍停）他们没有一点儿动静!……而且,在这个时间……

玛德琳　他们一定会听见响声的。他们又不都是聋子。

阿麦迪　那倒也是。可是照我说,在这个时间……

玛德琳　咱们该怎么跟他们说呢?

阿麦迪　就说是邮差弄的!

玛德琳　（背向观众，面朝后窗户）是邮差弄出来的响声！是邮差干的。（对阿麦迪）他们会相信吗？邮差已经走掉了。

阿麦迪　那更好。（大声冲后台喊）是——邮——差！

玛德琳和阿麦迪　是邮差！邮——差——差——差！

　　　　〔他们停止喊叫，可以听到回声。

回　　声　是邮——差！邮——差！邮——差！——差！

阿麦迪　（和玛德琳一起转身冲着观众）你看，连回声都这么说。

玛德琳　也许不是回声吧！

阿麦迪　不管怎么说，这可是个证据。这是不在场证据！……咱们坐下吧。

玛德琳　（坐下）日子越来越不好过啦。咱们上哪儿去找新的窗玻璃？

　　　　〔突然从左侧那间屋里传出一声撞墙声；阿麦迪刚要坐下，又倏地站起来，盯着左侧；玛德琳的目光也跟随着他。

玛德琳　（大叫一声）我的妈呀！

阿麦迪　（心烦意乱地）镇静，镇静！

　　　　〔左侧门好像被一股持续的强大推力慢慢顶开了。

玛德琳　（几乎晕倒，但仍然站着，又叫了一声）啊，老天爷保佑！

　　　　〔阿麦迪和玛德琳，目瞪口呆地瞧着两只大脚从敞开的门里慢慢伸出来，一直伸到台上四十或五十厘米处①。

玛德琳　瞧！

　　　　〔这自然是一声痛苦的喊叫，但仍带着某种程度的克制；当然要表现出惊吓，但更多的是厌烦。这是个尴尬的场面，但也不要显得十分异常；演员表演这场戏时要很自然。这当然是个极不愉快的"打击"，一个非常不愉快的"打击"，但也不过如此而已。

---

①　两只脚大约有一点五米高。如果舞台允许的话，还可以更大。——原注

阿麦迪　我瞧着呢！（他跑过去，把两只脚抬起来，小心翼翼地放在一张凳子或椅子上）得，就到此为止吧！

玛德琳　他现在要跟咱们耍什么鬼花样？他到底要怎么样啊！

阿麦迪　他现在可越长越快啦！

玛德琳　你想想法子行不行！

阿麦迪　（忧愁而绝望地）没有办法，没有办法。唉，一点办法也没有啊！他现在是按照几何级数扩展了。

玛德琳　几何级数扩展？！

阿麦迪　（声调同前）是啊……死人的一种不可治愈的病症！他在咱们这儿怎么会传染上的！

玛德琳　（放声）那可怎么办呀，我的天，那可怎么办呀！我早就跟你说过会发生这种事……我早就料到……

阿麦迪　我去把他折起来……

玛德琳　你已经把他折起来了！

阿麦迪　那我去把他卷起来……

玛德琳　那也止不住他长个儿。他现在一个劲儿朝四面八方长！咱们以后把他往哪儿放？咱们拿他怎么办？将来会闹出什么样的结果哟！

　　　　〔她用两只手捂着脸，哭起来。

阿麦迪　得了，玛德琳，冷静点！

玛德琳　唉，不行！这实在太过分啦，谁受得了……

阿麦迪　（试着安慰她）玛德琳，家家有本难念的经。

玛德琳　（无可奈何地搓着手）这简直不是人过的日子！不，不，简直叫人受不了啦！

阿麦迪　（同前）譬如说，我的父母，他们也有……

玛德琳　（哭着打断他的话）现在他又要叫他的蘑菇泛滥到这间屋子

85

里来了。你已经找到两个,这就是个信号。我早就该料到……

〔可以听到左侧的屋子里传出崩裂声。

阿麦迪 （同前）有的人比咱们的日子还难过!

玛德琳 （抽泣,流泪,绝望）你不明白这是不人道的,就是这么回事,不人道,地地道道的不人道!(她瘫在一张椅子上,呜咽起来,两只手捂着脸,不时地重复)这太不人道啦,就是这么回事,不人道……不人道……不人道……

阿麦迪 （这时一直无能为力地站在那里,耷拉着两只胳膊;他看一眼玛德琳,走近一步好像要去安慰她,可是又放弃了,又望一眼尸体,他擦擦脑门上的汗,自言自语道）我的剧本怎么办?我现在再也没法写作啦……咱们算彻底完蛋了……

〔尸体的两只脚又往前长了三十厘米,玛德琳惊跳起来。

玛德琳 又长了!(她又用手捂住脸,呜咽起来,重复道)……不人道……不人道……

阿麦迪 我现在再也没法……这种气氛叫人连气都喘不过来啦!

玛德琳 （一直保持原状,自言自语）……不人道……不人道……(改换语调)这下你可找到一个彻底不干活的借口啦!(又重复老调子)不人道……太不人道啦……

〔电话接线台上的铃声又响起来;她挺费劲地想站起来;挂钟指针现在指着一点钟。

玛德琳 不管怎样,我现在得上班去了。到点啦。我已经做到仁至义尽……(勉勉强强地戴上帽子,朝接线台走去)来啦,来啦……

阿麦迪 玛德琳,别去了,今天就别上班啦,你太累了,休息休息吧……

玛德琳 我一定得去。不去,咱们靠什么过日子呀?咱们一个子儿

也没有……(接线台铃声又响,越来越急促)不管怎么着,我非
得……(朝接线台)好啦,好啦!就来啦,来啦!……(对阿麦
迪)别人才不管你的死活……他们只想把你的最后一滴血都挤
干……他们从来不会想到你已经只剩最后一口气了……

〔接线台铃声响。

阿麦迪 咱们还存了点吃的,玛德琳!通心粉啦,芥末啦,醋啦,芹
菜啦……

玛德琳 (彻底垮了)这些吃的也维持不了多久……随它去吧,我实
在受不了啦,这可太过分啦……(摘掉她刚才歪戴的帽子,狠命
一甩,冲电话总机喊道)我不答复。我累垮了……(铃声突然停
了)……我受不了啦……

〔她倒在一张椅子上,帽子随便丢在地上;她又用手捂住
脸,绝望地呜咽。

阿麦迪 (看着她,狼狈不堪,机械地把帽子捡起来;他站在舞台中
间,手里拿着她的帽子,两眼放空;从左侧室内又传出一阵崩裂
声,他慢腾腾地走向他那把扶手椅,一屁股坐下,蜷缩成一团,
十分疲倦地说)我真不明白咱们怎么会落到这般地步。太不公
平啦……而且在这种情况下……也没有一个人可以商量商量
该怎么办!……

幕　落

第二幕

布景与第一幕同。幕启时,挂钟正指午后三点。舞台右半边,家具比以前有所增加,是从左侧那间屋子里搬出来的,因为尸体的扩展把地方都给占了。这些家具当中包括一张放在右侧门旁的沙发床,还可增加一把扶手椅、一个床头柜、一个洗脸盆架、一面穿衣镜、一个大立柜,总之都是卧室里的各式家具。这些家具都堆在右侧门附近,门被堵塞。舞台左半边只有两三张凳子,彼此相距不远,不放其他家具,为的是安放尸体的两条腿和两只脚,它们占了舞台左半边的大部分空间。舞台左半边的墙根上长着一大堆巨大的蘑菇。尸体的两条腿时不时抖动一下,朝右伸展开去,每次都叫阿麦迪和玛德琳吓一跳。尸体的腿每次抖动伸展,阿麦迪都去量一下扩展的尺寸,这已经成为他的一种条件反射的怪癖了。

〔幕启时,阿麦迪和玛德琳出现在舞台左方。混在乱堆的家具当中,观众几乎看不见他们俩。静场片刻。尸体的两条腿抖动一下,向右伸展一点。玛德琳的脑袋冒出来一下,接着又隐没在家具堆里。阿麦迪走出来。

玛德琳　(短暂出现一下)简直可以看着他长个儿啦!

阿麦迪　(走到安放尸体两条腿的凳子前,用粉笔在地板上画个记号,然后悄悄地用尺仔细测量新记号和旧记号之间的距离)二十分钟之内又长了十二厘米。他可越长越快了……唉,真要命,真要命!(他凝视台上露出的部分尸体,又看看那些大蘑菇)蘑菇也越长越大啦!(静场)它们要是没有毒,倒可以吃,或者卖掉!哎,我真是没本事。不管干什么,都得不到一丁点好处。

玛德琳 (从家具堆里钻出来,在镜子前梳理头发)我好久以前就一直对你这样说……

阿麦迪 (叹口气)对,玛德琳,你说得对。谁都比我强。在生活中,我就像个废物。我是个生不逢时的人……我不配活在这个二十世纪。

玛德琳 你应该早几辈子或者干脆晚几辈子生出来才对!

　　　　〔静场。阿麦迪背着双手,驼着背,一边沉思,一边在左半边舞台上踱来踱去,然后站住。

阿麦迪 要是我的情绪高一点就好了。我真累死了。可我什么事也干不了……(他开始朝右边那张沙发床走去,轻轻撞了一下尸体的两条腿)哦,对不起……

　　　　〔他小心翼翼地把尸体的两条腿摆好,看一眼玛德琳是否注意到自己的举动,发现她还在忙着梳头发才舒了口气;接着他又踱起方步,突然站住。他想出一个主意,于是先朝玛德琳瞥一眼,瞧瞧左侧那扇敞开的门,又朝玛德琳瞥一眼,再瞧瞧敞开的门。他下定决心,踮起脚尖朝左侧那扇门走去,刚走到门口,突然听到:

玛德琳 (全身露出来,直冲到台前)阿麦迪,你上哪儿去?(阿麦迪站住,呆若木鸡)阿麦迪,你听见我说话没有?我在问你上哪儿去。

阿麦迪 哪儿也不去,哪儿也不去……我还能上哪儿去呢?

89

玛德琳　我跟你一块儿去。

阿麦迪　我上哪儿,你都寸步不离!我还是个自由人不是?

玛德琳　(生气)随你的便,我的伙计,去吧,要去就去呗!你要是喜欢单独行动,那敢情好啊!只要你独自能解决点什么问题就好啦!

阿麦迪　(退回)好吧。我这辈子也不进去了。行了吧,现在你该满意了吧?

玛德琳　(耸耸肩)你的脾气真差!你这个人太不讲道理!跟你在一块儿就得有耐心……你要是有点可取之处,倒也罢了。你瞧瞧咱们现在落到了什么地步,瞧你惹的这场祸……

阿麦迪　又找我的碴儿,老是找我的碴儿!一人做事一人当……无需后悔……

玛德琳　说得倒挺容易!翻脸不认账也很容易。

阿麦迪　那也不都是我一个人的错啊……

玛德琳　你倒举个例子看,你总不至于认为那是我的错吧!

　　〔她向左侧那间屋子走去。

阿麦迪　你上哪儿?

玛德琳　我不能把他就那样撇下不管啊!总得有人给他洗洗弄弄什么的,我看你也不乐意给他洗吧!

阿麦迪　费那个劲儿干什么,屁用也没有,纯粹瞎忙活!

玛德琳　(并没朝前走;尸体的两条腿又朝前伸一下)他在长个儿!又长了一点!(阿麦迪向沙发床走去)你要干什么?你还是没有合上他的眼皮。你的记性也太差了,怎么老是那么大大咧咧的。

阿麦迪　我感到累极了!

　　〔他走到沙发床前,瘫在上面。

玛德琳 一要干点正经事,你就是这一套! 你到底打不打算把他弄走? 你要是真的累极了,就吃点补药,吃点补脑药……随便吃点什么。

阿麦迪 药对我已经不起任何作用,反倒让我觉得更累。

玛德琳 眼下可不是时候……

阿麦迪 我一点劲儿也没有,也没有毅力。

玛德琳 眼下可不是不干活的时候! 一到关键时刻,你总是使不上劲儿,你的毅力也全没了。你永远改不了,我的伙计! 你到底想不想把他弄走!

阿麦迪 会搞定的,没事儿,会搞定的,我敢保证会搞定的……肯定会搞定的……

玛德琳 你这样认为吗?(突然改变腔调)你简直疯了! 你还打算让他自己解决不成? ……总得采取果断的措施呀! 听着,你要是再不把他弄走,我就跟你离婚。

阿麦迪 眼下可不是谈这种事的时候。我不能独自照管他。

玛德琳 那你到底打算把他弄走不? 弄还是不弄? 马上答复我!

阿麦迪 玛德琳,我正在考虑这事,正在认真考虑呢。

玛德琳 考虑! 你考虑了不知多少个年头啦! 你要是再不下决心干点什么,邻居早晚会看出破绽。再说这儿也很快就放不下他啦……

阿麦迪 说得好像邻居真在乎似的……

玛德琳 只有你那么想。听! ……

〔从楼梯口传来看门人和一个男人的谈话声。

看门人声 这家准是出了点什么邪门的事……

男人声 嗯,一对古怪家伙!

玛德琳 听见没有? 我可不是头一次听见人家这样议论了……

91

阿麦迪 人总爱多嘴多舌,也没什么影响……

玛德琳 等他们发现,麻烦可就大了!……咱们可就成为左邻右舍的话柄啦。糟糕的是还不会到此为止!

阿麦迪 好吧,我跟你说过我一定把他弄走。我向你保证。

玛德琳 什么时候?什么时候?什么时候?

阿麦迪 明天……让我先休息一下。

玛德琳 明天,明天……我算领教过你的诺言,你的那个"明天"啦……你这一辈子都从你那些"明天"里溜了过去……这次不能再是什么明天,今天就得下决心。明白吗?

阿麦迪 好吧,要是你愿意,今天我就把他给你弄走。

玛德琳 说话算话!(静场片刻)你应该说给咱们俩弄走,总不是单为我一个人吧。你也同样可以过消停日子啦。

阿麦迪 唉,你知道,我要是单独一个人,早就对这习惯了。

玛德琳 那你把他放在哪儿?放在哪儿?这套房子这么小。咱们又不是住在卢浮宫里,到处都是大厅,连整整一长串火车都开得进去……即使如此,他也能把它装得满满当当的。

阿麦迪 我只需要一丁点地方,有个可以生活的小角落就行了……

玛德琳 你难道管这叫作"生活"……

阿麦迪 唉,让我消停一会儿……命该如此嘛。

玛德琳 你这人真是不可救药……咱们也没有多少日子好活了,你至少应该想想法子过得好一点呀……(自言自语)人家会说闲话的!人家会说闲话的!

阿麦迪 你一会儿也不让我消停……你以为我这日子好过吗?我也跟过去大不一样啦,可是你居然说我一点也没变!

玛德琳 我三番五次说过这都是你的错,我今后还要这样说下去,直到把你那花岗石脑袋瓜子说通为止。

阿麦迪 （有气无力地）不对，这不是我一个人的错。

玛德琳 就是，就是！（阿麦迪败下阵来，耸耸肩，不再答话，只是像个固执的顽童那样努动嘴唇做出"就不是"的口型，观众听不见他说什么。静场）你当初就应该马上把他的死亡报案，要不然也该早点儿把尸体弄走，当时要比现在容易得多。你不能说自己不疲沓，不懒散，不任性吧……

阿麦迪 我累死了，我真是累极了。

玛德琳 （继续说下去）你从来不知道自己的东西放在哪儿。你浪费了四分之三的生命瞎翻抽屉找这找那，结果总是我在你床底下给你找到，到处都是你的东西。你办起事来总是有头无尾。做了计划，又放弃，成天瞎混日子。要不是有我在这儿支撑，养活咱们两个大活人……就靠我挣的那一丁点儿钱……现在连这点钱也快吹了……

〔阿麦迪坐在沙发床或者扶手椅上，一声不吭，垂头丧气地忍受着她的抱怨；他面对观众，满面倦容。

玛德琳 （静场片刻，又接着说）你让十五年就这样白白浪费过去了……十五年啊！……现在咱们怎么说也无法让人家相信家里没发生什么事，从来没发生过什么事……这都是因为当初你没有采取措施……（尸体又朝前挪动一下，阿麦迪像机器人一样吃力地站起来，去测量进度，用粉笔又画个新记号，然后回到扶手椅前，沉重地坐下。这当儿，玛德琳嘴没闲着，一直在唠叨）你要是想不出个办法，还不如干脆到警察局去报案……

阿麦迪 那准会增加不少麻烦……

玛德琳 咱们要是能证明他已经死了十五年……人都咽气了十五年，他们也就不会再治罪了……

阿麦迪 十三年……

93

玛德琳　即使是十三年也够了,你看,咱们这个案情还要久,都十五年啦;你要是当初马上报案,现在什么事也没有了……咱们可就消停多了……也用不着这样提防邻居了。家里的气氛也会欢乐些,咱俩也犯不着像囚犯和罪人那样过日子啦……(她指着尸体)都是因为他,事事不顺……

阿麦迪　玛德琳,我永远教不会你讲道理。假如他死的当天就向警方报案,咱俩早就进了监狱,没准儿早就上断头台了。这十五年也就无福消受了……

玛德琳　这么一说又是我错了。依你看,我没有一次对的时候。可是……对了,笨蛋又是我,是不是? 你就是想这么说,对不?

阿麦迪　我不是说你笨,而是说你不讲逻辑,这完全是两码事!

玛德琳　唉,你呀,真会强词夺理! ……

阿麦迪　算了吧,咱们俩谁也不理解谁。

玛德琳　我啊,太理解了。对你我早就……理解得够透彻的了。

阿麦迪　没错儿!

玛德琳　(静场片刻)你原本可以在杀了他之后的第二天,就到警察局去投案,对他们说你是出于一时嫉妒,一怒之下就把他宰了。说真的,这完全是真实情况,因为你总说他是我的情人……而我呢,也压根儿没否认过……

阿麦迪　什么? 我把他宰了是因为这个缘故吗? 我早就忘得一干二净……

玛德琳　冒失鬼! 天下居然有人能把这样大的事忘了! (接着说)……再说因为这是一桩情杀案,你也不会遇到多大麻烦;他们会让你在一张小小的声明书上签字画押,然后就把你放了。那份声明书给塞入一个卷宗,按类归档,完事大吉……这件事早就没人议论啦……

阿麦迪 可是实际上,咱们至今还在谈论它呢!……可怜的小伙子……哦,对了!……我好像记得他是来咱们家串门的。我过去见过他吗?他是第一次到咱们家来吗?

玛德琳 (接着说)我跟你说过多少遍了,都是因为你马虎,什么事都不经心,才让咱们落到如今这个下场。

阿麦迪 我一向憎恨行政手续和官僚主义……

玛德琳 (一直在接着说)在一切还来得及时,我每次跟你说:"去报案吧!"你都像今天这样答复我:"明天""明天""明天""明天"……

阿麦迪 得了,得了,明天就去怎么样?

玛德琳 (强有力地)不行!今天,今天,今天,今天!

阿麦迪 去警察局报案,没准儿比较容易……

玛德琳 对了,说空话比做容易。你刚才不是还说今天就把他弄走吗?还是你打算让我跟你离婚?

阿麦迪 好,好……今天……

玛德琳 无论如何,我了解你,你不会去警察局的。再说现在去也不顶事了。过了足足十五年,人家怎么也不会相信你是一怒之下干出这桩事来的。等了十五年才报案,这本身就证明你是有预谋的……

阿麦迪 听我说,玛德琳……

玛德琳 又要说我不讲道理。

阿麦迪 不是要说这个。

玛德琳 那要说什么?

阿麦迪 我在想该怎么对警察说……他现在长得老气横秋,的确显得苍老不堪,是不是?干脆我就说他是我爸爸,昨天我才把老家伙干掉……

玛德琳 哎呀,这没准儿也不是个很好的借口……

阿麦迪 没准儿不是,你说的对……

玛德琳 通过法律程序,现在说什么也来不及了。只有偷偷把他处理掉算了。你得想法子采取行动……还得尽快……

阿麦迪 (慢慢站起来,沿着墙边转悠,尽量回避尸体)真格的,玛德琳,我正在思索我是不是真的……

玛德琳 怎么啦? 是不是又犹豫不决啦? 你呀,还是不打算干!

阿麦迪 绝对干。我刚才是想说点别的。

玛德琳 什么,说点别的? 你还有什么不清楚的?

阿麦迪 当真是我把他宰了吗?

玛德琳 难道说是我不成……是我这样一个弱不禁风的女人干的吗?……

阿麦迪 不,不。当然不是。

玛德琳 那你是什么意思?

阿麦迪 咱们杀的……不,不,我杀的真是那个小白脸吗? 我好像觉得……嘻,我的记性实在太差了! ……我好像觉得作案的时候……那个小伙子已经走掉了……

玛德琳 你过去承认是你亲手把他杀死的。你还说你记得一清二楚。你说过,对不对?

阿麦迪 没准儿我说错了。我没准儿搞错了……我把事情都搅混了,梦境和现实,回忆和幻想……我现在连自个儿都不知道是怎么回事啦。

玛德琳 如果不是那个小白脸,又可能是谁呢?

阿麦迪 没准儿是那个吃奶的娃娃。

玛德琳 娃娃?

阿麦迪 有一次有个邻居托咱们照应一个吃奶的娃娃。你还记得吗? 好多年以前的事喽。后来她一直没把娃娃抱回去……

玛德琳 胡说八道！……那个娃娃怎么会死了呢？即使死了,咱们又干吗把他留在家里让他长个儿呢？又是你马虎不成？还是你把他杀了？……刽子手！杀婴犯！

阿麦迪 的确可能的。我也闹不清楚。没准儿因为他哭个没完,听到孩子哭总惹得我恼火……他一定是妨碍我工作,妨碍我写剧本。那小家伙哇哇地哭个没完没了,把我惹急了……我就很合理地一怒之下……笨手笨脚地一下子……稍重了点……你知道,杀死个娃娃就跟打死个苍蝇一样容易!

玛德琳 这个死老头,不管他是小白脸也好,吃奶的娃娃也好,情况反正都一样,没法改变了。你总得想个法子把他弄走。

阿麦迪 当然,当然!（过了片刻,脸上又显出一线希望）说真格的,他为什么不能是自然死亡呢？你干吗非坚持说是我把他杀死的呢？娃娃非常娇嫩,生命只靠一根细线维系着。

玛德琳 他不是个吃奶的娃娃。我的记性比你的可靠。是那个小白脸。

阿麦迪 小白脸……小白脸……走进来……多喝了点酒……见到一位大美人……挺肉感的……一下子血压就升高……没准儿就中风送了命……于是……我的老天爷……

玛德琳 那都怪我的不是喽？你是这个意思吧……我还当咱们早就同意这一切与我毫不相干呢!……

阿麦迪 对不起。

玛德琳 咱们打头说起,一个二十岁的小伙子,血管挺软和的,不会这样暴死。他根本没有老家伙那种血管硬化的毛病……

　　〔玛德琳说到"老家伙"时,特别加重语气,有意识地瞥一眼阿麦迪;后者装没听懂。

阿麦迪 现在我想起来了,我没把握是不是另外一个人……

玛德琳 又是谁呀？你又想出什么招儿啦？

阿麦迪 你听着……有一天我到乡下去钓鱼……有个女人扑通一下子失足落水,嘴里直喊:"救命啊!"我因为不会游泳,再说鱼儿正好上钩,就没动窝,让她活活淹死了……在这种情况下,我至多不过是犯了见死不救的罪过……没什么大不了的。

玛德琳 那你怎么解释咱们家里存放的这具尸体呢?

阿麦迪 哎!……那我就不大清楚了。也可能是把她抬到这儿来做人工呼吸吧……要不然就是她自个儿来的……

玛德琳 白痴,白痴!你忘了这不是一具女尸,而是一具男尸!

阿麦迪 对了。我怎么没想到这一点。

玛德琳 无论如何,咱们反正犯了藏匿尸体罪。

阿麦迪 对,你说的对……对极了……(静场。他一边沿着墙根在屋子里瞎转悠,一边沉思,一不小心撞在一个蘑菇上,也可能把它踩碎了,他吓了一大跳)对不起!

〔玛德琳眼看他要撞到蘑菇上,可是已经来不及制止了。

玛德琳 (发脾气)瞧着点,别碰了我的蘑菇!……你现在是不是想把我的蘑菇都给踩死?……

阿麦迪 我不是存心干的!

玛德琳 可怜的小蘑菇!你这个家伙,把家里的盆盆罐罐都给砸光了!现在连一个盘子也没剩下供你操练你那套笨手笨脚的本事啦……

阿麦迪 笨手笨脚是练不出来的……

玛德琳 可你在我的蘑菇上又来了一下子!

阿麦迪 反正有的是,瞧!它们长得多快,多肥实……

玛德琳 你过去也说过家里有的是盘子……可现在,一个也没剩下……

阿麦迪　盘子长不出来……

玛德琳　对,要花钱买。

阿麦迪　至于蘑菇嘛,它们孳长,蔓延开来……至少,有他在这里一
　　　天就……

　　　　〔他指一下尸体。

玛德琳　你还在找理由把他留在这儿……

阿麦迪　非也,非也! 当然不是……

　　　　〔尸体的两条腿突然接连朝前伸了好几下,往右侧那扇门
　　　伸过去一大截,弄得满台乱响。

玛德琳　(惊叫一声)唉哟,阿麦迪! 你瞧! 你瞧! 你到底还等什
　　　么呀!

　　　　〔阿麦迪企图用粉笔画下新记号,可是尸体又向前伸展一
　　　下,他放弃了这个打算,把粉笔一扔,耸耸肩膀。

玛德琳　(绝望地绞着双手)你到底还等什么? 还期盼什么? 下定
　　　决心吧! 下定决心吧!

阿麦迪　对,我知道应该下定决心。我知道应该……可是事情不那
　　　么简单哟。

玛德琳　亲爱的,想个办法吧……

阿麦迪　你说什么?

玛德琳　(又显得不耐烦)我只是说"想个办法吧",因为总得想法解
　　　决呀,我就说了这个……我这样说,也因为这次要看你的了。

阿麦迪　我不能马上就干啊。得等天黑才行。今天夜里就干。一
　　　言为定。

玛德琳　那我可就舒坦多了。

阿麦迪　那你可就高兴了。

玛德琳　高兴……高兴……好像咱们真能把丢掉的时间找回来似

的！那些白白浪费掉的岁月,始终像铅块一般沉重地压在咱们的心头……

阿麦迪 那至少也是一种小小的安慰……

玛德琳 我的晚年也许不必再这么痛苦啦,如此而已……

阿麦迪 你要是愿意,咱们没准儿马上就可以把他弄走……

玛德琳 那对咱们来说风险太大了。可别叫人看见你。等天黑再说吧。反正也晚了……这事早就该办……索性就再等一等吧,等到天黑……咱们已经等了十五年……再多等个把小时又有何妨?哎,我已经习惯等待了,等啊,等啊,没有一点欢乐的漫长等待……我这一辈子就是这么过来的……

阿麦迪 (怯生生地)我这一辈子也是如此。

玛德琳 我这一辈子就是这么度过的……你可以把它写成一部小说!你压根儿就没想到把我这一辈子写一部小说!我够得上是个小说人物哩。你压根儿就没想到过我!

阿麦迪 (怯生生地)如果你愿意,我就试着写写看……等咱们把……

〔尸体又往前伸了一下;从这时起,尸体不再抖动,而是慢慢地、持续不断地朝右侧那扇门伸去。

玛德琳 如果他还照几何级数那样扩展,到今天晚上这套房子还容得下他吗?

阿麦迪 这个,我想总还能容得下吧……

〔他用眼神粗略估计一下尸体的脚和右侧门之间的距离。

玛德琳 你最好算一下。咱们心里好有个底……

阿麦迪 (做个倦怠的手势)我的数学从来就不行。慢慢走着瞧吧……

玛德琳 跟你在一起做什么事都没把握。

阿麦迪　咱们坐下来歇一会儿,养养精神。等着吧。只有如此,没有别的法子好想。坐下吧,玛德琳,总得随遇而安啊。

〔玛德琳和阿麦迪坐下,他瘫在扶手椅上,她神经质地坐在椅子上。静场。接着她拿起毛线活,开始不耐烦地织起来,有时瞥一眼阿麦迪,有时凝视着台后面那个大挂钟。观众应该能够看见指针和尸体的腿按同一速度慢慢移动。这当儿,台上的灯光渐暗,因为窗户外面已由白天变成傍晚,接着全黑了,最后可以看到窗外出现一个又大又圆的月亮,月光洒进屋内。

玛德琳　(又看一眼阿麦迪,看一眼挂钟。静场。她一个劲儿地织毛线,又看一眼阿麦迪。他面对观众,两眼半闭,瘫在扶手椅上;她张开嘴要说点什么,又闭上了。钟敲了;她又看一眼阿麦迪,这次喊道)阿麦迪!

阿麦迪　(两眼仍然闭着)干吗?……让我攒攒力气……

玛德琳　你该去工作啦……这样可以帮助你消磨时间,一直熬到深夜……写你的剧本去……白白浪费这么好的时刻,岂不可惜……

阿麦迪　(同前)……我……累……死了……

玛德琳　加把劲儿,阿麦迪! 你知道这对你大有好处……

阿麦迪　(同前)没劲儿,没精神……我现在……真的……有点儿……办不了……

玛德琳　可是从现在到晚上,你也没有什么别的事要干啊……

〔静场。阿麦迪想站起来,欠起身来,复又瘫在扶手椅上。沉重的寂静。尸体继续不知不觉地伸长,挂钟指针不知不觉地往前移动。

阿麦迪　(同前)今天怎么过得这么慢,还没到深夜啊……我现在已经魂不守舍了……

玛德琳　（不太粗暴）冷静点,阿麦迪。拿出勇气来,你应该战胜你的恐惧,控制住自己。

阿麦迪　（同前）我尽量在控制呢。

玛德琳　应该如此。

　　　　　〔静场。

阿麦迪　（同前）把他抬起来可得费我不少劲儿……准保死沉死沉的……

玛德琳　先别想这个……想点别的……暂时先把它忘掉……别浪费你的精力。去写点东西……

阿麦迪　（同前）说得倒好听:忘掉……等待那一时刻到来,等待时间一点一点磨蹭过去,怎么可能把那件事忘掉……眼下我都有点心惊肉跳啦……

玛德琳　肯定是很不好受的时刻……不过我会在场,我会帮你的忙。

阿麦迪　（同前）不好受,罪孽深重,都得我一个人去干……

玛德琳　对,现在该瞧你露一手啦。

阿麦迪　而且也是桩十分危险的勾当……

玛德琳　对谁来说都同样危险……

阿麦迪　（同前）再加体力上的消耗……

玛德琳　你是堂堂男子汉大丈夫呀。

阿麦迪　（同前）我一向不参加体育锻炼,也从来没干过体力活儿。就是干些零碎活也很不在行。我是个趴书桌的,是个知识分子……

玛德琳　你呀,没受过完整的教育,你不应该忽视身体健康……

阿麦迪　（同前）我现在也意识到这一点了……太迟了,太迟了……可是谁会想到……我会落到……

玛德琳　在生活当中,你应该随时提防万一……

阿麦迪　（同前）实话。我父母当时没有一点远见……现在怪他们也白搭了……

玛德琳　（神经质地）可是有的时候，总在不适当的时候，你又冷不丁冒出一股劲儿……你居然把他杀了……当时你要是没有劲儿，该多好啊，今天也许劲儿就会大一点啦！

阿麦迪　（同前）首先，没有真凭实据证明是我把他宰了，我自己也没把握是不是我干的。

玛德琳　又开始啦！

阿麦迪　（同前）我过去也一直这样说啊！

玛德琳　你是在装疯还是在卖傻？

阿麦迪　这件事我倒是可以承认的，因为我也找不到别的更合理的解释……我承认没准儿是我把他宰掉的……

玛德琳　老调调！

阿麦迪　（同前）可是人在盛怒之下有那么一股杀人的劲儿，一股突如其来的劲儿，也是不难的……就是这么回事……谁都干得了……要老保持那股劲儿却叫我发怵……对我这样要求，也未免太过分了吧？……那种体力上的消耗，光是想想那股劲儿，那股蓄意图谋的劲儿，再加上这种等待，这一切真要了我的老命。（叹口气）我会干的，因为非干不可……因为非干不可……因为非干不可……

玛德琳　如此一说，这一切都没什么了不起，得了，别再想啦。那会使你心宽点，就当没这么一档子事似的。今天和往常一样……一样糟糕……但并不更糟糕……写你的剧本去吧。这可以使邻居不疑神疑鬼。咱们一定不能让他们起一点疑心……

阿麦迪　（同前）用不着担心邻居。他们才不管咱们家的事。你听……静得一点声儿都没有……

玛德琳 他们在那儿呢。他们在那儿呢,在他们的公寓里,不是耳朵贴在墙上或者地板上偷听,就是贼眉贼眼地躲在窗帘后面往外偷看……要么在楼下,一小撮一小撮地聚在看门人那间屋里悄没声儿地……

阿麦迪 (同前)你在夸大其词……

玛德琳 我可比你更了解他们。他们默不出声的时候最使我担心。人们那种残忍的好奇心顶顶恶毒……他们总在监视咱们,总在监视咱们……他们一天到晚就干这个。你难道感觉不到他们就在那儿吗?你难道意识不到这儿多么安静吗?只要他们抓到一点儿蛛丝马迹,你所信赖的这份可疑的宁静就会爆裂,声音像一个瓷花瓶被摔得粉碎那样响……我倒情愿他们说话,他们嘀嘀咕咕的声音大得咱们能够听见……或者从咱们门缝里塞进点脏纸条……或者想办法在墙上钻个窟窿插进点电线来……你知道,就像他们那天干的那样……我一向情愿他们那么干。这样你就知道自己的处境……可是他们这种莫名其妙的沉默,叫我简直受不了……咱们得提防着点……

阿麦迪 (同前)今天晚上……深夜……深更半夜,这个适合犯罪的时刻,一点儿也不提前……像个贼似的……只要咱们干起来……一口气干完……唉!时间过得快一点,快一点该多好啊!(静场)咱们一定尽力而为,把它干好。

〔静场。

玛德琳 (蓦地)可是,你现在还是去工作吧!我得跟你说多少遍呀?你难道不知道咱们得骗过他们吗? ……就好像什么反常的事也没发生……

阿麦迪 (吃力地维持原姿势)跟往常一样的一天,跟往常一样……

玛德琳 我也没心思干活……可我还是一针一针地织我的毛线,跟往常一样……

阿麦迪　（同前）我试试看吧。我一定着手干起来，一定着手干起来……这个古怪的行当……（十分轻蔑地）作家……（静场片刻）我情愿睡觉，一直睡到半夜。可我怎么也睡不着……我已经没有困意……（静场片刻。仍然是原来的姿势）地平线上围着黑压压一片山峦……地面刮起一股浓烟……乌烟瘴气……（还是原姿势，两眼半闭；他眼睛睁开了几秒钟，脸上流露出极端疲倦的表情；他一直没有改变姿势，就是说一直蜷缩在扶手椅上，面对观众）幻——象，幻——象……那像什么，什么，什么……

〔玛德琳在她那个角落里织毛线时，两个人物——两名喜剧演员——从舞台后面登场或出现，在下一场戏里就地转来转去。他们装扮得跟玛德琳和阿麦迪一模一样，声调也完全相似；在结尾时，他们的嗓音变得尖锐刺耳——特别是玛德琳第二——而且悲痛、失真、毫无人性，就像受了伤害的动物的哀鸣。那两个与他们极其相似的人物出现时，玛德琳坐在原处，继续织毛线，阿麦迪还是照样瘫在他的扶手椅或沙发床上一段时间；只在那两个人闯入时和这场戏结束时，阿麦迪和玛德琳略有动容，除此之外，他俩都对台上发生的一切活动无动于衷。还必须强调一下，玛德琳第二和阿麦迪第二应当尽量避免表现得像出窍的灵魂；为此，这场戏的灯光不要变得幽暗，而仍用正常的灯光。玛德琳第二和阿麦迪第二在这种不自然和非现实的情况下应当表演得很自然，就跟玛德琳和阿麦迪的表演一样自然。如果演出有困难，尤其是不可能找到两个同玛德琳和阿麦迪完全貌似的演员时，这场戏可以按照下列方法演出：画面集中在阿麦迪身上，观众只看得见他的脸，其他部分都看不到。玛德琳消失。音乐。灯光重新放亮，呈现一片欢乐气氛。阿麦迪变成一个年轻的新郎:他从抽屉里取出白手套、帽子、领带和花束等物,穿上衣服。玛德琳在剧场楼厅上出现,面对观众,装扮成新娘,也可以戴上头纱。音乐。阿麦迪,看上去非常年轻,向她走去。

　　如果采用第二种方式,显然就不再需要增添另外两名演员了,在这种情况下,下面方括号里的对话也可以取消。

阿麦迪第二　　玛德琳,玛德琳!

玛德琳第二　　别挨着我,别碰我。你身上有刺,刺,刺。你把我扎痛了!你要干——干——干吗?你上哪儿?上哪儿?上哪儿?上哪儿?

阿麦迪第二　　玛德琳……

玛德琳第二　　(半哭半喊)啊!啊!啊!……

阿麦迪第二　　醒醒吧,玛德琳,咱们把窗帘拉开,春天已经到来……醒醒吧……房间里充满了阳光,灿烂的光辉……柔和的暖意!……

玛德琳第二　　……黑夜,雨水,泥泞!……噢!寒冷!……我浑身发抖……黑暗……黑暗……黑暗!……你瞎了眼,你在粉饰现实!你难道没看见你在美化现实吗?

阿麦迪第二　　是现实在美化我们。

玛德琳第二　　老天爷,他疯了!他疯了!我疯了!!

阿麦迪第二　　看啊……看啊……回忆你的过去……注视你的现在和将来……环视你的周围!

玛德琳第二　　我什么也看不见……太黑啦……什么也没有……我什么也看不见!……你的眼睛瞎了!

阿麦迪第二　　不,我看得见,我看得见……

玛德琳第二　　不……不……不……

阿麦迪第二　　百合花盛开的绿色山谷……

玛德琳第二　蘑菇！……蘑菇！……蘑菇！……蘑菇！

阿麦迪第二　是的,在绿色山谷中……他们正手拉手围成一个圆圈跳舞。

玛德琳第二　一个潮湿的黑山谷,一片沼泽地带,能让你陷下去直到淹死为止……救命啊！我喘不过气来啦,救命啊！……

阿麦迪第二　而我要尽情歌唱……拉,里,拉里,拉,拉,拉！

玛德琳第二　别扯着你的破锣嗓子唱啦……简直刺耳极了！

阿麦迪第二　拉,里,拉,里,拉,拉,拉！……

玛德琳第二　别嚎啦……别嚎啦……你的嗓音多刺耳啊！你都把我震聋了！刺破我的耳膜！别撕破我的黑暗！狂徒！狂——徒！

阿麦迪第二　玛德琳,亲爱的……

玛德琳第二　阿麦迪,坏蛋！

阿麦迪第二　玛德琳,你过去也爱唱歌呀！

玛德琳第二　那是因为我烦闷无聊,唱唱流行歌曲,只是因为我没事儿可干！

阿麦迪第二　咱们跳个舞吧！……转啊转的……沉湎在一片欢乐之中……疯狂的光芒……疯狂的爱情……疯狂的幸福……欢乐吧,尽情欢乐吧,欢乐吧！

玛德琳第二　别开枪！……别开枪！……刺刀,机关枪……别开枪,我害怕！……

阿麦迪第二　人人都在拥抱。

玛德琳第二　别杀我……求求您,可怜可怜我吧……别杀他,别杀他们……可怜可怜孩子们吧！……

阿麦迪第二　疯狂的幸福……

玛德琳第二　疯狂！疯狂！疯狂！

阿麦迪第二 咱们在清澈的湖面上荡漾。咱们的小船是个花朵……摇篮……波浪助航……咱们划过。

玛德琳第二 （惊叫一声）我滑下去了！……一只船？什么船？你在说的是什么船？你指的是哪只船？哪儿有什么船啊！……嘿！嘿！嘿！嘿！船统统陷入泥泞，陷入沙漠，这一切难道都是真的吗？

阿麦迪第二 白色的教堂！……钟声齐鸣！……教堂就是鸽子！……

玛德琳第二 钟声！什么钟声？……我什么也听不见！你的耳朵聋啦，什么声音也没有，你的耳朵聋啦……

阿麦迪第二 孩子们的声音！……喷泉汩汩的水声……春天的声音！

玛德琳第二 不是，不是，是癞蛤蟆和蛇蝎发出的噪音！

阿麦迪第二 是山上积雪融化的声音……

玛德琳第二 遍地泥泞的森林，囚犯的茫茫黑夜！……无边无际的地狱……噢！不要管我！让我走吧！……啊！……一场噩梦！

阿麦迪第二 地平线在喘息。灿烂的光辉……

玛德琳第二 哪儿？在哪儿？当心！当心！云雾和豺狼！当心啊！

阿麦迪第二 清晨从不变老……闪烁的光辉……黑夜结束了……结束了……

玛德琳第二 我陷进黑暗中去了！黑咕隆咚！……用刀砍……我不想，我不想……吓死我啦！啊！……

阿麦迪第二 玛德琳！……

玛德琳第二 谁让这些坚硬的叶子和带刺的枝杈在树上生长，还有那紧紧纠缠在树干上的爬山虎?! 就是你！你这个可怕的畜生！

阿麦迪第二 玛德琳，我的小乖乖……

玛德琳第二 他们在抽打我的脸，我的肩膀！就是你，你这个魔鬼！就是你打了我几记耳光！

阿麦迪第二　那里没有障碍。那里没有树木。小心仔细地看……看,石块像青苔一般柔软。

玛德琳第二　他们剥我脚上的皮……火辣辣的刺!针尖一般的火焰,冷冰冰的火焰……他们正在把烧红的针扎进我的皮肉。哎哟!

阿麦迪第二　只要你愿意……就会有,就会有充沛的精力……脚上生翅……我们的四肢像翅膀,肩膀像翅膀……摆脱地心引力……再也不萎靡消沉……

玛德琳第二　永远是黑夜……茫茫无边的黑夜……孤零零地生存在人间!……

阿麦迪第二　我们在人间的大门槛上!

玛德琳第二　(鹦鹉学舌般)好不奇怪!好不奇怪!从来没有这种事!永远得不到满足!永远得不到满足!

阿麦迪第二　空荡荡的宇宙……自由……透明的权力……平衡……轻盈的富裕……失重的人寰!……

玛德琳第二　好不奇怪!好不奇怪!

阿麦迪第二　你可以用一只手把世界举起来……

玛德琳第二　永远得不到满足!永远得不到满足!

　　〔阿麦迪　(坐在扶手椅上)天气沉闷。世界稠密。年月短暂。时间缓慢。〕

玛德琳第二　石头是空的。墙也是空的。什么也没有……什么也没有……

　　〔阿麦迪　(坐在扶手椅上)沉重啊。然而又是那样不牢固地粘在一起……除了窟窿之外,什么也没有……墙壁摇摇欲坠,铅般沉重的砖块在往下落!〕

玛德琳第二　就要滚落在我们的脑壳上!……就要砸碎我们的脑袋瓜子!……噢!……那些肮脏的蘑菇,散发臭气,正在腐蚀一切!

阿麦迪第二　所有的声音都是咱们的回音。全都在响应。咱们手拉着手。空间存在,却没有间隔的空隙!

玛德琳第二　我是个寡妇,我是个孤儿,我一贫如洗,病病歪歪,衰老不堪,我是人间最老的孤儿!

阿麦迪第二　曙光就是胜利! ……每个太阳都在冉冉升起……

玛德琳第二　永远得不到满足,好不奇怪! ……

　　[**阿麦迪**　(坐在扶手椅上)马上就要破碎,破碎……]

阿麦迪第二　回忆回忆吧……麻雀在我们手中重获力气,花儿永不凋谢。

玛德琳第二　这是你的想象! 你的想象! 你的想象! 告诉我哪儿有这种事? 你简直让我冒火 …… 冒火 …… 这是不可能的! ……不可能,永远不可能……全错了,全错了!

阿麦迪第二　你多漂亮啊,美丽的皇后!

玛德琳第二　美丽的皇后! 好不奇怪! ……他在拿我开心,拿我的鼻子开心! 你难道没注意到我的鼻子吗?

阿麦迪第二　你失去了记忆。想想吧,回忆回忆吧……远的可以是近的。凋谢了的可以重新披绿。分离的可以再度结合。不存在的又复现。

玛德琳第二　没影儿的事! 没影儿的事! 别再说啦。你叫我的心都碎了!

阿麦迪第二　我们相亲相爱。我们无比幸福。在一所玻璃房子里,一座亮晶晶的房子里……

玛德琳第二　他的意思是一座铁房子,铁……

阿麦迪第二　玻璃房子,亮晶晶的……

玛德琳第二　铁房子,黑咕隆咚的房子!

阿麦迪第二　玻璃的,亮晶晶的,玻璃的,亮晶晶的……

玛德琳第二　铁的,铁的,黑咕隆咚,黑咕隆咚……

阿麦迪第二　唉,铁的,黑咕隆咚……

玛德琳第二　啊!啊!(哭泣)……火啊,冰啊……火啊……火叫我五脏俱焚……火把我团团围住。里里外外都是火!……我在燃烧!救命啊!……啊哟哇呀!……啊哟哇呀!……啊哟哇呀!……救命啊!啊哟哇呀!……

阿麦迪第二　啊哟哇呀!……啊哟哇呀!……啊哟哇呀!……救命啊!啊哟哇呀!……

玛德琳第二
阿麦迪第二⎫　啊哟哇呀!……啊哟哇呀!……救命啊!啊哟哇
呀!……

〔玛德琳第二叫喊着冲出去,阿麦迪第二在她身后追着喊:"等等我!等等我!"这两个酷似阿麦迪和玛德琳的演员消失了。玛德琳突然站起来,对坐在扶手椅上的阿麦迪说话。

如果没有上述面貌相似的演员出场,则可改由玛德琳叫喊着冲出去,阿麦迪单独留在台上,表情很忧郁。他慢慢回到书桌旁,脱掉手套,摘掉礼帽。阿麦迪又变老了。气氛又恢复到第二幕开始时那样。玛德琳重新出现在舞台后边,继续织她的毛线活,在她坐的地方嘟嘟囔囔。

阿麦迪　(同前)到时间了吗?

玛德琳　(同前)没有,还没到。

阿麦迪　(同前)快到了吧?

玛德琳　(同前)还没到。沉住气。

阿麦迪　(对玛德琳)可怜的玛德琳!你的日子多难熬啊。(仿佛要走近她)你知道吗,玛德琳,要是咱俩过去相亲相爱,真诚地相亲相爱过,这一切就变得无所谓了。(合拢两手)玛德琳,求求

111

你,咱俩就相亲相爱吧。你知道,爱情能够解决一切,爱情可以

改变生活。你相信我吗,你理解我的意思吗?

玛德琳　哎呀,放开我!

阿麦迪　(结结巴巴地)我确定会的!……爱情可以弥补一切。

玛德琳　别满嘴胡吣啦! 爱情不能让咱们摆脱这具尸体。憎恨在

这方面也无能为力。这一切都跟感情毫无关系。

阿麦迪　我会让你摆脱他……

玛德琳　毫无道理! 这跟爱情有啥关系? 纯粹是胡说八道! 爱情

并不能帮助人解决生存的忧虑!(她指着尸体)都怪他。这儿

是他的天地了,不是咱们的。

阿麦迪　(同前)嗯,你说的没准儿对……

玛德琳　不管什么事情,他都插一脚,你难道还没意识到这一点吗?

阿麦迪　(同前)没准儿是。

玛德琳　没错儿!(险些滑倒)到处都滑溜溜的……蘑菇长了一

地……爱情也不能把它们打扫干净……(向半敞着的左侧门瞥

一眼)现在咱们连门都关不上了。他整个侵占了咱们这个家!

起码别让他睁着两只大眼,好不好? ……你总是忘记把他的眼

皮合上……

阿麦迪　(同前)我这就去……

　　〔他并没动窝。

　　此外,也没来得及,因为突然从尸体那间屋里传出奇特的

音乐,声音越来越响;这当儿,舞台灯光暗下来,挂钟正指晚上

八点。阿麦迪和玛德琳不再说话,呆呆地听着,气氛越来越阴

郁。一股绿光从尸体那间屋里射出来,渐渐照遍舞台。音乐声

中夹杂着左邻右舍的嘈杂声;远远一声“开饭啦!”和一阵门铃

声,楼梯上低沉的脚步声,碟子和玻璃杯相碰的叮当声——晚

饭时间到了;随后,这些声音渐渐静下来,只剩下音乐声。音乐开始后,阿麦迪站起来,暗自移动一件家具,好给仍在不断扩展的尸体腾地方,接着他走到玛德琳身旁,跟她一块儿坐在家具堆里,默默地一道听尸体发出的奇特音乐,观众无需看到他俩。两个人为了来到这个位置,以及在这场戏的结尾离开这个位置,先是阿麦迪,随后是玛德琳和阿麦迪都活动困难,因为尸体一直在扩展,把一切空余的地方都占据了;后来玛德琳和阿麦迪只好从尸体的两条腿和家具之间,或者尸体的两条腿和右侧门之间出出进进,他们后来的动作几乎可以跟杂技演员的表演相媲美。音乐长久不停;导演应加强绿色灯光、乱七八糟的家具和舞台上空无演员的效果,因为阿麦迪和玛德琳被家具遮隐了相当长一段时间;因此在这场戏中,主要效果是音乐、尸体向前伸长的两条腿和绿色灯光。

玛德琳　(音乐刚刚微弱地传出时)什么声音? 你听见没有?

阿麦迪　没有。安静点。是他,他在唱歌呢。

玛德琳　(低声)可他的嘴还闭着呢……

阿麦迪　(也低声)这声音无疑是从他的耳朵里出来的……耳朵是最好的乐器……

　　　　　〔挂钟随着音乐敲了八下。稍停。随后外面又传来嘈杂声。

玛德琳　(低声)这声音从四面八方传来了……

阿麦迪　(同前)声波在传播开来……这是他的力量……

　　　　　〔阿麦迪和玛德琳一声不响。有一段时间台上只有音乐声。接着从尸体那间屋里射出不讨厌的绿光,突然把几乎完全昏暗的舞台照亮;起先,这光只照亮舞台的一部分。

玛德琳　……这光是从他屋里射出来的。(低声)从他那儿出来的,没错儿。

113

阿麦迪 （一直低声地）是他的两只眼睛在发光……活脱脱像两座灯塔的探照灯……这更好,咱们用不着点灯啦……他的光更柔和。

玛德琳 关上百叶窗。

〔阿麦迪走到窗前,把百叶窗悄悄关上。

阿麦迪 街坊就快吃完晚饭了,待会儿就该睡觉啦。

玛德琳 （依然低声说话,这时阿麦迪默默地回到她身旁坐下）他还很有天才啊!

〔长时间停顿;长时间音乐;挂钟的两个指针从昏暗的舞台深处脱颖而出;月光从百叶窗缝中漏进来。接着,阿麦迪和玛德琳突然一声不响地同时站起身。在音乐终止一阵子之后,说:

玛德琳 咱们该把大立柜挪动一下。

阿麦迪 天哪! 他都快顶到门那儿去啦。

玛德琳 你总不会打算让他把门顶穿吧?

〔阿麦迪和玛德琳惊慌失措而默不吭声地做出一系列哑剧动作,这时挂钟的指针转动得更快了。二人默默地移动大立柜,动作粗野而混乱;他俩移动其他家具的位置,困难地从尸体的两条腿上爬来爬去。在这一阵手忙脚乱中,阿麦迪比较镇定些或更不灵活。随后,玛德琳又用一块揩布把尸体的两只鞋擦擦干净。阿麦迪用手掸拂尸体的裤子,把他的脚安置在一张凳子上。玛德琳又把刚拿出来擦尸体鞋的那块揩布放回刚移动过的大立柜里。有一阵子,玛德琳仍处于不安状态,而阿麦迪却站着不动,背对观众,背着双手,凝视尸体的两条腿,接着又慢慢顺着尸体的全身扫视一遍,目光最后停留在敞开的那扇门上。他转过身来,晃着脑袋,唉声叹气。玛德琳没吱声,瞧一眼

114

阿麦迪；她看上去神情十分沮丧，朝阿麦迪做个手势，仿佛是说："你看看咱们现在落到了什么地步！"随后，这两个人又骚动起来，这次空着手，在台上磕磕绊绊地走动。这种沉默而无目的的乱转悠，突然被一记极响的锣声打断：尸体的两条腿已经抵达右侧门前。阿麦迪的动作顿时十分明显地变慢了，步履变得沉重而缓慢。

玛德琳 （听到锣声后）他的脚已经伸到门口。到时间啦。你现在还累吗？

阿麦迪 我还有工夫缓口气吗？

　　　　〔他呆立不动，面对左侧那扇门。

玛德琳 你原本就该休息会儿，而不应该那样六神无主地磕碰乱撞。

阿麦迪 休息对恢复我的体力已经很长时间不起作用了。就是睡个大觉也不顶事。每次起来都比睡下去的时候还累……我过去的精力是多么充沛啊！

玛德琳 你又在幻想啦，老伙计。精力充沛！压根儿就没有过！

阿麦迪 （同前）嗨，有过，我……你这样说太不公平……我过去双手能把铁条扭弯，肩膀扛得起一辆小推车。可现在，一根羽毛都能把我压趴下……

玛德琳 听你的话，人家还当你过去是《悲惨世界》里的冉阿让呢……

　　　　〔挂钟指针指着差一刻十二点。

阿麦迪 真的到时间了吗？……

玛德琳 当然，到了……

阿麦迪 （沉重地走到窗口，玛德琳一直盯着他）那就是说终于到时候了！

玛德琳 还有一两分钟。

阿麦迪 （从百叶窗隙缝往外张望）现在外头一个人影儿也没有了。

玛德琳 别往外瞧,也许有人会看见你。

阿麦迪 (瞧着尸体的两只脚)他的两只脚正顶着门呢。

玛德琳 只要不顶穿,问题就不大。这扇门可直通楼梯。脚一出去,咱们就完蛋了……小心别碰倒那把扶手椅……

　　〔阿麦迪和玛德琳把扶手椅挪开;二人把尸体的两只脚往左或往右斜一下。

玛德琳 再斜一点儿……推呀。(阿麦迪推一下)好,行了!……

阿麦迪 你认为摆脱了他就解决了吗?没准儿将来可能又有位客人来访,事情又会重演一遍……

玛德琳 那他至少个儿小得多,不会一下子就把整个地方都占了。在他长大之前,咱们总还有喘气的时间。

阿麦迪 这倒是事实……相对来说,有几年比较安静的日子;事情总是这样的……(朝那间屋子看)他比刚才又显得老一些了……(他依旧站在那里,面对那间屋子;这当儿,玛德琳瘫在扶手椅上。稍停)不过,他还是很漂亮。(稍停)怪事,尽管如此,我对他倒也习惯了。

玛德琳 我跟你一样……可是不能因此就把他留在这儿啊。看看钟,到时间了,马上行动起来吧。

阿麦迪 (站着没动)当然。一言为定。我从不食言。可是我承认,一想到要跟他告别……嗯……跟他分手,心里倒挺难过的……(他走几步,把一个小圆桌稍稍挪开,给尸体的两条腿腾地方)这扇门总比那扇门结实点儿。(他背着两只手,哈着腰,在舞台上兜圈子)他要是表现得安分守己,咱们就会把他留下。不管怎么说,他跟咱俩在这个家里一起长大,一起衰老。这也真不简单!不管你愿不愿意,长期相处就生感情,人就是这么回事……是的,你对任何东西都能生感情……对一条狗啊,一只猫啊，一个盒子啊，一个小娃娃啊……特别是对他，更有理由……他给咱们带来了多少回忆啊……他一不在这儿，家里倒会显得空荡荡的了……他是咱俩整个过去的沉默见证人，那段过去也不见得总是很愉快的，当然啰，当然啰……你可能又要说，都是因为他才搞得不愉快……可是归根结底，生活从来就不是欢乐的……不是这种烦恼，就是那种忧愁。简单地说吧……咱们没准儿不知道怎样适应环境，所以本应该更富哲理地观察一切。这样一切就会改变样貌……当然也不会更好多少，而是咱们应当尽量适应……可是咱们什么也没有试着做做看，没有想些力所能及的办法让他过得更舒服些……咱俩总有些时候表现得不太好，本应该更耐心些……否则，否则，生活简直叫人难以忍受……当然咱们也不可能什么都考虑到……所以心胸应该更开朗些……

玛德琳 到了这紧要关头，你不至于又变卦吧。你不会又要朝后缩吧。

阿麦迪 （叹口气）没有别的法子。（又一记锣声，把门震了一下；钟敲十二下）果然到了。（他看上去十分倦怠）

玛德琳 等着瞧吧。待会儿你就会觉得好多啦。

阿麦迪 当真如此吗？

玛德琳 快点，打开百叶窗！

阿麦迪 别人会看见咱们的……

〔这当儿，悄无声息。

玛德琳 照我说的办……（阿麦迪朝后窗户走去，开始把百叶窗打开，动作像个机器人）谁也不会看见你，不会听见你。今儿正好是满月……

阿麦迪 （已经把一扇百叶窗打开）我简直不敢相信，我自己都闹糊涂啦。

玛德琳 满月把他们的眼睛都照花了,头脑也变得迟钝了,个个昏昏入睡。他们都做起好梦来啦。

阿麦迪 玛德琳,再仔细考虑考虑你要让我干的事。好好想想!到时后悔可就来不及啦!咱们永远不能,永远不能再见到他了。你不会后悔,不会责怪我吗?你不会哭吧!

〔阿麦迪把两扇百叶窗都打开了,月亮的寒光射进屋里,同屋里的绿光相混,或者甚至盖过了绿光。

玛德琳 这是最理想的时刻。现在不干就永远干不了啦;开始吧。

阿麦迪 (朝窗户外面凝视)多么美丽的夜晚啊!

玛德琳 半夜都过了。

〔寒冷明亮的月光现在从窗户外射进来,洒满舞台。观众看见外面的景色同阿麦迪下面台词中的描述一致。这对夫妇的房间里阴森森,而窗外清澈明亮,两者之间形成鲜明的对比。月光使那些继续生长的巨大蘑菇闪出银光。看上去光线不仅从窗外射进来,而且还从墙上啦,柜子缝啦,家具啦,大大小小的蘑菇啦,四面八方射出来,小蘑菇在地板上就像萤火虫一般闪闪发光。导演、布景设计师和照明师应该记住,尽管这对夫妇屋子里的气氛明显有了一点变化,但必须使屋内具有恐怖和美丽并存的效果。

阿麦迪 你看,玛德琳……每株合欢花都闪闪发光,花儿盛开,直升云霄。当空一轮明月,光彩焕发,俨然一颗生气勃勃的星球。白晃晃的银河,闪闪发光。星云密布,彗星扫尾,天体轨道,奔流的银河,小溪,池塘,大河,湖泊,海洋,触手可及的光啊……(他转向玛德琳,摊开两手)……我的两只手上都有光。你瞧,简直就像丝绒或者锦绣……(这当儿,玛德琳在屋内做最后的准备;她移动屋内的东西,搬动某件家具,好腾出地方来,但又

118

搬不动,很快就放弃了,转而去把尸体的两条腿折叠一下)……
光像丝一样柔滑……我还从来没有摸到过它……(他又向窗外
凝视)一簇簇盛开的雪般洁白的花朵,空中的树林、花园、草
地……苍穹圆顶……圆柱,庙宇……(遗憾地指着尸体)可惜他
看不到这一切。(又在窗前)还有空间,空间,无限的空间!

〔这些话必须讲得十分自然,不带夸张。

玛德琳　别瞎耽误工夫了。你又在想什么? 寒气都进来了。咱俩
　　　都会伤风感冒的。快开始干吧!

阿麦迪　可现在是夏天啊,玛德琳!

玛德琳　(开始紧张)街上有人吗?

阿麦迪　没人,一点动静也没有。没有一点声响,空荡荡的。(朝尸
　　　体)……可怜的老家伙! ……

玛德琳　(快要把他们的决定付诸实施时,紧跟着在实施的过程中,
　　　玛德琳渐渐失去冷静,不能控制自己,而阿麦迪从一开始,如果
　　　说不上冷静,至少也像个机器人那样一直漠然处之)现在可不
　　　是怜悯他的时候! (玛德琳变得越来越激动)来吧,帮下忙,来
　　　吧……来吧……(阿麦迪离开窗户,走向玛德琳)嘘,你
　　　听! ……没什么。来啊,快!

阿麦迪　他们看不见我,你说过满月照花了他们的眼……

　　　〔他俩站在尸体旁。阿麦迪抬起尸体的两只脚,又把它们
　　　放下,搁到凳子上;他几乎不知道该从哪儿开始干起。

玛德琳　(或多或少地绞着双手)我说过……可是谁也不敢肯
　　　定……我只希望……快来吧……(接下去的几场戏紧张万分。
　　　玛德琳看看挂钟,先想移动几件家具,又放弃了;她做出无数焦
　　　虑的小动作)你打算把尸体扔到哪儿去呢?

阿麦迪　当然扔到塞纳河里,还能往哪儿扔?

119

玛德琳 对,扔到塞纳河里。(她双手压在胸口)你选定地点了吗?

〔听上去好像有人在敲左侧那扇门。

阿麦迪 (毫不害怕,因为他早已出离恐惧)有人在敲门。

玛德琳 (双手依然压在胸口)没有,那是我的心在跳,怦怦响……

阿麦迪 此时此刻要是有什么人敲门,也很难分清到底是你的心跳声还是敲门声……不过,我还是认为不会有什么人来的。

〔根据演出情况,音乐现在又可开始。又响又怪的嘭嘭的节拍声——玛德琳心跳的节奏声,好像把整个布景都震得摇动起来。

阿麦迪 (试着拖拉尸体的两条腿,看上去显然很费劲儿。玛德琳帮他,或者并不见效地瞎推几件家具,想腾出点地方来。他歇下来,喘口气说)最危险的阶段当然是把他从这里拖到河边那段路……尽管只有五百米远。前三百米顶麻烦。沿着咱们这条街,两旁都有高房子。但是……我要是动作快一些,趁月亮加在邻居们身上的魔法还没消除,就不会被人看见。除非出了什么大的岔子,一声尖叫什么的,把他们从美梦中惊醒。可是只得冒险试一试了。非干不可啦!(玛德琳听着,越来越慌乱)没有选择的余地了。

玛德琳 (帮阿麦迪拖尸体的两条腿)来吧,快……快……

阿麦迪 我一直在尽力干着呢!别尽找我的碴儿!

玛德琳 我是在想帮你的忙,可你竟说我在找你的碴儿。我要是让你一个人干,你该怎么说?

〔实际上,阿麦迪每次设法抬起尸体的两条腿,很费劲地朝窗户拖一点,同时把它们弯过来避免撞到右侧门,玛德琳都在碍他的事,不是挡住他的去路,就是让他更加费劲或者白费力气;阿麦迪几乎是在既拖尸体又拖玛德琳;他冷静下来。

120

玛德琳 再使点劲……

　　〔阿麦迪使出超人的力气。他使劲拖，一次，两次，三次，接着尸体突然让步，一声巨响打破静寂，椅子翻倒，天花板上的灰泥哗哗落下，腾起一股尘烟，整个布景都在颤动。应该给人一种印象，尸体正被阿麦迪断然拖向窗户，尽管脑袋还没显露，但是它在移动时，好像把整个房子和两位角色的五脏一起拖了过去。

玛德琳 （在骚乱中喊）小心点，别让他把瓷盘瓷罐都给砸了……

阿麦迪 （同样在喊，而且还在拖）他在咱们家里根扎得可真深啊……沉得要命……他的力气真是大得出奇！

玛德琳 （同前）他的脑袋还在屋里呢！身子也没出来！要不要我去揪住他的头发，把他拉出来？

阿麦迪 （同前）用不着！……他就会出来……（嘈杂声降低）他就出来啦……

玛德琳 就这样……使劲……快……时间不多啦……拉呀……把他拉出来……

阿麦迪 （使出全身力气拉，朝窗户退去）拉他比拔智齿还费劲……比一棵老橡树还硬……

玛德琳 等一等。我来帮你。（越帮越忙，越乱，越碍事）哎呀，他真比一棵老橡树还沉……一棵钢干铁根的树……

阿麦迪 （已经快挨近窗户；他把尸体的两条腿搁在窗台上，停下来喘口气，擦擦额头上的汗）哎，我的妈哟！

玛德琳 这就好啦！

阿麦迪 还没干完呢。不过咱们一定能干完！

玛德琳 现在得特别小心。你浑身都湿透了。千万别伤风感冒……（阿麦迪又准备接着干）等一等。我先去看一眼。（她站在窗前尸体的两只脚旁边，往外头看）街上还是一个人影也没

121

有。必须小心谨慎。我看不见有巡逻警察。

阿麦迪　这个钟点,街上不会有人的。

玛德琳　你可别把他扔在河里有小驳船的地方,船夫不受满月的影响。避开那块地方……

阿麦迪　(指窗户外面)我往那边多走一百米。也不过再多费点劲儿罢了。不管怎么着,我都得路过街那头的多尔戈小广场……

玛德琳　(一直在朝窗户外边那个方向看)你难道不能换一条路走吗?……真讨厌……就在那头,是不是?还有几扇窗户里亮着灯呢……人家可能会看见你。

阿麦迪　那是咱们房东开的小酒吧和妓院。美国兵经常光顾的地方。有时也能遇见他们带着姑娘到处遛弯儿。没多大危险,因为咱们的话他们一句也听不懂……大多数都这样!……

玛德琳　那也得避开他们。

阿麦迪　这可不大容易。这个险总得冒一冒。碰碰运气吧。今天的夜色真美。

玛德琳　(背冲观众,还在朝窗外看;阿麦迪又开始在台中央拖尸体的两条腿,接着又走近窗户)阿麦迪……我有点害怕……哎,我的天……咱们非得……非得……你还是干下去吧……

　　　　〔阿麦迪站在窗前拉尸体;看上去显然好拉多了。钟鸣。这当儿,尸体的两条腿已经有一部分滑出窗口,牵拉在外边。

阿麦迪　他的筋骨舒展开了……现在好办多了……他的筋骨舒展开了!……

　　　　〔阿麦迪一下一下拉尸体的腿,尸体一点点从左侧那间屋里滑出来,没完没了,长得不得了;尸体挂在窗台上,两条长腿一点点往下滑,无疑是垂到人行道上;当然,直到这时两条无限长的腿还没被完全拖出来,正一点一点往外露;身躯还没显露。

玛德琳 （语无伦次）我有点害怕……咱们不应当这样匆忙做出决定……现在没有别的办法了……再等一等就好啦……不，咱们当初不应该等……都是你的错儿……不，不怪你，可我一直没有错，咱们就是得……（阿麦迪还在拖，尸体逐段逐段地往窗外滑）快点，阿麦迪，快点拉，阿麦迪，我都觉得恶心了……你简直要害死我，阿麦迪，快点拉啊，简直没完没了，快点拉啊……（从窗户外面和下面传来一声震耳巨响，阿麦迪停下来）哦！阿麦迪，我叫你小心点……你好像存心在……

阿麦迪 （也同样着急）出了什么事？

玛德琳 他的两条腿，他的两条腿！已经碰到人行道上了……应当轻一点，慢着点……

　　　　〔阿麦迪站在玛德琳身旁，也往下瞧。

阿麦迪 我下去一趟……仔细观察一下……

玛德琳 难道你要把我一个人撇在这儿吗？……我害怕……

阿麦迪 （一只脚在窗台上）那有什么办法？不会太久，我一会儿就上来！

　　　　〔他从窗户爬出去；开始还看得见他的脑袋，然后只能看见他的两只手，最后一点儿也看不到了；玛德琳一直瞧着他爬下去。

玛德琳 小心点，亲爱的，别冒险，把脚放在那儿……那儿……对了……现在再放在那儿……对了，对了……就这样……

阿麦迪 （从下面传来）下来啦……

玛德琳 你已经到底了吗？小点声，别让人家听见。

阿麦迪 （从下面传来）你看看附近没有人吧？

玛德琳 （朝窗户下面，对阿麦迪说）你看看附近没有人吧？

阿麦迪 （从下面传来）一个人影儿也没看见。

玛德琳 （朝窗户下面，对阿麦迪说）那你就赶快干吧，别浪费时间啦！快！……拉呀……拉啊……（阿麦迪从下面的人行道上拉起来……同刚才的情况一样，两条腿被慢慢拖出来，穿过屋内，从窗口滑落。这两条腿长得出奇，所以需要一段时间；可以有点奇特的音乐低低地伴随这个滑落的过程。这段时间，玛德琳一直从窗口不断地为她的丈夫打气）使劲拉……对了……再拉……拉呀……好……还有一点儿……使劲拉……再拉呀……

〔尸体的身躯终于露了出来，还有两只大手。

阿麦迪 （还在街上拉，他已经走了一段路，可能已经抵达，譬如说多尔戈小广场，抵达酒吧和妓院附近，因为他的声音从老远处传来）还没全出来吗？（回声）我已经到多尔戈——戈广场了！

玛德琳 （方才一直低头往下面人行道上看，这时慢慢抬头往远处看）没完呐，没完呐！……使劲拉呀，还有不少呢……还没完呐……你碰见人没有？

阿麦迪 谁也没碰见——见！甭害怕！你呢，你呢，看见附近有人吗？

玛德琳 没有人！加油拉呀，拉呀，拉！……（她仍在窗口，背朝观众；尸体慢慢往外滑。最后肩膀终于出现，脑袋也出来了。脑袋大得几乎没法从左侧门出来，满头白发长得怪吓人的，还有一部又白又长的胡须。脑袋已经挨近窗口，头发还没有完全从左侧门里拖出来）加油拉啊，阿麦迪……拉呀……阿——麦——迪……拉呀……拉呀……拉呀……拉呀……留神那些小驳船……快点……别着凉……路上别停下来……（尸体的脑袋已经到达窗口，几乎把玛德琳完全挡住）……拉——啊……加——油——拉！……

幕　落

124

第三幕

布　景

多尔戈小广场。舞台后面有几级台阶、一扇小门和一两扇亮着灯光的窗户。这是一家经常有美国兵出入的酒吧—妓院。从里面传出微弱的嗡嗡声：爵士乐和男女说话声，但这些声音仿佛很远，并不真切。可以看到窗帘后面有跳舞的幢幢人影，无须过分强调，人影只出现一次，一晃而过就可以了。酒吧里传出的音乐和人声只隐隐约约地可以听到，但在酒吧大门突然打开、一个美国兵被推搡出来时，音乐声应当响得特别夸张；随后音乐声又弱下来。门窗上有块招牌，上写"酒吧—妓院"。台阶附近，门窗之间可以有一根街灯柱子。但千万不要把布景搞得像传统花街柳巷的一角，也不要像个小酒馆或夜总会；这家妓院的墙壁颜色很浅，看上去体面而平凡，门面也很低矮，还有一堵围墙，围墙不要太高，以免影响下一场戏的演出效果。台阶可以在酒吧门口一侧，这样就可以同舞台处于同一水平面。左右两边则有一些几层楼的高房子，窗户很多。院墙上方有一轮硕大的月亮，把舞台照得通亮。阿麦迪登场时，灯光要加强一下：空中显现一簇簇的星星，还有彗星、流星和焰火。

〔幕启时,有一阵台上没有人,酒吧里传出音乐和瓮声瓮气的声音。其他房子的窗户都漆黑,百叶窗关得挺严实。酒吧大门忽然打开;门开着的时候,音乐和嘈杂声特别响,这些声音甚至可以从剧院的四面八方传来;一个高个儿美国兵从酒吧里被人狠命推出来。酒吧里传出说话声。

酒吧老板声 这儿不要醉鬼! 滚出去!

〔门在美国兵背后砰的一声关上,嘈杂声随即减弱;大兵转回去敲门。

第一个美国兵 不成! 不成!(一边敲门)不成……我没喝醉没喝醉。开开门……我付钱的嘛……(又敲起门来)开开门……我要进去……

〔他又敲门。门开了,大兵硬往里挤,身子进去一半,一半还在外面,跟里面的人争吵起来。

第一个美国兵 不成! 不成!(接着被一股更强的力量推出来,他除了一只脚还在门内,全身都在外面了,但大门由于他脚的阻挡无法关闭)我没喝醉! 我要喝点白兰地! 科涅克白兰地!

酒吧老板声 (从里面传出)滚开! 你明白吗!

第一个美国兵 (固执地)我付钱的嘛……我付钱的嘛……我要玛朵……

声 音 哪个玛朵?

第一个美国兵 什么?

酒吧老板声 (用法国口音)哪个玛朵?

第一个美国兵 我付钱的嘛……我付钱……给……玛朵的嘛!(用蹩脚的法语说)我付了钱给玛朵的嘛!

声 音 玛朵是个好姑娘。她从来不跟醉鬼。玛朵……不陪醉鬼。

126

第一个美国兵 我没醉……我没醉……我要……我要玛朵!

〔门里的人给了美国兵一下子,把他推倒在地;大门重新关闭。

第一个美国兵 (面对酒吧大门坐在地上,两个拳头有节奏地捶地)玛朵!玛朵!科涅克!玛朵!科涅克!玛朵!玛朵!科涅克!

〔酒吧大门打开了,可以听到一个男人的声音。

声　音 闭嘴,要不我就叫宪兵啦!(用蹩脚英语说)宪兵……

〔门又关上了。

第一个美国兵 (已经站起来,朝大门冲去;可惜太晚了,又吃了一次闭门羹。他用拳头捶门,大喊大叫,用蹩脚法语说)宪兵?!……宪兵?……(接着)宪兵,我就是!(他转身面向观众,从兜里掏出一个有"宪兵"两字的袖章,把它戴上,用美国腔的法语,伤心地)宪兵,我就是!(他耸耸肩,朝酒吧门口走一步,又犹豫一下,放弃向前,用困惑和失望的声调喊道)玛朵!玛朵!(随后,生气地把宪兵袖章揪下来扔到地上,从兜里掏出一块口香糖,搁在嘴里一边嚼,一边用伤心的语调重复着:当然带着很重的美国腔)玛朵!玛朵!

〔他坐在台阶上,嚼了一会儿口香糖就睡着了,脑袋慢慢耷拉到两腿之间,那两条长腿屈着,跟他的肩膀差不多高;从远处隐隐约约传来狗吠,接着除了从酒吧里传出的瓮声瓮气的音乐声之外,万籁俱寂。

稍停。阿麦迪从左侧上台,仿佛狗尾巴上系了一个铁罐拖在地上弄出来的声音伴随着他;他用两只手拖着尸体的两条腿,十分吃力地往前走,一直走到台中央。观众只看见尸体的两条腿,其余部分还在左侧边幕里,他一松手,两条腿嘭的一声落到地上,他喘了会儿气,擦擦脑门上的汗。

127

阿麦迪 （又把两条腿抬起来，朝前走一步；发出铁罐磨地的声音；他停下来；铁罐声又响起来）他在捣什么鬼！（他小心翼翼地把两条腿朝右边拉一点，铁罐声稍稍减轻。他又停下来，累得上气不接下气）现在我已经走了一半路……（环顾四周）我还算走运……广场上一个人也没有。夜色多美啊……要不是在干这桩苦差事，该有多好啊……

〔他又抬起那两条腿，朝前拉一点。

第一个美国兵 （从黑暗中冒出来，对阿麦迪说）你会说英语吗？

阿麦迪 （吓一跳）哦，对不起，先生……

第一个美国兵 你看见玛朵了吗？

阿麦迪 我的老婆玛德琳吗？

第一个美国兵 不，不是玛德琳，玛朵……你认识玛朵吗？

阿麦迪 （尽力想用英语说）玛朵？……呃？……我……不……我……不认识玛朵……

第一个美国兵 没关系。真是太糟糕了！

阿麦迪 对不起，您说什么？呃……什么……

第一个美国兵 （看到尸体，一点也不惊慌，带着很自然的表情）这是谁呀？一个朋友吗？

阿麦迪 先生，很抱歉我听不懂英语。请原谅，别耽误我的时间，我忙得很。

第一个美国兵 （指着尸体）一个朋友吗？……是你的朋友吗？

阿麦迪 是的，先生，是的，一个朋友……不过，这跟您无关，先生，您又不是警察……唉，这件事倒霉透了，我生命中一件大不幸的事……我们的一出悲剧……您不会理解的！

第一个美国兵 不幸？！那是什么意思？……不幸？

阿麦迪 我得走了，先生，忙得要命，紧急得很。我不爱在街上跟人瞎聊天。我老婆一再禁止我……

第一个美国兵　明白了……明白了……

〔他让开几步。阿麦迪抓着尸体的两条腿使劲拖,没走几步就又停下来,精疲力竭。

阿麦迪　我永远干不成这事,永远也干不成这事……玛德琳还等着我呢……哎……要么干脆把他扔在这儿算了。不行,不能把他丢在大街当中……明天早上卡车都开不过去了;那他们就得调查啦……就会发现是从我们家里拉出来的……那我首先就要被控犯了堵塞交通罪……哎……哎……再试试看……(他抬头朝空中看了会儿)夜色多美啊!(接着)真不是时候……再试试看……等干完这事……等干完这事再好好欣赏夜色吧……(他接着拉,一点进展也没有)眼下也没法再把他弄回家去了……我简直干不动了,实在太累啦……太累了……

第一个美国兵　要帮个忙吗?帮助?

阿麦迪　先生,请别管闲事,我不想被当场抓住……

第一个美国兵　不是!……

〔他比划手势,让阿麦迪明白他是要帮忙。

阿麦迪　那么,当然……如果您愿意的话,先生……劳您驾……您太好了,这就可以快点了……我得尽快赶回去写完我的剧本……

第一个美国兵　剧本?

〔阿麦迪比划手势告诉美国兵他在写作。

第一个美国兵　您是个作家?哦!太棒了!太棒了!您……正写……剧本吗?

阿麦迪　对。我在写一个关于活人对死人的斗争的剧本,我站在活人一方。这是玛德琳的主意。我是介入作家,先生,我相信进步。这是一个反对虚无主义的社会问题剧,而且提出一种崭新

129

的人道主义,比从前的更有启发性。

第一个美国兵　(听不懂)我明白了……我明白了……

　　〔美国兵一边说,一边开始使出全身力气拉;尸体的大部分都被拉到台上堆成一大摊;可以看到两只胳膊露出来;左边台口出现了肩膀,脖子也露出一点。但大概这一下用劲过猛,因此造成轰隆一声巨响,远处隐隐约约传来玛德琳的声音。

玛德琳声　阿麦迪……你在干什么哪?

阿麦迪　(惊吓地)唔,又是玛德琳!她总在找碴儿……(对美国兵说)先生……别太使劲……哎,老天爷,老天爷……准有人听见这声响啦……

　　〔这一声确实让好几条狗狂吠起来,火车也开动了,起先可以听见远方轻微的火车隆隆声,接着越来越响。

阿麦迪　(惊慌失措地)先生,您在干什么?您怎么把狗都给吵起来叫个没完,让火车也全都开动起来了……

第一个美国兵　什么?(懂了)啊,是的,狗……狗……汪!……汪!……汪!是的……是的……

　　〔他好像觉得很好玩;阿麦迪也学起狗叫,好让大兵明白是狗。美国兵并没注意到阿麦迪的惊慌,忽然把手放在额头上,好像想出一个好主意;然后他用两手揪住阿麦迪的肩膀,像转陀螺似的转动阿麦迪。

阿麦迪　(无法抗拒,只好跟着转)可是……先生……可是……我说……你看啊……(他发现尸体围着他的腰盘了起来,自己也就跟着转起来,好让尸体继续往他身上盘)对了,劳驾,这可真是个好主意……太棒了……

第一个美国兵　(看到阿麦迪明白了他的意思,感到很满意,让开一步,好让阿麦迪独自继续把尸体往身上盘)好!好!

阿麦迪 这样好办多了……我早就该想出这个主意……这办法太棒了……(他停止转动片刻)现在该轮到我为您效劳了。您要是打算学法语,千万在谈话中发出"u"这个音。这个音既危险又刺耳。英语是一种柔和的语言,一点也不危险。不像法语中有那么多"u"的。

第一个美国兵 我明白了……我明白了……

阿麦迪 "u"就像尖刀、棱角、针尖。您要提防它,千万提防它……"u"是个嘘声……您如果避免不了说个"u",就把嘴唇努成这样一个圆圈,音就不往外跑了。应该避免裂口,提防任何能插入、穿刺、肢解的东西……

第一个美国兵 明白了……明白了……

阿麦迪 ……锋利刺人的机智在谈话中暗地里留下钉子……您是个几何学家吗?

第一个美国兵 明白了……明白了……

阿麦迪 如果是,您就应该支持球体……宁选曲线而不要棱角,宁选圆圈而不要三角,宁选椭圆而不要平行六面体……圆柱体也许还凑合,但圆锥体只能偶尔选一选……绝不能像埃及人那样选用金字塔形的角锥体,这就是造成他们没落的原因……

第一个美国兵 明白了……明白了……

阿麦迪 此外,尤其要回避正面答复问题,永远兜圈子,说话要多打转……打转……打转……你打转,我们打转……别停下来不动,要不然你就成了钉子……

〔阿麦迪说到最后一句话时,又开始转动身体,把尸体盘在腰上。他一语不发地转啊转的,越来越焦急不安,因为整个进程伴随着刺耳的嗯哨声,可是现在要想停下来已经不可能,无论如何也得转下去了。最后,整个街区都骚动起来;空中再次

131

出现流星、焰火等等;每扇窗户的百叶窗都打开了;窗户里的灯光也亮了,每层楼都有脑袋伸出窗外。酒吧门也打开了,老板出现在门口,旁边站着玛朵姑娘和另外一个美国兵。这当儿,阿麦迪继续就地旋转,尸体往他身上盘;火车的隆隆声和狗吠声也越来越响。

酒吧老板 可是现在还没到点,火车怎么就开啦!

第一个美国兵 (一眼看到玛朵)玛朵! 玛朵! 玛朵! 多高兴见到你啊!(看到第二个美国兵)鲍勃!

〔第一个美国兵向玛朵和第二个美国兵走去,后者也往前走几步;他跟他们握手,还拥抱玛朵,表示特别高兴又见到了她。

第二个美国兵 嘿,哈里!

玛 朵 (对第一个美国兵)嘿,你呀! 是你被他们轰出去了吗?

第一个美国兵 什么?

第二个美国兵 (对第一个美国兵)她问那个被轰出去的人是你吗?

第一个美国兵 (兴高采烈地对玛朵说)哦,对,就是我……对……给轰出来了……是我(指着酒吧老板)就是那个家伙干的……

〔他把玛朵搂到怀里。

酒吧老板 (站在门口冲阿麦迪说)你给自个儿找了个古怪活儿呀! ……哟,这不是我的房客吗? ……是阿麦迪先生吧……(后者仍在就地转圈子,但已经很吃力,因为尸体的两条长腿把他绊住了)……您这么大把年纪,先生,还玩这种把戏! ……您太太好吗?(从后台传来一声警哨)哎呀,警察来了!

阿麦迪 (惊吓地停住)他妈的! 警察来了!

〔确实出现两名警察,迈着杂技演员一样的步伐,还吹着警哨。

玛　朵　(对两个有点受惊的美国兵说)不是冲咱们来的……

第一个警察　(一边走,一边把手指举到帽檐做行礼状)晚上好,先生太太们……

〔阿麦迪转身朝左边逃跑,身上一直缠着尸体,趔趔趄趄的。

一个男人　(在窗口)茱丽……来看呀!

〔两名警察在阿麦迪身后追赶,跟他一起消失在舞台左侧。

第二个美国兵　(向在场的朋友们解释)那是他的朋友!

〔阿麦迪又从左侧出现,隐没在舞台深处的矮墙和酒吧后面,从各个窗口传出嬉笑声。

玛　朵　他的朋友?那他俩在干什么呢?

酒吧老板　(两手插在裤兜里)谁说得上!

〔两名警察又从左侧出现。

第一个警察　兔崽子跑哪儿去了?

第二个警察　兔崽子跑哪儿去了?

酒吧老板　(指着地上的一段尸体)这段尸体可跟案情有关。

〔玛朵和两个美国兵扬声大笑。

一个女人　(在窗口)长官,在那边,他一定躲在墙后面呢!……

第一个警察　(看着尸体)那真是尸体吗?

第二个警察　甭管那个……先把兔崽子逮住再说!(他们去追阿麦迪,隐没在墙后面)

酒吧老板　(自言自语)好啊,阿麦迪先生,你可真了不起!我做梦也没想到!

一个女人　(在窗口)他们一定抓不到他!

一个男人　(在窗口)他们一定能抓住他!

一个女人　(在窗口)不会的,他们抓不着!

133

一个男人 （在窗口）会的,他们一定会抓住的。（对房间里的妻子）来看啊,茱丽!……免费的好戏。快点来啊!

〔闪现亮光,星光,焰火。

玛　朵 哦!焰火!

酒吧老板 （耸耸肩）不是焰火。是星星……

一个女人 （在窗口,对房间里的丈夫）他们抓不住他的,你知道……（对另一个窗口的男人）他们抓不住他的,是不是,先生?

一个男人 （在窗口）打赌吗?

第一个美国兵 （对玛朵）我要把你带走……

玛　朵 行啊……去美国!

第一个警察 （从墙后看不见的地方喊）抓住他!

第二个美国兵 （对玛朵）……是的!（用蹩脚法语说）去美国……对……对……美国……

〔突然之间,盘在阿麦迪身上的尸体像船帆或者巨大的降落伞那样张开了;尸体的脑袋变成一面闪闪发光的旗帜。阿麦迪被降落伞带起来,先是脑袋,接着肩膀、躯干、两条腿依次从后面那堵墙上露出来。阿麦迪腾空而起,警察碰不到他了。那面旗帜像一条硕大的围巾,上面画着尸体的脑袋,可以通过长胡须辨认出来。

第一个警察 （在墙后面）抓住他,抓住他……他从咱们手里溜啦……

阿麦迪 （还在飞翔）请原谅我,先生女士们,这不是我的过错,我也没办法,是这阵风闹的……向你们保证,不是我干的。

一个男人 （在窗口）这玩艺儿倒不多见……

一个女人 （在窗口）他远走高飞了!他远走高飞了!他说他并不心甘情愿,不过看样子倒挺惬意似的。

第二个警察 （从墙后面跳起来，一只手忽隐忽现，在抓阿麦迪的鞋子）杂种！

〔酒吧老板、玛朵和两个美国兵都跑到舞台中央，以便更好地观看阿麦迪远走高飞。

酒吧老板⎫
玛　　朵⎬ 嗬！
两个美国兵⎭

〔第二个美国兵急忙取出照相机，试图拍一张阿麦迪飞走的照片。

第二个警察 （在墙后面）我只抓着了一只鞋！

玛　朵 （向拍照的美国兵）照片也给我一张好吗？

一个女人 （在窗口）我早就说过他们抓不着他！

第一个美国兵 （兴高采烈，把帽子抛向空中；两名警察重新上台，看上去有点垂头丧气）嘿，伙计！嗬！嗬！好啊！

玛　　朵⎫
窗口的人们⎬ （望着阿麦迪慢慢飞走）嗬！

酒吧老板 了不起！了不起！

第一个美国兵 喂！伙计！喂！伙计！（他激动得跳来跳去；第二个美国兵已经拍完照；欢呼声从各扇窗户，从舞台四面八方响起，震耳欲聋；一名警察拎着阿麦迪的一只鞋。）嗬！嗬！好啊！

玛　　朵⎫
两个美国兵⎬ 嗬！嗬！好啊！

窗口的人们 嗬！嗬！好啊！

众　人 （除两名警察外）嗬！嗬！好啊！

第一个警察 （吹警哨）散开！都散开！

〔玛德琳从左侧登台，头发乱蓬蓬的，看上去惊慌失措。

玛德琳 （跑到台中央）阿麦迪！……阿麦迪！……你们看见阿麦迪了吗？他出了什么事啦？

第一个警察 那是你丈夫吗，太太？

玛德琳 （仰视天空）天啊！不会的！邪门！那真是他吗？

第二个警察 对，太太，没错儿……这事可真够戗！

玛德琳 （凝视天空）阿麦迪！阿麦迪！阿麦迪！下来啊，阿麦迪，你会伤风，会着凉的！

第二个警察 阿麦迪！阿麦迪！下来，阿麦迪先生！你太太叫你呢！

众　声 阿麦迪！阿麦迪！阿麦迪！

　　　　〔从窗口传出更多的欢呼声。阿麦迪重新出现，悬在舞台另一端的半空中；所有的人都冲过去。

一个男人 （在窗口）嘿……在那边……耍木偶戏呢！（冲警察）喂，你们这帮家伙，别管他，行不行！打倒警察！

阿麦迪 我十分抱歉，请原谅，先生女士们，请原谅我……别认为……我倒宁愿……脚踏实地……这完全违背我的意愿……我并不想离开地面……我赞成进步，我愿意为我的同胞效劳……我信仰社会现实主义……

一个女人 （在窗口）他可真能说啊。

一个男人 （在窗口，对房间里的妻子）他在演讲呢……

阿麦迪 我向你们发誓，我反对分裂……我拥护内在性，我反对超验性……然而，我愿意，我愿意承担世界上的一切负担……请原谅，先生女士们，我十二万分抱歉。

玛德琳 下来吧，阿麦迪，我会跟警察交涉的。（对警察）对不对，先生？

第一个警察 可不是，太太，当然，一切都好商量……

136

玛德琳　阿麦迪,你可以回家去,蘑菇都长得好极了……蘑菇都长得好极了……

众　声　(除了阿麦迪)蘑菇都长得好极了……

第一个美国兵　蘑菇是什么意思?

一个男人　(在窗口,对屋里的妻子)他们在谈论蘑菇呢……

一个女人　(在窗口,对屋里的丈夫)敢情他们是种蘑菇的……

阿麦迪　玛德琳,我向你保证,你可以相信我……我并不想逃避责任……全是这阵风闹的,我也不是心甘情愿……我不是存心的!……我不是自愿的!

一个女人　(在窗口,对另一个窗口的男人)如果他不是自愿的,那就不能怪他……

〔阿麦迪冉冉上升,尽快送下飞吻,同时说:

阿麦迪　请诸位包涵,先生女士们,十二万分抱歉!原谅我吧!(随后)哦,天哪!我现在真觉得飘飘然,自由自在。(他消失了)

一个女人　(在窗口)这是一种返老还童术。

第一个警察　您至少也把另一只鞋扔下来吧!

玛德琳　(绞着双手)阿麦迪!……阿麦迪哟!……你的戏剧事业该怎么办哪!

玛　朵　(对玛德琳)随他去吧,太太……

第一个美国兵　(对玛德琳)他走了……

玛德琳　阿麦迪,阿麦迪,你这样会得病的,你没带雨衣……(看见酒吧老板)哦,晚上好,先生,我刚才没瞧见您!(接着)阿麦迪!

玛　朵　他就要消逝在银河里啦!

〔阿麦迪的另一只鞋从空中掉到台上。

第二个警察　(拾起鞋)嗯,他考虑得还挺周到!

第一个警察　(对第二个警察)咱哥儿俩一人一只!

137

〔他俩把鞋瓜分了,一人拎着一只;接着从空中又掉下一件短上衣和一些香烟;两名警察奔过去捡了平分,随即点着抽起来。

一个女人 （在窗口)他真慷慨大方!

一个男人 （在窗口)当然! 警察一向从中得利!

一个女人 （在窗口)永远是这样!

〔两名警察向大家敬烟,把一支支香烟掷给窗口的人。

一个男人 （在窗口接到一支)谢谢长官!

一个女人 （在窗口接到一支)谢谢长官! (冲屋里的丈夫)嗨,接着,香烟!

玛德琳 （凝视着辉煌灿烂的天空)得啦,阿麦迪,得啦,你永远干不成正事! 你是飞起来了,可在我心里是一落千丈。

第一个警察 （仰视空中,像对小孩那样用手指威胁阿麦迪)小无赖,走吧,小无赖!

众　人 （全都学第一个警察的手势)小无赖! 小无赖!

第一个美国兵 你这个淘气鬼!

玛　朵 瞧不见他啦。他彻底没影儿了!

〔亮光闪闪。舞台四处辉煌灿烂。

酒吧老板 诸位干吗不进来喝杯酒啊!

第一个警察 说的是啊!

玛德琳 噢……我……我不知道这样做合不合适……我不渴!

玛　朵 别担心,太太。这都是那阵风闹的。男人都是一路货色。当他们不再需要你的时候,就偷偷溜走! 你那个丈夫不过是个大孩子罢了!

一个女人 （在窗口)他不会再回来了,太太。

一个男人 （在窗口)他没准儿会回到你身边来的。

一个女人 （在窗口）哦,不会的,他不会再回来了,太太。我就经历过这样一档子事,我头一位丈夫出走以后,我就再也没见到过他的影儿。

玛德琳 我现在孤零零一个人了。我可不想再结婚!他没完成他的那个剧本,真怪可惜的!

第二个警察 （轻轻推了推玛德琳)嘻,人一向那么说……永远闹不清楚……人会忘事的……来吧,太太……酒吧老板请大家伙儿喝酒呢……

玛德琳 （随同大家一齐向酒吧走去)真怪可惜的!要知道,他可是个顶呱呱的天才咧!

酒吧老板 一个断送自己的天才!这是文学界的损失!

玛　朵 缺谁也没有什么了不起!

〔大家全都走进酒吧。

一个男人 （在窗口,对屋里的妻子)眼下咱们也可以睡觉去啦……明儿还得起早呢!来吧,茉丽……

一个女人 （在窗口)关上百叶窗吧,尤金,戏演完了!

幕　落

一九五三年八月于瑟里西拉撒勒

考虑到演出舞台的限制,此剧也可以另一种方式结尾,这比较容易实现;第二幕结尾不落幕。

场景的转换无须更换布景,而是人物重新登台;(在巴比伦剧院上演时)舞台装置是只让阿麦迪和玛德琳的饭厅后面那堵墙消逝,演出在不受限定的、明亮的场地进行。

玛德琳　拉呀……拉……拉……拉……你倒是拉呀……

阿麦迪　(在远处看不见的地方)我正在……拉呢……拉不动呀……到底是怎么回事……

玛德琳　(两只手环在嘴边)拉呀……你得再使点劲……阿麦迪……使劲……拉……拉呀……使劲……拉!你没使足劲拉!

阿麦迪　(同前)我……把吃奶的劲都使上了……

玛德琳　(同前)再使点劲!……你干吗不使点劲……别偷懒!……(稍停)现在好点啦!

阿麦迪　(同前)还多吗?……还……多吗?

玛德琳　(同前)就剩下脑袋啦!

〔玛德琳仍然站在窗前,窗口已经差不多全给堵塞了,留下只够她露出脑袋的空隙。

阿麦迪　(同前)我又往前走了点啦……我得停下来喘口气!……

玛德琳　(同前)不能再耽误时间!你别是疯了……不能再耽误啦……你得使劲拉……快点……夜没多长……待会儿天就亮啦!……

阿麦迪　(同前)等一等,再等一会儿……我就更有劲儿了……我得休息一下……

玛德琳 （同前）你待会儿再休息……现在来不及了！拉呀……别心不在焉！……

阿麦迪 （同前）好吧……我拉……你也得推……

玛德琳 （自言自语）他一个人什么也干不了！（她又从尸体的大脑袋旁边挤出头来，对阿麦迪）拉呀……对……拉……

阿麦迪 （同前）还有吗？……再推一点！

玛德琳 （同前）只剩下……脑袋了！……你在哪……儿呢？

阿麦迪 （同前）在广……场那头呢！

玛德琳 （两只手环在嘴边）拉呀！……拉呀！……再拉……一下！轻着点！别把窗户弄坏了！（一阵震荡）别那么使劲呀！（墙壁颤动）别太使……劲，我告诉你……你……听得见我说话吗？你快把整个房子都拉倒了！……（整个布景都在稀里哗啦地颤动）咱们可付不起房东要的赔款，小心点！别那么粗鲁！听我说，你这个混蛋！……你听见没有？（脑袋消失了）对啦！好！出去啦！（对阿麦迪）出去啦！（她连忙向空屋子里环顾）现在得再买些家具来布置布置这套房子啦。（尸体的脑袋彻底从窗框消逝）往前走吧！最困难的阶段已经过去！早点……回来啊！……麻利点……特别要……麻利点……家里还有活儿要干呢！……（她往远处眺望，两只手搭在眼睛上）阿麦迪！阿麦迪！喂！阿麦迪！回答……我呀！告诉我你现在干得怎么样啦！

〔正当玛德琳呼喊、眺望和显得紧张时，玛朵和美国兵从她身后出现。舞曲响起。

玛　朵 （撒娇）你如果教我说美国话，我就教你说法国话……

美国兵 我明白……我明白……好……好！……

〔玛德琳同前，继续在窗口眺望。

141

玛　朵　（对美国兵）你会说法国话吗？

美国兵　你会说英语吗？我……会说……法国话：小姐，太太，先生！……

玛　朵　（对美国兵）你看，咱俩在一块儿多高兴啊！

玛德琳　（同前）阿麦迪！阿麦迪！阿麦……迪！

　　　　〔玛朵和美国兵一边调情，一边走到窗口的玛德琳身旁，好像她并不存在似的；他俩隔着她的脑袋交谈，有时甚至把她轻轻推开点，以便彼此触摸，等等。

玛　朵　（对美国兵）你的法国话说得好吗？

美国兵　一点儿……很好……热情得很！

玛　朵　（嬉笑地）你说瞎话……美国骗子！……

玛德琳　（两只手环在嘴边，喊道）阿麦迪！……回答我呀！……你在哪儿呢？（对美国兵）您有望远镜吗？

美国兵　啊？

玛　朵　（对美国兵）她问你借望远镜……

美国兵　哦，望远镜，很好！（他把望远镜递给玛德琳，后者用它朝远方眺望；美国兵又对玛朵说）呃，呃，你会说英语吗？

玛　朵　（对美国兵）会一点……一月……二月……热情得很！

玛德琳　（用望远镜眺望）我看到你了……阿麦迪……你在那儿干什么呢？……你走错路啦！

美国兵　（对玛朵）是，亲爱的……热情得很！

　　　　〔他隔着玛德琳把手伸过去，抚摸玛朵的乳房。

玛德琳　（用望远镜眺望）绕过路口，阿麦迪！你真是个笨蛋！穿过马路！不管怎么着，千万别让他摔在地上弄出声来！

美国兵　（仍然抚摸玛朵的乳房）法国话管这叫什么？大南瓜？

玛　朵　大南瓜……是小南瓜！

玛德琳　（用望远镜眺望）哎呀,穿过去呀！这个时间街上没汽车,你能穿过去！走啊！

玛　朵　（对玛德琳）别这么大声喊叫,太太,我都听不见他在说什么啦！连我自个儿说话都听不见了！

玛德琳　（对玛朵）他走岔了路！（又用望远镜眺望,向远处喊道）……阿麦迪……你听见我说话了没有？阿麦迪！……

美国兵　（还在抚摸玛朵的乳房,对她说）南瓜还是柠檬？

玛　朵　（对美国兵）我无所谓……你爱叫什么就叫什么呗……（撒娇）只要你满意就行了……亲爱的！

　　　　〔玛朵和美国兵几乎占据了整个窗口,玛德琳拿着望远镜,被挤在一角。

美国兵　柠檬是柠檬树的果实吗？

　　　　〔他拥抱玛朵。

玛　朵　反之亦然！

玛德琳　（同前）阿麦迪！阿麦迪！阿……麦迪！

玛　朵　（在美国兵怀里）亲爱的！

美国兵　宝贝！（玛朵和美国兵稍微离开窗口一点,踩着含含糊糊的舞步,一会儿站住,一会儿又跳起来,就这样一直到终场）柠檬！南瓜！南瓜！柠檬！

玛德琳　（同前）留神便道沿儿,阿麦迪,小心脚底下,别绊倒！别打路灯下经过,否则你们俩都会让人看见的！

美国兵　（抚摸姑娘）这是什么？

玛德琳　（同前）躲开灯光,阿……麦……迪！……

玛　朵　宝贝……心肝……

玛德琳　（同前）别弄出声来,阿……麦……迪……抄近路走！近……道……儿走！

玛　朵　（对玛德琳,而后者根本没听见）哎呀,太太! 小点声,行不行!

玛德琳　（同前）穿过去! ……拐……弯!

美国兵　（对玛朵）这个呢?

玛　朵　这是……亲亲。

玛德琳　（同前）穿过去……拐弯儿……穿过去……拐弯儿……

美国兵　（对玛朵）亲……亲……亲……亲……

美国兵
　　　　亲……亲……亲……亲……亲……亲!
玛　朵

玛德琳　（同前）把他盘在你身上……把他盘在你身上就行了! 那
　　　　样就容易抬了! 什么事都得我教你! ……你也不是个孩子了!
　　　　（对美国兵和玛朵）不论干什么都得我教他! （对阿麦迪）那就
　　　　把他盘在你身上呗……盘上!

玛　朵　（对美国兵）里昂!

美国兵　马赛!

玛德琳　他可真笨! ……他已经拐弯儿了……他现在又在那里捣
　　　　什么鬼!

美国兵　（仍对玛朵）直布罗陀!

玛　朵　卡萨布兰卡!

玛德琳　他现在又在那里捣什么鬼! 他准是又胡思乱想了!

美国兵　这是什么?

玛　朵　（越来越痴迷）狗崽子!

玛德琳　（对美国兵和玛朵,他们根本不理睬她）他准是又遇到谁
　　　　啦! 又聊上大天啦! 我还千叮咛万嘱咐让他别聊天! 先生,太
　　　　太,你们可不知道,拿他真是一点办法也没有!

美国兵　（对玛朵）狗崽子? 哦,对,狗,狗。

玛德琳　唉,老天爷! （她十分不安地在台上转来转去）他准是在每

144

个墙根儿底下都得歇一阵子!

玛　朵　对,狗,狗崽子,狗!

玛德琳　(同前)我还是去瞧瞧吧!(她戴上帽子)我不能就这样撇下他不管,这个笨蛋;不管怎么说,他是我的丈夫呀!

玛　朵　我有条狗。

美国兵　狗!

玛德琳　(戴上帽子)他可真是个废物!唉,我的上帝!……

美国兵　狗……汪!汪!汪!汪!

玛　朵
美国兵　(手拉着手)汪!汪!汪!呜!汪!

玛德琳　(同前)他一个人什么事也干不成!

　　　　〔当玛朵和美国兵继续色情地学小狗叫时,忽然从阿麦迪那个方向传来一阵仿佛空罐头盒在地上乱滚的响声。

玛德琳　(十分痛苦地)哦!他摔跤了!我早就料到他会摔倒的!我知道准会发生这种事的!我当初就不该依了他!当初阻止他这样干是对的!噢,天哪!天哪!(向后台)快爬起来!(再一次听到铁罐滚动声,远处还传来狗吠声。玛朵和美国兵继续调情)他一定得把所有人吵醒!人家一定会看见他!他在哪儿呢?人们会说什么呢!我们算完蛋了!都是他的错!我早就料到会这样。(火车开动声。可以看见背景上有小火车移动的影子)他现在连火车也给吵得开动起来了!(她走回窗口)回来吧,阿麦迪!别把我一个人撇在这儿!

　　　　〔从舞台的一角或一个窗口冒出一个男人的脑袋。

一个男人　怎么回事?火车?还没到点怎么就开啦!

玛德琳　你在哪儿?快……回来吧!把他也带回来吧!别把他扔在大街上,那会妨碍交通的!别在那儿愣着瞧星星啦!

一个男人　搅了我的觉！我明儿还得上班哪！

〔警哨声。

玛德琳　活见鬼,警察来啦！

美国兵　警察？

玛　朵　甭担心,不是冲咱们来的！

玛德琳　他在那儿跑着哪！快！把他扔在街上算了！他绝不会那样干,他呀,固执得要命！

一个男人　茱丽……起来,快来看！

〔一个女人的脑袋在那男人的脑袋旁边出现。

一个女人　啥事？警察？！

一个男人　是阿麦迪先生。瞧那古怪样儿！真滑稽！

玛　朵　（对美国兵）来看呀！

玛德琳　拔腿快跑啊！

一个女人　警察在追他！（远处传来喧闹声和警哨声）他这么大岁数,跑得还蛮快呢！

玛德琳　别磨蹭啦！

玛　朵　（对美国兵）大街上的热闹,逗你乐吧？

美国兵　巴黎的大街小巷啊！

一个女人　他们又在干啥？

一个男人　这种人干的事,谁也闹不清。

玛德琳　别摔倒！快跑,你倒是快跑呀！

一个男人　他正玩命跑过广场呢！

玛德琳　瞧着点红绿灯！

美国兵　哦,好得很！

一个男人　他扛着那么一个包裹……真有点碍事！

玛　朵　他们抓不住他！

一个女人　　会的,警察会抓住他!

玛　　朵　　我跟你说他们抓不着他!

玛德琳　　他已经拐弯儿啦! 敢情后头还有条狗在追他呢! 准会把
　　　　他的裤子撕扯得稀巴烂!

一个女人　　他已经拐弯儿啦,长官! 追上他!

玛　　朵　　你少管闲事!

玛德琳　　我现在瞧不见他了!

一个女人　　在墙后面哪,长官!

一个男人　　喷,喷!

第一个警察　　(只露出半截身子,拿着警哨)闪开! 闪开点!

玛德琳　　听见没有,阿麦迪? 快点跑!

一个男人　　人间唯有家中好!

美国兵　　他在哪儿?

玛　　朵　　在那边呢,拐弯的地方!

一个男人　　他们抓不着他!

美国兵　　赛跑冠军! 真棒,伙计!

玛　　朵　　不是!

玛德琳　　(绞着双手)是我丈夫! 是我丈夫!

一个女人　　可不是嘛!

一个男人　　(对那女人)你少搭碴儿!

一个女人　　她说是她丈夫! 他们干吗不待在家里,消消停停的多好?

第一个警察　　让开点!

一个女人　　在那边! 那边!

一个男人　　他身上还带着个尸体呢!

玛德琳　　(狂奔过去)把尸体丢下吧!

第一个警察　　兔崽子跑到哪儿去啦?

147

〔阿麦迪从后面跑上来,头上戴着尸体的帽子,脸上挂着尸体的胡须。

一个女人　他在那儿呢!

玛　朵　他在那儿呢!

玛德琳　哦,你在那儿呢! 还不快跑!

　　〔第二个警察从台后出现。

阿麦迪　别着急!

第一个警察　(对第二个警察)别让兔崽子跑掉! 抓住他!

一个女人　抓住他!

一个男人　他们抓不着他!

美国兵　喂! 喂!

　　〔第二个警察打算抓住阿麦迪;第一个警察也伸出两只手去抓他;可是都没抓住。阿麦迪忽然腾空飞起。

第一个警察　(只抓住阿麦迪的一只鞋)这个狗杂种!

一个男人
一个女人
玛　朵
美国兵
　　嗬!

玛德琳　阿麦迪,别这样! 谁叫你这么干的?

第二个警察　他要跑掉啦!

一个男人　(对一个女人)我早就跟你说过他们抓不着他!

玛　朵　太棒了!

美国兵　棒极了,小伙子! 棒极了,小伙子!

阿麦迪　(腾空飞翔)玛德琳,我不是存心这样的! 我自个儿也没办法!

第一个警察　我只抓着他左脚上的一只鞋!

玛德琳　不对,你是存心要这样干!

阿麦迪 （腾空飞翔）我向你保证,玛德琳,这不怪我,是这阵风闹的!

玛 朵 你看,他说是这阵风闹的!

一个男人 就是这阵风闹的!

美国兵 棒极了,小伙子!

一个女人 不是这阵风闹的!

第一个警察 （拎着一只鞋,严厉地对玛德琳说）太太,那是你丈夫吗?

玛德琳 唉,警官,是的!

阿麦迪 （慢慢升起）这不能怪我!先生女士们,我希望诸位包涵。

第二个警察 （对玛德琳）你叫他下来!马上下来!

玛德琳 （对悬空的阿麦迪）马上给我下来!

玛 朵 （对玛德琳）别管他行不行,太太!

阿麦迪 （仍旧悬在半空）我发誓这不是我的错,先生女士们,请诸
　　　　　位包涵,是这阵风闹的!我自个儿也没办法!

一个男人 这种玩艺儿倒不多见!

一个女人 他可越飞越远啦!他嘴里说不愿意,可看上去倒蛮惬意呢!

玛德琳 （对阿麦迪）你马上给我下来!大伙儿叫你干什么你就干什么!

　　　　　〔美国兵取出照相机,拍下阿麦迪远走高飞的照片。

第二个警察 干的好事!还是有教养的人呢!

玛 朵 （对美国兵）我说,照片也给我一张,好吗?

第一个警察 （对美国兵）喂,喂,这里禁止拍照!

玛德琳 阿麦迪!你就下来吧!你会伤风着凉的!

第二个警察 阿麦迪先生,下来吧,你妻子要你下来!

一个男人 瞧那边,耍木偶戏呢!（冲警察）给我滚开!打倒警察!

一个女人 （对那男人）你这样说不害臊吗?

阿麦迪 （悬在空中）我不知道该说点什么,请原谅我,先生女士们;
　　　　　别认为……我自己其实也愿意脚踏实地……这完全违背我的

149

意愿……我也愿意为同胞效劳……我认为每个人都不应当做得过分……

玛　朵 嘿,他可真能说!

美国兵 嗬!嗬!好啊!

一个男人 他在发表演讲!

阿麦迪 (悬在空中)我向诸位发誓,我反对分裂……我拥护内在性,我反对超验性!我很抱歉……十二万分的抱歉!

玛德琳 听我说,阿麦迪,下来吧……我可以跟警察交涉!……(对警察)对不对,警官?

第一个警察 好说,好说,太太,什么事都好商量!……

玛德琳 阿麦迪,你可以回家去,蘑菇长得可好啦……

美国兵 蘑菇是什么意思?

一个男人 他们在谈论蘑菇呢!

一个女人 敢情他们是种蘑菇的!

阿麦迪 (悬在空中)玛德琳,我向你保证,你可以相信我,我并不想逃避责任……全是这阵风闹的,我不是存心的,也不是自愿的!

玛　朵 如果他不是自愿的,那就不能怪他!

阿麦迪 宽恕我,宽恕我吧……先生女士们……

　　　　〔他冲下面尽快送着飞吻,远走高飞,无影无踪了。

第一个警察 (对消失的阿麦迪)至少把另一只鞋也扔下来吧!

玛德琳 (绞着双手)阿麦迪,阿麦迪,你的戏剧事业该怎么办呐!

玛　朵 (对美国兵)他是个作家!

美国兵 作家……是啊……好……好!

一个男人 (对玛德琳)随他去吧,太太!

玛德琳 (对消逝的阿麦迪)你忘了拿雨衣啦,你这个样子准会得病的!阿麦迪!

〔阿麦迪的另一只鞋从空中掉下来。

第二个警察 他考虑得倒挺周到！

第一个警察 咱哥儿俩正好一人一只！

〔两个警察把鞋瓜分了，一人一只。

一个女人 还有我们呢？

〔一件短上衣和一些香烟从空中落下来。

一个男人 香烟！一件短上衣！

〔大家开始瓜分。

玛　朵 他可真慷慨大方！（空中光辉灿烂，彗星和流星飞过）放焰火啦！

一个男人 是火箭！

一个女人 不是真的！

玛德琳 （仰视空中）阿麦迪，得啦，你什么时候才不开玩笑！

第二个警察 （仰视空中，像对小孩那样用手指威胁阿麦迪）你这个
　　　　小无赖！小无赖！

众　人 （全都学第二个警察的手势）小无赖！小无赖！

美国兵 你这个淘气鬼！

〔亮光闪闪。舞台四处闪烁光辉。

一个女人 瞧不见他啦。他彻底没影儿了！

玛德琳 （冲空中呼喊）阿麦迪，你还没完你那个剧本哪！

玛　朵 （对玛德琳）太太，要是我才不替他着那份急！

一个女人 天下男人都一路货色！

玛　朵 （对玛德琳）他也许还会回到你身边来的！

一个女人 哦，不会的！他永远也不会回来啦！

〔玛德琳转动脑袋，目光从这个女人身上移到那个女人身上。

一个男人 （对那女人）你干吗这样说？你懂什么！

玛　朵 哦，会的，他没准儿会回来的！

一个女人　当然不会回来啦！我就经历过这样一档子事,我头一个
　　　　丈夫出走以后,我就再也没见到过他的影儿！

玛德琳　（自言自语）阿麦迪,你腾空而去,远走高飞,但在我心里是
　　　　一落千丈！

　　　　〔尸体的大帽子从空中掉下,可能的话,胡须也跟着一块儿
　　　　掉下,恰好落在玛德琳头上。她倒在地上,坐在那儿,头上戴着
　　　　尸体的帽子,脖子上围着胡须,呜咽啜泣。

一个男人　他也许是个天才！

第二个警察　又是一个断送自己的天才！这是文学界的损失！

玛　朵　缺谁也没有什么了不起！

美国兵　她哭啦！

玛　朵　但他给她留下了那顶帽子！

第二个警察　太太,我扶你起来吧！（一边扶她,一边说）我请你喝
　　　　杯酒吧！

玛德琳　（吃力地站起来,警察换扶着她,她哭哭啼啼,直到幕落）
　　　　不,不,我不渴,我不渴！

玛　朵　（对美国兵）你带我去美国,好吗？

美国兵　到美国去？……

一个男人　（对那女人）咱们眼下也可以睡觉去啦！来吧,茱丽！

一个女人　（对那男人）关上百叶窗吧,戏演完了！

第一个警察　（手中拿着警哨儿,转身向观众）散开吧,先生女士们,
　　　　快点,快点！散开吧！走吧！

幕　落

剧　终

新房客

谭立德　杨志棠　译

人物表

先　生	保罗·谢瓦利耶
女门房	玛丽斯·帕耶
搬夫甲	格雷姆·奥尔赖特
搬夫乙	克劳德·芒萨尔

该剧于一九五五年在芬兰首演（瑞典语），导演维维卡·班德勒。

一九五七年九月十日，法语版在今天剧院上演，导演罗伯特·波斯泰克，布景西内。

一九五六年十一月，英语版在英国艺术剧院上演，导演 P.胡德，主演罗伯特·艾迪森。剧本由唐纳德·沃森翻译。

布　景

一间没有任何家具的空房间。房间深处的底墙中间，一扇窗户敞开着。左右两侧各有一扇双扇门。墙壁明亮。开始时，演出应是十分真实的，布景和后来随剧情的发展而陆续搬进来的家具也同样是真实的。然后，隐约可觉的节奏不知不觉地给演出以一种仪式的感觉。到了末场，现实主义又占上风。

〔幕启。一片喧哗声。从后台传来说话声，铁锤声，断断续续的歌声，小孩的喊叫声，上下楼梯的脚步声，手摇风琴声，等等。空空如也的舞台上，这种喧哗声持续片刻。接着，右门砰然打开，女门房手拿一串钥匙，大声唱着入场。

女门房　啦、啦、啦，特啦啦啦啦，特啦啦啦里，特啦啦啦啦啦——啊——啊！（摇晃手中那串钥匙）啦，啦，啦，啦！（停唱，向敞开的窗户走去，俯身窗前）居斯塔夫！居斯塔夫！居斯塔夫！嘿——哎——哎，乔治，告诉居斯塔夫让他去看看克莱朗斯先生！……乔治！……（静场）乔治！……（静场）他也不在！（她一边将身子探出窗外，一边使劲唱着）啦！啦！啦！啦！啦！啦！啦！啦！啦！啦！

〔正当喧哗声依然，女门房仍探身窗外时，先生从左门静悄悄地入场。此人中等身材，黑黑的小髭须，穿一身深色衣服；头

157

戴圆顶硬礼帽,黑上衣,黑长裤,手套,皮鞋乌亮,大衣挽在臂上,手提一只黑色小皮箱。他轻轻关上门,轻手轻脚地向并未看见他的女门房走去,接近她身边时止步,一动不动地等了一秒钟。此时,女门房感到有外人在场,骤然中止歌唱,但仍保持原来姿势。稍待片刻,先生发话。

先　生　您是门房太太吗?

女门房　(转身,手按胸口,喊)啊啊啊嘿!啊啊啊嘿!啊啊啊嘿!(打嗝)对不起,先生,我打嗝了。(先生一动不动地站着)您刚进来吗?

先　生　是的,太太。

女门房　我刚才想看看居斯塔夫,或者乔治,或者别的什么人是否在院里!……想叫人去瞧瞧克莱朗斯先生。结果……长话短说吧,这么说,您已来了?

先　生　您不是见到了吗,太太。

女门房　我可没准备您今天来的……我还以为您得明天来……欢迎您光临。一路上好吗?不累吗?您可真吓了我一跳!您一定收拾得比您想象的还要快!是啊!那是因为我也没料到。(打嗝)又打嗝了。这是吓出来的。一切都已安排停当。幸亏您前面的那些人,您看,就是在您之前就住在这儿的那些房客及时把东西搬走了。那位老先生退休了。我不大清楚他原先是干什么的。他们说会给我寄明信片来。他是政府官员,别紧张,您可能也是吧?是吗?不?我不知道是哪个部,他倒是告诉过我,我可忘了。您想,我哪记得住这些个部。不过,我第一任丈夫也是在办公室里当差的。那可是些正派人。他们什么都跟我说。哦,我呀,我习惯于听人家的知心话。我嘴可严了!那老太太是不工作的。她这辈子什么都不干。我料理她的家

158

务,老太太把采买的事情托给一个女人办,这女人不来的时候,就还得由我来办!(打嗝)这都是吓的!您刚才吓了我一跳!我以为您明天才来,或者是后天来的。对了,他们有一条小狗,他们讨厌猫。再说,这屋里是不许养猫的,这可不是我,而是管理员规定的,我倒是无所谓的!他们品行端庄,没有孩子,星期天他们就去乡下,在堂兄弟家里过,假期里就去勃艮第度假,那位先生是那儿人,现在他们就退休在那儿。但他们不喜欢勃艮第葡萄酒,那种酒一喝就叫他们头晕,他们比较爱喝波尔多酒,但不过分。您知道,这些老人嘛,即使在他们年轻时也这样,有啥办法呀,我们的口味都不一样,我可不像他们这样。总之,他们都很和气。您呢?您是做生意的?是职员?是吃年息的?退休了?哦,还没有退休,您还年轻哪,但也难说,有的人感到累了就早早地退休了,对吗?这种人是有办法的,也并不是所有的人都能这样,能早退休的人才有福气哩!您成家了吗?

先　生　(把箱子和大衣搁在地上)没有,太太。

女门房　把箱子撂下吧,先生。这可是好皮子哪。别受累了,随便搁哪儿都行。瞧!我不打嗝了,惊吓已经过去了!把帽子脱了吧。

　　〔先生轻轻地把头上的帽子按了按。

女门房　用不着脱您的帽子,先生。可不是吗,您是在您自己家里嘛。上星期这还不是您的家,还是他们的家呢。变化多大呀,有啥办法呀,人老了,年龄不饶人哪。现在您是在自己家里,我可不是说反话,这也不碍我的事。在这儿很舒服,一幢好房子,有二十年了,嗯,年头不少喽……(先生一语不发,在空房间里踱几步,打量着墙壁、门、壁柜。他背着双手。女门房继续说)嗬,先生!他们走时把留在房里的所有东西都搞得好好的!是些爱干净的人,出色的人嘛,当然,他们也有缺点,就像你我一

159

样。他们待人并不亲切,不爱多讲,不聊天,他们从来不跟我说什么了不起的事情,尽说些蠢话。那个老头倒还凑合,那老太婆就不怎么样,她把她的猫从窗户扔出去,正好掉在管理员的头上,幸亏没掉在我的花上,只听得啪的一声。他呀,他揍她了,先生,这能信吗,这年头,还兴打人。这是他们自己的事,我可不掺和在里头。有一次,我上楼,他正在捶她,她叫唤:"混蛋,混蛋,你这个粪贩子……"(她放声大笑。先生始终一言不发,这时却走得更近一些,审视着墙、门、锁的情况,还用手摸摸它们,点点头,女门房则边说话边看着他。外面的喧哗声继续如前)"……你这个粪贩子。"嗬,笑死我了,先生。不过,他们现在不在这儿了,不该说他们的坏话,他们就像死去的人一样,当然并非真的是死人喽。要是没这回事的话,他们倒是很亲切可爱的,我没什么可抱怨的,只有在新年时……嗬!别害怕,先生,这房子可结实了。这又不是昨天仓促建成的,现在已盖不出这种房子了……您在这儿会挺舒服的……嗬,说起这……邻居都挺好的,好相处,这儿总是很太平的,我从来没叫过警察来。四楼的房客除外,这人是警察,他老叫唤,想把所有的人都抓起来……

先　　生　(用手指窗)太太,这窗户……

　　　　　〔声音平淡而无生气。

女门房　啊! 是的,先生! 我很想帮您料理家务,我要价不高,先生。咱们好商量,您不用付保险费……

先　　生　(仍是那个手势,仍然那样镇静)这窗户,太太。

女门房　啊,是的,先生,对不起,我忘了。(关窗;喧哗声减弱)……您知道,先生,话越说越多,而时间就过去了……

　　　　　〔先生继续审视。

女门房 您看,我已照您的吩咐把窗子关上了,这玩意儿关起来很容易。(先生打量着窗户的插销,检查着窗户)这窗子是朝向院子的,挺亮堂,您看,因为这儿是七楼……

先　生 当初底层没有空房。

女门房 啊,我明白了,您上七楼不太方便,楼里又没电梯……

先　生 (似乎是自言自语)倒不是因为这个缘故,太太,我并不感到吃力。

女门房 啊！先生,那么是什么缘故?您不喜欢阳光?这倒是真的,阳光刺眼嘛！到了一定的年纪,是用不着阳光了,否则会把皮肤晒得太黑的……

先　生 不,太太。

女门房 不会太黑,真的,不会太黑……您今晚没有卧具吧?我可以借给您一张床。(先生一直在自顾自地打量房间,把就要搬来的家具该摆的地方估算了好一阵子;用手指给自己指着该摆的位置;从口袋里掏出一卷钢尺,丈量着)一会儿我来帮您摆家具,您放心好了,我来给您出主意,我总有点子的,这也不是第一次了,既然是我帮您料理家务嘛,他们不至于会在今天把您的家具搬来吧。他们不会那么快送来的,算了,商店里的那套玩意儿我是晓得的,商人嘛,就是这样的,都是一路货……

先　生 会送来的,太太。

女门房 您以为他们今天就会把家具送来吗?您是求之不得喽,我也好办了,我没有床可借给您。不过,我觉得挺奇怪,我可认得他们,啊哟哟,我可见过这种人,我又不是头一回碰上这些人,今天他们是不会来的,不会来的。今天是星期六,啊,不,今天是星期三。我可以给您准备一张床……既然是我帮您料理家务嘛……(她去开窗户)

161

先　生　对不起，太太。

女门房　怎么啦？（再做开窗状）我想叫一下乔治，让他告诉居斯塔夫去瞧一下克莱朗斯先生……

先　生　让窗户关着，太太。

女门房　那是因为克莱朗斯先生想打听一下欧斯塔什先生是否……欧斯塔什先生是居斯塔夫先生的朋友，也是乔治的朋友，他俩沾点亲，也不完全是亲戚，只是稍微沾点亲。

先　生　让窗子关着，太太。

女门房　好，好，好，好！我懂了，您不愿意开窗，我也绝不会干什么坏事。这是您的权利，这是您的窗，又不是我的。我不见怪，我明白，您说了算，随您的便吧，我再也不碰它了，尽管您付的价不算太高，但毕竟是房间的主人。总之，与我不相干，窗户也连同在内的，它也是您的，一切都是您花钱买的，这就叫生活嘛，我没什么可说的，我不干预，这是您的事。我这么一个老婆子还得下这六层楼去找居斯塔夫。啊哟哟，男人都是那么任性，他们压根儿不替人想想，不过，我得听从您，要知道，我是乐于这样的，这也不碍我的事，我甚至还挺高兴，我就替您料理家务，我就像人家所说的那样当您的仆人，对吗，先生，说妥了吧？

先　生　不，太太。

女门房　怎么啦，先生？

先　生　不必劳您的驾了，太太。

女门房　这才太过分哩！不就是您求我的吗，可惜，我没有证人，我听信了您的话，也就听凭您摆布了……我心肠太好喽……

先　生　不，太太，不，别怨我。

女门房　那怎么着！

　　　　　〔有人在敲左边的门。

先　生　家具送来了！

女门房　我去开门。您请留步，既然要为您效劳，就该我去开门，我是您的仆人嘛。

　　　　〔欲去开门。先生插身，拦住了她。

先　生　（仍然十分镇静）太太，请别费心了。

　　　　〔他向左门走去，开门，女门房则双手叉腰，怒喊。

女门房　啊！这倒好呀！他们哄你，什么都满口答应你，但说了话又不算数！

　　　　〔先生开门，搬夫甲上。

搬夫甲　先生、太太！

先　生　家具运到了吗？

搬夫甲　要搬上来吗？

先　生　如果您愿意的话，先生。

搬夫甲　好的，先生。

　　　　〔搬夫甲下。

女门房　先生，您单独一个人没法摆家具的。

先　生　搬夫会帮我的，太太。

女门房　用不着请外人来帮忙。我又不认识这个人，我从来没见过他，这可不谨慎哪！您满可以请我丈夫帮忙嘛。本来我就不该让他进来的，别太轻信了，人心难测啊。乱子就是这样惹出来的，要是不嫌笨手笨脚的话，还有我丈夫在嘛。他是我第二任丈夫，我不知道我那第一任丈夫现在怎么样了。我丈夫在楼下，他没什么活儿可干，失业着，可身体倒蛮壮，要知道，这样也能让他挣几个钱，为啥要让别人赚这个钱，真没必要，他完全可以把家具搬上来的，您知道，他是得了肺病，那也得自己挣口饭吃呀。那些罢工的人是有道理的。我那第一任丈夫也是，他什

163

么也不愿知道,竟然走了,真叫人莫名其妙!……其实我并不坏,往后我替您料理家务,我非常愿意当您的仆人……

先　生　不必劳您驾了,太太。我很抱歉,太太,我自个儿料理就行了。

女门房　(怒不可遏,叫了起来)他居然还道歉!他居然还道歉!简直是在嘲弄人哪!哼,我可不吃这一套,我可不乐意受人愚弄。我真想我那些老房客,他们可不是这样的。不管这帮人怎么客气、怎么热心,他们都是一路货!全都是一个样!尽让你浪费时间。我不是光干这种事的,他把我叫上来,然后却又……(从后台传来铁锤声和其他杂声,响声一阵紧一阵。先生皱了皱面孔,女门房冲着后台嚷嚷)别作声啦!都没法听清讲话!(转身对先生)我就不打开窗户,我不会打碎您的玻璃,我是名声很好的,从来也没人为这种事责备过我。不过,这还算不了什么,我洗的衣服呀,那更甭说了,我还不如不听您的那一套好!

　　〔左门启开,搬夫甲手拿两只方凳自左门上,把声音搞得震天响。女门房则继续声色俱厉地数落。

搬夫甲　(对先生)总是这样!

女门房　(对搬夫甲,但搬夫甲并不听她)不要相信这个人,小伙子……

搬夫甲　(对先生)该把方凳搁在哪儿?

女门房　(对搬夫甲)……这人是个骗子,他不会付钱给你的,他们花钱购买一切!

先　生　(镇静自若,对搬夫甲)先生,请放一个在这儿!一个放在那儿!

　　〔他指指左门下方的一端和另一端。

女门房　(对搬夫甲)……你会累死的。

164

搬夫甲 （对先生）好的，先生。

〔他把方凳放在指定的地方。

女门房 （对搬夫甲）……白费劲，这就是我们这号人的生活……

〔搬夫甲下；女门房转身向先生。

女门房 我不知道您是哪号人，我，我可是个人物，先生，我已经认得您了……玛蒂尔德夫人，也就是说，我是玛蒂尔德夫人。

先　生 （始终镇定自若，从口袋里掏出钱来）拿着，太太，是给您的酬劳！

〔他把钱递给女门房。

女门房 不，但是，您把我当作什么人啦！……我不是叫花子，我本来是可以有几个孩子的，这不是我的过错，全怪我丈夫，要不然他们现在都长大了。我不要您的钱！（她接过钱来，把钱放进围裙口袋里）太谢谢啦，先生！……不过，不，您可以随便怎么嚷嚷，我可不替您料理家务，像您这样的爷儿们，我可不乐意伺候。这种人不需要任何人帮忙，只愿意自个儿干，就算在像您这样的年纪，还不算不幸……（她继续说着，而先生则不声不响地踱向左门，把两只方凳对调了一下位置，然后离远些看看效果如何）……一个偏头，这楼里的一个偏头，他居然不需要任何人，连狗都不要。这种偏头到处都有，什么世道，我真不该要这种人，太不幸了。在我们这幢楼里住的全是正人君子。（更大声）人家正冲着窗外瞧时，他却故意吓唬人，我差一点跌下去。他什么也不需要，只不过是开开无害的小玩笑而已。我没什么别的东西可吃，只好偶尔去看看电影，也就这么着了。他们简直不知道自己要什么……（先生最终还是把两只方凳放回原来的位置，离得远些，观望着）他对生活了解得不多，只会发发牢骚……

先　生 （带着满意的神气看着方凳，但只是稍露形色，因为他是性格冷漠的人）就这样,挺好!

〔搬夫甲端着一只花瓶,乒乒乓乓地从左门上。

女门房 （对搬夫甲）他还挺自信,挺自信哩,天晓得,这是些强盗、流氓、懒鬼……

先　生 （对搬夫甲）这儿,先生,您可以把它放在这儿。

〔指指舞台左方尽头的墙角。

搬夫甲 那儿吗?先生,好的。

〔向指定方向走去。

女门房 （对搬夫甲）他们因为有几个臭钱,就提出各种各样不光彩的事来让你干。

先　生 （对并没把东西对准墙角放妥帖的搬夫甲）不对,要放在这个角落里,要紧挨墙角放……

女门房 （对搬夫甲）不过,要叫我去干这种不光彩的事的话,那可没门儿!

搬夫甲 是搁这儿吗?

先　生 对,这儿,这样放就好极了。

女门房 （对搬夫甲）因为并不是任何东西都可以用钱来买的,先生,钱不见得能腐蚀一切……我就不接受这种钱!

搬夫甲 （对先生）那您待会儿把其他东西搁哪儿呀?

先　生 （对搬夫甲）别担心,先生,我一切都想好了,您瞧着吧,有的是地方。

〔搬夫甲从左门下。

女门房 我早料到了,我已有所警惕。这些家伙,我对他们是有所了解的,哪儿都有这些衣冠楚楚的先生,我已经打听到一些情况了,所以我才不接受。那些臭婊子才跟在他们屁股后面跑,而我,他们休想碰我一根毫毛!我知道你想干什么,我明白你的意图,你是想让我卖淫,我,我可是一个良家妇女,你想叫我这样一个良家妇女干这种伤风败俗的事,我才没那么蠢,没那么轻率哩,幸亏这儿有警察,先生,在这幢楼里就有一个警察,我要去告你,我要叫他把你抓起来。再说,也还有我丈夫保护我……哼!他不需要任何人,嗯?咱们走着瞧吧!

先　　生　　(毫无惧色,转向女门房;十分镇静,并不提高嗓门,不失尊严但气势凛然)太太,我很抱歉地奉劝您,请别太激动了;这样对您没好处,太太。

女门房　　(稍现惧色)你竟敢对我这么一个良家妇女说这种话!你休想碰我一根毫毛!哪有这等事!你刚来,你想干什么?你叫我上楼,你雇了我,却又毫无道理地把我撵出门外!那几个老房客在这里的时候,就在你现在待着的房里的时候……

先　　生　　(不做手势,背着双手)太太,请回到您自己的门房里去!也许有信件来了!

　　　　　　〔女门房停止说话,似乎被吓住了,先生目视着她,一动不动,然后朝着花瓶转过身去,欣赏着;女门房趁先生一转身就向右门逃去,一边自言自语。

女门房　　要在这儿搁什么玩意儿,搁花瓶!(然后逃至门旁时,提高嗓门说话)我是良家妇女!休想碰我一根毫毛!我要去找警察。(出去时与上场的搬夫乙相撞)你小心点!(然后,下场,不过仍能听见她在嚷嚷,先生则转向新上场者)休想碰我一根毫毛!休想碰我一根毫毛!

搬夫乙　　您好!先生,我是来替您搬家具的。

先　　生　　您好,先生。谢谢。您的同伴已经在这儿了。

　　　　　　〔从他的肩上指指左方。

搬夫乙　　那太好了。我来帮他。(横穿舞台,走向左门;望见两只方

167

凳和墙角里那只约莫有三十厘米高的小花瓶)我看到了,他已经开始把东西搬上来啦!

先　　生　是的,先生,他已经开始把家具搬上来了。

搬夫乙　他来好久了吗?

先　　生　不,刚到一会儿。

搬夫乙　还有很多东西吗?

先　　生　还有不少东西。(从左方传来声响)他上楼梯了。

搬夫甲　(在后台说)你来啦,来,帮我一下。

　　　　　〔搬夫乙从左门下,一秒钟后,重又登场,先见他背弓着,煞是费劲的样子;此时,先生伸手指指房间里的地板、墙等各个不同的地方;似乎是为了更好地给每件家具标出位置。张口。

先　　生　一、二、三、四。一……

　　　　　〔搬夫乙几乎露出整个背部。观众还看不清他那么吃力地搬的是什么;后台传出搬夫甲的声音。

搬夫甲　(吃力地)走吧……走……

先　　生　(同前)一、二、三、四。一……

　　　　　〔两名搬夫现出全身,吃力地捧着一只与先前那只一模一样的空花瓶,这花瓶看来十分轻巧;但他们使的劲似乎很大,以致步履跟跄。

搬夫甲　来,再加把劲!……

搬夫乙　顶住!

先　　生　(同前)一、二、三……

搬夫甲　(对先生)嗯,这个呢,该搁哪儿?

先　　生　(转向他们)请把它搁在……这儿!(手指左门的左方靠近舞台脚灯处)就这儿!(两名搬夫把花瓶放在指定地点)跟那个一样,好极了!

〔两名搬夫放好花瓶；站起，搓搓手臂和腰部，掀掉鸭舌帽，擦拭一下前额；这时，可听到楼梯上女门房的说话声，不时地夹着其他人的嗓音，直到这些声音逐渐消失。

搬夫乙　如果所有东西都这样搬的话！好家伙！

先　生　先生们，你们累了吗？

搬夫甲　哦……没事儿……习惯了……（对他同伴）别耗时间了，走吧！

　　　　〔两名搬夫从左门下，而先生则还在数着。

先　生　一、二、三、四。一、二、三……（他走动着，标着位置，不时地使用拿在手中的卷尺）这儿，倒不错……这个，要放在那儿……那个放在这儿！……妥了……

　　　　〔搬夫甲从左门上，独自拿着另一只花瓶，十分费劲。

先　生　（给他指指舞台右方尽头的另一墙角。搬夫甲朝那儿走去，放下花瓶，而先生则边丈量边说）一、二。一、三、五。一、二、七。好……就这样……行了。

搬夫甲　先生，是这儿吗？

　　　　〔搬来的东西越来越大，似乎越来越重，而搬夫们却显得搬起来更省劲；最后，就像漫不经心地在耍着玩似的。

先　生　对，先生，这很好。（然后，搬夫甲从左门下，搬夫乙由同一门上，捧着另一只完全一样的花瓶）请搁那儿。（指指靠近舞台脚灯的右角。）

搬夫乙　好的！

　　　　〔放下花瓶，从左门下，同时搬夫甲还是从同一门上，拿着跟刚才一样的两只方凳。

搬夫甲　先生，把这两只方凳搁在哪儿？

先　生　（指指右门的两侧）当然在这儿和那儿。正好跟那两只配对！

搬夫甲　我早该这么想的……（把方凳放在指定地点）喔！……还有地方吗？

　　　　〔他空着双手在房间中央停了一会儿，然后从左门下。

先　生　会安排好的。当然。我想到了。

搬夫乙　（提着一只手提箱从左门上）哪儿，先生……

　　　　〔他指了指窗户的右侧，并朝那边走去。先生止住他。

先　生　对不起，不是放那儿。那儿……

　　　　〔先生指点一下窗户的左侧，搬夫乙走过去放下手提箱，说：

搬夫乙　嗯，先生。请您看准了。

先　生　是的。

搬夫乙　省得我们白费劲儿！

先　生　我明白！

搬夫甲　（正当搬夫乙从左门下时，扛着一张独脚小圆桌从左门上）那么这个，放哪儿？

先　生　啊，对……对……给它找个小地盘并不容易呢……

搬夫甲　也许该搁在这儿，先生？

　　　　〔他扛着小圆桌走向窗户的左侧。

先　生　真是理想的位置。（搬上来的小圆桌将是各色各样、五颜六色的）行。

　　　　〔搬夫甲放下圆桌，下。

搬夫乙　（扛着一张小圆桌从左门上）那么这个呢？

先　生　（指着刚才那张圆桌的左边）请放在这儿。

搬夫乙　（放下圆桌，随后说）可是这样一来，您的碟子没地方放了！

先　生　我早想好了，自有安排。

搬夫乙　（环视舞台）我可看不大出来。

先　生　有地方。

搬夫乙 啊,就算是吧。

〔他从左门下。同时,搬夫甲扛着另一张圆桌上。

先　生 (对搬夫甲)挨着那张。

〔随后,在搬夫甲放好圆桌并走出去,在搬夫乙扛着另一张圆桌仍从左门上场的工夫,先生用粉笔在地上画了一个圆圈儿,又特别在舞台中央画了一个更大的圆圈儿。先生停下来,直起腰,向搬夫乙指点着新搬进来的那张圆桌的位置。

先　生 那儿,靠墙,挨着那张!(搬夫乙放下圆桌。这时,先生已经画完他的圆圈,再次直起身来,说)会好的!(搬夫乙仍然从左门下。搬夫甲扛着另一张圆桌上)挨着那张放!

〔他指点着位置,搬夫甲放下圆桌,从左门下。片刻,先生独自一人,数着搬进来的圆桌。

先　生 是的……是的……现在需要……(搬夫甲扛着另一张圆桌从右门上)摆在周围……(随后,搬夫乙从左门上)……摆在周围……

〔搬夫们——甲出左门进右门,乙进左门出右门——扛来一些圆桌和其他物品:椅子、屏风、落地灯、一摞摞的书籍等。他们迎面交叉而过,轮流地把这些东西在舞台周围靠墙放妥。这段演出里,总有一个搬夫出现在舞台上。

先　生 摆在周围,摆在周围……摆在周围……(当第一排家具靠墙摆满后,先生对空着双手从左门上的搬夫甲说)现在,您可以扛一架梯子来!(搬夫甲从原路下,搬夫乙从右门上)一架梯子!

〔搬夫乙从原路下。

先　生 (搓着双手,环顾四周)好啦。有个样子了。住在这儿一定舒服得很。不错。

〔两个搬夫从他们各自下场的相反方向上场。先生对从左门上的人指着右墙,对从右门上的人指着左墙,一言不发。

搬夫甲　明白啦。

搬夫乙　明白啦。

　　　　〔搬夫们迎面交叉而过,分别把梯子靠在左右两侧的墙上。

先　生　把梯子搁在那儿! 你们可以去拿油画来。

　　　　〔搬夫们爬下梯子,从两侧下场。搬夫乙在走向出口时,踩了舞台中央的一个粉笔圈儿。

先　生　注意,别踩坏我的圆圈儿。

搬夫乙　哦,我当心就是了!

先　生　注意!(搬夫乙下。同时,搬夫甲从相反的方向上,手持一幅大油画,上面画着一个年迈老人的奇形怪状的面孔)注意,注意我的那些圆圈儿!(语气镇定而平稳)

搬夫甲　我当心就是了。扛着东西总是不大方便的……

先　生　挂上油画……

搬夫甲　是,先生。

　　　　〔他登上梯子,小心翼翼地把油画挂在墙上。

　　　　搬夫乙从与搬夫甲上场时相反的方向上,也手持一幅大油画,上面画着另一个年迈老人奇形怪状的面孔。

先　生　我的祖先们。(对搬夫乙)上梯子。挂上油画。

搬夫乙　(手持油画,登上对面墙边那架梯子)有您那些圆圈儿,我们干活可不容易呀! 尤其是待会儿要扛大件家具。我们不能什么都看见呀。

　　　　〔他开始挂油画。

先　生　能。只要留心看。

　　　　〔先生从搬进来的物品中间抓起一本书、一只盒子或其他

172

较小的东西,拿到舞台中央,高举过头,审视了一番,又放回原
处。与此同时,搬夫们忙着把油画仔细地固定在两面墙上。先
生也可以推推一两件家具,重新画粉笔圈儿。这一切都是无言
的动作。只有微弱的铁锤声,而外边的嘈杂已经变成了音乐
声。先生以满意的神情端详着油画和房间。两个工人干完活
儿,先生也停了下来。这些动作持续了一段时间,始终无人讲
话。搬夫们爬下梯子,把它们放在某处,例如左右两门附近比
较宽敞的地方。随后,他们走近先生身旁,他正轮番注视着那
两幅油画。

搬夫甲 (指着挂好的油画,对先生)可以吗?

先　生 (对搬夫乙)可以吗?

搬夫乙 我看挺好。

先　生 (端详着油画)挂得挺牢。(稍顿)去搬大件家具吧。

搬夫乙 我渴了。

　　　　〔他擦拭前额。

先　生 那么,去扛碗橱。(搬夫们一同走向右门。先生转身向窗
户)一个……是的……这儿……

　　　　〔搬夫们尚未走到右门,双扉门自动打开,一只碗橱被无形
的力量推动,进入舞台。当双扉门自动关闭后,搬夫们抓住碗
橱,把头转向先生。先生做了一个手势,指出新的位置。

二搬夫 (略微向舞台中央走了几步)哪儿?

先　生 (背朝观众,手伸向窗户)哎……那儿!……

搬夫甲 这样您可就没亮儿了!

先　生 有电灯。

　　　　〔搬夫甲把碗橱推过去,靠着窗户。碗橱不够高,不能把窗
户完全挡住。搬夫乙向门边走去,按下电钮,天花板上的电灯

亮了。他把一幅画着冬天景色的油画——它是自动从双扉门的缝隙中间伸进来的——竖立在碗橱的顶部。这下窗户就被完全遮住了。搬夫甲打开碗橱,从里面拿出一只瓶子,喝了一口,递给搬夫乙。后者喝了一口,然后把它递给先生。

先　生　不。从来不喝。

〔于是,两个搬夫轮流喝着,互相传递那只瓶子,眼睛盯着被覆盖的窗户。

先　生　这样好多了。

〔两个搬夫一边不停地喝着,一边也转向被碗橱和冬景画所遮盖的窗户那边。这样,三个人全都背朝观众了。

搬夫甲　(赞同地)哈!哈!

搬夫乙　(赞同地)哈!哈!

先　生　不太好。(他向搬夫们指着那张油画)我不喜欢……翻过去!

〔他们去翻转那张油画。先生看着他们干。观众看到油画的背面,它那深色的框子和绳子。随后,两个搬夫站得稍远一些,又抓起瓶子轮流喝起来,他们分别站到先生的两侧,一直背朝着观众。三个人继续注视着那只顶着油画的碗橱,静场良久。

先　生　我宁愿这样。

搬夫甲　这样更好看。

先　生　这样更好看,更朴素。

搬夫乙　这样更好看,更朴素。

先　生　啊!是的,这样更好看,更朴素。

搬夫甲　啊!是的……

搬夫乙　啊!是的……

先　　生　照这样,就什么也看不见了。

搬夫甲　向来都是这样的。

　　　　〔静场。

搬夫乙　(过了一会儿,倒转瓶子,使瓶口朝下)没有了。

搬夫甲　最后一滴。

搬夫乙　(保持刚才的持瓶姿势不动,对先生)没有了。

先　　生　我也没有了。

　　　　〔搬夫甲从乙手中拿过瓶子,把它放进碗橱,关上碗橱。

先　　生　邻居们不会碍事了。

搬夫甲　大家都更自在些。

搬夫乙　大家都会满意的。

先　　生　人人满意。(静场片刻)干活。咱们接着干吧。我的沙发。

搬夫甲　把它放在哪儿?

搬夫乙　把它放在哪儿?

先　　生　圆圈儿里。(指着中央那个圆圈儿)你们再也踩不掉它了。

搬夫甲　(对先生)这样就显眼了。

先　　生　(对搬夫甲)去把它搬来。(搬夫甲向右门走去。对搬夫
　　　　乙)现在,大件家具,紫檀木的。

　　　　〔搬夫甲走到右门前,沙发出现了,仍是被从外部推动的。
　　　　搬夫乙走向左门,一只大立柜露出一半,他抓住它,拉向舞台中
　　　　央。动作变得非常缓慢。此后,所有的家具都被从外部推动,
　　　　轮番在两侧门口出现。然而,它们都只露出一半,由搬夫们拉
　　　　进来。当家具完全被拉进房间时,另外的家具立即露出一半,
　　　　循环往复。搬夫甲于是扛起沙发,而乙则从另一侧门拉进一只
　　　　平放的巨大立柜。搬夫甲把沙发放在圆圈儿里。

先　　生　(看着紫檀木立柜)紫檀木很美。

175

搬夫甲 （把沙发安置在圆圈里之后）好沙发。

先　生 （触摸着沙发的软垫）软和。垫料塞得很满。（对搬夫甲）去搬，先生，请您去搬呀。

　　〔搬夫甲走向右门，那里出现了另一只平放着的紫檀木立柜。搬夫乙拉着立柜，同时向先生投了一瞥，像是无声地询问该把家具放在哪儿。

先　生 那儿！（根据先生连续不断的指示，大立柜——可以共有四只——被沿着三面墙放妥，与其他几排家具平行。搬夫甲或搬夫乙每把一件家具从双扇门中间完全拉进来，总要用目光询问先生，而先生则用手指指点着说）那儿！那儿！那儿！那儿！

　　〔每听到一声"那儿"，搬夫们就点一下头，表示明白，把家具扛过去。继四只立柜之后，是体积稍小的家具——又有一些独脚小圆桌，还有长沙发、柳条筐，以及一些不知名的家具，等等。它们被沿着三面墙放在其他家具前面，越来越靠近站在舞台中央的先生。这些动作变成了一种沉重的舞步，始终十分缓慢。

先　生 （当搬夫们搬运家具，向他提出无声的询问，家具被从外边推进来这一系列动作进行时，一直站在中央，一只手搭在沙发的靠背上，另一只手指点着）那儿……

　　〔要使同样的表演持续许久，先是缓慢的分解动作，随后恢复正常速度。过了一段时间，搬夫甲从右门扛进一台收音机，当他询问的目光落到先生身上时，后者稍稍提高声调说：

先　生　啊,不,绝不。

搬夫甲　它不响了。

先　生　既然如此,好吧。这儿。(他指着沙发附近的一个位置。搬夫甲遵命执行,又走向右门去扛其他家具。这时,搬夫乙提着一只水桶从左门走来,带着同样的询问目光)对,当然,放这儿。

　　　　〔他指指沙发的另一侧。搬夫乙放下水桶,随后,搬夫们分头走向两侧,扛着家具走回来。这些家具把先生周围的空间越收越紧。现在表演在无言中进行,绝对的寂静。外边的嘈杂声和女门房的说话声逐渐减弱,以至完全消失。搬夫们脚步轻盈,家具也同样悄然无声地进入舞台。搬夫们每抬进一件新的家具,总是看先生一眼,后者一言不发,用手势指点着应当安放家具的位置。由家具构成的圈子不断逼近他。这一场从手势到动作都更加缓慢的哑剧也应当持续很久,或许可以超过先生说"那儿……那儿……那儿……那儿……"的那一场。最后,搬夫乙从左边抱来一只巨大的挂钟,搬夫甲则继续干他的活儿。先生瞥见挂钟,做出惊讶和犹豫不决的手势,然后一个否定的手势。搬夫乙于是抱着挂钟下,去扛另一件家具。与此同时,搬夫甲抱来另一只挂钟,与刚才那只一模一样。先生用一个手势把他打发回去,随后又改变了主意。

先　生　好吧……说实在的,为什么不要呢?

　　　　〔挂钟被放在沙发附近、先生用手指指示的位置上。搬夫乙现在扛来一个高大的屏风,他走到沙发近旁。这时,搬夫甲也从他那边扛来一个同样大小的屏风。

搬夫乙　您快没地方站了!

先　生　有。(他坐进圆圈里那张沙发)就这样。

〔第二个，随后是第三个屏风被搬夫们扛进来，从三面把先生围在他的圆圈儿里。只有面向观众的那面敞开着。先生坐在他的沙发里，头戴帽子，面向观众。两个搬夫站在两旁，身子在屏风后面，向先生伸出头，盯住他看了一会儿。

搬夫甲 怎么样？您还好吗？（先生点了点头）待在自己家里总是舒服的嘛。

搬夫乙 您累了。休息一会儿吧。

先　生 你们接着干……还剩下很多吗？

〔哑剧。先生纹丝不动地坐着，头戴帽子，面向观众。两个搬夫分头向左、右门走去，双扉门大大地敞开，可以看到与门同高的大木板把入口完全堵死了，左边那块是绿色的，右边是紫色的，像是又高又宽的立柜的背面。两个搬夫各自看着自己那扇门，以对称的动作把手伸到帽子下搔搔头皮，做出为难的表情。他们同时耸耸肩、伸出双臂，然后又起腰。接着，他们在家具中间同时转过身来，从舞台两端对视着，随后说：

搬夫甲 怎么办呢？

搬夫乙 怎么办呢？

先　生 （不动）还剩下很多吗？还没完？

〔搬夫甲并不回答先生，又向搬夫乙做了个为难的手势。搬夫乙重复甲的动作。

先　生 （不动，镇静自如）你们把所有的家具都搬进来了吗？

〔一段哑剧。两个搬夫原地转向他们各自的门，随后又原地转向先生，后者已经看不到他们了。

搬夫甲 先生，真叫人发愁啊……

先　生 什么？

搬夫乙 剩下的家具太大了，门没有那么高。

搬夫甲 进不来。

先　生 什么家具？

搬夫甲 立柜。

先　生 那个绿的和紫的？

搬夫乙 对啦。

搬夫甲 不止这些。还有呢。

搬夫乙 楼梯上全满了。人家都不能上下楼了。

先　生 院子里也是，满了。街上也是。

搬夫甲 城里的车子不通了。满是家具。

搬夫乙 （对先生）至少，您没什么可抱怨的，先生。您还有个坐的
　　地方呢。

搬夫甲 也许，地铁还通行。

搬夫乙 噢，不。

先　生 （仍旧坐在原处）不。地下都堵住了。

搬夫乙 （对先生）您家具可真多呀！您把全国都塞满了。

先　生 塞纳河也不流了。也被堵住，没有水了。

搬夫甲 那么，怎么办呢？假如家具进不来的话？

先　生 总不能扔在外边呀。

　　　　　〔搬夫们一直站在原地讲话。

搬夫甲 可以把它们从顶楼弄进来。但是……得把天花板凿穿。

搬夫乙 用不着。现代住房。活动天花板。（对先生）您知道吗？

先　生 不知道。

搬夫乙 我知道。简单得很。拍拍手。（他合拢双手）天花板就
　　开了。

先　生 （坐在椅子上）不……我怕雨水淋坏我的家具。它们都是
　　崭新的，很娇贵。

179

搬夫乙 不要紧,先生。我懂得这一套。天花板可以随意打开,关上,打开,关上。

搬夫甲 那么,可以试试看。

先　生 (坐在椅子上)除非弄完马上关闭。不可疏忽。

搬夫甲 不会忘记的。有我在这儿。(对搬夫乙)准备好了吗?

搬夫乙 好了。

搬夫甲 (对先生)您同意了吗?

先　生 就这么办。

搬夫甲 (对搬夫乙)干吧。

　　〔搬夫乙击掌。一些大木板从天花板降到舞台前沿,完全遮住了观众的视线,形成高高的围墙,把先生关在里面。还可以有一两块降到舞台上,落在其他家具中间。或者是一些大木桶。这样,新房客完全与世隔绝了。搬夫甲跨过家具,在围墙的某一个侧面拍了三下,没有回音,于是,他抬着梯子走向封口的大木板那一边。他手中拿着一束花,企图不让观众看到。他悄悄地把梯子靠在右边,登了上去。爬到大木板的顶部以后,居高临下,俯视围墙内部,呼唤先生。

搬夫甲 好啦,先生,家具都在这儿了。您还好吧,这个小天地里怎么样?

先生的声音 (与他本人的声音相同,只是稍有减弱)天花板。请关闭天花板。

搬夫甲 (站在梯子上,对他的同伴)人家请你关上天花板呢。你忘了。

搬夫乙 (站在原地)啊,对了。(击掌,天花板关闭)好啦。

先生的声音 谢谢。

搬夫甲 (站在梯子上)照这样,您是绝对安全啦。您不会冷的……行吗?

180

先生的声音 （稍顿）行啦。

搬夫甲 把您的帽子递给我,先生,那玩意儿碍手碍脚的。

〔停顿片刻。人们可以看到从围墙里露出先生的帽子。

搬夫甲 （抓住帽子,把花扔进围墙里）好啦。这下您更自在了。拿着这些花儿吧。（对搬夫乙）完了吗?

搬夫乙 完了。

搬夫甲 好。（对先生）我们把东西都搬进来了,先生,您住进自己家了。（爬下梯子）我们走啦。

〔他走过去把梯子靠在墙上,或者随意放在包围住先生的那些家具中间,但是轻手轻脚的,不出声响。

搬夫甲 （对搬夫乙）过来。

〔两个搬夫漫无目标地分头信步向舞台深处走去。朝他们离去的方向看,那里既没有出口,也不可能有出口。因为窗户已经被挡住了,从大敞着的门口,仍旧可以看得见两块色彩强烈的木板塞在那里。一会儿,搬夫甲走到舞台的一端,手持先生的帽子,停下脚步,转过身来,朝着先生藏身的方向说:

搬夫甲 您什么也不需要了吗?

〔静场。

搬夫乙 您什么也不需要了吗?

先生的声音 （一阵沉默。舞台上出现静止状态）熄灯。（一片漆黑）谢谢。

幕 落

一九五三年九月十四日至十六日于巴黎

181

四人一台戏

宫宝荣　译

人物表

杜　蓬，穿着与杜朗一样。

杜　朗，穿着与杜蓬一样。

马尔丹，穿着与上述两人一模一样。

漂亮女士，头上戴着一顶帽子，手里拎着一只提包，身上披着一袭斗篷或毛皮大衣，还有手套、皮鞋、裙子等等，至少出场时如此。

本短剧由意大利演员于一九五九年斯波莱托戏剧节用法语首演；后于一九六〇年由哥本哈根大学生们用丹麦语激情演出。

本剧首次发表于《啪嗒①学院文辑》。

---

① pataphysique，一译荒诞玄学，是对形而上学（metaphysique）的戏弄和超越，为法国戏剧家雅里（Alfred Jarry, 1873—1907）所创，意在讽刺建立在理性之上的现代科学理论与方法，其哲学为之后的达达主义、超现实主义等艺术流派开辟了道路，其信徒于 1948 年在巴黎建立了啪嗒学院并出版同名刊物。

第一且是唯一的场景

布　景

左入口处。舞台中央摆着一张桌子：桌子上三盆花紧挨在一起。不远处，放着一把椅子或一张沙发。

桌子上面盖着一块大桌布或毯子，长得拖地以便实施特技手段。

〔幕启：杜蓬，情绪激动，背着双手，围着桌子转圈。杜朗，动作相同，方向相反。当杜朗和杜蓬碰撞在一起时，各自转身，反向再走。

杜　蓬　……不行……

杜　朗　行……

杜　蓬　不行……

杜　朗　行……

杜　蓬　不行……

杜　朗　行的……

杜　蓬　我跟您说不行……当心花盆……

杜　朗　我跟您说行……当心花盆……

杜　蓬　既然我跟您说不行……

杜　朗　既然我跟您说行……而且我要跟您再说一遍行……

杜	蓬	您白跟我再说一遍行。不行,不行,还是不行,一百个不行。
杜	朗	杜蓬,当心花盆。
杜	蓬	杜朗,当心花盆。
杜	朗	您真叫顽固不化。您已经顽固不化得令人咋舌了……
杜	蓬	顽固不化的不是我。您才顽固不化、顽固不化、顽固不化……
杜	朗	您不知道自己在说什么。您为什么说我顽固不化? 当心花盆。我一丁点儿也不顽固。
杜	蓬	您还想不通自己为什么顽固不化……哈哈,您让我笑掉大牙,知道吧!
杜	朗	我不知道我是否让您笑掉大牙。也许我让您觉得好笑。不过我倒想知道我为什么是顽固不化的。理由呢,首先,我并不是顽固不化……
杜	蓬	不顽固吗? 不顽固,可是您拒绝一切,您否认一切,您反对一切,您固执己见,一句话,根本不顾我给您摆出了那么多的证据……
杜	朗	您的证据一文不值……说服不了我。您才顽固不化呢。我呢,我并不顽固。
杜	蓬	不对,您顽固不化……
杜	朗	不对。
杜	蓬	对的。
杜	朗	不对。
杜	蓬	对的。
杜	朗	我跟您说不对。
杜	蓬	我跟您说对的。
杜	朗	您白给我重复说对的,不对,不对……就是不对。
杜	蓬	您顽固不化,您很清楚自己顽固不化……
杜	朗	朋友,您把角色给颠倒啦……可别把花盆碰倒……您颠倒了

角色。如果您心术端正的话,您应该很清楚顽固不化的就是您。

杜　蓬　我为什么顽固不化?人有道理的时候并不顽固不化。正像您应该发现的那样,有理的是我,是的,很简单我就是有理……

杜　朗　您不可能有理,既然有道理的是我……

杜　蓬　对不起,是我。

杜　朗　不,是我。

杜　蓬　不,是我。

杜　朗　不,是我。

杜　蓬　不,是我。

杜　朗　不,是我。

杜　蓬　不。

杜　朗　不。

杜　蓬　不。

杜　朗　不。

杜　蓬　不。

杜　朗　不。

杜　蓬　不。

杜　朗　不。当心花盆。

杜　蓬　当心花盆。

马尔丹先生　(上场)好哇,现在,你们两个人总算一致了。

杜　蓬　啊,不,哎嗨……我跟他完全不一致……

　　　　〔他指着杜朗。

杜　朗　我跟他完全不一致。

　　　　〔他指着杜蓬。

杜　蓬　他否认真理。

杜　朗　他否认真理。

189

杜　蓬　那是他。

杜　朗　那是他。

马尔丹　哦……别犯傻啦……小心花盆。戏剧人物不是非要比寻常生活中的人更傻不可的呀。

杜　朗　我们尽力而为。

杜　蓬　（对马尔丹）首先，您让我讨厌，您，还有您那粗大的雪茄。

马尔丹　你们以为你们不令人讨厌吗，两个人这样转来转去，背着双手，一点不肯让步……你们快要让我头晕了，都要把花盆碰翻啦……

杜　朗　我呢，您那股臭烟味让我作呕……怎么想得出来，一天到晚像个烟囱似的抽个不停。

马尔丹　一天到晚冒烟的并不只有烟囱。

杜　蓬　（对马尔丹）您抽烟时就像一个没有掏过的烟囱在冒烟。

马尔丹　（对杜蓬）多么蹩脚的比喻……您没有一点想象力。

杜　朗　（对马尔丹）杜蓬肯定没有想象力。可是您哪，您也缺乏想象力……

杜　蓬　（对杜朗）您也缺乏想象力，亲爱的杜朗。

马尔丹　（对杜蓬）您也缺乏，亲爱的杜蓬。

杜　蓬　（对马尔丹）您也缺乏，亲爱的马尔丹。

杜　朗　（对杜蓬）您也缺乏，亲爱的杜蓬。请不要叫我亲爱的杜朗，我不是您的"亲爱的杜朗"。

杜　蓬　（对杜朗）您也一样，我亲爱的杜朗，您缺乏想象力。请不要叫我"亲爱的杜蓬"。

马尔丹　（对杜蓬和杜朗）请不要叫我"亲爱的马尔丹"，我不是你们的"亲爱的马尔丹"。

杜　蓬　（与杜朗异口同声，对马尔丹）请不要叫我"亲爱的杜蓬"，我不是您的"亲爱的杜蓬"。

杜　朗　（与杜蓬异口同声,对马尔丹）请不要叫我"亲爱的杜朗",
　　　　我不是您的"亲爱的杜朗"。

马尔丹　首先,我不会因为抽雪茄妨碍你们,既然我已经没了雪
　　　　茄……先生们,请听我说,你们两个都言过其实。你们言过其
　　　　实啦。我跟你们的事情无关。所以可以客观地加以评判。

杜　朗　好,评判吧。

杜　蓬　评判呀。快啊。

马尔丹　请允许我跟你们说,没有任何顾虑地说,以你们这种方式,
　　　　是不可能得到一个明确的结果的。所以,你们要先就某一点达
　　　　成共识,至少有一个讨论基础,才有可能进行对话。

杜　朗　（对马尔丹）在这些条件下,是不可能跟这位先生（指着杜
　　　　蓬）对话的。他提出的条件是无法接受的。

杜　蓬　（对马尔丹）我不会以任何代价来得到什么结果的。他提
　　　　出的（指着杜朗）条件才是可耻的……

杜　蓬　（对马尔丹）多么胆大……竟然说我的条件可耻……

马尔丹　（对杜蓬）听他解释。

杜　蓬　（对杜朗）您解释呀。

马尔丹　当心花盆。

杜　蓬　我来解释。我不知道别人是否真的在听我说。我不知道别
　　　　人是否愿意理解我。但是,好好地理解我吧,我们相互之间必须
　　　　好好地理解。但是杜朗先生理解不了这个,他的不理解路人皆知。

杜　朗　（对杜蓬）您竟敢说我的不理解路人皆知……您很清楚您
　　　　自己的不理解才是路人皆知。老是拒绝理解我的是您。

杜　蓬　（对杜朗）太过分啦。您的险恶用心昭然若揭。一个三个
　　　　月的小孩子如果是个好心宝宝的话,都会明白。

杜　蓬　（对马尔丹）您听清楚他说的了吧,嗯……您听见他说的了吧……

杜　朗　（对杜蓬）这,这可太过分了……是您不愿意理解。（对马尔丹）您听见他胆敢说什么了吧?

马尔丹　先生们,朋友们,咱们别浪费时间。说实在的,你们说的都是废话。

杜　蓬　（对马尔丹）怎么,我吗,我说的是废话?

杜　朗　（对马尔丹）怎么,您竟敢说我说的是废话?

马尔丹　原谅我,我的意思不完全是说你们说的是废话,不,不,不,并不完全是这个意思。

杜　蓬　（对马尔丹）您怎么能说我们说的是废话呢,就在刚才您亲口说我们在说废话,然而人是绝对不可能说什么废话的,因为每一次人在聊什么事的时候,便是在说,而与此对应的是,每一次人说话的时候,便是在聊什么事。

马尔丹　（对杜蓬）就算我说过,我说你们在说废话,这并不是说你们说的话都没有内容。不过,有的时候,什么都不说却表达得更多,又有的时候,说得太多却相当于什么都没说。这取决于何时,取决于何人。可是,说到底,已经好一阵子了,你们到底在说些什么呢? 都是些废话。绝对是些废话。谁都能够肯定这一点。

杜　朗　（打断马尔丹）说废话的是杜蓬,不是我。

杜　蓬　（对杜朗）是您。

杜　朗　（对杜蓬）是您。

马尔丹　（对杜蓬和杜朗）是你们。

杜蓬和杜朗　（对马尔丹）是您。

马尔丹　不对。

杜　朗　（对杜蓬与马尔丹）你们在说废话。

杜　蓬　我吗,我在说废话吗?

马尔丹与杜朗　对,完全如此,您在说废话。

杜蓬与杜朗　(对马尔丹)您也是,您在说废话。

马尔丹　(对杜蓬和杜朗)说废话的是你们……

杜　朗　(对杜蓬和马尔丹)说废话的是你们。

杜　蓬　(对杜朗和马尔丹)说废话的是你们。

马尔丹　(对杜朗)是您。

杜　朗　(对马尔丹)是您。

杜　蓬　(对杜朗)是您。

杜　朗　(对杜蓬)是您。

杜　蓬　(对马尔丹)是您。

马尔丹　(对杜朗和杜蓬)

杜　朗　(对马尔丹和杜蓬) ⎬是您……是您……是您……

杜　蓬　(对马尔丹和杜朗)

　　　　〔就在这时,漂亮女士上。

漂亮女士　先生们,你们好……当心花盆……(另外三人突然停下,朝

　　　　她转过身去)你们为什么吵吵嚷嚷的?(发嗲)噢,亲爱的朋友们。

杜　蓬　噢,可爱的女士,您终于来了,您要把我们从这僵局中解救

　　　　出来。

杜　朗　噢,亲爱的朋友,您会发现有人用心之险恶已经到了何种

　　　　程度……

马尔丹　(打断杜朗)噢,亲爱的朋友,请过来听听事情的经过……

杜　蓬　(对其他两个男人)还是我来把问题告诉她,因为这位可爱

　　　　的女士是我的未婚妻。

　　　　〔漂亮女士站着,满脸堆笑。

杜　朗　(对其他两个男人)这位可爱的女士是我的未婚妻。

193

杜　蓬　（对漂亮女士）亲爱的朋友,告诉这些先生,您是我的未婚妻。

马尔丹　（对杜蓬）您错啦,她是我的未婚妻。

杜　朗　（对漂亮女士）亲爱的朋友,告诉这些先生您是……

杜　蓬　（对杜朗,打断他）您错啦,她是我的未婚妻。

马尔丹　（对漂亮女士）亲爱的朋友,请说……

杜　朗　（对马尔丹）您错啦,她是我的未婚妻。

杜　蓬　（对漂亮女士）亲爱的朋友……

马尔丹　（对杜朗）您错啦,她是我的未婚妻。

杜　朗　（对漂亮女士）亲爱的朋友……

杜　蓬　（对马尔丹）您错啦,她是我的未婚妻。

马尔丹　（对女士）亲爱的朋友,请您说……

杜　朗　（对杜蓬）您错啦,她是我的未婚妻。

杜　蓬　（对漂亮女士,猛地抓住她的手臂朝自己身边拉）噢,亲爱
　　　　的朋友……

　　　　　〔漂亮女士鞋掉了。

杜　朗　（猛地抓住她的另一只手臂）请允许我拥抱您。

　　　　　〔漂亮女士的另一只鞋掉了。一只手套留在杜蓬的手里。

马尔丹　（走过去拿了一盆花,把漂亮女士转向自己）请接受这盆花吧。

　　　　　〔他把那盆花放在漂亮女士的手中。

漂亮女士　噢,谢谢。

杜　蓬　（把漂亮女士转向自己,并将另一盆花放在她的手里）请拿
　　　　好这些漂亮的花。

　　　　　〔漂亮女士被推搡得掉了帽子。

漂亮女士　谢谢,谢谢……

杜　朗　（动作与杜蓬相同）这些花属于您,就像我的心属于您一样……

漂亮女士　我很荣幸……

〔她的手上捧满了花盆,手提包掉落在地。

马尔丹 (猛地将她拉向自己,吼道)拥抱我吧,拥抱我呀……

〔漂亮女士的斗篷和毛皮大衣也掉了。

杜　朗 (动作相同)拥抱我呀。

杜　蓬 (动作相同)拥抱我呀。

〔这样的表演持续一段时间。漂亮女士就此掉了手中的花盆,裙子脱落,衣服也皱了;另外三个人一边围着桌子转,一边轮流将漂亮女士抢拉到自己的怀里;同时,三人在动作时还先后扯下了她的两条手臂、一条腿、胸脯,在手中挥动着。

漂亮女士　哎,妈的……别烦我。

杜　蓬 (对马尔丹)

马尔丹 (对杜朗) 〉别烦我。

杜　朗 (对杜蓬)

各个男人 (对另外两个男人)她是跟你们说不要烦她。

漂亮女士 (对三个男人)你们都别烦我。

杜　朗

杜　蓬 〉(惊讶)我吗? 我吗? 我吗?

马尔丹

〔众男子动作停止。漂亮女士头发凌乱、搭扣解开、气喘吁吁、半身裸露、双臂全无,单脚跳向观众。

漂亮女士　女士们,先生们,我完全同意你们的看法。这实在愚蠢透顶。

幕　落

一九五九年于意大利

画　像

滑稽短剧

宫宝荣　译

献给

保罗·谢瓦利耶

人物表

胖先生	皮埃尔·勒普鲁
画　家	保罗·谢瓦利耶
艾丽斯	齐莉娅·切尔顿
女邻居	玛丽·达米安

《画像》一戏由曾经出色地执导《雅克或驯服》的罗伯特·波斯泰克于一九五五年十月搬上巴黎的谢特剧院的舞台。在演绎这出戏时，有一种错误必须避免。演员在表演剧本的第一部分时不应采取现实主义甚至自然主义的表演方法，也不应认为该戏是批评资本家剥削可怜的艺术家。现实主义的表演显然也不能与第二部分的主题相适应，该主题为"变化"，宜运用滑稽模仿手段进行处理，以便掩盖其严肃性。

事实上，这部滑稽短剧得由马戏团的"奥古斯都"来演，表演尽可能幼稚、夸张、"愚蠢"。不要赋予人物以"心理内容"：至于"社会内容"（!），也是偶然的、附带的。演员们（尤其是胖先生）不必害怕做些可怕的鬼脸、跌倒爬起、没有过渡地从一种状态转到另一种状态。情境的转变应该在突如其来的、强烈的、生硬的和不作铺垫的情况下发生。

只有通过一种极端的、粗野的、幼稚的简单化处理，这部闹剧的意义才能够以强化不可思议和愚蠢的方式得以突显并变得可信。愚蠢可以成为揭示和简化的手段。

本滑稽短剧首次发表于《啪嗒学院文辑》。

布　景

一间大房间，仅有一张书桌作为家具，书桌极大。一部电话。在巨大的书桌前有一把巨大的皮椅子；胖先生坐在椅子上。

左右两侧各有一门，右侧角落有一窗。

胖先生神情自满，光穿一件衬衫，胸前插着一朵玫瑰，打着一根色彩艳丽的领带；可以把袖子卷起来。手腕上戴着一只巨大的金表；他一边说话，一边用一根巨大的金牙签剔牙；他用书桌上的一只挖耳勺掏耳朵。他的外套放在椅子上，另有一朵玫瑰别在衣领上。

画家穿得很穷酸，胡子拉碴，外表几乎就是一个流浪汉。他戴着一个大花领结，腋下夹着一幅卷起来的画。

艾丽丝是个十分年长的妇人，系着一条脏兮兮的围裙，脚上穿着又脏又大的皮鞋（或者木鞋、拖鞋）；她白发苍苍，在头巾下面显得凌乱；戴一副眼镜，独手，手里拿着一根白色手杖；她常常嗅鼻子，用手背或手指抹鼻涕。

画家极其腼腆，显得笨拙。

可以用马克斯三兄弟①的风格来表演。

〔幕启时，胖先生坐在书桌前。他时常抬起手腕看表，玩弄那根五颜六色的领带；他剔牙齿，掏耳朵，挖鼻孔，与之相应的

---

① Marx Brothers，二十世纪初美国电影演员三兄弟，表演风格滑稽，并将荒诞因素引入电影艺术。

工具有铅笔、折刀、裁纸刀、手指。

在他对面，画家毕恭毕敬地、远远地站在右侧门旁。画家也可以有剔牙的念头；他企图这样做，却没做成，因为胖先生无意中把头转了过来。

胖先生 过来，过来……（画家不挪步）您瞧瞧，万事开头难啊。是啊，真不容易啊。我得克服那些不可战胜却被我战胜的重重障碍。不过，我可不是一下子就成功了；请相信我，先生，奇迹并不存在，您应该能够明白我的意思。

画　家 噢，是的，先生，我明白您的意思。

胖先生 我是一条斗牛犬，我全力以赴，没有松懈。（他露出牙齿，叫喊："汪！汪！"并拢牙齿，翘起嘴唇，像狗一样吠叫）关键是，您知道的，先生，要坚持得住。

画　家 是的，先生，要坚持得住。

胖先生 因为天上不会掉馅饼，像旷野中掉下吗哪一样。（用手指房间四周的一切，他自己、墙、书桌）可是您看到了我努力的结果。这些都属于我。先生，您怎么看呢？嗯？说说您的看法。

画　家 当然啰，是的，当然啰……

胖先生 （用一块巨大的手绢擦额头）我努力的结果，额上的汗水。我为此骄傲。

画　家 噢……你可有权骄傲。

胖先生 过来，过来。（画家前进了半步）是的，先生，我真有权这么做。我可以理直气壮地成为榜样。让这些经验为别人所用，也为您所用。我不是自私自利的人，正好与大多数成功的人士相反；先生，这些人和我一样通过意志、顽强、毅力和努力获得了成功。先生，我要跟您说，没有奇迹。噢不对，先生，有奇迹的。

画　家　噢,有奇迹?

胖先生　有的,好好听我说。一种奇迹,真正的奇迹、典型的奇迹,
那就是:劳动。

画　家　(天真地)啊,对,您说得有理,劳动的奇迹。

胖先生　您自己也这样说,您瞧瞧。我知道我说得对。(再一次指
着墙、书桌)证据:我努力的具体成果,这幢房子。

画　家　不容否认。

　　　〔他把画卷夹在另一边腋下。

胖先生　我是自己作品的儿子。生活对我来说是一场长期的战斗。
生活,这是一场无情的战斗。人踏在尸体上行走。我不知道您
是否同意我的观点。

画　家　噢,是的,先生!

胖先生　一场无情的战斗,不过……也是一场诚实的战斗,自由竞
争嘛。

画　家　先生,是自由竞争。

胖先生　最终呢,人们也能从中得到某种满足,一种既苦涩又深层
的快乐,一种完成任务的喜悦……夜晚,可以闭上眼睛睡觉,因
为心安理得。

　　　〔他把眼睛闭上一秒钟,把头枕在一只代表枕头的手上,做
打呼噜状。

画　家　心安理得,是的,先生。

　　　〔他企图用一只手指剔牙,但没剔成,因为胖先生睁开了
眼睛。

胖先生　(睁开眼睛)是的,心安理得,可怎么样呢?什么样的心安
理得! 那是暴风雨过后的平静。

画　家　啊,是……是暴风雨过后。

203

胖先生 过来,过来。(画家不为人察觉地挪步。哭丧着脸,自怨自艾)从前,我过的是十分艰苦的生活,打我很小的时候起。我父亲……哎嗨,不说他了,并非完全是他的错,他死啦。我的祖父母也死啦。我母亲呢,她又嫁了一个酒鬼。我的生父喝得也厉害,但他是我的生父。至于另一个,怎么跟您讲呢,他只是我的继父,还这个样子! 简单地说吧,我母亲也死啦。(动情地)您想象不到,对一个小孩子来说,就这样被抛入生活,被抛入丛林之中意味着什么……

画　家 (也动了情,直到流泪)不,先生,我想象得到。

胖先生 (拍桌子)不,亲爱的先生,不,您想象不到。可是我出人头地了! ……我有电话。您听见了吗? 它是好的。(电话铃响)我不知道您是否信服。

画　家 (腼腆地)这些我都经历过,我也一样……我母亲……

胖先生 不,不,亲爱的先生,这可不是一回事。我们大不相同!

画　家 啊! 这是自然!

胖先生 您看到朝向大街的那扇窗户了吗?(他示意画家走过去)去吧,去!

画　家 (仍旧拿着卷起的画,走过去)这里吗?

胖先生 您看到什么了?

画　家 行人。

胖先生 他们在干什么?

画　家 他们经过。

胖先生 太笼统了,仔细看看他们:每个人都跟其他人不同。

画　家 确实如此。

胖先生 我知道,这不是我第一次看着他们。在谋划事情的时候,我不见任何人,总是看着他们。

画　家　（悄悄回到台前，仍然拿着卷起的画）是的，先生。

〔胖先生掏耳朵；画家想要剔牙，但是被打断了，因为：

胖先生　我能看到他们的内心……可您还是先把画放下吧！然而，他们还是一样的！这就是生活的秘密……（画家把画夹在另一只胳膊下，因为不知道该放到哪里）别再换手拿啦，仿佛拿的是步枪似的。

画　家　对不起，先生……

胖先生　换手拿画就像换肩膀托枪！真是神来之笔！哈哈！您注意到了吗？

画　家　是的，是的！哈哈！

胖先生　坐下吧，亲爱的先生！

画　家　（再一次寻找座位，但没找到）好的，先生。

胖先生　您看到了，亲爱的朋友，我在交易所打拼了二十年。我做投机买卖，我赌赢了！（用手指）

画　家　信服的，先生。

胖先生　嗨，还有呢！（他再次指着电话。电话铃响，又停住）可是我并非一定要让您信服。信服必须出自您的内心。我刚才说什么啦？啊……交易所，它会让您变成一个坚强的男人。交易所，它就是生活……必须做出抉择。

画　家　是的，先生。

胖先生　（抽泣）朋友，我在草堆上睡过，在医院里睡过，什么地方我都睡过，我是自学成才，我没有什么真正的青春。

画　家　（也抽泣起来）先生，不要哭。

〔胖先生把头埋进搁在桌子上的双手里，接着又抬起头。

胖先生　我生活在这幢房子里，我的房子，和我姐姐一起……她要比我大许多……我一直都，请相信我，说这话不是为了自我吹嘘,您会以为我在开玩笑……

画　家　噢,不会的,先生! 才不会呢……

胖先生　(愤怒地做手势让他住口)我一直都爱好艺术:优美的音乐、优美的文学、优美的绘画、电影……唉,我没有什么时间读书,参观博物馆,听音乐会,看戏……生活当中人做不到随心所欲。(高声地)可怜的朋友,那些声称自己在生活中随心所欲的人并不知道自己在说什么。

画　家　噢! 不知道,先生,他们不知道。

胖先生　每天晚上从交易所回来后,我都太累啦,您知道吧;可是我有艺术家的灵魂。跟您说吧,我的朋友,我绝不会看不起那些艺术创造者,正如您有可能倾向于这样认为,因为我了解您……

　　　　〔他狂怒地看着画家;站起身来,手指着他,几乎戳进他的眼睛。

画　家　(往后退)我不……我不这样认为。啊,不这样想,不,不——不!

胖先生　(回到书桌旁,重新坐到椅子上)您做得对! (接着细声细气地)可是您请坐呀。(画家照办)我绝不会看不起艺术创造者,我欣赏他们,不过是"优秀的""名副其实的""真、诚、的"艺术家! ……因为你明白(张大嘴微笑)艺术上,尤其是绘画上,既然您是个画家……

画　家　(窘迫地)噢,先生,我人小卑微……

胖先生　……就像生意场上一样,必须有职业诚信;否则,就无法做事! 如果您愿意听从我的建议的话,那就把您的艺术同样变成某种战斗方法。您的方法……艺术呢,以它自己的方法,乃是一种生活的战斗,和其他战斗一样,譬如战争或者生意,白奴贸易或者黑市。选择是折中之道! 归根结底,我们每一个人寻找的东西,就是幸福;我们是共同理想的同路人,共同理想就是:幸福,满足本能,满足需要! ……满足我们的欲望和自尊心!还有比这更高贵的理想吗? 没有……

画　家　(赞同)噢,对,没有,当然没有!

胖先生　这就是为什么到最后人类能够达成共识:任何群体只有在目标一致时才能融为一体。这是一切人道主义的原则。

画　家　人道主义,这可是了不起的事!

画　家　是的……天哪,这事关人类。是人类造就了人!

　　　　　〔画家和胖先生一度陷入梦想状态。

胖先生　您请坐呀,放下您的画。(画家照办)既然您允许我向您说心里话,我就把话全部告诉您。您很愿意听,是吧,我喜欢掏心窝子。

画　家　噢,正是,我很荣幸,我都不敢想。

胖先生　我要感谢您的关注;我是喜欢说心里话,但并不是跟谁都说,只跟我信得过的人说。先生,您也许是第一位……

画　家　噢,先生,我要努力配得上您的信任……

胖先生　安静!您肯定配得上。我知道的,我对该信任谁有直觉。您刚到我家,准备把您的画卖给我。

画　家　(腼腆地)是的……如果可能的话……我很想……真的……

胖先生　不过呢,您并不是第一个来的。您是……我亲爱的,因为我嗅觉灵敏,正是这使得我成功,您是那些灵魂高贵者中的一个,他们在当今世界是如此的稀有、敏感,喜欢倾听别人,分担朋友的痛苦,您肯定是的,我该怎么说呢,我没有搞错,是吧……

画　家　但愿如此,先生。

胖先生　您是这样的人之一,对这些人来说,"别人",我强调,"别人"

是存在的";您不是个自私的人:就这个词。

画　家　就这个词。

胖先生　不要不承认……不要假谦虚……并不是为了讨好您,我为真理服务……我呢,我不撒谎,朋友!

画　家　我没有这么说……

胖先生　因此,在这场我获得胜利的战斗结束时,它把我造就成如今这个样子……允许我实现……(大幅度的动作)好,我不重复了……您所见到的,在这场胜仗之后,我亲爱的朋友,它给了我一切……但我还是少了点什么。某个也许是至关紧要的东西。(起身)我不幸福,朋友。

　　　　　　〔他重新坐下;大彻大悟,叹息。

画　家　(怜悯地)您不幸福,先生?哦!

胖先生　唉!正是,别人不会相信的。人心是多么复杂呀。我渴求美。我缺的就是美。(他用力捶胸)我对艺术的爱好,我甚至要说,它是我的激情,从来没有得到满足。而我在其他方面全部成功,可是比方说,我就没有找到理解我的女人,无论过去、现在还是将来:这确实也不容易。

画　家　噢,是的,这不容易!不能说这是件容易的事……因为它实在不容易!……

胖先生　但这真的是不可能的吗?

画　家　也许这不是真的不可能。

胖先生　说真的,这是不可能的!

画　家　您说得对,这是不可能的!

胖先生　不,这不是不可能的。

画　家　归根结底,我也一样,我认为这不是不可能的。

胖先生　不,不,我还是不相信这会真的不可能。无论如何,还有待观察。一个女人,先生,集所有灵魂与肉体的高贵品质于一身……应该是……知识型的,就这个词……

画　家　对,是这个词。

胖先生　而且美艳动人……美艳动人!既天生丽质又善解人意!但最为重要的是天生丽质,亲爱的朋友,天生丽质……可惜,我还没有在人生的道路上遇到这样的女人。

画　家　(做梦般)在人生的道路上……

胖先生　或者呢,要是至少我在家里能够拥有美人的画像、照片、光影。(大幅度的动作)这些光秃秃的墙,如果您相信我……

画　家　噢,我相信您,先生。

胖先生　这些光秃秃的墙沉重地压着我,就因为它们没有分量!……

画　家　(指着他夹在胳膊下的画卷)也许,也许,这幅画会合适您,也许,在某种程度上……它能够……

胖先生　我在想一个问题,艺术能否取代我所思念的那个梦想中的、美丽的、温柔的女子?

画　家　试试看吧。

　　　　〔他指指画卷。

胖先生　当然,那位比我大许多的姐姐,她住在这房子里,她在生活中没有取得成功,她人不坏,没有我她能怎么办呢?我收留了她,满足她的需求,我给她住,给她吃,她现在人在厨房里,她也尽可能地关心我,负责家务,我不能说她对我没有情感,不过,您明白……嗨……您能够想到,姐姐的情感,并不是我需要的那种,不是这种……

画　家　不,不能是这种……

胖先生　我并不怪罪她,请注意,我并不埋怨她。不过,如果她长得标致的话,我会乐意看她。(庄严并抒情地)晚上,在被丑陋的生活累垮之后,回到家中,我多么希望能够观赏到一张标致的脸,一个苗条的身材……我亲爱的朋友,生活中,我只有她一个人。她是个丑女人。(绝望的动作)

画　家　多么不幸啊!

胖先生　是的,我亲爱的,惜哉!不要掩盖真相,这对我们毫无益处。

画　家　您说的是,先生,这肯定对我们毫无益处。

胖先生　亲爱的朋友,我姐姐没能将我身上对美的深层需求毁灭掉,没有,她反而让这种需求变得更加强烈,更加迫切……(叹息)更加痛苦……您想象不到达到了什么程度。

画　家　(十分同情地)我理解您,先生。

胖先生　(由衷的感激之情)啊,我亲爱的大师,请允许我称呼您亲爱的大师,我赞赏您的善解人意。从今以后,您在我的家里、我的精神上都有一席之地,我们互相理解。

画　家　噢,您太抬举我了,十分荣幸……

胖先生　您马上就理解了一切,可是有那么多的人对我的生活毫不理解,甚至对我的存在都无知无觉!他们眼中从来没有我!

画　家　他们本该有的……

胖先生　我姐姐远非一个可以被小觑之辈,她不是一个坏人,美的本能并没有在她身上完全泯灭。然而,她身上的美就好比陷没于黑暗之中的深渊,就好比沉没在无可穿越的忘川之夜。必须到她的潜意识中去发现美。亲爱的朋友,我姐姐她只生活在必然王国之中,她锻造自身的锁链,她没有自由!因为,我亲爱的朋友,如果没有美,没有音乐、绘画、诗歌、戏剧、雕刻、装饰艺术、电影、服装、设计,我们又算什么呢?

画　家　呃,我们会是,呃……

胖先生　是啊,我要问您,我们会是什么呢?

画　家　呃,我……我不知道,先生。

胖先生　我来告诉您……(狠狠地击打桌子)是畜生,先生!

画　家　(略显害怕)噢……也许不是……

胖先生　是的。就是畜生!

画　家　不过,不过……

胖先生　不过什么? 没有什么不过,这是不容置疑的;您刚才不是
　　　　说过您理解我吗?

画　家　是的,先生,我理解您。

胖先生　那么? (停顿。画家有些尴尬,再次换一只胳膊夹住画卷)
　　　　请坐,亲爱的朋友,您请坐。(画家坐下)我负担我姐姐,我自己
　　　　养活自己,当然,我有能力养活一张嘴。

画　家　(微弱地)您姐姐那张嘴吗,先生?

胖先生　我们说的就是她嘛,您想到哪里去啦?

画　家　是她,先生,就是她,对不起,您请讲。

胖先生　好吧,长话短说。我要责备她的只有一件事,一件事。不
　　　　过,您会发现,我也承认,因为我是公正的,我要说的是一件不
　　　　该她负责的事。但我要责备她,那就是她没有成为这个家的一
　　　　种装饰、一件首饰、一件养眼的物品,因为这个家过于光秃、呆
　　　　板、严厉……她没有成为一件免得我买画的艺术品。先生……
　　　　就因为我姐姐长得丑陋,所以我才必须买画,这得花我多少
　　　　钱呀!

画　家　没多少,先生,您知道,一个像您这样的人……

胖先生　(骤然改换口气,粗鲁地,"十分难以对付的"商人腔)好吧,
　　　　亮出您的底牌,您这幅画要我出多少钱?

画　家　(措手不及,尴尬地)我……我……不知道……先生……

胖先生　(同前)您出什么价? 说吧! ……明码标价,不要超过绘画

211

杰作的平均价。

画　家　（尴尬地）先生,我来只是为了单纯地求您……求您好心瞧一眼这幅画……求您好意……

胖先生　别啰嗦了。您来就是为把您的商品出手。不要咬文嚼字。而我呢,就像刚才跟您说的那样,出于我说给您听的那些理由,我是,或者呢,请注意区别,我可能是,听清楚,可能,"可——能"是一个买家,条件是您的作品既符合艺术的又符合金融的要求,而这些要求只不过体现了一种真挚和崇高的艺术和经济理想。

画　家　（越来越尴尬）是的,先生,当然……肯定是的。

胖先生　有关经济方面的要求,价钱必须便宜,得由您来告诉我您的价格;至于艺术质量方面,它必须是一流的,我相信本人的品味。

画　家　请您先看一眼我的画作,再谈它是否引起您的兴趣,是吧……首先是画让您喜欢。

胖先生　（站起来,走近画家,重新坐下）它只有在一定的价格范围里才会让我感兴趣;朋友,这是一个原则,请相信我,只是一个原则而已。

画　家　是的,先生,自然,我理解……

胖先生　我很高兴。

画　家　不过……

胖先生　（对这个"不过"感到不快）不过什么?

画　家　（呢喃）必须,我是说……也许必须……您先看看……

胖先生　（带着一种"粗鲁而细腻"的微笑）我的朋友,先讲价,再讲美。

画　家　这相当棘手。喏,请看画。

胖先生 不,不,不!……关于棘手,您可没什么能够教给我的;在了解您的物质要求之前,我不想看任何东西。我跟您重申,这是一个原则。您不是说您理解我的吗?

画 家 是的,是的!

胖先生 那么,您的价钱是?

画 家 嗯!呃!您知道……

胖先生 (十分傲慢地)您希望我知道什么,您认为我还有什么不知道的?

画 家 您一定了解……(下定决心)像我这一类的画家,一个当代画家,譬如伦勃朗或者鲁本斯……

胖先生 虽然我不是个无知的人,不过我不认识他们。

画 家 我知道,我知道得很清楚……伦勃朗或者鲁本斯……

胖先生 至少不是非具象画吧?

画 家 噢,不是的,先生,我画过非具象画,但已经过了那个阶段,如今我回到了现实主题。

胖先生 幸亏如此,您纠正了错误。祝贺您。

画 家 所以,如果您允许的话,伦勃朗或者鲁本斯出售像这样一幅画时……卖五十万法郎。我可以四十万法郎把这幅画卖给您。

胖先生 (惊呆了)四十万法郎!您不知道钱的价值吧!这可是一笔巨款,我可怜的朋友,一笔巨款。这可是在给懒汉发奖金哪!在交易所,我可不是每天都能赚到这个数字的。而交易所呢,就如我所希望您能理解的那样,那可是一场累坏人的激战;它是一场拼速度的短跑比赛,一场拳打脚踢的战斗;只有最勇猛的人才能取胜……至于您,您可是安安静静地坐在画板前。不,我的朋友,四十万个不!

画　家　我搞艺术创作也不容易，并非人人可及的呀。

胖先生　回到正题上来。

画　家　三十万法郎，我就可以给您。

胖先生　四十万或三十万，这差不了多少。

画　家　二十五万……二十万……

胖先生　三十万或二十万，还是差不了太多。

画　家　十万。

胖先生　（双手伸向天）十万……十万或二十万，您觉得有什么区别吗？

画　家　八万。

〔胖先生摇摇头。

画　家　七万……（胖先生摇头）六万。

胖先生　从七万到六万，您知道……

〔他摇头。

画　家　五万。

胖先生　从六万到五万，甚至没有一步之遥。多让几步，可怜的朋友，多让几步。

画　家　我可是极其可观地降了价，您得承认……

胖先生　您要我承认什么？

画　家　（攥紧双手，鼓足勇气）在这种情况下，先生，对不起……这可太贬低我的创作了……（努力地结结巴巴）因为我也一样，我也有原则。

胖先生　那好极了。如果您有原则的话，那就把它们保留给您自己。画也一起留着。（停顿。他起身，双手放在背后）与其保留原则，您还不如屁股挨上几脚！这更好！

画　家　遗憾啊，先生。再见了，先生！（他向门口走去）我保留我的原则,而拒绝,对不起,屁股挨上几脚!……

胖先生　(突然祈求;哭哭啼啼)等一会儿!嗨,我亲爱的,您不会把我一个人扔在这些墙壁之间吧,这些又光又脏的墙壁、这些可恶的墙壁、这些由于缺乏美把我压得抬不起头来的墙壁!考虑考虑!也想想别人。把您的才能施予我,我这个一无所有的人……在这个方面,一无所有!

画　家　(门旁,强作微笑)您知道,艺术也一样,有着它的代价……

胖先生　蠢话!一个像您这样的艺术家,我多么希望您是一个艺术家,艺术家不是商人;他应该是一个艺术的传教士,一个贞女!

(十足的约瑟夫·普吕多姆混合格劳乔范儿)

画　家　我还得生活呢,先生。

胖先生　(卑微得夸张)那我呢,难道我没有姐姐要负担吗?讲点人道吧,我求求您……

画　家　(返回)您也许有道理,必须互相帮助!

胖先生　(骄傲得夸张)我不要求您把画送给我……分文不取。这样您会得罪我的。我不愿意欠任何人的。

画　家　一万四千法郎,我可以把它出让给您。

胖先生　(掏一只耳朵)四千法郎?太多了,我可怜的朋友,您想也别想!

画　家　我说的是……我说的是……"一万四千",不是"四千",是一万四千法郎。

胖先生　我既不傻也不聋。您说的是"四千法郎"。

画　家　噢,不对,我跟您保证:是"一万四千"。

胖先生　(愤怒)既然这样,就请您把话收回,再说我也不同意。您是个不讲信誉的人,讲信誉的人说话算数。一言九鼎。

画　家　一万四千,先生。

胖先生　四千……

画　家　十四①,对不起。我说的就是"十四"。

胖先生　十四什么呢?

画　家　十四个千。

胖先生　(惊异地)十四个千。(讽刺地)您以为我会相信您吗? 我可不能上您的当。

画　家　可是……

胖先生　(站起来,双手交叉,侧身对着观众席)没有可是。最好是不谈了。再见,我亲爱的……

画　家　好! 再见,先生! (向门口走去)再见,先生。

　　　　〔他走出去。

胖先生　(追他)喂,我亲爱的,喂……(他走出去一会儿,并拉着画家的袖子把他拽回来)等等……我还是想为您做点什么事情。我跟您出价四百。

画　家　四百个千? 噢……我的好心先生!

胖先生　啊! 啊! (大笑)您开玩笑……

画　家　呃……是……不……是……为什么不呢? ……

胖先生　我给您出的价是四百法郎,一分不多,全部都在,总共四百。

画　家　(突然地,在快速地心算之后)好吧,先生,这样好极了。

胖先生　(重重地拍打画家的肩膀令其踉跄)我早就觉得我们合得来! 我了解艺术家,艺术家也该了解我。

画　家　(真诚地)噢,是的!

胖先生　(屈尊地)我欣赏您,朋友。

画　家　(感动)谢谢,先生。您知道,要是我们合不来的话,我会难过的。

---

①　法国人数数与中国人不同,一万说成十个千。

胖先生 我也一样。友好协商,虽然不费一分钱,也胜过一场长长的诉讼,不管它有多费钱。

画　家 我完全赞成您的观点。

胖先生 我感到荣幸。

画　家 我这就把画卷展开。

胖先生 噢,我该自己一个人把它展开;这不是非做不可的。一幅画,总是一幅画。只要它是一件艺术品,就是我所要的一切!它可以装饰墙面;稍微为这可怜的房间增添光彩,我生活在其中也就会少些痛苦……(大声叹息,掏耳朵或者剔牙)

画　家 (试图剔牙但被打断)肯定的。

胖先生 (走到画家身旁)肯定的。

画　家 肯定的。

胖先生 肯定的。我们用的是相同的词汇,这说明两厢情愿。

画　家 是的,两厢情愿。(胖先生大笑,瘦画家微笑)

胖先生 (再次提议)还是看一下画吧……做到心中有数?……

画　家 啊!

胖先生 我希望,这不会妨碍您吧,朋友?

画　家 噢……一点也不妨碍……我也许有点急……不过……为了您……

胖先生 啊,我亲爱的,我想了解我买的是什么;这是我的权利!我从来不闭着眼睛买东西!哪怕是画!

画　家 说得确实有道理;这是您的权利。

胖先生 那么,快动手啊,既然您说很急。

画　家 马上动手,先生。

〔他展开其巨幅画作。

胖先生 (随着画家展开的动作,画在台上拖得很长)好哇……好

哇……好哇……

画　家　(腼腆地,尚未完全展开画卷)先生,您觉得怎样?

胖先生　还没有任何想法,亲爱的。嗨嗨,要全看完……把画全部
打开来……来,来,快快打开……

画　家　好的,先生,好的。

〔他把画铺展在台上,手忙脚乱。

胖先生　(袖手旁观)您真笨手笨脚! 小心,别弄坏了我的画。

画　家　对不起。

胖先生　(跺脚)啊啦啦啦啦……

画　家　好啦,先生,这就成啦……

胖先生　终于好啦?

画　家　您怎么看呢?

胖先生　(非常内行地)唔,是呀……是呀……

画　家　正是。

胖先生　这是一幅肖像画……一个女人的肖像画……是的,确实,
这不是一幅非具象绘画。

画　家　是吧?

胖先生　别在上面踩着喽。您多么冒失! 我已经跟您说过,要小心
我的画。

画　家　对不起,先生。

胖先生　(不满地)不好! 这是具象画!

画　家　您说它是什么就是什么;我跟您说过。

胖先生　我们在名词上观点不一致。您知道,我有品味。您可以相
信我的判断。当然我会更喜欢……一幅非具象画,或者是一幅
名副其实的……具象画……

画　家　啊啊,我得跟您解释!

胖先生 不过,是什么就是什么。

画　家 是的,它是什么就是什么。当然。不过呢,就它现在这样……它到底是什么呢?您是有品味的。

胖先生 (内行地)我还不想说出结论性的话,因为我看不太清您的画,像现在这样,摊在地板上……一部戏是为演出而写的,一幅画是要挂起来的。一幅摊在地板上的画,顶多就是一幅作战图。只能这里看到一些细节,那里看到一些细节,一堆东西,一条边,几条线,还有许多颜色,把握不了总体。

画　家 是的,把握不了,把握不了。

胖先生 您也该知道,一幅油画和一块地毯之间存在着根本区别,尽管两个词开头的字母都一样。

画　家 是的,开头一样,结尾不同。

胖先生 (不动)既然您人在,给我把它挂起来;您会好好地帮我一把。

画　家 很乐意。

　　　　　〔他开始卷画。

胖先生 您不会把画卷走吧?

画　家 不会,先生,不会的。我把它卷起来是为了在墙上展开。

　　　　　〔他拿着卷了一半的画走向舞台深处的墙。

胖先生 无论如何,随您的便,您是自由的。

画　家 噢!不,先生,我听您吩咐。

胖先生 还有,卷起来并不是为了挂起来……(深沉地)甚至是相反。

画　家 (墙旁)必须把它挂得高高的。

胖先生 当然,免得拖到地上。什么都得我教您。(举起双臂)什么都要教您!

画　家 如果要把它挂得很高的话,挂上墙,那得有一架梯子。

胖先生 （对着厨房喊）艾丽斯！艾丽斯！

艾丽斯的沙哑声音 哎！（她快步奔来；她事实上非常老，驼背；在她的头巾下面，可以看到缕缕白发，戴着一副巨大的黑色眼镜，一只露指手套，一条围裙，独手，手里拿着一根白色手杖）来啦，来啦！啊，啦，啦，啦，啦！我亲爱的弟弟！

胖先生 拿一架梯子来，快点……快点去！

艾丽斯 派什么用场，我亲爱的小弟弟？

胖先生 （高声地）这跟你无关！我说过，快点去！难道我还要重复命令吗？

艾丽斯 噢，我的小弟弟，不要发火，我这就去。

〔下。

胖先生 她是我姐姐。

画　家 是的，先生，我看出来了。

胖先生 快，快，艾丽斯，快呀……（跺脚）再快点。抓紧，别磨蹭！

艾丽斯 我来了。（她回来。先露出来的是梯子顶端。）我的小弟弟，这梯子沉哪！

画　家 我可以……搭把手吗？

胖先生 她需要一只手；这样她就有两只手了。搭把手吧。

艾丽斯 （一边用那只好手和另一只残手搬梯子，一边对帮忙的画家说）谢谢，先生。这梯子重啊。我累了，老啦，先生，想想看吧。

胖先生 你老是抱怨。先生并没有兴趣。

〔两个人一起搬梯子，把它靠在舞台深处的墙上。

艾丽斯 放在这儿？

胖先生 （不动）不！放那儿！搬过去，搬过去，当心点，不要碰坏东西，不要擦坏我的墙壁。啊……我不喜欢这样。（对艾丽斯）把画递给他，把画递给他。

〔跺脚。

艾丽斯 （嗓子沙哑，害怕地）好……好，我的小弟弟！

　　　　〔画家登上梯子。艾丽斯把画卷递给他。

画　家 （试着挂画）挂在这儿吗，先生？

胖先生 等等。（他走到舞台中央。想了一会儿，然后说）太高。

　　　　（画家根据胖先生的指令将画挂在不同的地方，艾丽斯则一言不发，胡乱走个不停）太低了！往右！往左，再往左，不好，好……不好……往右！往左！往右！太低！太高！太低！不！① ……是左边的右边，不是右边的左边。但愿不要挂颠倒了。注意对称。我是说"对称"，这很重要。那儿，那儿，当心，那儿！左边，右边，反过来。右边，左边，反过来！……好啦！别再动了。把画挂上。全都放手。

　　　　〔挂上去的画卷被展开来，一幅巨画，某种壁画出现了：画的是一个十分美丽、具有皇家气质的妇人；看得见王座的椅背；妇人长着一双黑眼睛，穿着紫色外衣，手里握着权杖。

胖先生 （看着画）好哇，好哇……

艾丽斯 （对画家）谁？谁啊，先生，那个女人是谁？

胖先生 安静！

画　家 （在梯子高处，害怕地）您怎么想，先生？

胖先生 我肯定有想法，但我什么也不能跟您说，您挡住我的视线了，下来吧，快点，快点。

画　家 好，先生。

　　　　〔他急忙下来。

胖先生 艾丽斯，边上去，别挡住我视线，别吐舌头。

---

　　① 在此找到某种喜剧化的表演：画家的动作和胖先生指令的机械化，老艾丽斯的动作，梯子靠在这儿，那儿，险些倒下，又被老妇人扶住，等等。

艾丽斯 （刚对画中女人吐过舌头）马上,马上,好吧,我的小弟弟! 我没有吐舌头啊!

〔她再次吐舌头。

胖先生 嗨,把梯子挪开,您不见得让它一直放到圣诞节吧!

画　家 马上就挪,先生!

胖先生 艾丽斯,别浪费时间。帮艺术家挪一下梯子。你脑子哪去啦?

艾丽斯 别发火,我亲爱的小弟弟!（她抽泣）他一直骂我,先生,如果您知道……

画　家 噢,先生! 别骂她。

胖先生 （对画家）这不关您的事。（对艾丽斯）我已经跟你说过,不要随便在人前抱怨! 把梯子给推开,两个人一起。

画　家 是的,先生。

〔画家和哭泣的艾丽斯一起推梯子。

胖先生 够了!（另外两人浑身发抖,停下）现在让我看看,让我评判。

〔他像鉴赏家一样靠近、离开,又靠近画作。

画　家 请对我讲实话……

胖先生 （对艾丽斯）艾丽斯,别在画旁边钉着不动。啊! ……混蛋……你妨碍我看画啦。对比并不有利于你,丑八怪! 转过身去! 躲起来!

艾丽斯 （对画家）您瞧瞧,先生,光是我的出现就让他不舒服。

〔她转身背对观众。

画　家 （对艾丽斯）我替您难过。（腼腆地对胖先生）先生,您伤她的心了……

〔艾丽斯重新转过身来面对观众,泪流满面。

胖先生　（对艾丽斯）蠢货！

　　　　〔艾丽斯哭得更厉害。

画　家　（对艾丽斯）夫人,别哭啦!

胖先生　（对画家）管您自己的事吧。

画　家　对不起。

胖先生　（对画家）她老是哭鼻子,先生。为了一些蠢事,或者为了跟我过不去,她老是哭。她根本就没有艺术感觉!

画　家　也许不完全如此⋯⋯不管怎样,她还是人哪。

艾丽斯　（哭泣）什么是艺术感觉呀?

胖先生　就是美的感觉。

艾丽斯　（哭）什么的感觉?

胖先生　您看见啦,我是怎么跟您说的⋯⋯

画　家　噢,先生,她更值得同情,而不是责备! 这只是一种缺陷⋯⋯

胖先生　可惜呀,缺陷哪⋯⋯这她可不缺!（对艾丽斯）滚到厨房去!

艾丽斯　（用围裙擦眼泪）好的,好的,好的,好的⋯⋯

　　　　〔她走向通往厨房的门,门将开着:她将不时地听着和看着台上发生的事,之后将回到舞台。

胖先生　（对画家）兄弟先后生,长相各不同⋯⋯

画　家　（腼腆地）那好,先生,就请展现您的鉴赏力吧。

胖先生　（静静地看了一会儿画家的作品,画家看上去很激动）我这就展现,亲爱的,这就展现⋯⋯唔⋯⋯也许会于您不利。

画　家　（勉强微笑）那就算我倒霉,先生,算我倒霉,还能怎样。

胖先生　那好⋯⋯瞧瞧,我越考虑您的作品,就越不知道该怎么想;我非要说清楚不可。

画　家　对,对⋯⋯

胖先生 您的作品有缺点。我很明白您想画什么,这是一幅肖像画……如果我没弄错的话,它是一个女人的肖像画……

画　家 正是,先生,您没错。

胖先生 是呀,这张画表现的是一个女人,一个坐着的女人……我在解译,是吧……她坐在椅子上,手里握着权杖。就像是一张大照片;一张肖像画。是吧?

画　家 确实如此。

胖先生 这个女人坐的椅子很像一张王座。也许就是王座。一张看不到下半部分的王座;但是让人猜得到……

画　家 让人猜得到,是的,先生,至少我希望是这样。

艾丽斯 (指着她的头)如果要猜的话,那才是关键。

胖先生 (对艾丽斯)住嘴!(对画家)既然她有权杖却没有王冠,应该是位王后。看不到的下半部分,是椅子或者王座的脚。因为这些脚只是由人猜到而不是看到的,所以您的画是非具象画。

画　家 正是这个原因,先生。

胖先生 这位王后,这个女人,她呢,也是用一种半具象、半非具象风格处理的,原因也是她的脚、她的小腿、她的大腿、她的骨盆不是看到的,而是猜到的。

画　家 噢,是的,先生,真的就是这样子!

胖先生 大家又是如何知道这个女人是女人的呢?这可是我要赞扬您的艺术奥妙之一。

艾丽斯 是暗示。

画　家 谢谢,先生。

胖先生 (内行地)等等!必须把奥妙揭示清楚。怎么能够知道这是个女人呢,既然只能看到那处于萌芽状态的胸部,况且胸部还被细心地、我甚至要说羞答答地掩盖在绣花短衫下面。女人的胸部虽然看不见，但还是可以感觉到它们就在里面……暗示的功能显而易见，不容否定。至于这个女人的小腿呢，只需要通过单纯的逻辑推理，就可以猜测到她有。可是没有任何的迹象暗示它们。（大声地）这是个缺点。

画　家　对不起，先生，我感到遗憾。

胖先生　事实上，我亲爱的，艺术和逻辑是两码事。要是得运用逻辑来理解艺术的话，那就没有艺术了，只剩下逻辑。

画　家　我懂您的意思，先生。

胖先生　很好。

艾丽斯　（现身）我可告诉过您的，啊啦啦啦！

胖先生　你瞎掺和什么？滚，滚！（艾丽斯消失，一会儿后又现身）同样，举例来说，如果要通过艺术来理解逻辑的话，逻辑也就没了。这是一种说法。不过，您是否真正理解我的意思呀？

画　家　是的，先生，我非常理解。

胖先生　（用一只手指抠鼻子）好。这就是一个缺点，也是我要对您讲的主要看法：在您的作品里，那些看不见的东西可以猜到，但并不总是如此；而猜得到的东西却看不见。这样，您的作品里就存在着一种明显的矛盾，并因此存在着某种风格上的混乱，某种具象与非具象的混杂。

画　家　可惜，正是这样，先生，我发现了。您的批评是正确的，可怎么办呢？

胖先生　现在呢，为时已经太晚……您没有足够深入地思考一项基本的原则：唯有逻辑证明，艺术则为暗示。

画　家　我不知道这条原则。

胖先生　从今以后，想着这条原则。其余的嘛，相当容易：您画的这个女人,不管是真实的还是想象的,具象的还是非具象的,头发梳得很整齐;她的头发是褐色,眼睛是绿色,肤色略深,还有嘴唇、鼻子、下巴等等。此外呢,说到底,这是一位王后。

艾丽斯 街头王后罢了……他只要见到胸部,头就发昏!

〔艾丽斯把头缩回去。

画　家 是的,先生,她是一位王后。

胖先生 (跺脚)住嘴,别跟我说话。让我一个人来诠释……我想已经向您证明了我是有这个能力的。

画　家 我住嘴,先生。

胖先生 我发现,可惜啊,她头上少了顶王冠……您这张肖像画,不管是想象的还是真实的,画得不完整,我亲爱的……

画　家 确实。噢,我真的很抱歉……怎么办呢?

〔他绞动双手。

胖先生 您早该感到抱歉了!不过,您的作品也有不少优点,但我适当地保持沉默。为了您好。

画　家 是的,我同意。

胖先生 长话短说。您的作品需要进行某种根本的修改。(突然做出决定)在目前的状况下,我不可能买这幅画。

画　家 噢!

胖先生 您以后再拿来给我。我们以后再谈。现在呢,就别再说了。您把画拿回去吧。

画　家 噢,先生……先生!……这画这么沉、这么累赘。如果您真想要的话,三百法郎卖给您。

胖先生 不行。

艾丽斯 (在门角落旁,哭腔)我的兄弟,嗨,嗨……要善解人意,这不厚道……(对画家)他不厚道,先生,心肠硬,他从来都是这样!……

胖先生 艾丽斯,你瞎掺和什么?掺和什么呀?回你的厨房去!

艾丽斯 好的,好的,我这就去,不要骂我。

〔她消失,后面还会冒出头来。

胖先生 (对画家)为了方便您,我的朋友,我很愿意把画留着……一段时间……作为租用。是否会最终留下这幅画,几个月后我再作决定。当然啦,我不可能付什么钱给您。

画 家 (尴尬地直说感谢)谢谢,先生,衷心感谢。感谢您同意把它放在您家里。

胖先生 这是为了方便您。

画 家 我知道,先生,我感激您。

胖先生 这样呢,您就脱身了。我可没有,不过……

画 家 唉!

胖先生 如果我有时间,如果我觉得值得去做,觉得您的作品还能有所提升,那么我本人会对它进行必不可少的修正。

画 家 我会非常感激您。该怎么谢您才好呢?

胖先生 租金,我会要您……给我付一点点钱,我们再商量,我的朋友,不用担心;我这样做完全是因为热爱艺术,也因为我对您有兴趣。

画 家 您真慷慨,先生。

胖先生 除非是……嗨,我们再看吧。如果我发现它能够令我们获利,我会给您好折扣。您没有电话吗?

画 家 没有,先生。

胖先生 啊!艺术家哪!全都一样!

画 家 正是!……

胖先生 没关系。我有您的地址。我给您写信,给您发电报……好啦……(脸上挂着开玩笑似的微笑)我要把您赶出门外啦,您明

227

白吧,走,懂吗,我要工作啦。交易完成啦。

画　家　谢谢。再见,先生。

胖先生　交易完成。

〔在画家要出去的时候,艾丽斯走上台来。

艾丽斯　(对画家)再见,先生,再见……多加保重! 祝您好运。

〔胖先生注视着画,越来越卑微,与此同时艾丽斯的性格发生改变,变得越来越咄咄逼人;胖先生呢,画家一走他的背便驼了下来,两个人物的转变在瞬间完成,极其明显、荒诞、突然;一切都必须彻底地加以突出。

胖先生　(腼腆地指着画)画不错,是吧,相当不错。你怎么看呢,亲爱的?

艾丽斯　你又有什么念头啦,为什么买这么丑的画?不要用手指抠鼻子! 你怎么啦?疯了吗? 都这把年纪了! 不可救药!

胖先生　(已经虚弱不堪,不过还留有一丝刚才的威严)这是我的事,我有这个权利。总得在墙上挂点什么,你不理解我……为的是家里变美。

艾丽斯　赶时髦……白痴! 我们不需要这个。看着我! 这么讨价还价,真是浪费时间。我们将什么也没得吃,什么也没得穿。你那些稀奇古怪的臭想法,搞得我们倾家荡产! 你去想想合同才好呢;还有那些文件,这一切又怎么样了呢? 嗯? 浪费时间,浪费钞票。

胖先生　别担心,艾丽斯,钱会有的。

艾丽斯　首先呢,你最好去管管那证书。

胖先生　(偷偷瞥了一眼画)证书?

艾丽斯　是啊。你好像记不得似的。为了证书的事,我被叫到市政府去啦……

胖先生　到市政府去?

艾丽斯　(绕着胖先生走,胖先生则在原地,头跟着艾丽斯时而向左、时而向右地转动)到市政府去。可是,既然市政府已经为了证书的事让我去过,不可能还是为了证书……那就肯定是为了其他事情……(她一边走,一边用手杖重重地敲击地板)可是也不可能为了其他事情,因为我已经为了其他事情被叫去,我在想究竟是为了什么事……(胖先生沉默。她举起手杖)嗯?为了什么事呢?你不想想吗?你的时间花到哪里去啦?花在看这个女人上了,哼,流氓! 卑鄙的小流氓! 给我做事!

胖先生　(害怕地走向书桌,又不时偷偷向那幅画投去快速的一瞥,不无遗憾地离开那幅画)艾丽斯! 我这就去,做我的事!……

艾丽斯　(对躲在书桌后面的胖先生紧追不舍)恶棍! 醉鬼! 你把一生时间都用在看她……啊,我气不打一处来,我气不过来……

胖先生　啊……我可怜的艾丽斯,我亲爱的、可怜的小艾丽斯!……

艾丽斯　伪君子、谎言家、丑八怪! 啊,要是我不在的话! 你会坐牢的! 你心里尽想着这个!

〔她指着画,举起手杖,似乎要敲击那幅画似的。

胖先生　艾丽斯,嗨,我亲爱的……艾丽斯……这画可值钱呢,它会让我们发财的。

艾丽斯　(犹豫)啊! 我真不知道是什么东西让我下不了手……真不知道为什么下不了手……蠢蛋! 看看她,这个骚货,这个婊子,丑八怪,妖精……

胖先生　不要打我……不要打我。

艾丽斯　这位先生需要的是下流画!……美女……裸体的女人。你们清楚了吧。

胖先生 （躲在书桌后）她可没有裸体,相反,我还觉得她穿得很多呢。

艾丽斯 （追着他,举起手杖）下流的白痴!

胖先生 （动作同上）这可是桩好买卖!你不懂,我刚才想的是这个……没有想别的,真的,没有想别的!

艾丽斯 胡说,他甚至连租金多少都没跟你说。

胖先生 不用担心,他会出高价的,会谈妥当的……在此期间,你我都来享受这件艺术杰作,是的,你也一样,也来享受享受。

艾丽斯 享受享受,我吗?享受这个婊子!你把我当成什么人啦?

胖先生 我为他提供了方便,为那个画家,我替他卸掉了负担,他十分高兴,这将是一桩好买卖,他十分感激我,会付很多钱给我们的。

艾丽斯 他一分钱也不会给你的,或者几乎是分文不给。我知道这种人,他们不值几个钱,这些个画家诗人……还有他们的婊子!

胖先生 你这样不公正。

艾丽斯 他摆脱了那幅画可太高兴啦,那可是谁都不要的画。你再也见不到他啦;他有心机,把你耍啦。这幅垃圾,就你一个人愿意要……我要把它给扔了,我呀,把它扔进垃圾桶,扔进垃圾桶。（她做出要拿下画并给扔掉的架势）我要把它给折了。

〔她行动起来。

胖先生 不要这样。这是桩好买卖。我完全相信,我的天,是的,我完全相信……

艾丽斯 （犹豫）等着瞧吧。可在此期间,你会整日整夜地、整个礼拜地、整个月地、一辈子都用来看她,把你的时间浪费在给她抛媚眼上。（哭哭啼啼地）自私鬼!不来关心我,不想我,我是个病人哪!我可什么都不少哇,不是吗?

230

胖先生 在尽可能的范围内。

艾丽斯 我有关节炎！

胖先生 你是有这个毛病。

艾丽斯 我的眼镜摔坏啦！

胖先生 我另外给你买了呀。你戴着眼镜呢。

艾丽斯 不一样的。

胖先生 它们一样很好的。

艾丽斯 （叫喊，举起手杖）不对，你说谎，不要脸的谎言家！

胖先生 （眼睛望天）她永远也不理解我那些高贵的理想！

艾丽斯 （依然在威胁）不许离开书桌！给我待在这儿……这儿……（胖先生在书桌旁坐下，坐在艾丽斯用手杖指点的地方）合同在哪里？合同在哪呢？

胖先生 （指着抽屉）在那儿！

艾丽斯 你让合同躺在抽屉里睡大觉！都拟好了吗？

胖先生 用不了多久。

艾丽斯 懒鬼！赶快把合同拿出来。他们会怎么说，客户们？你可要把客户全弄丢了，一个不剩！（胖先生从书桌里拿出文件，放在自己面前）开始干活！你游手好闲，东拉西扯，不管跟谁……

胖先生 可不是我把画家弄来的哟。他是不请自来……慕我的名而来！……

艾丽斯 ……吹牛皮，说大话。你就会这一套。那个笨蛋画家，那个白痴，毫无才能，谁都会这么两下子，哪怕是个四岁的小孩子也比这画得好。

胖先生 （腼腆地）不对。

艾丽斯 （威胁胖先生，胖先生为了避免挨手杖躲在书桌后面）闭嘴！他们把画留在随便什么人家里，随便哪一个赶时髦的人，

231

随便哪一个天真汉,留在那些一窍不通却装模作样的人家里……

胖先生　(躲在书桌后)我不装模作样。

艾丽斯　那就更糟!

胖先生　(小心翼翼地伸出头来)……不对。

　　　　〔艾丽斯挥舞手杖;但没有打着胖先生,因为他及时地把头缩了回去。

艾丽斯　闭嘴!写你的合同去!今天晚上要是完成不了的话,就没有汤喝,没有甜点,也没有晚饭吃!不劳动者不得食……

胖先生　(小心翼翼地现身又缩回去)晚上之前会完成的。

　　　　〔艾丽斯挥杖打过去,但没有击中目标。

艾丽斯　说大话!老是要我管着你,我又不是只有这件事要做……

胖先生　(再次小心翼翼地探出头来……然后又缩回去)如果你不放过我,我完成不了……

艾丽斯　(依然是挥杖打人的动作)如果完不成的话,给我小心点……当心棍子,没有晚饭吃!说定了。

胖先生　(同前)是的,艾丽斯,说定了。

艾丽斯　我要去洗你那些脏盘子了……我把厨房门开着……当心,当心,我跟你说的就这些啊……

胖先生　(小心翼翼地伸出头来,接着现出全身)我会乖乖的!

艾丽斯　我会盯着你的……(她指着画)别让我发现你在偷看她,别让我逮个正着……到这里来!

胖先生　(害怕地走近,艾丽斯揪他的耳朵)哎哟!哎哟!哎哟!

艾丽斯　别让我逮着你正瞅着她!哼!这样你就记住了!(看着画,往上面吐痰,与此同时耳朵已经被她放开的胖先生像小孩子般哭泣)我饶不了她!我会想想怎么做好!(朝着厨房方向,从左边下,一边一瘸一拐地走一边恨恨地咬牙切齿;在下去之前,还在说)我盯着你呢!去书桌那儿!

〔她以手杖威胁他;胖先生迅速回到书桌前。

胖先生独自一人,看着他的合同,一阵轻松的叹息,过了一会儿,他擦拭额头;急速地朝画转过头去,一秒钟之后重新埋头看文件。

艾丽斯 不要玩!我在这儿呢!我看着你呢!

胖先生 (惊跳)没有,没有,艾丽斯。没有玩,没有玩,亲爱的艾丽斯!……

〔他重新工作。然后又向厨房投去不安的目光;接着又看了一眼;看上去更放心了;他轻轻起身,再高些;就在这时,从厨房传来一阵盘子被摔碎的声音,还有艾丽斯的叫声:"妈的。"胖先生重新坐了回去,害怕得好似头顶上挨了一沓盘子似的,开始发狂地工作。

胖先生 七加八十五,十五乘三四十五,四十五除三十五,十五减八得七,七加一得八……一共八百万……八百万乘以十,就是八千万……八千万,八千万……八千万……十乘八千万,就是八亿……八亿盈利,去掉税……去掉税……八亿盈利……就两个星期,不算太坏吧……应该能够更好……更好!更好!(传来艾丽斯打呼噜的声音)她睡着了?还是假装睡着?(很响地)八亿……八亿!(艾丽斯继续打呼噜。他朝着厨房使劲叫喊)八亿!八亿——亿——亿——亿!(停下;呼噜声不止)她睡着了。我赚了八个亿,总可以去放松一下吧!(他看着画)不用花一分钱的休息!(他站起来,踮着脚尖朝画走去,接着改变主意)最好确认一下!

〔他朝厨房门走去,十分谨慎,探进头去,又缩回;与此同

233

时,呼噜声继续;他轻轻地关上门,呼噜声小了下去,接着一点都听不到了;胖先生从锁洞往里看,耳朵贴着听,起身,放下心来;他哼着小调,走向舞台当中,但还是踮着脚,尤其是走近画的时候,他在画前停下,背对观众,双手先是在背后叉着。

胖先生 一桩好买卖! ……她是多么美丽啊! 我没有赔钱! 我甚至还赚了……艾丽斯啊! 她白说啦……(他抚摸着画中女人的手臂)噢,湖水啊,且慢飞翔! 她的皮肤是多么地光滑……油画也可以用嘴来品尝……(跟肖像大口亲嘴)亲爱的! 噢,我的爱——爱——爱人! (自我陶醉,用鼻子嗅)她真香……油画(迷狂地)油——油——油……(他把身子贴在画上)你真美。噢噢……亲亲……(后退,对画像)噢,女人啊! (陶醉地与画贴在一起,接着又向左走一步,向右走一步)我向左边走一步,向右边走一步,你哪一边都光彩照人……正是因为人们只从同一个角度看世界,世界才变得丑陋。必须走动! (左一步,右一步,以一种可笑的夸张方式朗诵)污泥地变成了草原,天空成了布满鲜花盛开的岛屿的汪洋……沙漠之中,如今绿洲处处……贫瘠的沙土上河水在流淌……你是一条山楂花铺满的小道……你令我想起淹没在潮水之中的都市……你令我想起……你令我想起……曾经为何? 曾经为何? 我年轻,我正在发芽,我绽放着新绿……啊,啦,啦,啦,啦,啦! 我甚至绽放着鲜花……(走近画像,抚摸画中人的手臂)我绽放鲜花,绽放鲜花……啊,我成了诗人! (艾丽斯伸出头来,沉浸在表演之中的胖先生并没有察觉)噢,噢,噢……我崇拜你啊![1]

艾丽斯 下流坯! 真无耻!

---

[1] 扮演这一角色的演员要在检查制度允许或观众承受的范围之内尽量表演得色情,或者可笑地抒情和夸张。但无论如何都是滑稽的。

胖先生 （整个身体都贴在画上）我要融化啦,啊,好啦,我融化
了……噢……

　　　　〔他往梯子上再爬一或两级,以便更好地拥抱画中女人。

艾丽斯 （走向画像,胖先生还是没有觉察）淫荡的种猪!

胖先生 （同前）唉,艺术常青,生命短暂!

艾丽斯 （在舞台上微微跛着脚旋转）艺术,这是平民的鸦片。生活
也是。

胖先生 （从梯子上下来）我离开是为了更好地接近……

艾丽斯 （同前,哭泣）他都这把年纪了! 都这把年纪了! 再说她长
得丑,长得丑……她要是至少长得漂亮的话! （胖先生向画中
人送飞吻;艾丽斯与此同时朝着画吐口水,用手杖威胁它）他觉
得她有什么了不起的呀?

胖先生 （如痴如醉）亲爱的 …… 亲——爱——的 …… 亲 ……
亲……亲——爱……的! ……

艾丽斯 （同前）她比我多了什么呀。当然,她有两只手臂,我只有
一只半,可我至少还有两条腿,她可没有……再说我缺了一只
手,也只不过是一场老年事故!

胖先生 （同前）年轻的女王!

艾丽斯 （动作同前）胡说! 根据这幅画的风格,它是上个世纪的。

胖先生 （动作同前）噢…… 你是多么年轻…… 噢…… 嗬……
嗬……如此年轻,如此年轻……

艾丽斯 （动作同前）那么她至少有八十岁,并不比我年轻……如果
她二十岁的话,他都可以当她父亲啦……混蛋!

胖先生 不过呢……她身上还少了点东西……

艾丽斯 噢……啦……啦……我们会变成什么样子呀,他为了她要
倾家荡产了……

胖先生　（对画像）我明白你需要什么……

艾丽斯　（哭泣）他都不想想我的关节炎……

胖先生　（满意于所发现的东西）我发现了……

艾丽斯　（哭泣）我鼻子不舒服……我眼睛不舒服……

胖先生　（走向抽屉，把抽屉拉开，从中拿出一顶王冠，然后再次登上梯子，试图把王冠戴在画中女人的头上，失败）我把王冠给她戴上……

艾丽斯　（动作同前）白费劲。（对画像）都是因为你！因为你！（对胖先生）肮脏的自私鬼！

　　　　〔艾丽斯哭哭啼啼，跛着脚旋转，吐口水，以手杖威胁画中人；两个演员各自分开地表演，胖先生看不见艾丽斯。

胖先生　（登上梯子）是这样，就是这样……

艾丽斯　多么愚蠢！啊，啦，啦……这个流氓，他只想着自己逍遥，从来想不到别人……

　　　　〔胖先生徒劳地试着把王冠往画中女人的头上戴。

胖先生　（不耐烦地）啊，啦，啦，戴不住，粘不上！

艾丽斯　我早就跟你说过，你做不成的，已经过了年纪……

胖先生　（固执，发怒，孩子般地跺脚，踢画等）戴不住，戴不住！

艾丽斯　这还不算不幸吗！

胖先生　（后悔地）我没有及时学习绘画……现在呢，又为时太晚啦。

艾丽斯　把时间花在这上面！为了这个白痴，为了这个妖精！

胖先生　（登上梯子）试试其他办法……

艾丽斯　（哭泣）呜哇哇哇哇！

胖先生　（对画中人）拿住，把它放在手里，帮帮我！……（他试图把王冠放在画中女人的手臂上，当然也做不到。）我做不到！她不要！

　　　　〔他也哭起来。

艾丽斯 (同前)活该！

胖先生 (同前)这是多么遗憾啊！

艾丽斯 (同前)你会学乖的。

胖先生 (同前,对画中人)我不能……我不能……

艾丽斯 (以手杖威胁)等着瞧吧！我会让你好看！

〔正当胖先生徒劳地试着将王冠贴在画上时,艾丽斯一边哭泣一边去找一桶水,或在房间角落,或到厨房。

艾丽斯 (带着水桶回来,把水浇在胖先生的肩膀上)这是给恋人的！

胖先生 (惊讶,王冠掉落在地;像条狗一样哆嗦)啊！啊！啊！(走下梯子)艾丽斯,你要给我付出代价的！(在像卷毛狗一样抖动身子之后——"确确实实"像一条卷毛狗——对其进行威胁;接着,对艾丽斯)你要给我付出代价的！你要给我付出代价的！

〔他欲打她。

艾丽斯 别……别……我人不舒服！啊,我昏过去了！我头皮疼,我要吐啦！我站不住了,我要跌倒了……我要跌倒啦！去搬张凳子来,你甚至没想过买凳子。你最好还是去买凳子,凳子可比画要有用。

〔她闭上眼睛。

胖先生 噢……对不起……对不起……噢……噢……我可怜的艾丽斯！……我就去……我就去……我没有把你打死呀！我会被关进监牢的！

艾丽斯 (睁开一只眼睛)给我把桶拿来！

胖先生 ……好……好……

〔他拎桶。

237

艾丽斯 （哭泣）我跌倒了……快来……我站不住啦……我生病——病啦!

胖先生 啊,我永远也清静不了……(他遗憾地走向厨房,手里提着桶,消失在厨房,只听见他在说)永远。

艾丽斯 （在胖先生离开期间站了起来,面对画像)恶心!

　　〔她威胁画像。

胖先生 （带着一把椅子回来,椅子靠背相当大,还有扶手;艾丽斯恢复了原来状态)喏,坐下吧!

　　〔他把椅子放在画像右侧。

艾丽斯 不要放在她旁边!不要在她旁边!

　　〔她还是坐了下去。

胖先生 这是因为对比不利于你!

　　〔可以看到胖先生一只手放在背后,手里拿着一把大手枪。

艾丽斯 你没有好好看,无礼的家伙,你没有好好看过我!你不懂欣赏!一幅蹩脚画,下三烂,下三烂,下三烂!

　　〔她站起来,拐着脚走,一会儿东,一会儿西,用手杖敲打着。

胖先生 （细声细气地)你拿的是盲人手杖,可你用起来就像自己是个聋子!

艾丽斯 （动作同前)我听得很清楚,说吧,我听得非常清楚!

胖先生 （更加细声地)坐下吧……你累啦……休息休息! 这是你的椅子!

艾丽斯 （动作同前)你要把这把椅子怎么样! 不要随便搬东西。你把到处都弄得乱糟糟的。

胖先生 （语气同前)你差点昏过去……坐下吧,好好缓缓。

艾丽斯 （动作同前)我没时间。我甚至还有工作。我要站着死去,

238

就像一匹马那样……

胖先生 （突然语气变硬）不许动！

艾丽斯 （动作同前）你可阻止不了我！

〔胖先生以手枪威胁。

艾丽斯 （坐下，吓坏了）杀人……犯！

胖先生 医生难道没有建议你休息吗？

艾丽斯 （在手枪威胁下怕得发抖）不如把我送到山里去……

〔胖先生用手枪顶着她，狂笑。

艾丽斯 你的手指可以伸进扳机了。

胖先生 （同前）好啊……好啊……

艾丽斯 你想要什么……告诉我……说话……说话呀……小弟弟……只有说话才算数，其余都是废话。

胖先生 对我来说，正好相反！安静……不许动……我再也不想听你说话，我再也不许你不经我的同意乱动！（他用手枪威胁她）小心点！

艾丽斯 （哭泣）噢……我的弟弟……意外就在瞬息之间……

胖先生 正是。别再哭啦。不许哭！

艾丽斯 为什么要让你的姐姐害怕？为什么你要杀我？

胖先生 这是我的事！

艾丽斯 对不起……对不起……（随着她动了一下脑袋，头巾掉了下来；露出灰白的头发，又脏又乱）头巾掉在地上啦……你看看，你都做了什么呀！让我把它捡起来！

胖先生 不关我的事。放在那儿别动，否则给我当心！我要开枪啦……

艾丽斯 我没有其他头巾啦……要整齐……它会弄脏的！

〔捡头巾的动作。

239

胖先生 别动！不要耍花招！

艾丽斯 不要玩手枪！

胖先生 不许动，不许哭，小心点，里面有子弹！

艾丽斯 （服从地）我不动，我不再说话了，不要开枪，我亲爱的弟弟……我不耍花招……

胖先生 好好坐直……靠着椅背。

艾丽斯 我不舒服，我做不到！

胖先生 做不到不是法语词……弯下膝盖……快……快……

〔艾丽斯，魂飞魄散，痛苦地服从。

艾丽斯 我有关节炎……

胖先生 （危险地摆弄手枪）我什么也不想听……快，快！

艾丽斯 你的手枪可以打死邻居家的鸟……小心点！

胖先生 我才不管呢！（他把手枪放到艾丽斯的鼻子底下。她犹豫，做鬼脸）快，再快点！不许动，不许说！

艾丽斯 （害怕得发僵，哭泣）一个像我这样的老妇人，一个那么宠爱你的姐姐，你竟然要杀我……如果你不可怜我，就可怜可怜我这把年纪吧！

胖先生 安静，再也不许出声！在你这个年纪已经没话好说了！当心！（他展示手枪）如果你不把它放在眼里，它就要发火啦！（她颤抖着服从）那你就成了绝妙的靶子！

艾丽斯 嗬嗬！

胖先生 想想手枪，子弹上膛的！抬起头来，抬高点儿……（艾丽斯欲说话）不许开口！啊啦啦！（他跺脚）不要动……微笑！我叫你笑！（他把手枪对着她的脸颊。艾丽斯微笑；她将把这凝固的微笑保持到结束。在突然将艾丽斯的第二块头巾夺走并放在她膝盖上之后，他稍稍退开）当心！我开枪了！

240

〔枪声。

艾丽斯 啊!

〔艾丽斯露出酥胸,她的上身与画中女人一模一样。在其惊骇的动作中,头上的白色假发脱落,眼镜也掉下,露出了褐色的头发,她的眼睛、脸型完全与画中女人一样。

胖先生 咦!咦!咦!(就在此时,艾丽斯的断臂上长出一只手)现在手也有了!

〔可以根据演出情况来决定舞台效果,也许就在这个时刻艾丽斯才用她长出来的手来摘掉眼镜:眼镜、头套等都跟垃圾似的扔在地上。

乌拉!乌拉!(他朝空中开了一枪,快乐地跳跃,然后停下)还有权杖呢?(就在此时,艾丽斯的白色手杖发出光芒;如果这难以实现的话,胖先生可以把艾丽斯的白色手杖扔掉,远远地,并从抽屉里拿出一根权杖,将其放到艾丽斯的手中;要让权杖发光,只需在顶端装一只电灯泡即可。艾丽斯容光焕发)权杖有啦!好哇!好哇!祝贺您,亲爱的大师。(他跟自己握手)她还得有王冠!(他把王冠戴在艾丽斯头上,王冠同样闪闪发光)一幅杰作!我创造了一幅杰作!(他一边欣赏她,一边快乐得抽泣起来)我超越了模特!我比画家还要好。再也不需要他帮忙啦!我再也不要他的画啦!我自己来画……而且画出来是最棒的!我还要建立一家美容院!(他相继在画像前和艾丽斯面前献上滑稽的敬礼,艾丽斯容光焕发,一动不动)陛下!陛下!陛下!陛下!(接着,对观众)我完美无缺!我永远有理!

〔右门打开,女邻居出现,她跟改变之后的艾丽斯极其相像。

女邻居 (带着一把椅子上)噢,对不起!(胖先生停下,略显尴尬)

241

我打扰你们了？

胖先生　噢，没有……真的，没有……我刚才在跳，像这样子，因为我心里高兴……

女邻居　我带了椅子来，因为我知道你们家没有，我来你们家织毛衣……我家里冷……可在你们家，也热不到哪里去……

胖先生　请进，快请进！

　　　　〔该场景发生在门口，女邻居进屋。

女邻居　（看见艾丽斯）咦，你们买了座王后雕像！你们在装饰房间吗？

胖先生　（骄傲、滑稽、庄重）正如您所见的那样！

女邻居　还买了一幅画？可以说画简直就是雕像的复制品……只是少了王冠……

胖先生　（满意地开怀大笑）正好相反……雕像才是复制品，多了顶王冠……

女邻居　噢，是的……比模特还要好……好极了！

胖先生　我是艺术家！

女邻居　……更有分量，更有血肉……我以前可不知道你有这样的天才！祝贺你！

胖先生　再也不要以貌取人啦……

女邻居　她简直是活的。是个美人。

胖先生　哈！哈！哈！这是艾丽斯。

女邻居　这不可能……噢，先生，请为我也画一张吧……

胖先生　这可是件力气活儿……很贵的。

女邻居　我会不惜一切代价。

胖先生　好。我同意您的请求。（旁白）我要她付几十个亿！（对女邻居）把您的椅子放在那边，请坐，照我说的做，这样。（艾丽斯

242

和女邻居分别在画的两侧。)开始!

〔他掏出手枪。

女邻居 噢……从油画到手枪,我喜欢……

胖先生 别再动了……(女邻居在椅子上一动不动)开始……

〔右门打开,画家出现。

画　家 您好,先生!

胖先生 您要干什么?

画　家 (依然腼腆地)对不起,先生。您跟我说过,等三个星期再来,好知道您要不要我的画……您是否做出了决定……

胖先生 还是瞧瞧我完成的作品吧!

画　家 嗬嗬嗬……令人钦佩啊……

胖先生 我姐姐……

画　家 噢,不可能……她漂亮又乖巧,就像一幅画!

胖先生 是我对她重新进行了教育! 我时而恐吓,时而说理……

画　家 恐吓!

胖先生 (展示手枪)用这个!

〔他用手枪顶住太阳穴。

画　家 噢……嗨嗨……您会把自己弄痛的……

胖先生 不会。不会……

〔他扣扳机,枪声。

画　家 啊啊,先生!

胖先生 (笑)我跟您说过没危险……这是为了恐吓……您明白,我超过了您……

画　家 噢! 远远超过了,先生……您跟我说过您有才能,可是到了这个程度,我该说实话,我原来并不相信……这样的成功,您可明白,这可是大师的手笔,远远超过试验之举……而我呢,那我还能做什么呢？

胖先生　我变成了艺术家。您就做生意人吧！

画　家　（伤心地）我只能把画摘下来了！

胖先生　请先付我四千万法郎的租金。

画　家　我身上没有这么多钱。

胖先生　那您一笔一笔付……四十天内，每天一百万……再加一千万利息！

画　家　是的，先生，这合情合理！在此之前，我把画留在这里……

胖先生　那就是八千万！……我接受。您可以走了。

画　家　（准备走）再见，先生。我钦佩您。（他半路上在门前停下，十分迂腐地）您曾经有一个同胞姐姐，现在您有了两个同胞姐姐，加这位夫人（他指着女邻居）之后呢，您会有三个同胞姐姐。

〔与此同时，胖先生从书桌的抽屉里拿出另外两顶王冠。

胖先生　（把一顶王冠戴在女邻居的头上）加上她，就有了三个！

画　家　真厉害！

〔他倒退着离开，停在门口。

胖先生　（对着女邻居开枪，女邻居倒下，变得像画中的女人一样漂亮；然后对画家）加上你就是四个！

〔他把枪对着画家。

画　家　（谦虚地）噢，我不算，我配不上！

胖先生　配得上，您瞧着吧！

〔他对画家开了一枪，画家的旧衣服突然掉落，他变成了白马王子。

画　家　噢，非常感谢！

〔他不再动弹。

244

胖先生给画家戴上一顶王冠。

胖先生　趁我们还在这儿,好好享受!(他登上一只矮凳;灯光使得布景也发生了变化;天花板上落下鲜花、彩带,爆竹和烟花照亮舞台。不要害怕"乡村节日"的盛大场面)啊!啊!啊!好哇!好哇!……啊,可我呢?我呢?(伤心地)噢……我还是不漂亮!(对观众,伸出手枪)你们想对着我开枪吗?谁愿意对我开枪?谁愿意对我开枪?①

幕　落

一九五四年于巴黎

---

　　① 这部戏在德国一家剧院上演时,在胖先生说出最后一句台词后,有几位观众站起来,叫道:"我!我!"

阿尔玛即兴剧或变色龙

黄晋凯　译

人物表

巴尔托罗梅乌斯 I　　　　克劳德·皮耶普吕

巴尔托罗梅乌斯 II　　　　阿兰·莫泰

巴尔托罗梅乌斯 III　　　　皮埃尔·瓦萨

玛　丽　　　　　　　　齐莉娅·切尔顿

尤内斯库　　　　　　　莫里斯·雅克蒙

　　该剧于一九五六年二月二十日在香榭丽舍剧院首演,导演皮埃尔·雅克蒙,布景保罗·库皮尔。

〔在书和手稿堆中，尤内斯库头枕着桌子睡觉。他一只手里还攥着支头朝上的圆珠笔。门铃响，尤内斯库打鼾。门铃又响，随后，敲门声。有人喊道："尤内斯库！尤内斯库！"尤内斯库猛然惊起，揉揉眼睛。

人　声　尤内斯库！您在吗？

尤内斯库　在……等一会儿！……有什么事儿啊？

　　　　　〔整理一下乱七八糟的头发，尤内斯库向门口走去，开门。巴尔托罗梅乌斯 I 身着博士袍出现在门口。

巴尔托罗梅乌斯 I　您好，尤内斯库。

尤内斯库　您好，巴尔托罗梅乌斯。

巴尔托罗梅乌斯 I　幸亏您在！天啊，要不我还得走。我讨厌这么折腾，而且，您又没电话……您在干什么呢？

尤内斯库　干活儿，干活儿……我在写作！

巴尔托罗梅乌斯 I　写新戏？完事儿了吗？我正等着呢。

尤内斯库　（坐到自己的沙发椅上，向巴尔托罗梅乌斯 I 做手势）请坐。（巴尔托罗梅乌斯 I 坐下）喏，您知道的，我就在这儿干活。我全身心投入，深感精疲力竭。事情有进展，可并不顺利。必须是完美的，不拖沓，不重复，是吧……您瞧，我这不在压缩，尽量压缩……

巴尔托罗梅乌斯 I　它已经写完了？这是初稿？让我看看……

尤内斯库　我不是跟您说了吗，我正在压缩对话……

巴尔托罗梅乌斯 I　如果我理解的没错,您写剧本之前就在压缩对话! 这是方法之一。

尤内斯库　这是我的方法。

巴尔托罗梅乌斯 I　您的剧本到底是写完了,还是没写完?

尤内斯库　(在桌上的纸堆里翻找)完了……还是没完……不是吗……没全完。噢,在这儿! 在这种情况下我不能读给您听……因为它还没……

巴尔托罗梅乌斯 I　……完成! ……

尤内斯库　不,不……还没……完美,是完美! 这不是一回事儿。

巴尔托罗梅乌斯 I　太遗憾了。咱们可要错过机遇了。我有个非常有意思的建议。有家剧院很愿意演一出您的戏。剧院领导想马上看到剧本。他们让我当舞台监督,排这出戏要按照最现代的原则,按照最配得上我们所生活的这个极端科学化又极端平民化的时代的戏剧原则。他们负担全部费用、广告宣传等等,不过演员别超过四五个,布景别花太多的钱……

尤内斯库　告诉他们再等几天。我跟您保证我正在压缩,尽管演出季提前了……

巴尔托罗梅乌斯 I　要是您的戏也能提前的话,那就还能安排……

尤内斯库　是哪个剧院?

巴尔托罗梅乌斯 I　一家新剧院,科学的经理、科学的青年演员团队,他们想和您一道揭幕。您会被科学地对待。表演厅不太大,二十五个座位,四个站位……这就是为精英观众准备的。

尤内斯库　挺不错。要是每晚都能满座就好了!

巴尔托罗梅乌斯 I　至少能有一半,我就很满意了……总之,他们想马上开始。

尤内斯库　我同意。哦,要是剧本刚好能完成……

巴尔托罗梅乌斯 I　您说它大部分都写完了吧！

尤内斯库　是……是啊……的确,大部分都写完了。

巴尔托罗梅乌斯 I　剧本主题是什么?剧名呢?

尤内斯库　(有点沾沾自喜,也有点窘迫)哦……主题?……您是问我主题?……剧名?……哦……您知道,我从来不会讲我的戏……一切都在对白里,在表演里,在舞台形象里,总是这样,都是看得见的……往往是一个图像,第一句对白,启动我的创作机制,然后我就听任我的人物行动,我从来不知道我会走向何方……对于我,所有戏都是一次冒险,一次探寻,一次对自我内在宇宙的发现,和对由我第一个感到震惊的存在的发现……

巴尔托罗梅乌斯 I　这些我们都很清楚!全凭个人经验的观察。在您演出前的说明里,在您的文章和访谈里,您对您所谓的创作机制已经给我们讲过多少次了。尽管我不喜欢"创作"这个词,可我喜欢"机制"这个词。

尤内斯库　(天真地)真的,关于我的"创作",对不起,"机制",我确实讲过好多次了。您记性真好!

巴尔托罗梅乌斯 I　关于您的戏,请您跟我再多说一点。这回,您这出新戏构思过程的第一个图像是什么样的?

尤内斯库　好吧!……好吧!……这相当复杂,您知道,您这是给我出难题……好吧!听着,我的新戏剧名叫《牧师的变色龙》。

巴尔托罗梅乌斯 I　为什么叫《牧师的变色龙》?

尤内斯库　这是我这出戏的基础情景,是原动力。一次,在外省一座大城市里,夏天,在街道中间,下午三点左右,一位年轻的牧师和一条变色龙拥抱……这让我很感动,我就决定把它写成一部悲剧性闹剧。

巴尔托罗梅乌斯 I　这在科学上是很有价值的。

尤内斯库　这只是起点。我还不知道,将来在台上大家是不是真的能看到和变色龙拥抱的牧师,或者我只是提及那个情景……也可能就只构成戏剧看不见的深层背景……实际上,我想,这多半只是个由头……

巴尔托罗梅乌斯 I　遗憾。这个场景在我看来是为了展示我与他的和解。

尤内斯库　您会看到,我这次将把自己也放进戏里!

巴尔托罗梅乌斯 I　您早就这么做了。

尤内斯库　是啊,这不会是最后一次。

巴尔托罗梅乌斯 I　那么,您是牧师呢,还是变色龙?

尤内斯库　哦,不,当然不是变色龙。我不会每天改变颜色……我不会随波逐流追时尚,就像……还是不提名字了……

巴尔托罗梅乌斯 I　那您就是牧师了。

尤内斯库　也不是牧师!我跟您说过,这只不过是个由头,是起点……实际上,我把自己放进戏里,是为了开启关于戏剧的讨论,为了在戏里展示我的观点……

巴尔托罗梅乌斯 I　您又不是博士,您没权利有观点……我才能有观点。

尤内斯库　那就说说,我的经验……

巴尔托罗梅乌斯 I　那都没价值,不科学!

尤内斯库　……那么,我的……信仰……

巴尔托罗梅乌斯 I　行吧。不过这些都是暂时的,我们会给您修正。继续说说您那些不靠谱的……

尤内斯库　(有顷)谢谢。要是您愿意,我也可以是牧师,戏剧就是变色龙,因为我拥抱了戏剧事业,而戏剧在改变,当然了,因为戏剧就是生活。戏剧像生活一样在改变……变色龙同样就是生活!

巴尔托罗梅乌斯 I　我记下这个公式,它算得上一种思想。

尤内斯库　我谈的是戏剧,是戏剧批评,是大众……

巴尔托罗梅乌斯 I　谈这些,您可算不上像样的社会学家!

尤内斯库　……新戏剧的基本特点就在于创新性……我展示的是我自己的观点。

巴尔托罗梅乌斯 I　(大动作)没有光学仪器的观点!

尤内斯库　……这是即兴剧。

巴尔托罗梅乌斯 I　把您写好的念给我听听。

尤内斯库　(假装害羞地)我跟您说了,这还没写完呢……对话还没压缩……我只能给您读个开头……

巴尔托罗梅乌斯 I　我听着。我在这儿就是为了评判您,并且修正。

尤内斯库　(挠头)您知道,我很不情愿念我写的东西,我的作品让我恶心。

巴尔托罗梅乌斯 I　自我批评使作家受人尊敬,自我批评使批评家丧失尊严。

尤内斯库　好吧,我给您念吧,要不您就白来了。(巴尔托罗梅乌斯 I 舒服地坐好)这是剧本的开头:"第一场,在书和手稿堆中,尤内斯库头枕着桌子睡觉。他一只手里还攥着支头朝上的圆珠笔。门铃响,尤内斯库打鼾。重重的敲门声。有人喊道:'尤内斯库! 尤内斯库!'

　　尤内斯库猛然惊起,揉揉眼睛。门后人声:'尤内斯库! 您在吗?'尤内斯库:'在……等一会儿! ……有什么事儿啊?'尤内斯库整理一下乱七八糟的头发(说着,尤内斯库做手势),向门口走去,开门。巴尔托罗梅乌斯出现。巴尔托罗梅乌斯:'您好,尤内斯库!'尤内斯库:'您好,巴尔托罗梅乌斯!'巴尔托罗

255

梅乌斯：'幸亏您在！天啊，要不我还得走。我讨厌这么折腾，而且，您又没电话……您在干什么呢？'尤内斯库：'干活儿，干活儿……我在写作！'巴尔托罗梅乌斯：'写新戏？完事儿了吗？我正等着呢！'尤内斯库坐到自己的沙发椅上，向巴尔托罗梅乌斯做手势：'请坐！'"

　　〔尤内斯库边念本子边像前面那样坐到沙发椅上。这时，门铃真就响了，然后是敲门声。

另一个人的声音　尤内斯库！您在吗？

　　〔巴尔托罗梅乌斯Ⅰ听朗读时不断点头以示赞赏，目光转向传来声音的门口。

尤内斯库　在，等一会儿。有什么事儿啊？

　　〔整理一下乱七八糟的头发，尤内斯库向门口走去，开门。巴尔托罗梅乌斯Ⅱ出现在门口。

巴尔托罗梅乌斯Ⅱ　您好，尤内斯库。

尤内斯库　您好，巴尔托罗梅乌斯。

巴尔托罗梅乌斯Ⅱ　（对巴尔托罗梅乌斯Ⅰ）咦，巴尔托罗梅乌斯，您好吗？

巴尔托罗梅乌斯Ⅰ　（对巴尔托罗梅乌斯Ⅱ）咦，巴尔托罗梅乌斯，您好吗？

巴尔托罗梅乌斯Ⅱ　（对尤内斯库）幸亏您在！要不我还得走。我讨厌这么折腾……而且，您又没电话……您在干什么呢？

尤内斯库　干活儿，干活儿，我在写作……请坐！

　　〔他示意巴尔托罗梅乌斯Ⅱ坐下，自己也坐下。敲门声。

　　第三个人的声音：

第三个人的声音　尤内斯库！尤内斯库！您在吗？

尤内斯库　在，等一会儿。有什么事儿啊？

〔尤内斯库起身,整理头发,向门口走去,开门;巴尔托罗梅乌斯Ⅲ,和前两个人一样,身着博士袍出现。

巴尔托罗梅乌斯Ⅲ　您好,尤内斯库。

尤内斯库　您好,巴尔托罗梅乌斯。

巴尔托罗梅乌斯Ⅲ　(对巴尔托罗梅乌斯Ⅱ)咦,巴尔托罗梅乌斯,您好吗?

巴尔托罗梅乌斯Ⅱ　(对巴尔托罗梅乌斯Ⅲ)咦,巴尔托罗梅乌斯,您好吗?

巴尔托罗梅乌斯Ⅰ　(对巴尔托罗梅乌斯Ⅲ)咦,巴尔托罗梅乌斯,您好吗?

巴尔托罗梅乌斯Ⅲ　(对巴尔托罗梅乌斯Ⅰ)咦,巴尔托罗梅乌斯,您好吗?(对尤内斯库)幸亏您在!天啊,要不我还得走。我讨厌这么折腾……而且,您又没电话……您在干什么呢?

〔演员们的语速要逐渐加快。

尤内斯库　干活儿……干活儿……我在写作!

巴尔托罗梅乌斯Ⅲ　写新戏?完事儿了吗?我正等着呢。

尤内斯库　(坐下,示意巴尔托罗梅乌斯Ⅲ落座)请坐。(巴尔托罗梅乌斯Ⅲ挨着另外两位并排坐下。)嘿,您知道,我就在这儿干活。我忘乎所以地干。进展得还算顺利,但并不容易。必须是完美的,不拖沓,不重复,既然大家都嫌我的剧本总兜圈子……好吧,我要压缩,尽量压缩。

巴尔托罗梅乌斯Ⅲ　您至少给我们念念开头。

巴尔托罗梅乌斯Ⅱ　(回声)至少给我们……

巴尔托罗梅乌斯Ⅰ　(回声)……念开头……

尤内斯库　(念)"在书和手稿堆中,尤内斯库头枕着桌子睡觉。门铃响,尤内斯库打鼾。门铃又响,尤内斯库继续打鼾。敲门声……"

（忽然，人们真的听到敲门声）唉，等一会儿！……有什么事儿啊？

〔尤内斯库整理头发，准备向门口走去。

巴尔托罗梅乌斯Ⅲ　我很感兴趣……接着往下……

巴尔托罗梅乌斯Ⅱ　（对尤内斯库）很出乎意料。

〔敲门声又起。

巴尔托罗梅乌斯Ⅰ　（对另外两人）你们俩开始的时候没在这儿，我对这剧本更了解。（对尤内斯库）这是个恶性循环。

尤内斯库　恶性循环也有它的优点！

巴尔托罗梅乌斯Ⅰ　除非及时脱身。

尤内斯库　啊，是的，这样，是……除非脱身。

巴尔托罗梅乌斯Ⅱ　只有一个办法脱身：女仆。（对巴尔托罗梅乌斯Ⅰ）对吧，巴尔托罗梅乌斯大师？（对巴尔托罗梅乌斯Ⅲ）对吧，巴尔托罗梅乌斯大师？

巴尔托罗梅乌斯Ⅲ　可能吧。

巴尔托罗梅乌斯Ⅱ　（对尤内斯库）大家无法从恶性循环中脱身，而只能封闭在其中。这样，您就不必去开门了，对于您……恶性循环将更加封闭。

巴尔托罗梅乌斯Ⅰ　我们看得很清楚。

巴尔托罗梅乌斯Ⅱ　是啊，我们看得很清楚。

尤内斯库　我不明白你们的话。

巴尔托罗梅乌斯Ⅲ　"我不明白"，这就是表达我明白的一种句式……至少是我使用的句式。

巴尔托罗梅乌斯Ⅱ　（对尤内斯库）这就说明您不是博士！

〔巴尔托罗梅乌斯们做出同情的手势。

巴尔托罗梅乌斯Ⅰ　（对尤内斯库）我们给您解释。是这样。

巴尔托罗梅乌斯Ⅱ　是那样。

巴尔托罗梅乌斯Ⅲ 咱们瞧瞧。

巴尔托罗梅乌斯Ⅰ 不说"脱身",咱们说"远离",它的意思是"保持距离",这您明白。准确地说:我们要远离这个怪圈,只能不出去;相反,我们要出去,就得留在里面。重要的是把外部经验化为内部,或是把内部经验化为外部。因为,人们距离越远……

巴尔托罗梅乌斯Ⅱ ……就走得越近……

巴尔托罗梅乌斯Ⅰ ……而人们走得越近……

巴尔托罗梅乌斯Ⅱ ……就距离越远……这是间离效果的电休克,或是 Y 效应。

巴尔托罗梅乌斯Ⅲ (旁白)这是故弄玄虚嘛!之乎者也嘛!

巴尔托罗梅乌斯Ⅱ (对巴尔托罗梅乌斯Ⅰ)尽管咱们之间也有某些差别,(对巴尔托罗梅乌斯Ⅰ)可咱们是彼此理解的,巴尔托罗梅乌斯大师。(对巴尔托罗梅乌斯Ⅲ)咱们是彼此理解的,巴尔托罗梅乌斯大师……

〔三个巴尔托罗梅乌斯互相行屈膝礼。

巴尔托罗梅乌斯Ⅰ (对尤内斯库)这就是说,当人们在外面的时候他就是在里面,在里面的时候就是在外面;或者,通俗地说……

巴尔托罗梅乌斯Ⅱ 科学地说……

巴尔托罗梅乌斯Ⅲ 实话实说……

巴尔托罗梅乌斯Ⅰ ……而辩证地说,这就是:若——即——若——离。(对另外两个巴尔托罗梅乌斯)这同样是人们熟悉的非存在的存在和存在的非存在……(对尤内斯库)您想过这个问题吗?

尤内斯库 嗯……有点……模模糊糊地……说实话,我没怎么深入……

巴尔托罗梅乌斯Ⅱ (对巴尔托罗梅乌斯Ⅰ)作者根本就不思考。他们按照人家的要求去写作。

259

尤内斯库 对不起,我……我觉得你们表达的方式是矛盾的。我是赞成矛盾的,一切都只不过就是矛盾,但是,系统的展示不应是……不是吗……用自相矛盾的词语……

巴尔托罗梅乌斯Ⅰ 您压根儿就没明白……

巴尔托罗梅乌斯Ⅱ (对巴尔托罗梅乌斯Ⅲ)他好像不明白……

巴尔托罗梅乌斯Ⅲ (对巴尔托罗梅乌斯Ⅱ)一点儿都不明白!

巴尔托罗梅乌斯Ⅰ (对巴尔托罗梅乌斯Ⅱ和巴尔托罗梅乌斯Ⅲ)安静!(对尤内斯库)您真不明白相反就是相同吗?举个例子,当我说"一件东西真的是真的"时,那就是说,它假的是假的……

巴尔托罗梅乌斯Ⅱ 反过来,如果说一件东西假的是假的,那就是说,它真的是真的……

尤内斯库 我从没这么想过。你们可真博学!

巴尔托罗梅乌斯Ⅰ 不过,相反,人们也可以说,越是说一件东西真的是假的,那么它就越假的是真的;越不说它真的是假的,那么它就越不是假的是真的。总而言之,假亦真来真亦假,或曰,真之真即假之假。如此这般,相反亦即相成,证明完毕。

尤内斯库 对不起,这么说,我相信假的就不是真的,真的就不是假的,而相反即相斥。

巴尔托罗梅乌斯Ⅱ 蛮不讲理的家伙!他认为……(对巴尔托罗梅乌斯Ⅰ和巴尔托罗梅乌斯Ⅲ)……他的想法像头猪!……

尤内斯库 (狼狈地,有顷)啊,如果,如果……我看见……

巴尔托罗梅乌斯Ⅱ 您看见什么啦?

尤内斯库 我看见……我开始看见……呃……您所说的……我窥见一些阴影……

巴尔托罗梅乌斯Ⅲ 他开始有点光亮了……

巴尔托罗梅乌斯 Ⅱ　他的精神解冻了吗?

尤内斯库　等等,我晕了……真的就是真的,假的就是假的……

巴尔托罗梅乌斯 Ⅰ　太可怕了!同义反复!同义反复,就是这么回事!而所有同义反复都是思想错误的表现!

巴尔托罗梅乌斯 Ⅱ　很明显,把一件东西就叫作这样东西是不可思议的。

巴尔托罗梅乌斯 Ⅲ　(对巴尔托罗梅乌斯 Ⅰ)您别生气。要是他不明白,那不是他的错。这是个知识分子。一个戏剧人就该是傻瓜!

巴尔托罗梅乌斯 Ⅱ　他没有平民的智慧,就是说,科学的智慧。

巴尔托罗梅乌斯 Ⅰ　(对巴尔托罗梅乌斯 Ⅱ 和巴尔托罗梅乌斯 Ⅲ)他有的是史前的精神状态,这是个爪哇直立猿人……(悄悄话)我猜他没准儿是柏拉图派哲学家。

巴尔托罗梅乌斯 Ⅲ　噢……真太可怕了!柏拉图派哲学家……这是什么动物?

巴尔托罗梅乌斯 Ⅱ　(在巴尔托罗梅乌斯 Ⅰ 耳边)我不这么想。我对他还有点信心,尽管……

巴尔托罗梅乌斯 Ⅰ　我可不大相信,我以为……这些诗人和作者生产作品就像鸡下蛋……肯定得当心,当心……

巴尔托罗梅乌斯 Ⅲ　(旁白)柏拉图派哲学家?……哦,对了,这是一种家禽!

巴尔托罗梅乌斯 Ⅱ　可是,还得利用他们!

　　〔三位巴尔托罗梅乌斯交头接耳。

尤内斯库　我想知道大家在控诉我什么!

巴尔托罗梅乌斯 Ⅲ　(严肃地)控诉你下蛋!

尤内斯库　我尽量不下……

261

巴尔托罗梅乌斯Ⅲ　您说得轻巧！

巴尔托罗梅乌斯Ⅰ　（和巴尔托罗梅乌斯Ⅱ耳语后，对尤内斯库）听我们说，尤内斯库。巴尔托罗梅乌斯（他指巴尔托罗梅乌斯Ⅲ）、巴尔托罗梅乌斯（指巴尔托罗梅乌斯Ⅱ）和我，我们很想为您……为您做点什么事。

尤内斯库　谢谢你们……

巴尔托罗梅乌斯Ⅱ　我们想教育您。

尤内斯库　但我在学校里待过。

巴尔托罗梅乌斯Ⅱ　（对巴尔托罗梅乌斯Ⅰ）这使我们更坚定了，我们原来还有点犹豫。

巴尔托罗梅乌斯Ⅰ　（对尤内斯库）您在那里只能接受伪科学的培养。

尤内斯库　我在科学方面是很差劲的。

巴尔托罗梅乌斯Ⅲ　相反，这是个很好的起点。（对另外两个巴尔托罗梅乌斯）他在这方面还是空白……

巴尔托罗梅乌斯Ⅱ　（对巴尔托罗梅乌斯Ⅲ）只要他学过其他东西……

尤内斯库　他们让我读过埃斯库罗斯、索福克勒斯、欧里庇德斯的作品。

巴尔托罗梅乌斯Ⅰ　过时了！太过时了！都是死东西，都是……一钱不值……

尤内斯库　还有……还有……莎士比亚！

巴尔托罗梅乌斯Ⅲ　这不是法国作家。其他的可能是法国人，这多半是个俄国人。

巴尔托罗梅乌斯Ⅱ　（对巴尔托罗梅乌斯Ⅰ）我们不必责备他是外国人。

巴尔托罗梅乌斯Ⅲ 我可要责备。(旁白)我更相信这是个波兰人。

巴尔托罗梅乌斯Ⅱ (对巴尔托罗梅乌斯Ⅲ)责备不责备,这是您的权利,我亲爱的巴尔托罗梅乌斯大师,因为您是批评家……(尤内斯库明显不大自在,擦拭额上的汗水)您应当谴责一切,这是您的任务。

巴尔托罗梅乌斯Ⅲ (对巴尔托罗梅乌斯Ⅱ)这也是您的任务,我亲爱的巴尔托罗梅乌斯。(对巴尔托罗梅乌斯Ⅰ)也是您的任务,我亲爱的巴尔托罗梅乌斯。

巴尔托罗梅乌斯Ⅰ (对巴尔托罗梅乌斯Ⅱ和巴尔托罗梅乌斯Ⅲ)是您的任务……您的任务……

巴尔托罗梅乌斯Ⅱ (对巴尔托罗梅乌斯Ⅲ和巴尔托罗梅乌斯Ⅰ)是您的任务……您的任务……

〔三人互行屈膝礼。

尤内斯库 我也学过一点儿莫里哀。

巴尔托罗梅乌斯Ⅱ 错,错,错!

巴尔托罗梅乌斯Ⅲ (对巴尔托罗梅乌斯Ⅱ)莫里哀?您认识吗?

巴尔托罗梅乌斯Ⅱ (对巴尔托罗梅乌斯Ⅰ)这是个写过聪明女人、可笑的女才子的作家……

巴尔托罗梅乌斯Ⅰ (对巴尔托罗梅乌斯Ⅱ)要是他赞扬过女才子和聪明女人,他就属于科学的时代!他就是我们的人!

巴尔托罗梅乌斯Ⅱ (对巴尔托罗梅乌斯Ⅰ)您错了,我亲爱的巴尔托罗梅乌斯,正相反,他是在嘲笑她们。

巴尔托罗梅乌斯Ⅰ (震惊,对尤内斯库)太可耻了!卑鄙小人!这就是您读过的作家?这就能解释您的小资情调了。

巴尔托罗梅乌斯Ⅲ 他不被通俗喜剧接受。这使他名誉受损。(用食指指着尤内斯库)您也一样。

尤内斯库　的确……真的……我很伤心。

巴尔托罗梅乌斯Ⅱ　（也用食指指着尤内斯库）这是个坏作家。

巴尔托罗梅乌斯Ⅰ　（同样动作）反革命！

巴尔托罗梅乌斯Ⅲ　（同样动作）是啊，我想起来了，他借鉴外国人、意大利人的思想。

巴尔托罗梅乌斯Ⅱ　（同样动作）危险的作家！

尤内斯库　（十分腼腆地）我以为既然莫里哀还能让人开心，就是具有普世价值和永恒价值的。

巴尔托罗梅乌斯Ⅱ　您是在亵渎神灵！

巴尔托罗梅乌斯Ⅰ　只有昙花一现才能持久。

尤内斯库　（在博士们的指戳下后退，向右）……毫无疑问……就像暂时的东西……是的，是的……

巴尔托罗梅乌斯Ⅱ　要是您认为这些作品还有价值的话，那是您滥用感觉的错误。

巴尔托罗梅乌斯Ⅰ　很简单，这就意味着莫里哀没能表达他那个时代的社会风貌。

巴尔托罗梅乌斯Ⅲ　（对尤内斯库）您听见这些先生对您说的话了吗？

尤内斯库　（很努力地）说真的。我更喜欢莎士比亚。

巴尔托罗梅乌斯Ⅲ　（旁白）他不是波兰人。咱们看看《小拉鲁斯词典》。（他查《小拉鲁斯词典》）

巴尔托罗梅乌斯Ⅰ　（对尤内斯库）您对这个了不起的作者有什么感觉？

尤内斯库　（巴尔托罗梅乌斯Ⅰ）我觉得莎士比亚是很，很……

巴尔托罗梅乌斯Ⅲ　（合上词典）对的，拉鲁斯说这是个波兰人。

巴尔托罗梅乌斯Ⅱ　（对尤内斯库）您觉得他怎么样？

尤内斯库　我觉得莎士比亚……是诗意的！

巴尔托罗梅乌斯 I　(困惑地)诗意的？

巴尔托罗梅乌斯 II　诗意的,诗意的？

尤内斯库　(腼腆地)诗意的。

巴尔托罗梅乌斯 III　诗意的,诗意的,诗意的？

尤内斯库　是的,就是说它是具有诗性的。

巴尔托罗梅乌斯 III　狗屁不通！狗屁不通！

巴尔托罗梅乌斯 I　这诗意又是什么玩意儿呢？

巴尔托罗梅乌斯 III　(对巴尔托罗梅乌斯 I 和巴尔托罗梅乌斯 II)
啊,哈,哈……诗性……(轻蔑地撇嘴)

巴尔托罗梅乌斯 II　安静！没有什么诗意。诗意与我们的科学背
道而驰！

巴尔托罗梅乌斯 I　(对尤内斯库)您满脑子错误的知识。

巴尔托罗梅乌斯 III　他就喜欢怪诞的东西。

巴尔托罗梅乌斯 I　(对巴尔托罗梅乌斯 II 和巴尔托罗梅乌斯 III,
指着尤内斯库)他的精神没受过正当的指引……

巴尔托罗梅乌斯 II　他被扭曲了。

巴尔托罗梅乌斯 III　必须矫正他。

巴尔托罗梅乌斯 II　谁知能不能呢。(对巴尔托罗梅乌斯 III)不过,
可不是按照您所理解的方向矫正他,因为,亲爱的巴尔托罗梅
乌斯,您不是不知道,咱们在很多方面是并不一致的。

巴尔托罗梅乌斯 I　首先要矫正他……其他的矫正之后再讨论。

　　〔三个巴尔托罗梅乌斯短暂地交头接耳,别人听不见他们
的话。

巴尔托罗梅乌斯 III　这是对的。必须尽快进行。

巴尔托罗梅乌斯 II　(对尤内斯库)您能听见我们说话吗？

尤内斯库　是的,是的……是……当然……我不聋。

巴尔托罗梅乌斯 I　(对尤内斯库)我们给您提几个问题……

尤内斯库　几个问题?

巴尔托罗梅乌斯 II　(对尤内斯库)为了了解您知道些什么……

尤内斯库　我知道什么……

巴尔托罗梅乌斯 III　(对尤内斯库)要矫正您扭曲的知识。

尤内斯库　是,扭曲的……

巴尔托罗梅乌斯 I　(对尤内斯库)要理清您混沌的思想……

尤内斯库　我混沌的思想……

巴尔托罗梅乌斯 I　(对尤内斯库)首先,您知道什么是戏剧吗?

尤内斯库　呃,戏剧就是戏剧。

巴尔托罗梅乌斯 II　(对尤内斯库)大错特错。

巴尔托罗梅乌斯 I　(对尤内斯库)错……戏剧就是戏剧性的表现。

巴尔托罗梅乌斯 III　(对巴尔托罗梅乌斯 I 和巴尔托罗梅乌斯 II)可他知道什么是戏剧性吗?

巴尔托罗梅乌斯 I　(对巴尔托罗梅乌斯 II 和巴尔托罗梅乌斯 III)咱们好好听听他说。(对尤内斯库)您给戏剧性下个定义。

尤内斯库　戏剧性……戏剧性……就是戏剧性的……

巴尔托罗梅乌斯 I　我怀疑……

巴尔托罗梅乌斯 II　我也怀疑。

巴尔托罗梅乌斯 III　我也怀疑。

巴尔托罗梅乌斯 I　我很怀疑他的思想是不是败坏了。(对尤内斯库)笨蛋,戏剧性就是反戏剧。

巴尔托罗梅乌斯 III　(对巴尔托罗梅乌斯 I)我不完全同意您的观点。我想,亲爱的巴尔托罗梅乌斯,戏剧性也许……不是因为他说,(用手指指着垂头丧气的尤内斯库)他不知道自己在说什

266

么,他完全陷入了误区……戏剧性的就是戏剧性的……

巴尔托罗梅乌斯Ⅰ　举个例子。

尤内斯库　对,举个例子。

巴尔托罗梅乌斯Ⅱ　(对尤内斯库)瞎掺和什么?

巴尔托罗梅乌斯Ⅲ　我手头没有现成的例子,可我是对的……说到底,我总是对的。

巴尔托罗梅乌斯Ⅱ　(和稀泥,对巴尔托罗梅乌斯Ⅰ)可能某种戏剧性的就是戏剧性的,而其他的就不是戏剧性的……这要看是哪种……

巴尔托罗梅乌斯Ⅰ　不……不……(对尤内斯库)不用您插嘴!

尤内斯库　我什么也没说。

巴尔托罗梅乌斯Ⅱ　(对尤内斯库)您看要是……

巴尔托罗梅乌斯Ⅰ　(对尤内斯库)不……(对巴尔托罗梅乌斯Ⅱ)您错了,亲爱的巴尔托罗梅乌斯。从现象上说,一切戏剧性的都是非戏剧性的。

巴尔托罗梅乌斯Ⅱ　对不起,对不起,戏剧性是戏剧性的……

尤内斯库　(腼腆地,伸出一个手指)是不是……我……

巴尔托罗梅乌斯Ⅰ　(对尤内斯库)安静!(对巴尔托罗梅乌斯Ⅲ)您想的就是同义反复! 戏剧性就在反戏剧性之中,反之一样……反之一样……反之一样……

巴尔托罗梅乌斯Ⅱ　反一样之……反一样之……反一样之……

巴尔托罗梅乌斯Ⅲ　反一样之? 哦,不,不是反一样之,是一样反之。

巴尔托罗梅乌斯Ⅰ　我说的是"反之一样"。

巴尔托罗梅乌斯Ⅲ　我坚持"一样反之"。

巴尔托罗梅乌斯Ⅰ　反一样之!

巴尔托罗梅乌斯Ⅲ　你们吓不着我:"一样反之"。

巴尔托罗梅乌斯Ⅱ　(对另外两个巴尔托罗梅乌斯)你们别当着他的面争吵……这会削弱我们的博士权威……(指尤内斯库)我们别忘了,别忘了,首先要矫正他,然后再教训他。

尤内斯库　(找回点勇气)先生们,也许,戏剧,简单地说,就是悲剧,是一个情节,发生在一定时间和一定地点的情节……

巴尔托罗梅乌斯Ⅱ　(对巴尔托罗梅乌斯Ⅲ和巴尔托罗梅乌斯Ⅰ)看看,他已经在利用咱们的分歧了!

巴尔托罗梅乌斯Ⅰ　(对尤内斯库)您都知道什么?

尤内斯库　我认为……再说,这是亚里士多德说的。

巴尔托罗梅乌斯Ⅲ　一个地中海东岸的人!

巴尔托罗梅乌斯Ⅰ　亚里士多德,亚里士多德! 亚里士多德到这儿来干什么?

巴尔托罗梅乌斯Ⅱ　首先,这话不是他第一个说的。

巴尔托罗梅乌斯Ⅰ　(对尤内斯库)您知道是谁在亚里士多德之前说的吗,远远早于亚里士多德?

巴尔托罗梅乌斯Ⅱ　哦,是啊……远远,远在亚里士多德之前!

尤内斯库　我不知……

巴尔托罗梅乌斯Ⅰ　阿达莫夫,先生。

尤内斯库　啊,是吗? ……他说得更早……在亚里士多德之前?

巴尔托罗梅乌斯Ⅱ　当然了。

巴尔托罗梅乌斯Ⅲ　是啊,是这么回事,是他先说的。

巴尔托罗梅乌斯Ⅱ　亚里士多德只不过用些别的词语说了同样的事情。

巴尔托罗梅乌斯Ⅰ　只是,后来,阿达莫夫从他的错误中走出来了!

巴尔托罗梅乌斯Ⅱ　是啊,亚里士多德也一样。

巴尔托罗梅乌斯 I　先生,戏剧是有关教育大事、充满教育意义的一堂课……必须提高民众的水平……

巴尔托罗梅乌斯 Ⅲ　必须降低民众的水平。

巴尔托罗梅乌斯 I　不,是保持水平!

巴尔托罗梅乌斯 Ⅱ　大家来剧院应当是为了学习!

巴尔托罗梅乌斯 I　而不是为了笑!

巴尔托罗梅乌斯 Ⅲ　也不是为了哭!

巴尔托罗梅乌斯 I　不是为了忘记!

巴尔托罗梅乌斯 Ⅱ　也不是为了被忘记!

巴尔托罗梅乌斯 I　不是为了兴奋!

巴尔托罗梅乌斯 Ⅱ　也不是为了被吸引!

巴尔托罗梅乌斯 I　也不是为了身临其境!

巴尔托罗梅乌斯 Ⅲ　作者应当是教师……

巴尔托罗梅乌斯 Ⅱ　我家,批评家和博士,我们培养教师。

巴尔托罗梅乌斯 Ⅲ　教师应当培养作家!

巴尔托罗梅乌斯 I　民众不应当到剧院去找乐子!

巴尔托罗梅乌斯 Ⅱ　那些去找乐子的人应受到惩罚!

巴尔托罗梅乌斯 Ⅲ　总还有一种健康的娱乐方式。

巴尔托罗梅乌斯 I　寓教于乐。

巴尔托罗梅乌斯 Ⅲ　但戏剧也就是逗着玩儿。

巴尔托罗梅乌斯 Ⅱ　自寻烦恼,也就是自娱自乐。

巴尔托罗梅乌斯 Ⅲ　用不着精雕细刻。

巴尔托罗梅乌斯 I　我们自娱的方式已经完全不合时宜了! 我们还没发现我们时代专属的娱乐方式。

巴尔托罗梅乌斯 Ⅲ　我不属于我的时代……算了,咱们就当傻瓜吧……

巴尔托罗梅乌斯 I　实际上……我很奇怪民众让人了解他们情感的方式会这么少……

巴尔托罗梅乌斯 II　他们的反应差别不大。

巴尔托罗梅乌斯 I　我为此拉过清单。我注意到,民众只会鼓掌。

尤内斯库　我也注意到了。

巴尔托罗梅乌斯 III　戏剧就是人们大喊:"棒极了!"

巴尔托罗梅乌斯 II　或者大喊大叫……

巴尔托罗梅乌斯 I　吹口哨……

尤内斯库　到目前为止,我的戏不是这样!

巴尔托罗梅乌斯 II　踩脚……

巴尔托罗梅乌斯 I　很少。

尤内斯库　(*旁白*)还需要什么呢!打嗝放屁,弹舌,苏人①的叫喊,煤气泄漏?

巴尔托罗梅乌斯 I　民众的反应真是粗糙。

巴尔托罗梅乌斯 II　单调而庸俗……

巴尔托罗梅乌斯 III　民众太聪明了!

巴尔托罗梅乌斯 II　民众太愚蠢了!

巴尔托罗梅乌斯 I　那么,民众为什么拍巴掌呢?

巴尔托罗梅乌斯 II　拉丁人称之为 plaudere。

巴尔托罗梅乌斯 I　希腊人用动词 krotein!

巴尔托罗梅乌斯 II　可他们为啥踩脚?

尤内斯库　(*旁白*)我们永远也搞不懂。

巴尔托罗梅乌斯 I　是不是因为激动的情感引发出混乱的举动?

尤内斯库　(*旁白*)我没想过这个问题。

巴尔托罗梅乌斯 I　(*对巴尔托罗梅乌斯 III*)这也只能一如既往地

---

①　Sioux,北美大平原印第安民族或民族联盟。

用戏剧的社会性来解释。

尤内斯库 （旁白）没错儿。

巴尔托罗梅乌斯I 要是我们不能明智地改变民众的表达方式,表达也就没有存在的必要了! 因此,民众应当保持最大的克制……

巴尔托罗梅乌斯II 因为戏剧将成为夜间课程。

巴尔托罗梅乌斯III 必须把人们变成傻瓜。

巴尔托罗梅乌斯II 一种必修课。

巴尔托罗梅乌斯I 还有十字勋章和奖赏。

巴尔托罗梅乌斯III 为了健康,洗蒸汽浴!

巴尔托罗梅乌斯I 惩罚。

　　〔尤内斯库作恐惧状,头越来越快地在各位博士间转来转去。

巴尔托罗梅乌斯II 戏剧是直观教学。

巴尔托罗梅乌斯I 在科学剧院里,看门人都将是监视者!

巴尔托罗梅乌斯II 或者是学监! 他们会负责排练。

巴尔托罗梅乌斯III 我没说不是!

巴尔托罗梅乌斯II 导演,是总监工。

巴尔托罗梅乌斯I 不会有幕间休息!

巴尔托罗梅乌斯II 但有十分钟的课间休息!

巴尔托罗梅乌斯III 我没说是!

巴尔托罗梅乌斯II 如果一个观众没明白……

巴尔托罗梅乌斯I 或者他想去撒尿……

巴尔托罗梅乌斯III 我说不过是……

巴尔托罗梅乌斯I 他该举起手指头……

巴尔托罗梅乌斯II 为了得到允许……

巴尔托罗梅乌斯 Ⅲ ……我一点儿都不明白……

巴尔托罗梅乌斯 Ⅰ 所有的观众都会坚持多次来看同一出戏,要把它背下来……

巴尔托罗梅乌斯 Ⅱ 为了真正看懂,每一次都要关注另一个场次!用另一种观点!

巴尔托罗梅乌斯 Ⅲ ……压根儿就没明白过!

巴尔托罗梅乌斯 Ⅰ 瞄准目标换演员!

巴尔托罗梅乌斯 Ⅱ 取得对作品的最佳演绎……

巴尔托罗梅乌斯 Ⅰ 谁来汇总所有接二连三的、相互矛盾的演出……

巴尔托罗梅乌斯 Ⅱ ……为了达到对其简单的、复杂的、多向的和单一的理解!

巴尔托罗梅乌斯 Ⅰ 观众会有分数。年终时要排名次……

巴尔托罗梅乌斯 Ⅲ 吊车尾的要排到最前面去。

巴尔托罗梅乌斯 Ⅱ 懒惰要被淘汰……

巴尔托罗梅乌斯 Ⅲ 受奖赏的懒鬼!

巴尔托罗梅乌斯 Ⅰ 我们要组织假日演出、夏季狂欢节演出。

巴尔托罗梅乌斯 Ⅱ 让非科学的观众回来看同一出戏。

巴尔托罗梅乌斯 Ⅰ 把这些灌进他们的脑袋!让笨驴变成智者!

巴尔托罗梅乌斯 Ⅲ (对恐惧地缩在角落里的尤内斯库)您不说话?

尤内斯库 我……我……我……是您让……

巴尔托罗梅乌斯 Ⅱ 闭嘴!

巴尔托罗梅乌斯 Ⅲ 说点儿什么!

巴尔托罗梅乌斯 Ⅰ和巴尔托罗梅乌斯 Ⅱ (对尤内斯库)说……

巴尔托罗梅乌斯 Ⅲ (对尤内斯库)闭嘴!

尤内斯库 我……我……

巴尔托罗梅乌斯 Ⅱ 您不同意我们的看法?

尤内斯库 （同前）哦……不……

巴尔托罗梅乌斯I 什么,不?

尤内斯库 我想说……是……是……

巴尔托罗梅乌斯III 是,是什么? 您提出条件?

尤内斯库 （同前）我想说,是……是……是……

巴尔托罗梅乌斯II 您这是什么意思?

尤内斯库 （使劲地）我同意……是……同意……我很想你们……
教育我……我没别的奢求……

巴尔托罗梅乌斯I （对巴尔托罗梅乌斯II）他对他的无知作自我
批评。

巴尔托罗梅乌斯II （对尤内斯库）您为您的错误感到内疚?

尤内斯库 （尽力地）哦,是啊,先生们……是……我的无知,我的错
误……我很抱歉! ……我恳请你们原谅……我只想接受教
育……是我的错! 我罪大恶极!

巴尔托罗梅乌斯III （对巴尔托罗梅乌斯I和巴尔托罗梅乌斯II）
他是真诚的吗?

尤内斯库 （热情而虔诚地）噢,是的! ……我发誓! ……

巴尔托罗梅乌斯II 对所有罪犯,要宽容。

尤内斯库 （狼狈地）哦,谢谢……谢谢……你们真好,先生们!

巴尔托罗梅乌斯I （对巴尔托罗梅乌斯II）别轻信善心的迷惑!
咱们接下来得看看他是不是真的那么真诚。

尤内斯库 哦,是的,我是真诚的。

巴尔托罗梅乌斯III 让他证明,用他的作品证明。

巴尔托罗梅乌斯I 用作品证明不了什么。

巴尔托罗梅乌斯II 作品不算数。

巴尔托罗梅乌斯I 只有原则算数。

巴尔托罗梅乌斯Ⅲ　就是说从对一部作品的看法。

巴尔托罗梅乌斯Ⅰ　因为作品本身……

巴尔托罗梅乌斯Ⅱ　是不存在的……

巴尔托罗梅乌斯Ⅰ　它存在于人们的所思所想里……

巴尔托罗梅乌斯Ⅱ　存在于人们的言说中……

巴尔托罗梅乌斯Ⅰ　存在于人们心甘情愿提供的演绎中……

巴尔托罗梅乌斯Ⅱ　让我们强加于他……

巴尔托罗梅乌斯Ⅰ　强加于民众。

尤内斯库　同意,先生们,同意,先生们,我同意你们……我再说一
　　遍,我会听从你们的,我会向你们证明的。

巴尔托罗梅乌斯Ⅱ　(对巴尔托罗梅乌斯Ⅰ和巴尔托罗梅乌斯Ⅲ)
　　听着,首先大家要对真诚的概念达成一致吧!

巴尔托罗梅乌斯Ⅰ　真诚的概念不是大家通常认为的那样呢!

巴尔托罗梅乌斯Ⅱ　大家凭经验取得……

巴尔托罗梅乌斯Ⅰ　而不是靠科学……

巴尔托罗梅乌斯Ⅲ　愚蠢之极……

巴尔托罗梅乌斯Ⅱ　……对于真诚……因为真诚事实上就是它的
　　反面!

巴尔托罗梅乌斯Ⅲ　也许并不总是那样!

巴尔托罗梅乌斯Ⅱ　八九不离十!

巴尔托罗梅乌斯Ⅰ　(对巴尔托罗梅乌斯Ⅲ和巴尔托罗梅乌斯Ⅱ)
　　总是,先生们……永远是,既然要真诚,就肯定得不真诚!

巴尔托罗梅乌斯Ⅱ　(对巴尔托罗梅乌斯Ⅲ)没有真正的真诚……

巴尔托罗梅乌斯Ⅰ　(对巴尔托罗梅乌斯Ⅲ)……只有双倍的狡诈……

巴尔托罗梅乌斯Ⅱ　(对巴尔托罗梅乌斯Ⅲ)和真真假假。

巴尔托罗梅乌斯Ⅲ　(对巴尔托罗梅乌斯Ⅰ和巴尔托罗梅乌斯Ⅱ)

先生们……关于这一点,请允许……

巴尔托罗梅乌斯 I (打断巴尔托罗梅乌斯 III)这其实很清楚了。

巴尔托罗梅乌斯 III 我可有点糊涂。

巴尔托罗梅乌斯 II 这是糊涂的清楚。

巴尔托罗梅乌斯 I 对不起,这是清楚的糊涂……

巴尔托罗梅乌斯 III 对不起,清楚的糊涂不是糊涂的清楚。

巴尔托罗梅乌斯 II 你们弄错了……

〔在三位博士争论的时候,尤内斯库悄悄退后,像是想让人遗忘,然后,踮起脚尖向门口溜去。

巴尔托罗梅乌斯 I 先生们,我向你们保证,糊涂就是清楚,就像谎言就是真理……

巴尔托罗梅乌斯 II 不如说,就像真理就是谎言!

巴尔托罗梅乌斯 III 不完全是一回事!

巴尔托罗梅乌斯 II 错,完全是一回事!

巴尔托罗梅乌斯 III 不完全。

巴尔托罗梅乌斯 I 完全。

巴尔托罗梅乌斯 II 我亲爱的巴尔托罗梅乌斯……

巴尔托罗梅乌斯 III 不完全……

巴尔托罗梅乌斯 I 完全。

巴尔托罗梅乌斯 III 不完全。

巴尔托罗梅乌斯 I 完全……

巴尔托罗梅乌斯 II 和不完全。

巴尔托罗梅乌斯 III 不完全。

巴尔托罗梅乌斯 I 完全。

巴尔托罗梅乌斯 II 不完全和完全。

巴尔托罗梅乌斯 III 不完全。

巴尔托罗梅乌斯Ⅱ 我亲爱的巴尔托罗梅乌斯,这里有一个小小的差别……

巴尔托罗梅乌斯Ⅰ 我反对差别……

巴尔托罗梅乌斯Ⅲ 我也是,我也反对差别。

巴尔托罗梅乌斯Ⅱ (对巴尔托罗梅乌斯Ⅰ)您很清楚,在总的原则方面我是完全同意您的……不过,在这个具体问题上……

巴尔托罗梅乌斯Ⅰ 没有具体问题:故弄玄虚就是揭露真相;承认就是隐匿;信任,就是欺骗……背信弃义。

巴尔托罗梅乌斯Ⅱ 这很深刻!

巴尔托罗梅乌斯Ⅲ (对巴尔托罗梅乌斯Ⅰ)不如说,正相反。

巴尔托罗梅乌斯Ⅰ 笨蛋! ……照您说,隐匿就是承认。

巴尔托罗梅乌斯Ⅲ 当然啦!

巴尔托罗梅乌斯Ⅰ (对巴尔托罗梅乌斯Ⅲ)您胡说八道。

巴尔托罗梅乌斯Ⅲ 绝不是!

巴尔托罗梅乌斯Ⅱ 先生们,先生们……

巴尔托罗梅乌斯Ⅰ 就是……

巴尔托罗梅乌斯Ⅱ 先生们,先生们……咱们别再闹腾了。别授人以柄。在敌人面前咱们要团结一致。

巴尔托罗梅乌斯Ⅰ (向巴尔托罗梅乌斯Ⅲ伸出手)在敌人面前咱们要团结一致!

巴尔托罗梅乌斯Ⅱ 在敌人面前咱们要团结一致!

巴尔托罗梅乌斯Ⅲ 同意,在敌人面前咱们要团结一致。(三个人手拉手,严肃地围在一起;稍后,看着尤内斯库刚才待的地方)敌人在哪儿?

巴尔托罗梅乌斯Ⅰ (同样表情)敌人在哪儿?

巴尔托罗梅乌斯Ⅱ (同样表情)敌人在哪儿?(发现门旁的尤内斯

库)背叛!

巴尔托罗梅乌斯Ⅲ 背叛!

巴尔托罗梅乌斯Ⅰ 您想逃跑?您要溜号?

巴尔托罗梅乌斯Ⅲ (对巴尔托罗梅乌斯Ⅰ和巴尔托罗梅乌斯Ⅱ)
多可耻!真该把他绞死!

尤内斯库 哦,不……不是那么回事……

巴尔托罗梅乌斯Ⅰ (对尤内斯库)那是怎么回事儿呢?

巴尔托罗梅乌斯Ⅲ (对尤内斯库)为什么您待在门边?

尤内斯库 这是偶然的,我向您发誓,完全是出于偶然……

巴尔托罗梅乌斯Ⅲ (对尤内斯库)您确实离开了您的位置……

尤内斯库 我不否认。

巴尔托罗梅乌斯Ⅱ (对尤内斯库)为什么?

巴尔托罗梅乌斯Ⅲ (对尤内斯库)解释一下……

尤内斯库 (嘟哝)我走是为了更好地留下,我逃走,是正义的,就是
说,是非正义的,我逃走为的是不走……(更自信地)是的,我走
是为了留下……

巴尔托罗梅乌斯Ⅲ (对巴尔托罗梅乌斯Ⅰ和巴尔托罗梅乌斯Ⅱ)
你们怎么想?

巴尔托罗梅乌斯Ⅱ (对巴尔托罗梅乌斯Ⅰ和巴尔托罗梅乌斯Ⅲ)
他说的我倒觉得合情合理,因为,人们越是留下,就越是往外
走……

巴尔托罗梅乌斯Ⅰ (对巴尔托罗梅乌斯Ⅱ和巴尔托罗梅乌斯Ⅲ)
越往外走,就越是在留下,这是预料中的。

巴尔托罗梅乌斯Ⅱ 我觉得不大诚实,也就是说,辩证地看,是很诚
实的……

巴尔托罗梅乌斯Ⅲ 他不会是在嘲笑咱们吧?

巴尔托罗梅乌斯 I （对巴尔托罗梅乌斯 III）他没那么聪明。

巴尔托罗梅乌斯 II 他不敢。（对尤内斯库）不管怎么样，没有我们的允许，您不许动！（对巴尔托罗梅乌斯 III 和巴尔托罗梅乌斯 I）这样更保险。

〔门后传来一位老妇的声音："尤内斯库！尤内斯库先生！"

尤内斯库 先生们，先生们，请允许，我得去开门，她在外面等半天了！

巴尔托罗梅乌斯 III 是谁？一个入侵者！

尤内斯库 是我的邻居。她帮我做家务。

巴尔托罗梅乌斯 II 尤内斯库，别动……坐下……快点儿……

巴尔托罗梅乌斯 III 我们对您说两遍了，我可不想说第三遍。

巴尔托罗梅乌斯 II 您可知道您要跟我们学所有的东西？

〔敲门声；喊声："唉！啦，啦，啦。"尤内斯库不安地望向门口的方向，想去开门。

尤内斯库 我接受！所有的，我亲爱的博士，所有的……

巴尔托罗梅乌斯 II 关于戏剧性？

尤内斯库 是。

巴尔托罗梅乌斯 I 关于服装学？

尤内斯库 关于服装……服装什么？

巴尔托罗梅乌斯 I （对巴尔托罗梅乌斯 II）倒霉蛋！他连什么是服装学都不知道！（对尤内斯库）您得好好学！

尤内斯库 我要好好学……

巴尔托罗梅乌斯 II 关于历史化和布景学……

尤内斯库 我会尽力而为！

巴尔托罗梅乌斯 III 您还应该了解观众的心理，观众心理学！到目前为止，您创作戏剧时从没想到过这方面……

尤内斯库　今后,我会想的,日日夜夜地想!

巴尔托罗梅乌斯 I　肯定?

尤内斯库　肯定,我发誓!

巴尔托罗梅乌斯 III　我可不会重复第三遍。

尤内斯库　(恐惧地)噢,不,……不需要,真的不需要!

巴尔托罗梅乌斯 I　我们要给您提供这种科学的各种因素。首先,
　　是理论的,然后是实践的。

巴尔托罗梅乌斯 III　现在,听我们说,记好笔记!

尤内斯库　是……是……我记笔记……

　　　　〔他坐到写字台旁,在许多笔记本中费力地找到一张白纸,
　　激动地坐好,手拿铅笔;此时,博士们在相互交谈。

巴尔托罗梅乌斯 III　咱们从哪儿开始?

巴尔托罗梅乌斯 II　(对巴尔托罗梅乌斯 I)亲爱的伙计,要是您愿
　　意,您就从服装学开始……

巴尔托罗梅乌斯 I　(对巴尔托罗梅乌斯 II)您就从戏剧学开始吧……

巴尔托罗梅乌斯 I 和巴尔托罗梅乌斯 II　(对巴尔托罗梅乌斯 III)
　　要是您愿意,您就从观众心理学开始吧……

巴尔托罗梅乌斯 III　(对巴尔托罗梅乌斯 I 和巴尔托罗梅乌斯 II)
　　你们先开始吧……按照顺序来……

　　　　〔敲门声。

老妇的声音　先生!唉!……他闭门不出……他在干吗呢?我可
　　没工夫……

　　　　〔尤内斯库感到不安,想去开门,张开嘴,却没敢回答。

巴尔托罗梅乌斯 I　(对巴尔托罗梅乌斯 II)您先来……

巴尔托罗梅乌斯 II　(对巴尔托罗梅乌斯 I)我没什么可说的……

巴尔托罗梅乌斯 III　我也没有……我后悔……

巴尔托罗梅乌斯Ⅱ （对巴尔托罗梅乌斯Ⅰ）我会胡说八道的……

　　〔敲门声。

老妇的声音 嗨！里边的。

巴尔托罗梅乌斯Ⅰ （对巴尔托罗梅乌斯Ⅱ）各方面我都不行……

巴尔托罗梅乌斯Ⅱ （对巴尔托罗梅乌斯Ⅲ）您先来吧……

巴尔托罗梅乌斯Ⅲ （对巴尔托罗梅乌斯Ⅰ）您没想到……

巴尔托罗梅乌斯Ⅰ （对巴尔托罗梅乌斯Ⅱ）您也一样……您先来吧……

　　〔尤内斯库越来越不安地朝门口望去，突然，面对尤内斯库，三个巴尔托罗梅乌斯推来搡去，一起大喊：

巴尔托罗梅乌斯Ⅰ 戏剧学所有作者的字母表……

巴尔托罗梅乌斯Ⅱ 服装学所有作者的字母表……

巴尔托罗梅乌斯Ⅲ 观众学所有作者的字母表……

巴尔托罗梅乌斯Ⅰ 巴尔托罗梅乌斯Ⅱ和巴尔托罗梅乌斯Ⅲ……布景学！

尤内斯库 （恐惧地）先生们，先生们……

巴尔托罗梅乌斯Ⅰ （对巴尔托罗梅乌斯Ⅱ和巴尔托罗梅乌斯Ⅲ）哦，对不起！

巴尔托罗梅乌斯Ⅱ （对巴尔托罗梅乌斯Ⅰ和巴尔托罗梅乌斯Ⅲ）哦，对不起！

巴尔托罗梅乌斯Ⅲ （对巴尔托罗梅乌斯Ⅱ和巴尔托罗梅乌斯Ⅰ）哦，对不起！

尤内斯库 你们用不着道歉，该我道歉！

　　〔一切都发生得很突然：在巴尔托罗梅乌斯Ⅱ背后，巴尔托罗梅乌斯Ⅰ和巴尔托罗梅乌斯Ⅲ没完没了地相互道歉、相互致礼，巴尔托罗梅乌斯Ⅱ独自站在尤内斯库面前，大声对他吆喝。

巴尔托罗梅乌斯Ⅱ 先生,(尤内斯库起立)坐下。(尤内斯库重新坐下。对两位一直在不停默默致礼的巴尔托罗梅乌斯)安静,先生们。

〔巴尔托罗梅乌斯Ⅰ和巴尔托罗梅乌斯Ⅲ在一边,巴尔托罗梅乌斯Ⅱ在另一边,他一脸正经,谦恭地稍稍靠后一点。

巴尔托罗梅乌斯Ⅱ (对尤内斯库)您病了,我亲爱的……

〔另外两个巴尔托罗梅乌斯严肃地点头表示赞同。

尤内斯库 (很恐惧地)我这是怎么啦?

巴尔托罗梅乌斯Ⅱ 别打断我! 如果您知道自己是无知的,那么看起来您是不知道无知是一种病。

尤内斯库 (释然)哦……事情还没想象的那么严重! 我原担心最坏的情况!

巴尔托罗梅乌斯Ⅲ (对巴尔托罗梅乌斯Ⅰ)好一个无知者!

巴尔托罗梅乌斯Ⅰ (对巴尔托罗梅乌斯Ⅲ)好一个病人!

巴尔托罗梅乌斯Ⅱ (对巴尔托罗梅乌斯Ⅰ和巴尔托罗梅乌斯Ⅲ)该我说了。这是尽人皆知的。(对尤内斯库)无知病就是无知。作为无知者,您感染了无知。我来给您证明! (得意地对另外两个巴尔托罗梅乌斯)我来给他证明。(对尤内斯库)您知道为什么要完成一个剧本吗?

尤内斯库 我只知道回答您。让我想想。

巴尔托罗梅乌斯Ⅱ (对尤内斯库)我亲爱的,一个剧本的完成是为了表演,为了在表演厅里让民众看见和听见,比如,就像现在……

巴尔托罗梅乌斯Ⅰ 棒极了,我亲爱的巴尔托罗梅乌斯,棒极了,这太深刻了……

尤内斯库 (昏乱地)我不知道是……不是……深刻的,可这肯定是正确的,即便是如此无知的我也知道这一点。

巴尔托罗梅乌斯 II　这还不是一切。戏剧演出使戏剧得以存在。文本完成是为了言说,那么,请问,由谁来说呢……由喜剧演员,我亲爱的,由喜剧演员。我们可以用简明扼要的公式来表达:戏剧演出,就是戏剧本身!

尤内斯库　这是真的,是这样,这是真的。

巴尔托罗梅乌斯 I　(对尤内斯库,严厉地)这不是真的,远胜于此,这是博学,这是科学!

巴尔托罗梅乌斯 III　一个剧本完成是为了在观众面前表演!

巴尔托罗梅乌斯 II　没有观众就没有戏剧,重复再多遍也不为过!

巴尔托罗梅乌斯 I　没有舞台,哪怕是草台,就没有剧场!

巴尔托罗梅乌斯 II　没有布景,就没有舞台;没有戏票,就没有入口;没有男售票员和女售票员,就没有售票处……

巴尔托罗梅乌斯 III　没有演员,就没有舞台。

声　音　(在门后)尤内斯库先生,瞧瞧,我在这儿待了有一个钟头了,我还有别的事要干哪。(对外面的某个人)我相信他们在里面打起来了,他们要对他动粗,我是不是该叫警察?

尤内斯库　(朝门口走去)我来开,玛丽,我来开……别叫警察……(对三位博士)先生们,对不起,她是来打扫房间的,你们瞧这个乱劲儿,女佣在等着呢……

巴尔托罗梅乌斯 I　您别老为这操心!

尤内斯库　(指着舞台)看这多脏。

巴尔托罗梅乌斯 II　可以忍受!

玛丽的声音　(在门后)您要是再不开门,我就叫门房来砸门了。

尤内斯库　(朝门的方向)我开……我开……(对博士们)先生们,我亲爱的大师们,我亲爱的博士们,既然,不管怎么说,是吧,正如你们刚才如此博学、如此细心地说过和指出的,没有观众就没有戏剧……咱们就让玛丽进来吧……

〔他想向门口走去。

巴尔托罗梅乌斯Ⅰ （对尤内斯库)等一会儿,等我的命令。

尤内斯库 （朝门外)等一会儿,我在等命令。

〔博士们秘密策划,打着手势,交头接耳;尤内斯库精疲力竭,神色紧张。

巴尔托罗梅乌斯Ⅱ 我想必须得开门。

巴尔托罗梅乌斯Ⅰ 她能把整个街区都煽动起来。

巴尔托罗梅乌斯Ⅲ 咱们别找警察的麻烦……

巴尔托罗梅乌斯Ⅰ （对尤内斯库)去开吧……(尤内斯库要走过去)注意,再等一会儿……观众不能就这样进来。必须调整好舞台装置,给以历史的定格。

巴尔托罗梅乌斯Ⅱ 咱们调整好舞台装置……

巴尔托罗梅乌斯Ⅰ 打开伟大的贝尔托鲁斯博士的论文。

尤内斯库 （朝门的方向)再稍稍耐心点儿,玛丽,我们在准备舞台装置。

玛　丽 （在外)这到底是什么意思?

尤内斯库 （同前)舞台装置。用不了多久了!

〔在这段时间里,博士们在查阅贝尔托鲁斯的论文后,取来和摆设各种道具。

尤内斯库 （对博士们)快点儿,先生们……快点儿,我恳求你们!

巴尔托罗梅乌斯Ⅰ （读论文)为提示剧情,标牌必不可少……

〔巴尔托罗梅乌斯Ⅲ在一旁最前面放一标牌:"一个演员的教育"。尤内斯库走过去读上面写的字,做了个失望的手势。

巴尔托罗梅乌斯Ⅰ （读)"……为了概括剧情和吸引观众对每个场景的基本动作的注意……"

283

〔巴尔托罗梅乌斯 II 在舞台另一端立另一标牌,上写:"仿现实主义"。尤内斯库走过去读上面写的字,同样做了个失望的手势。

巴尔托罗梅乌斯 I (鼻子贴到论文上)"……为了让人明白这个地点不是真的……"

〔巴尔托罗梅乌斯 II 突然把桌上的书和本子统统扔到地上,并放上标牌:"假的桌子"。尤内斯库重复前面的表演。

尤内斯库 我的手稿!

〔他扯自己的头发。

巴尔托罗梅乌斯 I (鼻子一直贴在论文上)"……他根本无意换一个真实的地点……"

〔巴尔托罗梅乌斯 II 在台后置一更大的标牌,上写:"假的地点"。尤内斯库重复前面的表演,背对观众,举起双臂。

巴尔托罗梅乌斯 I (对尤内斯库)冷静点儿,您这是怎么啦?别伤脑筋了,您最好用这些特色道具帮我们确认符合我们判断的历史背景。

〔在此期间,巴尔托罗梅乌斯 I 和巴尔托罗梅乌斯 II 分别把两个标牌放在一张旧沙发和一把椅子上,上写:"仿制的"。

巴尔托罗梅乌斯 III (旁白)仿制的,这是具体的约定!

巴尔托罗梅乌斯 II (旁白)仿制的,这是抽象的约定!

尤内斯库 (对巴尔托罗梅乌斯 I)是,同意……我同意……(他从一头到另一头扭来扭去地跑动)

巴尔托罗梅乌斯 I (读)"必须历史化。"

〔巴尔托罗梅乌斯 II 和巴尔托罗梅乌斯 III 把背景墙上的画取下来,换上他们的标牌,巴尔托罗梅乌斯 II 的标牌上写着:"布莱希特时代";巴尔托罗梅乌斯 III 的标牌上写着:"伯恩斯坦时代”。

巴尔托罗梅乌斯 II （对巴尔托罗梅乌斯 III）哦,不,您弄错了时
代……

巴尔托罗梅乌斯 III （对巴尔托罗梅乌斯 II）您弄错了时代……

巴尔托罗梅乌斯 II （对巴尔托罗梅乌斯 III）我请您原谅……

巴尔托罗梅乌斯 III （对巴尔托罗梅乌斯 II）您是搞错了……

巴尔托罗梅乌斯 I （停止念论文,转过身来）瞧瞧……瞧瞧……你
们该达成一致。

巴尔托罗梅乌斯 III 伯恩斯坦万岁!

巴尔托罗梅乌斯 II 布莱希特万岁!

〔巴尔托罗梅乌斯 III、巴尔托罗梅乌斯 II 和巴尔托罗梅乌
斯 I 胡作非为,把家具和各种东西都掀翻在地,愁眉苦脸的尤
内斯库尝试将它们恢复原位,但毫无结果。

巴尔托罗梅乌斯 I 先生们,先生们……

巴尔托罗梅乌斯 III 伯恩斯坦是伟大的! 我只想认识伯恩斯
坦! ……

巴尔托罗梅乌斯 II 布莱希特是我唯一的上帝。我是他的预言家!

〔巴尔托罗梅乌斯 II 和巴尔托罗梅乌斯 III 挥动他们的
标牌。

巴尔托罗梅乌斯 II 和巴尔托罗梅乌斯 III 布莱希特,伯恩斯坦,伯
恩斯坦,布莱希特!

〔巴尔托罗梅乌斯 I 举起另一块标牌放到中间,上面用大
写字母写着:“B 世纪”。

巴尔托罗梅乌斯 I 瞧这个!

〔巴尔托罗梅乌斯 II 和巴尔托罗梅乌斯 III 把他们的标牌重
新放到舞台的两端。

尤内斯库　（看着标牌：B世纪）对我来说无所谓。

巴尔托罗梅乌斯Ⅰ　（对巴尔托罗梅乌斯Ⅱ和巴尔托罗梅乌斯Ⅲ）这样,你们就达成一致了吧……批评家应当团结一致。

尤内斯库　（旁白）我更喜欢他们吵架!

　　　　〔巴尔托罗梅乌斯Ⅱ和巴尔托罗梅乌斯Ⅲ注视这块标牌："B世纪"。

巴尔托罗梅乌斯Ⅱ　（指着标牌）B肯定是指"布莱希特"。

巴尔托罗梅乌斯Ⅲ　B肯定是指"伯恩斯坦"。

巴尔托罗梅乌斯Ⅰ　（对另外两人）你们俩都对……

巴尔托罗梅乌斯Ⅱ　（对巴尔托罗梅乌斯Ⅲ）我早就对您说过……

玛丽的声音　（在门后）喂,喂,喂……

巴尔托罗梅乌斯Ⅲ　（对巴尔托罗梅乌斯Ⅱ）我早就对您说过……

尤内斯库　我是不是可以把门打开了?

巴尔托罗梅乌斯Ⅰ　（对巴尔托罗梅乌斯Ⅱ）咱俩说说,这说的是"布莱希特世纪",而不是"伯恩斯坦"……（对巴尔托罗梅乌斯Ⅲ）咱俩说说,这说的是"伯恩斯坦",一个改良版、现代版和超越版的伯恩斯坦……

巴尔托罗梅乌斯Ⅲ　（对巴尔托罗梅乌斯Ⅰ）您想说什么?

巴尔托罗梅乌斯Ⅰ　（对巴尔托罗梅乌斯Ⅲ）说的还是伯恩斯坦,还是伯恩斯坦,您冷静点……

　　　　〔他瞥一眼巴尔托罗梅乌斯Ⅱ。

尤内斯库　我可以开门了吧?

　　　　〔三位巴尔托罗梅乌斯重新一起面对尤内斯库。

巴尔托罗梅乌斯Ⅰ　是的,不过您不能就这么走了……

巴尔托罗梅乌斯Ⅱ　不能就这么……

巴尔托罗梅乌斯Ⅲ　不能像您现在这样……

286

尤内斯库　我现在是什么样啊？

　　〔三位巴尔托罗梅乌斯从头到脚地审视尤内斯库。他们互相看着，微微颔首。

玛丽的声音　还不行啊！

　　〔砸门声。

巴尔托罗梅乌斯 I　（对巴尔托罗梅乌斯 II）看看……他穿的衣服……

巴尔托罗梅乌斯 II　太不真实了！

巴尔托罗梅乌斯 III　他穿得糟透了！

尤内斯库　我又怎么啦？

巴尔托罗梅乌斯 I　尤内斯库，您知道我们为什么要穿衣服吗？

　　〔三位博士展示他们的服装。

尤内斯库　为什么你们要穿衣服？

巴尔托罗梅乌斯 I　因为演员不能赤身裸体登上舞台。

尤内斯库　我想到了……

巴尔托罗梅乌斯 III　（旁白）不过，赤身裸体也是一种服装，"女神游乐厅"就是一例！

巴尔托罗梅乌斯 II　（对尤内斯库）如果说医生医治的是身体的疾病，神父医治的是灵魂的疾病，戏剧研究者医治的是戏剧的疾病，服装研究者医治的就是服装的疾病：他们就是服装大夫。

　　〔巴尔托罗梅乌斯 II 和巴尔托罗梅乌斯 III 诊视尤内斯库的衣服。

巴尔托罗梅乌斯 II　都穿着呢……

尤内斯库　（巴尔托罗梅乌斯 II 和巴尔托罗梅乌斯 III 把他转向各个方向，他挣扎着）先生们……先生们……

巴尔托罗梅乌斯 III　都穿着呢。树木……

巴尔托罗梅乌斯 I　动物,它们的皮毛。

巴尔托罗梅乌斯 II　……地球,它的地壳……

巴尔托罗梅乌斯 I　星球……火、水和风……

尤内斯库　我不明白。

巴尔托罗梅乌斯 I　我们,科学时代的孩子,终有一天,我们将能够区分火的形式和内容。

巴尔托罗梅乌斯 III　风的形式……

巴尔托罗梅乌斯 II　……风的内容……

巴尔托罗梅乌斯 I　水的形式……

巴尔托罗梅乌斯 II　水的内容……

巴尔托罗梅乌斯 I　形式的内容……

巴尔托罗梅乌斯 II　……内容的形式……

巴尔托罗梅乌斯 I　核桃穿的是自己的皮,核桃皮保护着它,让它与世界保持距离……

巴尔托罗梅乌斯 III　(对尤内斯库)您就做一颗核桃吧!

巴尔托罗梅乌斯 II　我们都将成为裸体学研究者……

巴尔托罗梅乌斯 I　都穿着呢!都穿着呢!服装学事实上已成了真正的宇宙学。

玛　丽　(在外)喂,真见鬼……

巴尔托罗梅乌斯 II　……因为,缩短一个词,就是在扩展其概念……

巴尔托罗梅乌斯 I　服装学也是一种道德:服装不应该是自私的。

巴尔托罗梅乌斯 II　我们了解整部服装病理学。

巴尔托罗梅乌斯 III　您的衣服病得厉害……必须好好治治……

尤内斯库　实际上……我的衣服就是有点旧……让虫蛀了……我承认。

巴尔托罗梅乌斯Ⅲ （嘲笑尤内斯库的天真）不是这么回事儿……

巴尔托罗梅乌斯Ⅱ 您的服装应该是服装学的,如果不是,在这个意义上就是病了!

巴尔托罗梅乌斯Ⅰ 您穿的衣服不像我们时代作者的打扮……（对巴尔托罗梅乌斯Ⅱ和巴尔托罗梅乌斯Ⅲ)给他穿衣服!

巴尔托罗梅乌斯Ⅱ和巴尔托罗梅乌斯Ⅲ 是,是,给他穿衣服!

巴尔托罗梅乌斯Ⅰ 一个人没穿衣服就什么都不是。一个赤身裸体的人真的穿衣服了吗? 不! 我肯定不是。

〔其间,巴尔托罗梅乌斯Ⅱ和巴尔托罗梅乌斯Ⅲ脱去尤内斯库的外衣,这让他十分慌乱,又脱去他的皮鞋,摘下他的领带,随后,又一一帮他重新穿成原样。在巴尔托罗梅乌斯Ⅰ高谈阔论时,巴尔托罗梅乌斯Ⅱ和巴尔托罗梅乌斯Ⅲ做这些事。

巴尔托罗梅乌斯Ⅰ 衣服是一种授权……

尤内斯库 依我看就是一种投资。

巴尔托罗梅乌斯Ⅲ 这也是小小的投资。

巴尔托罗梅乌斯Ⅰ 您看见了,为判断一件服装是健康的还是有病的,是有简单的规则的……您的衣服得的是历史功能肥胖病……它是真实主义的……

巴尔托罗梅乌斯Ⅱ 它不该是真实主义的……

巴尔托罗梅乌斯Ⅰ 您的衣服只是装样子。它逃避责任!

尤内斯库 我一直就是这样穿的!

巴尔托罗梅乌斯Ⅰ 这本身不是目的所在。

巴尔托罗梅乌斯Ⅱ 这和剧本无关……或者说关系太大了。

巴尔托罗梅乌斯Ⅰ 我们时代作者的服装,应当是随意的。

巴尔托罗梅乌斯Ⅱ 它应当是个信号。

巴尔托罗梅乌斯Ⅲ 有一种服装政治。

巴尔托罗梅乌斯 I　您的服装得的是营养病……

巴尔托罗梅乌斯 II　营养过剩……

巴尔托罗梅乌斯 III　营养不足……

巴尔托罗梅乌斯 II　不管怎么说,它不能算穷乏!

巴尔托罗梅乌斯 I　至少它不美!它得的是美学病……

巴尔托罗梅乌斯 II　您的服装要接受深思熟虑的精心治疗。

〔他们要脱下尤内斯库的长裤。尤内斯库抗争。

尤内斯库　先生们……这太不成体统了吧……

巴尔托罗梅乌斯 I　您的衣服都得撕掉!

尤内斯库　别撕啊……我没别的衣服……真的,就这一套……

〔他们在尤内斯库的长裤上又套一条长裤。

巴尔托罗梅乌斯 I　现在,信号政治,给他信号……

〔此时,尤内斯库正背对观众,巴尔托罗梅乌斯 II 递给他一个标牌,上写:"诗人"。

尤内斯库　(假哭)对不起,先生们,对不起,我已经完全不想写作了!

巴尔托罗梅乌斯 III　安静!

巴尔托罗梅乌斯 I　您是自由地参与进来的。

〔巴尔托罗梅乌斯 II 又把一个标牌挂在尤内斯库胸前,但大家还看不清上面的字;巴尔托罗梅乌斯 III 往他头上戴一顶驴帽。

巴尔托罗梅乌斯 I　(对尤内斯库)您逃不掉了……

〔他们把尤内斯库转向观众,大家可以看到标牌上的字:"学者"。尤内斯库哭得越来越厉害。

巴尔托罗梅乌斯 II　(对另外两位)咱们总得做点什么。

巴尔托罗梅乌斯 I　现在,他的服装已经历史化,他是我们的人了!

〔尤内斯库倒在桌上,就在最初的位置上;他们扶他起来,他又倒下,又扶起来。

巴尔托罗梅乌斯Ⅱ　还不完全是……

巴尔托罗梅乌斯Ⅲ　这总是要来的!

巴尔托罗梅乌斯Ⅱ　现在就剩下教他写作了!

巴尔托罗梅乌斯Ⅲ　正如我们所愿。

巴尔托罗梅乌斯Ⅰ　以他的状态,这只能是单干……

巴尔托罗梅乌斯Ⅲ　都是臭大粪……

巴尔托罗梅乌斯Ⅰ　(对尤内斯库)现在您有点样儿了,可以让观众进来了。

尤内斯库　(对门口,可以听到敲门声,以可怜巴巴的声调)我好了,玛丽,我来开门。

巴尔托罗梅乌斯Ⅰ　(心满意足地环视)这是真正的实验室!

巴尔托罗梅乌斯Ⅲ　咱们已经干了好些活儿了。

巴尔托罗梅乌斯Ⅱ　我们可不是干小事儿的博士。

〔可以听到门后女人的声音:"先生,尤内斯库先生!"

巴尔托罗梅乌斯Ⅰ　(对尤内斯库)开门去。

巴尔托罗梅乌斯Ⅱ　(对尤内斯库)您可以去。

巴尔托罗梅乌斯Ⅲ　(对尤内斯库)开门去。

女人的声音　您一直在吗?

尤内斯库　(以同样可怜巴巴的声调)是的……等一会儿……还有什么事儿?

〔他站起,向门口迈出一步。

巴尔托罗梅乌斯Ⅰ　(对尤内斯库)去开门的时候,注意,演这场戏要遵循间离原则。

巴尔托罗梅乌斯Ⅲ　这一点我不会说第四遍。

尤内斯库 （同样语调）怎么做？

巴尔托罗梅乌斯Ⅱ 别把自己当自己。您错就错在总把自己当自己。

尤内斯库 我能把自己当成谁呢？

巴尔托罗梅乌斯Ⅱ 自我疏离。

尤内斯库 （几乎声嘶力竭地）可到底怎么做？

巴尔托罗梅乌斯Ⅲ 这非常简单……

巴尔托罗梅乌斯Ⅰ 注意,在表演时……您是尤内斯库又不再是尤内斯库！……

巴尔托罗梅乌斯Ⅱ 您用一只眼睛看自己,用另一只听自己！

尤内斯库 我做不到……做不……

巴尔托罗梅乌斯Ⅰ 斜视,斜着看！……

〔尤内斯库斜视。

巴尔托罗梅乌斯Ⅲ 就这样。(对巴尔托罗梅乌斯Ⅰ)好极了,巴尔托罗梅乌斯！

巴尔托罗梅乌斯Ⅱ （对巴尔托罗梅乌斯Ⅰ）好极了,巴尔托罗梅乌斯！

巴尔托罗梅乌斯Ⅰ （对尤内斯库）往门口去……

〔尤内斯库不再说什么。他像个梦游者似的向门口走去。

巴尔托罗梅乌斯Ⅲ （对巴尔托罗梅乌斯Ⅰ）不是这样！

巴尔托罗梅乌斯Ⅰ （对尤内斯库）向前一步……

巴尔托罗梅乌斯Ⅱ （对尤内斯库）退后两步！……

巴尔托罗梅乌斯Ⅰ 向前一步！

〔尤内斯库照着做。

巴尔托罗梅乌斯Ⅱ 退后两步！……

〔尤内斯库照着做。

巴尔托罗梅乌斯Ⅲ 这一点我不会说第五遍！

巴尔托罗梅乌斯Ⅰ 向前一步……

巴尔托罗梅乌斯Ⅱ 退后两步……

巴尔托罗梅乌斯Ⅲ 这就对了。

〔按此动作，尤内斯库向相反的方向走去。

巴尔托罗梅乌斯Ⅰ 这就对了。

巴尔托罗梅乌斯Ⅱ 这就对了……他自我间离了！自我间离了！

〔尤内斯库向与门相反的方向走去，一直走到台后。

巴尔托罗梅乌斯Ⅰ （对尤内斯库）现在……跳舞吧……

巴尔托罗梅乌斯Ⅱ ……唱吧……说吧……

尤内斯库 （在原地蹦跳、喊叫）嘿……哈……嘿……哈……

巴尔托罗梅乌斯Ⅰ 写吧！

尤内斯库 嘿……哈……

巴尔托罗梅乌斯Ⅲ 使劲写吧！

尤内斯库 嘿……哈……

巴尔托罗梅乌斯Ⅱ 博学多才地写！

尤内斯库 （抑扬顿挫地大喊）嘿……哈……嘿……哈……

巴尔托罗梅乌斯Ⅰ
巴尔托罗梅乌斯Ⅱ ＞ （一起）写吧！写吧！写吧！写吧！
巴尔托罗梅乌斯Ⅲ

尤内斯库 嘿……哈……嘿……哈……嘿……哈……

巴尔托罗梅乌斯Ⅰ
巴尔托罗梅乌斯Ⅱ
巴尔托罗梅乌斯Ⅲ ＞ （一起）嘿！哈！嘿！哈！嘿！哈！
尤内斯库

女人的声音 屋子里的畜生们，这也太闹了！开门！开门！……

巴尔托罗梅乌斯 I	
巴尔托罗梅乌斯 II	（一起）嘿！哈！嘿！哈！嘿！哈！
巴尔托罗梅乌斯 III	
尤内斯库	

女人的声音　他们要杀了他！我要砸门了！

〔与此同时，巴尔托罗梅乌斯 I、巴尔托罗梅乌斯 II、巴尔托罗梅乌斯 III 也戴上了驴帽。当四个人在台上又喊又蹦时，门打开或破碎地倒地。玛丽手拿一把扫帚上。

玛　丽　（进）这是怎么回事！耍杂技呢！

巴尔托罗梅乌斯 I　停……这是观众！

〔动作停止，三位巴尔托罗梅乌斯有的摘下驴帽，有的没摘，尤内斯库肯定没摘。

玛　丽　哦，就这些，这就是你们的装置？你们给我弄得天翻地覆！我现在该怎么收拾这房间……尤内斯库先生本来就够乱七八糟的了，用不着再帮他一把了！你们干吗要把他弄成这副样子呢，可怜的家伙！而你们，先生们，你们干吗要穿成这个德性？

巴尔托罗梅乌斯 I　太太，我们这就给您解释……

玛　丽　（指着标牌）先把这些给我摘下来再说！

巴尔托罗梅乌斯 II　千万别动！

玛　丽　（威胁地）为什么？

巴尔托罗梅乌斯 III　这是为了您……我们干的活儿都是为了您，为了观众！

玛　丽　（指着尤内斯库）这又不是狂欢节！

〔她朝尤内斯库走去。

巴尔托罗梅乌斯 III　别靠近他！我咬人！

玛　丽　我才不怕你呢！试试看！小狗！

〔她走向巴尔托罗梅乌斯Ⅲ，朝她举起扫帚。

巴尔托罗梅乌斯Ⅲ　（后退）这只不过是一种说话的方式！

尤内斯库　（对玛丽）让我保持距离……离观众五米远。

玛　丽　（对尤内斯库）他们嘲笑您哪！而您就让他们这么干……（玛丽走向尤内斯库，让他朝各个方向转）一顶驴帽！……"诗人"……"学者"……您觉得这很聪明！他们嘲弄您哪！

尤内斯库　玛丽，您不知道，这些先生给我穿的是服装学的服装，是描述体貌特征的信号……这些先生是博士……

玛　丽　博士？他们都管什么？

尤内斯库　是的，博士……戏剧学博士，服装学博士……他们诊治服装疾病。我的服装病了！

玛　丽　这可真是奇怪的活计！您只要把它送到洗衣店就行了。

尤内斯库　玛丽，他们是对的，您不懂，这是些大专家……

巴尔托罗梅乌斯Ⅱ　太太，您听我们的！

玛　丽　等一下！……

〔她向尤内斯库走去，脱下他的奇装异服，开始摘去标牌。

玛　丽　（对反抗的尤内斯库）来吧，来吧……让我给您重新弄弄……

巴尔托罗梅乌斯Ⅰ　太太，太太……您真的不懂……

尤内斯库　（对玛丽）他们还诊治戏剧的疾病。

玛　丽　他们该治治他们自己……

尤内斯库　他们是伟大的社会学家、心理学家！

巴尔托罗梅乌斯Ⅱ　（对玛丽）这可是他自己对您说的！您听见了吧！

玛　丽　这都是因为你们给他设的套，他晕了头了！

巴尔托罗梅乌斯Ⅲ　（对正在取下各种道具的玛丽）别动！

玛　丽　为什么! 我可不会客气的。当心,要不我要发火了!

　　〔她举起扫帚,抡圆了。博士们缩到角落里。

尤内斯库　(站到玛丽与博士们之间)别伤害我的博士们!

　　〔玛丽卷起袖子准备干活,拿着扫帚朝博士们走去。博士们提防着她的突然袭击。

巴尔托罗梅乌斯Ⅱ　(对玛丽)至少让我们给您解释解释……

玛　丽　有什么好解释的?

尤内斯库　玛丽,我现在知道服装的作用了……(背诵)在戏剧里,服装应使作品的内容与外在形式相匹配。

玛　丽　是这样……您写过一部戏……其中有一个人物是消防队员……

巴尔托罗梅乌斯Ⅲ　(震惊,兴奋)消防队员?

尤内斯库　(对巴尔托罗梅乌斯Ⅲ)哦,其中没有任何影射。

玛　丽　(对尤内斯库)一个人物是消防队员,是的,在他头上您放了一顶消防队员的头盔,注意了,不是新娘的头纱……您正是使作品的内容与外在形式相匹配!……

巴尔托罗梅乌斯Ⅱ　(重新拾回一点信心,对尤内斯库)您搞的是散文,是啊,您并不知道这一点!

尤内斯库　他们在这儿为的是让我明白!

玛　丽　啊,请原谅,先生,您可真是病了!

　　〔她扇尤内斯库两个耳光。

尤内斯库　我在哪儿?

玛　丽　您被催眠了。我让您清醒清醒。

　　〔尤内斯库慌乱地环视四周,迟疑地摘下帽子、标牌等。

玛　丽　(对尤内斯库)他们什么也没让您明白! ……这些倒霉的博士不该出主意,倒是该自己去听听戏剧课。

尤内斯库　(对玛丽)您真的这么认为?

玛　丽　（对尤内斯库）当然了……瞧……您是个大孩子！

巴尔托罗梅乌斯Ⅰ　（愤怒地）怎么！怎么！那戏剧学呢？

玛　丽　（把三个博士推向门口）这对我们无所谓。（很粗暴地把他
　　们推搡到门口）你们就让我们摆脱这一切吧！

巴尔托罗梅乌斯Ⅱ　那观众—心理—社会学呢！

玛　丽　扫地出门！

巴尔托罗梅乌斯Ⅲ　您知道我是谁吗？

玛　丽　您就消失吧！……

巴尔托罗梅乌斯Ⅱ　那布景学呢！

尤内斯库　（有点害怕）玛丽……玛丽……轻一点……他们会在批
　　评文章里抨击我的……

玛　丽　（把三个博士推向门口，把其他小道具丢到他们怀里）别害
　　怕，他们什么都干不了！（对博士们）冲我来吧……

巴尔托罗梅乌斯Ⅰ　（靠近门口）科学的科学，服装学？

巴尔托罗梅乌斯Ⅱ　（和其他人一起退到门边，对巴尔托罗梅乌
　　斯Ⅰ）哦，不，不是服装学，是服装研究！

巴尔托罗梅乌斯Ⅰ　（对巴尔托罗梅乌斯Ⅱ）您对此有何高见？

巴尔托罗梅乌斯Ⅱ　我是服装研究学者，我研究服装的本质。

巴尔托罗梅乌斯Ⅰ　没有什么服装的本质！服装学创造服装……

巴尔托罗梅乌斯Ⅱ　正相反！

巴尔托罗梅乌斯Ⅰ　这样，您就是本质主义者！

巴尔托罗梅乌斯Ⅱ　这样，您就是现象主义者！（巴尔托罗梅乌
　　斯Ⅰ和巴尔托罗梅乌斯Ⅱ互相拉拽）

巴尔托罗梅乌斯Ⅲ　（对巴尔托罗梅乌斯Ⅰ和巴尔托罗梅乌斯Ⅱ）
　　这一切都是你们的错！稀里糊涂的哲学骗子！赶时髦的家伙！

巴尔托罗梅乌斯Ⅰ　（对巴尔托罗梅乌斯Ⅲ）您才是赶时髦的呢！

297

巴尔托罗梅乌斯Ⅱ （对巴尔托罗梅乌斯Ⅲ)街头杂耍！

巴尔托罗梅乌斯Ⅲ 赶时髦……我是……可我赶的时髦是优雅的！……

巴尔托罗梅乌斯Ⅱ （对巴尔托罗梅乌斯Ⅲ)小市民！

巴尔托罗梅乌斯Ⅰ （对巴尔托罗梅乌斯Ⅲ)您是个笨蛋！

巴尔托罗梅乌斯Ⅲ 我为此而骄傲！

巴尔托罗梅乌斯Ⅱ （对巴尔托罗梅乌斯Ⅲ)笨蛋！

巴尔托罗梅乌斯Ⅰ （对巴尔托罗梅乌斯Ⅲ)懒鬼！

巴尔托罗梅乌斯Ⅲ （对巴尔托罗梅乌斯Ⅱ)猪猡！

巴尔托罗梅乌斯Ⅰ （对巴尔托罗梅乌斯Ⅱ和巴尔托罗梅乌斯Ⅲ）

　　一窝鸡！

尤内斯库 先生们,冷静！

巴尔托罗梅乌斯Ⅰ （对巴尔托罗梅乌斯Ⅱ和巴尔托罗梅乌斯Ⅲ）

巴尔托罗梅乌斯Ⅱ （对巴尔托罗梅乌斯Ⅰ和巴尔托罗梅乌斯Ⅲ）⟩小

巴尔托罗梅乌斯Ⅲ （对巴尔托罗梅乌斯Ⅱ和巴尔托罗梅乌斯Ⅰ）

　　丑！小丑！小丑！

玛　丽 （对博士们)你们到外面打去！

尤内斯库 玛丽,态度好点！

玛　丽 （对尤内斯库)不是跟您说了吗,他们没什么可怕的！

尤内斯库 您说得对！

玛　丽 （对博士们)出去！出去！出去！

尤内斯库 先生们,别太生气了……别发火！（博士们被玛丽推出门外。人们可以听到后台的声音:"服装学,服装研究,戏剧学,心理—观众学……这个学……那个学……"尤内斯库尚未完全平静,他突然停在门旁,在听到外面各种"学……学……学……"的声音时,转了半圈。尤内斯库听到声音渐渐远去,手搭在耳边听。他平静地走向书桌,郑重其事地坐下,始终看着门口方向)走吧!走吧!……够了!戏演完了……回到台上来!(后台乱糟糟的声音突然停止。巴尔托罗梅乌斯Ⅰ、巴尔托罗梅乌斯Ⅱ和巴尔托罗梅乌斯Ⅲ鱼贯而入,在尤内斯库身后、靠台后站成一排。尤内斯库站起)太太们,先生们……

玛丽　(拿玻璃水瓶和杯子上)等一下……您该渴了吧……

　　　　〔她往杯子里倒水。尤内斯库接过来,喝水。

尤内斯库　谢谢,玛丽……(转向观众席)太太们,先生们……(他从衣袋里拿出一张纸,戴上眼镜)太太们,先生们,你们刚才听到的这些东西,绝大部分都在这几位博士的文章里见过[①]。要是这让你们感到无聊,可不是我的错;要是这能给你们解闷,荣誉也别归于我。但这些并不高明的鬼点子和并不成功的台词属于我。(指巴尔托罗梅乌斯Ⅰ)巴尔托罗梅乌斯是一个书呆子。(指巴尔托罗梅乌斯Ⅱ)巴尔托罗梅乌斯也是一个书呆子。(犹豫)巴尔托罗梅乌斯,他(指巴尔托罗梅乌斯Ⅲ)是一个毫无书卷气的笨蛋。我责怪这些博士发现了尽人皆知的真理,又用泛滥的词语使普遍真理似乎变成了疯言狂语。不过,这些真理,像所有的真理一样——包括公认的真理在内——都是可以争论的。但当这些真理摆出无可辩驳的教条姿态,或者,当这些博士和批评家以真理的名义企图排斥其他真理,从而领导甚至强行控制艺术创作时,就变得十分危险了。批评应当是描述性的,而不是标准化的。正像玛丽刚才对你们说的,博士们真该好好学学,而不是好为人师,因为,创作者自身是他的时代唯一有价值的见证人,他在自己身上发现这个时代,唯有他一个人

---

① 参见《人民戏剧》杂志(关于巴尔托罗梅乌斯Ⅰ和Ⅱ)与《费加罗报》戏剧评论文章(关于巴尔托罗梅乌斯Ⅲ)。——原注

神秘地、自由地表现他的时代。而所有的约束,所有的控制——这一点文学史可以证明——都在歪曲这些证词,把它们推向这边(向右的手势)或推向那边(向左的手势)地改变它们。我不相信来自这边(向右的手势),也不相信来自那边(向左的手势)的陈词滥调。如果批评家确实有评判的权利,他也只能按照艺术表现自身的法则、按照作品自身的神话深入其宇宙来评判:人们不能把化学放进音乐,不能依据绘画和建筑的标准来评判生物学,天文学也应该脱离政治经济学和社会学。比如,如果再洗礼派的信徒想在一部戏里看到对他们教派信仰的阐释,他们是自由的;但如果他们企图让一切都从属于他们的信仰,并要求我们皈依,我就要反对了。就我来说,我真诚地相信穷人的可怜,我为此感到遗憾,它是真实的,它能成为戏剧的素材;我也相信富人的不安和烦恼;但我既不打算在穷人的痛苦中,也不想在富人的忧郁里找到戏剧的本质。以我之见,戏剧是内在世界在舞台上的投影:在我的梦里,在我的焦虑里,在我阴暗的欲望里,在我内心的矛盾里,我保留着从中提取素材的权利。正如我不是世界上的唯一,正如我们中的每一个人在存在的最最深处同时也是其他所有的人,我的梦、我的欲望、我的焦虑、我的执念也不单单属于我自己;这是祖传遗产的一部分,非常古老的积淀,构成整个人类的共同财产。在外在的多样性之外,把人们集合到一起并构成我们深刻的共同点的,就是这普遍的语言。(玛丽拿着一位博士的袍子走近尤内斯库,后者说话越来越学究气)就是这些隐藏的欲望,这些梦境,这些秘密的冲突,是我们所有行动和历史现实的源泉。(尤内斯库情绪越来越亢奋,以既庄重又可笑的声调把话说得越来越快)你们看,太太们,先生们,我想,绘画和现代音乐的语言,以及心理学和高等数学的语言,历史生活本身,都超越了那些已远远落伍,而又艰难地试图跟上潮流的哲学家的语言……博士们总是落后的,因为,如同巴伐利亚学者施泰芬巴赫和他的美国弟子约翰逊所说……(在尤内斯库说最后一句话时,玛丽走到他身边,突然把袍子披到他的肩上)可……您干什么?玛丽,您干什么?

巴尔托罗梅乌斯Ⅰ 尤内斯库,您太自以为是了吧?

尤内斯库 我自以为是吗?不……是……这就是说不……

巴尔托罗梅乌斯Ⅲ 轮到您当院士了!

巴尔托罗梅乌斯Ⅰ 因为不是博士,也就成了博士!

巴尔托罗梅乌斯Ⅱ 您讨厌别人给您上课,却想给我们上一课……

巴尔托罗梅乌斯Ⅰ 您掉进自己的陷阱里了。

尤内斯库 啊……这样,这可够烦人的。

玛 丽 只有一次不算。

尤内斯库 请原谅,我不再这么干了,这是个例外……

玛 丽 而不是常规①!

幕 落

一九五五年于巴黎

---

① 布莱希特有一剧本名为《例外与常规》。

不为钱的杀手

宫宝荣　译

人物表

贝朗热	雅克·莫克莱
建筑师	安德烈·托伦
达　妮	卡特琳娜·瓦托
酒店老板	吉勒·托马
门　房	克劳德·热尼亚
爱德华	马克·埃罗
比普大妈	克劳德·热尼亚
治安警察	吉勒·托马
杀　手	马赛尔·尚佩尔

该剧于一九七二年十二月五日在左岸剧院上演,导演雅克·莫克莱,布景和服装师为路易·蒂埃里。

前　言

正如剧名所表明的那样,《不为钱的杀手》是一部侦探剧。然而,此剧的特殊之处在于,警察对血洒光明之城的犯罪行径以及在城中肆虐的罪犯毫无兴趣。

一位平凡的市民,一个天真而又敏感的男子,将所有能够确认并逮捕杀人犯的证据收集起来。但谁都不愿把贝朗热(此为这位有责任心的市民的名字)当回事。贝朗热于是独自去追寻罪犯。

在没有任何人帮助的情况下,连自己都对这一危险举动感到害怕的贝朗热能否重建昔日的幸福时光,战胜"罪恶"? 他能否猜测到杀人犯行为的深层动机,不被那些为其充当借口的表面(而且还是矛盾的)意识形态理由迷惑? 剧终时也许诸位就能见分晓。

第一幕

没有布景。幕启时舞台上空空如也。

之后,在舞台左方将只有两把公园椅子和一张由建筑师自己带上来的桌子。这些桌椅应该靠近后台摆放。

第一幕的气氛只靠灯光来制造。起初,当舞台上还空着的时候,光线昏暗,如同十一月或二月的某个下午,天空布满阴霾。微弱的风声;或许可以看到一片枯叶旋转着穿过舞台。远处,传来一辆电车的声音;当强光"突然"照亮舞台的时候,模模糊糊的房屋剪影渐渐消失:这是一种十分强烈、白炽的光;除了这种白光之外,还有闪亮而密集的天蓝色光。因此,在灰暗之后,灯光应该游戏于这一白一蓝之间,从而构成这种灯光布景的仅有元素。就在灯光转换的同时,电车声、风声或雨声都立刻停止。蓝色、白色、寂静和空场应该制造出某种诡异的静谧印象。为此,必须给予观众体味的时间。在好一段时间之后人物才在舞台上出现。

〔贝朗热第一个从左边上场。他步态矫健,至舞台中间站住,又在原地快速向左转身,跟在其后、更加稳重的建筑师由此上场。此时的贝朗热身穿一件灰色风衣,头戴一顶帽子,脖子上围着围巾。建筑师身穿轻便上装、敞领衬衫、浅色裤子,没戴帽子。他腋下夹着一只文件包,又重又厚,与第二幕爱德华的公文包相似。

贝朗热　……闻所未闻！闻所未闻！真了不得！我认为这纯属神迹！……(建筑师表示抗议的模糊动作)神奇哪，或者说，如果您喜欢的话，因为您肯定是个无神论者，纯属妙事！建筑师先生，我热烈地向您表示祝贺！这是妙事，妙事，妙事！……地地道道的妙事！……

建筑师　噢……亲爱的先生……

贝朗热　是的，是的……我一定要祝贺您。这确实是不可思议，您成就了一件不可思议的事。现实超越了想象！……

建筑师　我被指派来做这件事，这是我正常的职责，我的专业。

贝朗热　当然，当然啦，建筑师先生，很清楚，您不仅是位认真的公务员，还是一位技术员……不过，这并不能说明一切。(看看四周，目光盯住舞台上一些具体的地方)真叫漂亮，美妙无比的草坪，鲜花盛开的花坛……啊！这些像蔬菜一样令人开胃的花朵，像鲜花一样芬芳的蔬菜……多么湛蓝的天空，多么美妙的蓝天……天气真好哇！(对建筑师)在世界上的所有城市、所有具有一定分量的城市，都肯定有您这样恪尽职责的公务员、建筑师，做着跟您一样的工作，领着跟您一样的薪水。(他以手示意)您薪水高吗？对不起，我也许太冒昧……

建筑师　别过意不去，尽管问……我的薪水一般，根据预算发。还算公道。过得去。

贝朗热　可是酬报您的才智应该论金称银。还得是一九一四年之前的金子……名副其实的金子。

建筑师　(谨慎的反对动作)噢……

贝朗热　是的，是的……别不承认，城市建筑师先生……货真价实的金子……今天的金子呢,是已经贬值的金子,对不,成了纸做的金子,就像不少东西经过了许多时间之后一样……

建筑师　您的惊讶,您……

贝朗热　不如说我的敬佩,我的热情!

建筑师　随您。确实,您的热情令我感动。亲爱的……贝朗热先生,我向您表示感谢。

　　　　〔在口袋里找出一张肯定写有贝朗热名字的纸条之后——因为他在俯身看纸条时读出他的名字——建筑师俯身致谢。

贝朗热　诚挚的热情,诚挚的,我向您发誓恭维别人并不符合我的个性。

建筑师　(彬彬有礼但又置身于外)我非常、非常、非常地受宠若惊!

贝朗热　好极了!(他打量四周)您可知道,尽管有人跟我说起过这个,但是我不相信……或者不如说没有人告诉过我,可我知道这件事,我知道在我们这座灰暗的城市里,在那些死气沉沉、尘土飞扬、道路泥泞的街区当中,存在着这个美丽的光明小区,这一无与伦比的街区,小径充满阳光,大街光芒万丈……这座城市的灿烂小区,由您建造……

建筑师　原则上,它是一个应该,或者说原本应该扩大的核心区域。我奉市政府的命令制订了规划。我不允许自己个人发挥……

贝朗热　(继续自言自语)我既信又不信。我既知又不知!我害怕希望……又希望,这不再是个法语词汇,也不是土耳其语、波兰语词汇……也许是比利时语……或者……

建筑师　我理解,我理解!

贝朗热　不过,我还是到了这里。您这座光明之城的实际情况不容置疑。这个现实触手可及。这种蔚蓝之光看上去完全自然……蓝色,绿色……快乐的颜色……又是多么静谧,多么的静谧!

建筑师 亲爱的……（他读纸条）贝朗热先生,这是本街区的原则……这是有规划,刻意为之的。在这个街区,什么都不应该放任自流,天气总是很好……因此地皮总是卖得……或者说……以往总是卖得很贵……建造别墅的材料都是最好的……固若金汤,精心打造。

贝朗热 房子里应该从来不会下雨吧。

建筑师 无论如何,这里,这个街区从来不下雨。

贝朗热 您是说从来不下雨? 那这些植物呢,这片草坪呢? 还有树哇,没有一片枯叶,花园呢,没有一朵枯萎的花?

建筑师 从下面进行浇灌。

贝朗热 美妙的技术! 请原谅我这个门外汉少见多怪……

〔贝朗热用一方手帕擦拭额头上的汗。

建筑师 请脱下您的风衣,搭在手臂上,您太热啦。

贝朗热 确实,是的……我一点也不冷……谢谢,谢谢您的建议。

〔建筑师的口袋里响起了电话铃声。建筑师从口袋里掏出一只电话听筒,置于耳边;电话线一端留在口袋里。

建筑师 （打电话）你好!（对贝朗热）不是……我预留了一个小时陪您参观小区。您一点儿都没有给我添麻烦。（打电话）喂! 是的。我听说了。请通知副主任。好的。要是他一定坚持,那就让他调查吧。要他办理手续。我和贝朗热先生在一起,陪他参观光明之城。（他将电话听筒放回口袋。对距其几步之遥的贝朗热,贝朗热沉浸在怡然之得中）您刚才说什么呀? 哎,您在哪儿呢?

贝朗热 噢,多漂亮的房子! 外墙美极了,我很欣赏这种纯净的风格! 十八世纪的吗? 不是,十五世纪或者是十九世纪末的? 无论如何,它是古典的,尤其是,它有多么雅致! 多雅致……

〔袖珍电话响起,建筑师掏出听筒。

贝朗热　啊,这些小石头多可爱!

建筑师　(打电话)喂!……一个女人?记下她的特征。登记好。
　　　　交给统计处……

贝朗热　(指着舞台左边角落)那是什么?

建筑师　(打电话)没,没,没有其他要报告的。只要我在,就不可能
　　　　发生其他事件。(他将听筒放进口袋。对贝朗热)对不起,您
　　　　请讲。

贝朗热　(动作同上)那儿是什么呀?

建筑师　哦,这个嘛……这是一间暖房。

贝朗热　暖房?

建筑师　对。为了那些不适应温带气候的花朵,那些性喜冷的花。
　　　　我们为这些花创造一个冬季气候。时不时地,我们会启动小
　　　　风暴。

贝朗热　啊,一切都有计划……是的,先生,我三十五岁,也许六十
　　　　岁,七十岁,八十岁,一百二十岁,我怎么知道!

建筑师　精神上!

贝朗热　它也会反映在身体方面。这是心身的……我是否在说
　　　　傻话?

建筑师　不那么傻。跟大家一样。

贝朗热　我感到自己老啦。时间尤其是主观的。或者说,我曾经觉
　　　　得自己老了,因为从今早起,我又变成了新人。我肯定又回到
　　　　了自我,世界重新回到自我;是您的力量造成了这一切。您那
　　　　神奇的光亮……

建筑师　我的电力照明!

贝朗热　……您的光明之城!(他伸出手指,十分靠近)您的作品,

312

便是这些长满玫瑰的洁净墙面的力量！啊,是的,是的,是的……什么都没有失去,我敢肯定,目前……我好歹还记得有两三个人确实跟我说过这座欢笑之城……有人告诉我说就在附近,有人说很远,有人说很容易去,有人说很困难,有人说这是一个禁城……

建筑师 错!

贝朗热 有人说没有公共交通……

建筑师 蠢话。电车站就在那边,在主街尽头。

贝朗热 对,那当然,当然! 好啦,别去想它啦,现在,我就在这儿。我完全放心了。

建筑师 这再简单不过了。只要跟我写个条子、跟市政府办公室正式写封信就够了。我的下属办公室会给您回信的,用挂号信,告诉您一切必要的信息。

贝朗热 是啊,早该想到的! 不过,为蹉跎岁月遗憾是无用的……

建筑师 您今天是怎么找到路的?

贝朗热 完全偶然。我就是坐电车来的。

建筑师 我是怎么跟您说的!

贝朗热 我坐错了车。我想要坐的是另一路电车,我确信自己坐反了方向,可它偏偏是正确的,出于差错,幸福的差错……

建筑师 幸福的?

贝朗热 不是吗? 不幸福吗! 哦,不对,幸福的,很幸福。

建筑师 好吧,不说了,您以后会明白的。

贝朗热 我已经明白了。我很确信。

建筑师 无论如何,您要知道总得坐到终点站。在任何情况下。所有的电车都到这里,这儿是停车库。

贝朗热 确实。电车就把我扔在那儿,在车站。尽管我从来没有见过这些街道、这些鲜花盛开的房屋，以及看上去好像在等待我的您，但我还是立刻认出来了。

建筑师　有人通知我的。

贝朗热　变化竟然如此之大！就好像身处遥远的南方，在一两千公里之外。另一个天地，一个改了模样的世界！为了来到这里，别的不说，就这一次小小的旅行，一次算不上真正意义上的旅行，因为可以说，它是在许多地方进行的……（他笑，然后尴尬地）原谅我糟糕的文字游戏，不太机智。

建筑师　不要如此愧疚。我听过更加糟糕的。我把它看作您的愉悦之情……

贝朗热　我没有科学家的头脑。这也许是我解释不了这个地方怎么会老是天气晴朗的原因，尽管您已经做出了中肯的解释。无论如何都是怪事，城市建筑师先生，这真叫奇怪！

建筑师　（提供专业信息）没什么了不起的，我告诉您，这是技——术！所以努力理解吧。您本该上一所成教学校的。这里呢，就是一个简单的小岛……暗藏了风扇，我是依照沙漠中几乎到处可见的绿洲为样板的，在那里，就在荒沙之间，您会发现突然出现的令人吃惊的小城，盛开着新鲜玫瑰，周围都是水源，河流、湖泊……

贝朗热　啊，是的……确实如此。您说的这些小城，人们也称之为海市蜃楼。那儿呢，那是什么呀？

建筑师　那儿？哪儿呀？啊，那儿吗？

贝朗热　好像是个水池。

　　〔就在"水池"这个词被说出口时，灯光打在舞台深处，出现一个模糊的水池形状。

建筑师　呃……可不是么。一个水池。您看得很清楚。那是个水

314

池。(他看手表)我想我还有点时间。

贝朗热　可以过去吗？

建筑师　您想走近去看看？（迟疑）好吧。既然您坚持。我应该让
　　　　您看看。

贝朗热　或者……我不知道怎么选……一切都如此美……我喜欢
　　　　水,但也被山楂花盛开的灌木丛所吸引。如果您同意,我们待
　　　　会儿再看水池吧……

建筑师　悉听尊便!

贝朗热　我极喜欢山楂花!

建筑师　您拿主意吧。

贝朗热　好,好,咱们看山楂花去吧。

建筑师　我听您吩咐。

贝朗热　不可能一下子都看到。

建筑师　说得非常对。

　　　　〔水池消失。他们走了几步。

贝朗热　多么温馨的气味! 建筑师先生,您可知道,我……请原谅
　　　　我跟您说我自己的事……我们什么话都可以跟建筑师说的,建
　　　　筑师无所不通……

建筑师　说吧,您请说,别不好意思。

贝朗热　谢谢! 您可知道,我多么需要另一种生活,一种新生活。
　　　　另一种环境,另一种背景;您会觉得另一种背景无足轻重……
　　　　比如说,有钱……

建筑师　不会,不会……

贝朗热　会的,会的,您太客气啦……另一种背景,唯美主义的背
　　　　景,仅仅是表面的,怎么说呢,如果它不涉及一种背景,与某种
　　　　内心需求相吻合的气氛,在某种程度上,那将是……

建筑师　我明白,明白……

贝朗热　……内在宇宙的喷涌、延伸。

建筑师　(搔头)您的这些词汇真高深。

贝朗热　好在一切都会改变。

建筑师　冷静!请冷静!

贝朗热　请原谅,我激动了。

建筑师　这是您的性格特征。您属于性情富有诗意的那类人。这
　　　　　无疑也是必要的,既然这是存在的。

贝朗热　好多好多年以来,又是肮脏的雪,又是刺骨的风,一种对生
　　　　　灵毫无怜惜之意的气候……街道、房屋、整个街区、并非真正不
　　　　　幸的人,更糟糕的是,那些既不幸福也不悲苦的人,丑人,因为
　　　　　他们既不丑也不美,可怜的中庸的人,没有乡愁的思乡人,就如
　　　　　无意识一样,不自觉地遭受着生存的痛苦。也许因为我更聪明
　　　　　或者相反,不比别人聪明、乖巧、逆来顺受、耐心。这是一种缺
　　　　　陷,还是一种优点?

建筑师　(做出不耐烦的动作)不一定。

贝朗热　无从知晓。灵魂之冬!我说得乱七八糟,是吧?

建筑师　我不妄下评判。这不是我的职责。它归逻辑部门管。

贝朗热　不知道您是否欣赏我的抒情。

建筑师　(冷冷地)那当然,嗨!

贝朗热　是这样。是这样:从前呢,在我的身上,存在着一种强烈的
　　　　　内心热情之源,寒冷对其无可奈何,它是一种青春,一种秋天难
　　　　　以侵袭的春天;它是一种四射的光芒,我认为用之不竭的明亮
　　　　　的快活源泉。我说的不是幸福,而是快活,使得我能够活下来
　　　　　的快活……(建筑师口袋里的电话响起)……有着一种巨大的
　　　　　能量……(建筑师从口袋里掏出听筒)……一种激情……这应

该是生命的激情,对吗?

建筑师 (听筒贴在耳边)喂!

贝朗热 可后来,这一切,一切都熄灭了、破碎了……

建筑师 (打电话)喂! 好,好,好! ……这可不是昨天的事。

贝朗热 (继续自言自语)这应该是……我记不得是什么时候开始
的……很久、很久以前……(建筑师将听筒放回口袋,再一次做
出不耐烦的动作;他走进左侧幕,带来一张椅子,将椅子放在左
边的角落,即假设暖房所在的地方)……应该有好几个世纪了,
或者就在昨天……

建筑师 对不起,我有急事要回办公室处理,请允许我回去。

(他瞬间从左边下)

贝朗热 (独自一人)哦……建筑师先生,真的,我很抱歉,我……

建筑师 (返回,将一只小桌子放在椅子前,坐下,从口袋中掏出听
筒,将其放在桌子上,将文件夹放在面前,打开)轮到我抱歉了。

贝朗热 哦,我不好意思。

建筑师 别太失望。我有两只耳朵呢:一只听办公室的,另一只专
留您。眼睛也是,一只保留给您,另一只给社区。

贝朗热 这会不会让您太累啦?

建筑师 别担心。我习惯啦。说吧,继续说……(他或真或假装地
从夹子里取出文件,或真或假装地在桌子上摊开)我一边看文
件,一边听您说……您刚才说,您不知道您的激情是什么时候
中断的!

贝朗热 肯定不是昨天。

〔他继续绕着埋头看文件的建筑师兜圈子。

建筑师 (看着文件)说吧。

贝朗热 当我转向伤感的时候,便回忆起这令人目眩的光线,想起

317

这种灿烂的状态,它们恢复我身上的精力、没有生活理由的理由、没有爱的理由的理由……

建筑师 (打电话)喂!库存已经空啦!

贝朗热 嗨,是的,先生。

建筑师 (放下听筒)我刚才不是跟您说话,而是跟我的文件有关。

贝朗热 先生,对我来说,情况也是这样,库存全空啦。我要跟您好好说一说……我是不是话太多啦?

建筑师 我记下,这是我的职责。往下说,别不好意思。

贝朗热 我这件事发生在春末,抑或夏初,接近中午。

建筑师 (仍旧看他的文件)好。好极了。

贝朗热 那一次,我该有十七八岁,在一座小城里……我想是南方的某个地方……我在一条狭窄的路上散步,这条路既旧又新,两边是低矮的房屋,一片白色,掩映在院子或者小花园中,栅栏是木头的,漆成……淡黄色,是淡黄色吗?路上只有我一个人。我沿着栅栏和房屋往前走,天气很好,不太热,头上有太阳,高高悬在蔚蓝的天空。我步履矫健,往什么目的地去呢?已经不知道了。我深深地体会到了唯一的生之幸福。

建筑师 (看手表)她还没到,这也太不正常了!又迟到!

贝朗热 (继续)突然,快乐变得更大,超越所有的界限! 光线变得更加灿烂,但丝毫没有失去温柔,它是那么浓以至于可以呼吸。如何跟您描述这种无与伦比的光亮呢?……就好似天上有四个太阳……

建筑师 (打电话)喂! 您今天见到我的秘书了吗? (他气愤地挂掉电话)我可要好好地惩罚她一下!

贝朗热 (对建筑师)您明白我说的意思吗?

建筑师 (心不在焉地)马马虎虎,您的陈述现在我听起来更明白了。

建筑师　（打电话）嗨,她有什么事啦? 好啦! 叫她跟我通电话!

贝朗热　一种凯旋的歌声从我存在的最深处涌出:我呢,我意识到,我从来都活着,再也不会死去。

建筑师　（打电话）小姐,这是什么意思?

贝朗热　我无法跟您解释"这"是什么意思,但我向您保证,建筑师先生,我非常了解自己。

建筑师　（打电话）小姐,我不明白您的意思。您毫无理由埋怨我们。恰恰相反,倒是我们有理由埋怨您。

贝朗热　在那儿,我感觉到自己就在宇宙的入口,就在宇宙的中心……这也许会让您觉得自相矛盾!

建筑师　（打电话）对不起,请稍等。（对贝朗热)我在听您说,我在听您说,别担心,我在考虑事情。（打电话)请说。

贝朗热　我走着,奔着,喊着:"我是,我是……"噢,我肯定能够飞翔,我变得那么地轻盈。几乎不用努力,一个小小的跳跃就足够……我就飞上了蓝天……我敢肯定。

建筑师　（打电话,拳击桌子）哼,这太过分了。大家怎么对您啦?

贝朗热　如果我没有这么做那一定是因为我太幸福了,想不起这件事了。

建筑师　（打电话）您想辞职? 您要想清楚! 没有什么正经理由,就放弃一份大有前途的工作! 在我们这里,您的未来是有保障的,而生活……还有生活! 您不必害怕危险!

贝朗热　突然之间,或者说,渐渐地……不,更多是突如其来地,我不清楚,我只知道一切都回到了灰色或苍白或中性色。只是和所有日子一样的日子,寻常的光线。

建筑师　（打电话）您再也承受不了啦? 真幼稚。我拒绝您的辞职。不管怎样,过来把您的信件处理完并解释清楚。我等着您。

〔他挂断电话。

贝朗热　这在我身上产生了一种混乱的空虚,某种深深的悲哀袭上心头,如同一种不可容忍的悲剧性分离来临之时一样。

建筑师　她整个是个傻瓜。(站起身来)说到底,这是她的事。有上千人要想得到她的位置呢……(重新坐下)……更何况一种没有风险的生活。

贝朗热　然后呢,便是没完没了的十一月,没完没了的黄昏,早晨的黄昏、半夜的黄昏、中午的黄昏。晨曦没啦! 人们还说这就是文明!

建筑师　(对贝朗热)您还是从这种……从这种忧伤当中解脱出来了吧?

贝朗热　不完全是这样。但是我决心不要忘记。不过,您应该完全理解我,这种光亮也在您身上,一模一样,几乎就是我身上的,因为(一个大动作:指向空中)十分明显,您重新创造了它,将其物化。这个光明街区,它是从您身体里涌出来的……我那忘掉的……或几乎忘掉的光亮,您又把它还给了我。我对您感激不尽。我以自己的名义和所有居民的名义感谢您。

建筑师　正是,自然喽。

贝朗热　在您这里,它不是某种兴奋的想象力的非现实结果。是真正的房屋、石块、砖头、水泥,(在空中抚摸)它是具体的,摸得着的,坚实的。您的方法是好的,您的手段是合理的。

〔他一直做着触摸墙体的动作。

建筑师　(离开他那个角落,也在触摸无形的墙体)这是砖头,是的,而且是好砖头。水泥,质量最好的水泥。

贝朗热　(动作同前)不,不,这次呢,不是一个简单的梦。

建筑师　(一直触摸着无形的墙体,然后停下,叹了一口气)或许,如果真是一场梦的话更好。对我来说,都无所谓。我是公务员。可对许多人来说,现实呢,现实可能变成一场噩梦……

贝朗热　（也停止触摸无形的墙体,十分吃惊地)那是为什么? 您想说什么?(建筑师回头看他的文件)无论如何,我很高兴亲手触摸到了我记忆中的现实。我和一百年前一样年轻。我可以再次坠入爱河……(对着右边的侧幕)小姐,嗨,小姐,您愿意嫁给我吗?

　　　〔就在最后这句话说完时,达妮,即建筑师的金发女秘书从右边上。

建筑师　（对正上场的达妮)啊,您到啦,咱们有话要谈。

达　妮　（对贝朗热)至少要给我点时间想想吧!

建筑师　（对贝朗热)这是我的秘书,达妮小姐。(对达妮)这是贝朗热先生。

达　妮　（心不在焉,有点紧张,对贝朗热)幸会。

建筑师　（对达妮)小姐,政府不喜欢迟到。也不喜欢任性。

贝朗热　（对达妮,她正准备把打字机放在桌上,并从左边的幕后拿过一张椅子)达妮小姐,多么漂亮的名字! 现在,您想好了么? 好了,是不是?

达　妮　（对建筑师)先生,我决定离开,我需要休假。我累啦。

建筑师　（甜蜜地)如果就光这个,该早说的呀。可以商量的。您要不要放三天假?

贝朗热　（对达妮)想好了,是不? 噢,您真漂亮……

达　妮　（对建筑师)我得休息更长时间。

建筑师　（对达妮)我会征求总部的意见,可以为您争取一个星期的半薪假。

达　妮　（对建筑师)我需要彻彻底底地休息。

贝朗热　（对达妮）我喜欢头发金黄、面庞放光、眼睛清澈、大腿修长的姑娘！

建筑师　彻彻底底？啧啧，啧啧。

达　妮　（对建筑师）我尤其希望找到另一份工作。我再也不能忍受目前的处境。

建筑师　啊，原来是为了这个？

达　妮　（对建筑师）是的，先生。

贝朗热　（对达妮，充满激情地）您同意啦！噢，达妮小姐……

建筑师　（对贝朗热）她是对我，而不是对您说这话的。

达　妮　（对建筑师）我一直希望这一切会改变。可一切还老样子。我看不到有改善的可能。

建筑师　考虑考虑，我再跟您重复一遍，好好考虑。如果您离开了我们，政府就不再保护您。您明白吗？您是否清楚危险正对您虎视眈眈？

达　妮　正是，先生，谁也没有我更清楚这个。

建筑师　您甘冒这些风险吗？

达　妮　（对建筑师）是的，先生，这些风险我来承担。

贝朗热　（对达妮）也请您回答我"是的"。您说"是的"时是那么可爱。

建筑师　（对达妮）我不再承担任何责任。您已经获得告知。

达　妮　（对建筑师）我又不是聋子，我听懂了，没有必要跟我千遍万遍地重复！

贝朗热　（对建筑师）她是多么地温柔！优雅！（对达妮）小姐，小姐，我们将来就住在这里，在这个街区，这幢别墅！我们终将幸福！

建筑师　（对达妮）您不肯改变主意，是吧？这是荒唐的任性！

达　妮　（对建筑师）不,先生。

贝朗热　（对达妮）哦,您对我说不吗?

建筑师　（对贝朗热）她是对我说的。

贝朗热　啊,您让我放心啦!

达　妮　（对建筑师）我痛恨政府,憎恶您的漂亮街区,我再也受不了,受不了啦!

建筑师　（对达妮）不是我的街区。

贝朗热　（对达妮,她并不理他）请回答,漂亮的小姐,标致的达妮,高雅的达妮……请允许我叫您达妮。

建筑师　（对达妮）我无法阻止您辞职,您就请便吧,但请您多加小心。这是我给您的友好忠告,一个长辈的忠告。

贝朗热　（对建筑师）有人就您的城市建筑给您颁奖了吗? 早就应该颁奖的。

达　妮　（对建筑师）要是您愿意,我可以在走之前把信件打完。

贝朗热　（对建筑师）如果我是市长的话,我呢,会给您颁奖的。

建筑师　（对贝朗热）谢谢。（对达妮）谢谢,不必了,我自个儿应付吧。

贝朗热　（嗅着想象中的花朵）真香! 是百合花吧?

建筑师　不对,是紫罗兰。

达　妮　（对建筑师）我是出于好心给您建议的。

贝朗热　（对建筑师）我可以把这些花献给达妮吗?

建筑师　随您便。

贝朗热　（对达妮）亲爱的朋友,亲爱的达妮,亲爱的未婚妻,您可不知道,我想您想到了什么程度!

达　妮　要是这样的话……

　　　　〔她有点被激怒,拿起打字机,整理东西,动作粗暴。

贝朗热　（对达妮）我们将住在一套高档公寓里,洒满阳光的高档公寓。

达　妮　（对建筑师）但您必须明白我不能够再分担责任了。这超过了我的能力。

建筑师　政府是不负责任的。

达　妮　（对建筑师）您应该认识到……

建筑师　（对达妮）可轮不到您给我提建议。这是我的事情。不过,再说一遍,您当心安全!

达　妮　（对建筑师）我呢,也不需要听您的忠告。一样,这是我自己的事。

建筑师　（对达妮）好,好,好!

达　妮　再见,建筑师先生!

建筑师　（对达妮）永别了。

达　妮　（对贝朗热）再见,先生。

贝朗热　（朝达妮奔去,达妮向右边出口处走去）达妮,小姐,别不给回音就走啊……至少把这些紫罗兰带上!（达妮下。贝朗热双臂下垂,来到出口）噢……（对建筑师）您了解人的心灵,当一个女人既不说“是”也不说“不是”的时候,她的意思是说“是”,对吧?（对右侧幕）您将是我的启示者,我的缪斯。我会努力的。（可以听到这最后几个音节模糊的回声,贝朗热朝建筑师走了两步,并朝空中指去）我不放弃。我就和达妮在这里安家。我要买下这幢绿荫丛中的白色房子,它好像被建筑工人放弃了……我没有多少钱,您会给我些付款便利的。

建筑师　如果您坚持的话!如果您不改变主意的话。

贝朗热　我绝对坚持。我为什么要改变主意?我想在您的同意下成为光明之城的居民。我明天就住下,即使房子还没有完全建好。

建筑师 （看表）十二点三十五分。

　　〔突然,在贝朗热和建筑师之间、离贝朗热仅两步之遥的地方响起一块石头落地之声。

贝朗热 噢!（贝朗热略微向后退）一块石头!

建筑师 （并不吃惊,毫无表情）对,一块石头!

贝朗热 （俯身,捡起石头,直起身来,端详着手中的石头）是块石头!

建筑师 您从来没有见过石头吗?

贝朗热 见过……见过的……怎么回事?有人向我们扔石头?

建筑师 一块石头,只是一块石头,又不是几块石头!

贝朗热 我懂了,有人向我们扔了一块石头。

建筑师 别担心,您不会被石头砸死的。石头击中您了吗?没有,不是吗?

贝朗热 但它可能击中的。

建筑师 不会,不会,嗨嗨。这块石头不可能击中您。是跟您闹着玩的。

贝朗热 哦!好吧!……如果只是为了跟我闹着玩,那就得承认这是场玩笑!（他扔下手中的石头）我这个人脾气好。尤其是在这个环境里,什么也不能够破坏好心情。她会给我写信的,是吧?（他看看四周,略微有些担心）这里呢,安静闲适,简直有些刻意。无论如何,还是有点过分了。您怎么看呢?马路上为什么看不到一个行人?我们真的就是绝无仅有的路人!……啊,是的,这是因为正是午餐时间。大家都在吃饭。可是,为什么听不见饭桌上的笑声、清脆的碰杯声?没有一丝杂音、一声呢喃,也没有一点歌声。所有窗户都紧闭着!（他朝空空的舞台投去惊讶的一瞥）我刚才没有发觉。睡梦中这些都可以理解,但现实中不可思议。

建筑师 可这无论如何显而易见!

〔传来玻璃窗被砸碎的声音。

贝朗热 又出什么事啦?

建筑师 (再次从口袋里掏出听筒,对贝朗热)这简单。您不知道这是什么吗?一块砸碎的玻璃。肯定是被一块石头打穿的。(又一次传来玻璃砸碎的声音;这次贝朗热后退的动作更明显。建筑师打电话)砸碎了两块玻璃。

贝朗热 这是什么意思呢?一次玩笑,是吗?两次玩笑了!(又一块石头将贝朗热的帽子打落在地;他赶忙把它捡起来,重新戴在头上,叫喊道)三次玩笑!

建筑师 (将听筒放回口袋,皱起眉头)先生,请听我说。我们不是做生意的。我们是公务员,行政官员。所以,我要正式地、行政地告诉您,那幢看上去被放弃的房子确实是被建筑工人给放弃了。警方下令停止一切建筑工程。我已经知道了。另外,我刚刚接到正式的电话通知。

贝朗热 怎么会这样呢?为什么呀?

建筑师 不过,这个措施是多余的,因为除了您,再没别人要买房产。毫无疑问,您不了解情况……

贝朗热 什么情况?

建筑师 街区的居民甚至想离开……

贝朗热 离开光明街区?居民们要离开……

建筑师 是的。但他们没有其他地方可住。否则,人人都会背起行囊出走。也许还有人把不临阵脱逃视作名誉攸关的事情。所以他们宁愿躲在漂亮的公寓里,只在万分必要时出门,十人或十五人一组。可即便如此,危险也没有排除……

贝朗热 您说的是什么危险?又是一个玩笑,是吧?……您为什么神色这么凝重?您给景色蒙上了阴影!您想吓我!……

建筑师　（庄重地）公务员不开玩笑。

贝朗热　（痛苦地）您都在跟我说些什么呀？您这些话直捣我的心窝！向我扔石头的是您自己……是精神上的，当然喽，是精神上！唉，我曾经觉得自己在这片景色中扎下了根！可现在呢，对我来说它只是一片死寂的光亮，只是一种空无的背景……我感到格格不入！

建筑师　我很抱歉。嗨，别摇晃啊！

贝朗热　我预感到会有可怕的事情发生。

建筑师　我很难过，难过。

　　　　〔在上述台词和以下台词之间，尤其是在那些悲情时刻，表演应该保持半讽刺状态，目的在于抵消悲情。

贝朗热　我又觉得内心被黑暗所笼罩！

建筑师　（无动于衷地）我感到难过，难过，难过！

贝朗热　请您给我解释，求求您。我原先希望度过美好的一天的！……几分钟之前，我还是那样的幸福！

建筑师　（指过去）您看见那个水池了吗？

　　　　〔水池再次出现，这次很清晰。

贝朗热　我们刚才就从那里经过。

建筑师　我当时想指给您看……可您更喜欢山楂花……（他再次指向水池）就在那里，在那水池里面，每天都发现两到三个溺死的人。

贝朗热　溺死的人？

建筑师　如果您不相信我，那就请过来看看。走过来，过来！

贝朗热　（和建筑师一起走向所指的地方，或者走到观众前面，就在他们谈及的同时那些东西渐渐显出）我们过去看看！……

建筑师　请看。您看到了什么？

贝朗热　啊,天哪!

建筑师　哎嗨,别晕过去呀,您可是个男人!

贝朗热　(努力地)我看见……怎么可能……是的,我看见,水面上
漂浮着躺在呼啦圈里的小男孩的尸体……一个五六岁的小家
伙……他那僵硬的小手里捏着一根小棍……旁边是一具工兵
的尸体,穿着一身大制服,泡得发肿……

建筑师　今天呢,又有三具。(以手指示之)那儿!

贝朗热　那是水草!

建筑师　仔细看看。

贝朗热　我的天哪! ……是的……我看见了! 一束红棕色的头发
从水底冒出来了,挂在大理石的水池边。多么可怕! 这肯定是
个女人。

建筑师　(耸耸肩)显而易见。另外那个,是个男人。还有那个,是
个小孩。我们呢,也只知道这些。

贝朗热　她也许是小孩的妈妈! 可怜哪! 您为什么不早跟我说!

建筑师　因为您老是打断我,因为您一直被漂亮的风景所吸引!

贝朗热　可怜啊! (激烈地)这是谁干的?

建筑师　杀人犯,流氓。总是同一个人。无踪无影。

贝朗热　可咱们的生命受到了威胁! 咱们走吧! (他逃。他在舞台
上奔了几米,回到建筑师身边,建筑师不动)咱们走呀! (贝朗
热逃。他只是绕着建筑师在转圈子。建筑师掏出一支香烟,点
燃,传来一声枪响)他开枪啦!

建筑师　您别害怕! 和我在一起,您没有任何危险。

贝朗热　这枪声吗? 噢,不……不……我不放心!

　　　　〔贝朗热激动不安,浑身发抖。

建筑师　这是闹着玩的……是的……现在呢,是闹着玩的,是跟您

开玩笑！我是城市建筑师、市政府公务员,他不袭击政府人员。等我退休之后,就不一样啦,可是眼下呢……

贝朗热 咱们走吧。离得远点。我急着要离开您的漂亮街区……

建筑师 咦！您看看,您改变主意啦!

贝朗热 请不要怪我!

建筑师 我无所谓。没人要求我招募强迫来的志愿者,还要逼着他们自由地住在这里。谁也没有被迫在危险中生活,如果不喜欢的话!……等到街区没人之后,就把它给毁掉。

贝朗热 （急切地,围着建筑师转）会没人吗?

建筑师 最后大家总会决定离开这里的……否则呢,他们会都被杀光。哦,这需要一段时间……

贝朗热 走吧,快走吧。（他低着头,越来越快地转着圈子）富人也不都是幸福的,高档街区的居民同样……光明街区的居民也一样!……没有阳光灿烂的人!……他们比别地方的人、比我们这里的蚂蚁还糟糕!……啊,建筑师先生,我真的感到一种悲哀。我感到伤痕累累、精疲力竭!……疲惫再次向我袭来……人生真是虚无啊!如果只是为了走到这一步,那一切又有什么意义,有什么意义呢?警长先生,请阻止这一切发生!

建筑师 请阻止这一切发生,说起来容易!

贝朗热 那倒是,您是否也是街区的警长啊?

建筑师 正是,我同时也行使这一职务。跟所有专业建筑师一样。

贝朗热 您是否希望在退休之前抓住凶手?

建筑师 （冷淡,不耐烦地）难道您以为我们所做的都是力所能及的事!……当心,别走那里,您会迷路的,您老在兜圈子,老往回走!

贝朗热 （用手指,就在其身边）哎呀!还是那个水池子吗?

329

建筑师　一个就够受的了。

贝朗热　还是刚才那些溺死的人吗？

建筑师　每天三个，平均就这个数，不要夸张！

贝朗热　给我指路！……咱们出去！……

建筑师　（抓住他的手臂，拽着他）走那边！

贝朗热　今天的头开得真好！这些溺死鬼一直浮现在我眼前，他们的样子再也不会从我的记忆里消失！

建筑师　您真是个感情用事的人！

贝朗热　倒霉，最好了解一切，最好了解一切！

　　〔灯光转换。灰色光，道路上和有轨电车那边传来轻微的声响。

建筑师　这不。我们不再在光明街区了，我们越过了栅栏。（他放开贝朗热的手臂）我们在街区外的林荫道上。那儿，您看见了吗？您乘过的电车。那是车站。

贝朗热　哪儿呀？

建筑师　有人在等车的地方。那里是终点站。电车反向行驶，把您直接送到城市的另一头，您的家！

　　〔远景深处可以看见雨天之下的一些街道、人影、朦胧的红光。布景应该尽量让这一切非常渐进地变得更为现实。变化应由灯光完成，辅以极少的舞台装置：明亮的广告、店招（左边有一家小酒店的店招）应该一个接着一个地逐渐出现，总共不超过三个或四个。

贝朗热　我冷极了。

建筑师　是啊，您冷得打哆嗦！

贝朗热　激动的。

建筑师　也是冷的。（他伸出手感觉雨滴）下雨啦。雨夹雪。（贝朗热差点摔倒)当心,地上滑,路是湿的。

　　〔把他抓住。

贝朗热　谢谢。

建筑师　把大衣穿上,不然您会感冒的。

贝朗热　谢谢。(他狂躁地重新穿好大衣,戴好口罩)呼呼。再见,
警长先生。

建筑师　您不是要立刻回家吧!家里又没人。您有时间喝一杯。
这对您有好处。来吧,放纵一下。现在是我喝开胃酒的时候。
那儿有家小酒店,靠近车站,就在墓地旁边,那里也卖花圈。

贝朗热　我觉得您的好心情恢复了。我可还没有。

建筑师　我从来没有失去好心情。

贝朗热　尽管……

建筑师　(打断他,此时出现小酒店的招牌)嗨,要正视生活哪!(在
小酒店招牌底下,他用手抓住想象中的一扇门的把手)咱们进
店去。

贝朗热　我一点儿也没兴趣……

建筑师　好啦,请进吧。

贝朗热　您先请,警长先生。

建筑师　请进,请进,别客气。(推他。小酒店的门发出声响。他们
进入酒店;可以是舞台上先前出现那个想象中的暖房、后来又
出现那个想象中的建筑师办公室的角落。他们将走到小桌子
前,在两张椅子上坐下。他们一定是在小酒店的大玻璃窗旁。
如果刚才的桌子和椅子已经撤下,可以让老板在上场时带一张
折叠桌。贝朗热和建筑师也可以在地上拿两张折叠椅子)您真
是死脑筋。别这样耷拉着脑袋瓜啦。如果老想着人类的所有
不幸的话,人就甭活啦。必须活下去!每时每刻都有小孩子被

杀戮,有老人被饿死,有不幸的寡妇,有孤儿,有垂死的人,有冤案,有房屋倒塌在住在里面的人身上……有崩坍的山峰……有大屠杀,有洪水,还有被辗死的狗……正是这样,记者才能有饭吃。每件事都有它好的方面。说到底,必须记住的是这好的一面。

贝朗热　是的,警长先生,是的……可是看得这么近、这么真切……我不可能无动于衷。您呢,在您的双重职业当中,也许已经习以为常。

建筑师　(重重地拍在贝朗热肩上)您太敏感啦,我已经跟您说过。必须适应。好啦,好啦,打起精神,拿出点意志来!(他又一次重重地拍击贝朗热的肩。贝朗热差点连人带椅子一起摔倒)您看上去身体很棒,不管您自己怎么说,也不管您脸色多难看!您身心都很康健!

贝朗热　我不反驳您。我所遭受的痛苦不是表面的,而是理论的、精神的。

建筑师　这个我理解。

贝朗热　您语带讽刺。

建筑师　我不允许自己这样。像您这样的情况,在我的客户那里,我见过不少。

贝朗热　是吗,您也行医?

建筑师　在我空闲的时候。我稍稍懂点普通内科,为一位精神分析学家代过班,还曾经当过外科医生的助手,年轻的时候,我也学过社会学……好啦,我们将努力安慰您。(拍手)老板!

贝朗热　我呢,不像您,是个全才。

建筑师　(对老板)来两杯博若莱葡萄酒。

老　板　好的。我为您准备了真正的好酒。

〔从左边下。

建筑师 （对贝朗热）还这么萎靡不振？

贝朗热 （随意一个动作,心烦意乱地）您打算怎么办？

〔老板端着两杯酒上,同时一个流浪汉做关门状并离开小店。

老　板 这是您要的博若莱葡萄酒,警长先生！ 您想随便吃点什么吗,警长先生？

建筑师 给我们来两个三明治吧。

老　板 我这里有一种兔肉馅的,好吃极了,纯猪肉的！

〔贝朗热做出要付钱的样子。

建筑师 （按住贝朗热的手臂加以阻止）不要,不要,我请客！（对老板）记在我账上！

老　板 好,警长先生！

〔从左边下。建筑师喝了一口酒。贝朗热没有碰。

贝朗热 （短暂静场之后）至少,要是您有他的相貌特征的话！

建筑师 可我们有啊。起码是他下手时的相貌特征！他的画像张贴在每一面墙上。我们已经尽力而为了。

贝朗热 您是怎么得到他的画像的？

建筑师 是在溺死者那里找到的。有些受害者,在回光返照的短暂时刻,甚至能够给我们提供补充的细节。我们也知道他怎么下手。而且,在小区里,尽人皆知。

贝朗热 可是,大家为什么不多加小心呢？只要躲开他就是。

建筑师 不是那么简单的。我告诉您,总是有人,每天晚上都有两三个人落入圈套。

贝朗热 我无法理解！（建筑师又喝了一口酒。老板拿来两个三明治,下）我目瞪口呆……好像这事儿更让您感到开心,警长先生……

333

建筑师 您还想怎样呢？无论如何这事还是挺有趣的。喏，就在那儿……请看窗外。（假装拉开一扇想象中的窗帘，或许，也可以让窗帘展开；建筑师手指向左边）……您瞧……就在那儿，他就在车站下手。当乘客下车回家时，因为私家车只在光明之城里行驶，他扮成乞丐，朝乘客们迎面走去。像所有的乞丐一样，他哭哭啼啼，求人施舍，努力博得他们的怜悯。这是惯用把戏。他刚出院，没有工作，正在寻找，没有地方过夜。他并非以此取胜，只是前奏而已。他在嗅味道，寻找好心人，跟他搭讪，黏住不放，寸步不离。他从篮子里拿出一些小玩意来要卖给他，人造花啦，剪刀啦，老式睡帽啦，卡片啦……明信片啦……美国香烟……淫秽袖珍画，什么都有。一般而言，他的要求都被拒绝，好心人急着要走，他没有时间。走着走着，他跟到您知道的那个水池边。于是呢，大招来了：他主动提出给他看上校的照片。这诱惑简直无法抗拒。由于天色昏暗，好心人为了看得更清楚，把身子往下弯。就在此时，他丢了性命。利用受害人专心看着照片的时机，一把把他推下水池，溺水身亡。大功告成，只须寻找新的牺牲品。

贝朗热 不寻常的是，大家明明知道，却还是自投罗网。

建筑师 这是个陷阱，您能怎么着！他从来没被逮个正着。

贝朗热 不可思议，不可思议！

建筑师 但是千真万确！（吃三明治）您不喝酒吗？也不吃东西？（电车抵达车站的声音。贝朗热，本能地，猛然抬起头来，去把窗帘打开，往电车站的方向看去）这是电车到站了。

贝朗热 成群结队的人在下车！

建筑师 正是，他们是街区居民。他们返回家里。

贝朗热 我没有看见乞丐。

建筑师 您不会看见他。他不会出现。他知道我们在这里。

贝朗热 （转身背朝窗子，重新坐下，对同样背朝窗子的建筑师）也许您在这个地方固定安排一个便衣警察更好。

建筑师 您是在对我进行职业教育。从技术上讲，这是不可能的。我们的警察忙不过来，还有其他事情要做。再说，他们呢，也很想看看上校的照片。就这样，已经有五个人溺水身亡。唉……要是我们掌握了证据的话，就会知道在哪儿抓获他！

〔突然，传来一声尖叫，以及身体倒在水池里的闷响。

贝朗热 （惊跳起来）您听见了吗？

建筑师 （坐着，吃着三明治）他又下手啦。您瞧瞧，要阻止他有多容易！您刚一转身，一秒钟分心，事情就完啦……就一秒钟，他不需要再多的时间。

贝朗热 可怕，真是可怕！

〔幕后传来窃窃私语声、骚动声、走路声，以及一辆警车突然刹车的声音。

贝朗热 （绞着双手）要有所行动，有所行动啊……要干预，要行动啊！

建筑师 （冷静地，仍然坐着，手里拿着三明治，喝了一口酒之后）已经太晚啦。他又一次赢了我们，又一次……

贝朗热 也许他扔进水里的只是块大石头……好跟我们开玩笑！

建筑师 我看不像。那声尖叫呢？（老板左上）不过，我们会知道的。这不，我们的情报员来了。

老　板 是个年轻姑娘，金黄色头发……

贝朗热 达妮？达妮小姐吗？这不可能！

建筑师 就是她。为什么不可能？她是我的秘书，前任秘书。可是我好好劝她过，不要离开我的部门。她当时是受到保护的。

335

贝朗热 我的上帝,我的上帝,我的上帝啊!

建筑师 她当时身在政府部门!他不对政府部门下手!可她不听,就要她的"自由"!这事将给她教训!现在呢,她有啦,她所要的自由。我早就料到的……

贝朗热 我的上帝,我的上帝啊!不幸的人啊……她连跟我说"是"的时间都没有!……

建筑师 (继续)我甚至坚信这会发生在她的头上!除非她一离开政府部门就不再过问街区的事情。

贝朗热 达妮小姐!达妮小姐!达妮小姐!

〔伤心落泪的腔调。

建筑师 (继续)啊!有的人就喜欢执迷不悟,尤其啊,那些被害人尤其喜欢去案发现场!就因为这样他们才遭受袭击!

贝朗热 (几乎是嚎啕大哭)嗷!警长先生,警长先生,是达妮小姐,达妮小姐!

〔他瘫在椅子上,精神崩溃。

建筑师 (对老板)履行手续,做好笔录。(他从口袋里掏出听筒)喂!……喂!……又有一个……是个年轻女性……达妮……以前在我们部门工作的……没有现行犯罪……只有假设……一如既往……对!……等一会儿!

〔他把电话放在桌上,因为:

贝朗热 (突然站起)我们不能够、不应该任其发展!再也不能这样下去啦!再也不能这样下去啦!

建筑师 请您安静。人都是要死的。别把调查进程复杂化!

贝朗热 (奔出去,把小酒店想象的门砰地关上,可以听到声音)不能这样下去!必须行动起来!必须行动!行动!行动!

〔他从右边下。

336

老　板　再见,先生!（对建筑师)他总该说声"再见"吧。

建筑师　（坐着,目光追随贝朗热和老板；老板站着,双臂交叉或者双手叉腰；接着,在贝朗热下场之后,建筑师将剩下的酒一饮而尽,指着贝朗热那只盛满的酒杯,对老板)把酒喝了!三明治也吃掉!

〔老板坐在贝朗热的位置上。

建筑师　（打电话)喂!没有证据!案件归档!

〔他把听筒放回口袋。

老　板　（喝酒)祝您健康!

〔他开始吃三明治。

幕　落

第二幕

贝朗热的住所。昏暗的房间、低矮的天花板,朝窗的中部较亮。在这扇又低又宽的窗子旁边,摆放着一只箱子。箱子右侧是一个阴暗的角落;那里有一把摄政时期风格的椅子,破旧得很。幕启时,爱德华静静地坐在这把椅子上。幕初,因为处于底层的贝朗热房间光线阴暗,所以人和椅子都无法看见。中间,在稍微亮堂一些的窗子前,有一张大桌子,上面摆放着笔记本、纸张、一本书、一只墨水瓶、一只模仿鹅毛笔的奇特笔架。

离桌子一米的左方,有一张红色的旧扶手椅,少了一侧扶手。左侧的墙角落同样昏暗。

在房间的其余地方,半明半暗之中,可以看见一些旧家具的轮廓:一只旧书柜,一只衣橱,在其上方的墙上,挂着一幅旧壁毯。还有一把椅子或者另一把红色扶手椅。右边,窗旁有一张小桌子,一把矮凳,一只书架,上面放着几本书。书架的上层摆了一只老式留声机。

前台左侧,有一扇朝着楼道的门。天花板上吊着一盏老式枝形灯;地板上铺着一块褪色的旧地毯。右侧墙上,有一面颇具巴洛克风格的镜子,幕初几乎没有反光,以至于大家在该幕开始时不知道它为何物。镜子底下有一个旧壁炉。

窗帘已经拉开,透过窗户可以看到街道、对面底层的窗子,一家杂货店的部分门面。

第二幕的布景沉重、丑陋，与没有布景或仅有灯光布景的第一幕形成强烈的反差。

幕启时，窗外暗淡泛黄的光照着舞台中央以及中间的桌子。房屋正面的墙涂成肮脏的灰色。户外，天气阴沉，下着雪和细雨。

〔在贝朗热房间那个最阴暗的角落里，爱德华坐在扶手椅上。幕初时人们既看不见他人也听不见他的声音。在贝朗热上场之后，观众才能看到他。此人细瘦，十分苍白，神色焦躁不安，身穿黑衣，右臂挽着黑纱，头戴黑毡帽，脚蹬黑鞋，上身穿一件领子上浆的白衬衣，打着一根黑领带。时不时地，但总要等到贝朗热上场之后，爱德华咳嗽，或者不时地轻咳；他往一块镶着黑边的白色大手帕里吐痰，然后又十分优雅地放回口袋。在幕启之前片刻以及幕启之际，从左侧也就是大楼的楼道口传来女门房的声音。

女门房的声音 （唱）

  天气冷时天不热，

  天气热时天真冷！

  啊呀呀，能扫多少是多少，这里整天脏兮兮，又是煤灰又是雪！

  〔扫帚碰到门的声音，接着又传来女门房的歌声。

  天气冷时天不热，

  天气热时天真冷！

  天气冷时天热吗？

  天气热时天冷吗？

  天气冷时天咋样？

  〔在女门房唱歌的同时，从楼上传来榔头敲击的声音、无线电发报声、卡车和摩托车时近时远的噪声;在某个时刻,还将听到学校课间休息时的吵闹声;所有这些都略为变形、夸张,学生的叫闹声应该类似于小兽的尖叫:乃是对喧闹声所作的半是令人讨厌、半是令人好笑的丑化。

男人的声音　(之前有上下楼梯的脚步声、一条狗的吠叫声)您好,门房太太。

女门房的声音　您好,勒拉尔先生! 您今天出门可真晚呢!

男人的声音　我在家里工作来着。我睡觉啦。现在呢,好多了。我到邮局寄信去。

女门房的声音　真是怪工作! 您总待在纸堆里! 为了写您的那些信,您一直都在动脑子吧。

男人的声音　让我必须动脑子的不是写信,而是寄信!

女门房的声音　天哪! 必须知道给谁寄信! 总不能随便寄给谁吧! 也不能总寄给相同的人!

男人的声音　俗话说得好,要生活就得流汗哪!

女门房的声音　如今呢,知识太多,所以就不行啦。哪怕是扫地,也没有以前方便啦。

男人的声音　可为了缴税,还是得干活挣钱哪。

女门房的声音　最好的职业哪,是当部长。这些人哟,他们可不缴税,他们收税。

男人的声音　他们呢,也是可怜人,也得和大家一样干活挣钱。

女门房的声音　我的天,富人呢,如果还有富人的话,在眼下的时代,他们也许和我们一样穷。

男人的声音　老天,这就是生活!

女门房的声音　可不是吗,不幸啊!

男人的声音　就是,夫人。

女门房的声音　就是,先生。人人都使出吃奶的劲儿,为的是走向同一个地方,跌进陷阱。我丈夫就在那儿,他死了四十年,仿佛就在昨天。(门口传来狗叫声)闭嘴,宝贝。(她应该是用扫帚打了狗一下,因为传来狗的呜咽声。关门声)回去!(一定是对先生)好啦,再见吧,勒拉尔先生。小心点,外面路滑,人行道都湿透啦。啊! 这鬼天气!

男人的声音　正是。我们刚刚谈到了生活。门房太太,必须成为哲学家,您又能怎样!

女门房的声音　别跟我提什么哲学家,我曾经想过要遵循斯多葛派的建议,耽于默想。他们什么也没教给我,甚至马可·奥勒留也没有。结果都是毫无用处。他并不比您和我更聪明。人应该自找出路。如果有出路的话,可是没有出路。

男人的声音　可不……

女门房的声音　不要有感情,可那些人又把感情放到哪里去了呢? 这不符合我们的价值体系。我呢,我该怎么办,怎么打扫我的楼梯呢?

男人的声音　我呀,这些哲学家的书,我没读过。

女门房的声音　好,您做得很对。这就是所谓的受过教育的人,像您这样。哲学嘛,它只适合于试管。为的是给它们增添色彩,甚至这都做不到。

男人的声音　不能这么说。

女门房的声音　哲学家呢,只适合于我们这些人,看门的。

男人的声音　不能这么说,它适合所有人。

女门房的声音　我知道自己在说什么。您呢,您只读好的书。我呀,读哲学家的,因为我没有钱,哲学家的书便宜。您呢,如果也没钱的话,您至少还有图书馆的入馆证。您可以挑选……可这有什么用呢,我要请教您,您可是无所不晓的?

男人的声音 我跟您说吧,哲学的用处在于了解生活的哲学!

女门房的声音 我已经习惯了生活的哲学!

男人的声音 这是一种美德呀,门房太太!

〔贝朗热房间门底下的扫地声。

女门房的声音 哎呀呀,这幢房子真叫脏啊!这是烂泥哪!

男人的声音 最不缺的就是烂泥。好啦,我走啦。这次呀,紧急啦。

再见,门房太太,别泄气!

女门房的声音 谢谢,勒拉尔先生!(猛烈关大门的声音)啊,真是

个刁人,笨蛋,他又要把门给砸坏了,可不是我来赔哟!

男人的声音 (礼貌地)门房太太,您说什么啦?

女门房的声音 (更有礼貌地,甜言蜜语)什么都没说,勒拉尔先生,

我就这样,自言自语,为的是学会说话!这样好打发时间!

〔贝朗热房间门底下的扫地声。

男人的声音 我真的以为您是在跟我讲话。对不起。

女门房的声音 唉,您弄错了,先生。常有这样的事!没什么的!

(大门再次猛地关上)他滚蛋啦!啊,这个人哪,他总那样关门,

同样的话白白跟他重复千遍万遍,就是听不懂。让人觉得他是

个聋子!但他在装,他听得清楚得很!(她唱)

天气冷时天不热……

(狗的吠叫声更加微弱)宝贝,别叫了!啊,这条狗一钱不

值!你等着瞧吧,打你的狗嘴。

〔听得见门房的门打开。狗的吠叫声。同一扇门关闭。

第二个男人的声音 (之前有几个人的走路声,略带外国口音)您

好,门房太太,科隆比娜小姐住在这里吗?

女门房的声音 没听说这个名字!这幢房子里没外国人,只有法国人!

第二个男人的声音 （与此同时，从楼上传来十分响的广播声）可别人跟我说她住在这幢大楼的六层。

女门房的声音 （叫喊，好让人听见）跟您说了，我没听说这个名字！

〔从右边的马路上传来一辆卡车的隆隆响声，两秒钟后，急刹车。

第二个男人的声音 不过，这里正是拉杜赞奈路十三号吗？

女门房的声音 （吼叫）当然啦，这儿就是拉杜赞奈路十三号。您难道不懂法语吗，门牌上可写着呢！

第二个男人的声音 那科隆比娜小姐就该在这里住啊！

女门房的声音 啊，我明白了。科隆比娜小姐呀，也许就是鲍利松先生的相好？

第二个男人的声音 对……正是！鲍利松！

女门房的声音 佩利松，鲍利松，没什么区别！就是那红头发女人喽！要是这个女人的话，她是住这儿，我先前可是跟您说过的呀！得跟您说个没完！坐电梯上去。

〔各种声音交织在一起：电梯上升声、广播声、马路上重新发动的汽车声，以及一辆摩托车的轰鸣声。一秒钟后便看见马路上的摩托骑手从窗前闪过。

女门房的声音 （响亮地）尤其别忘了把电梯门关好！（对自己）他们从来想不到，尤其是外国佬！（歌唱）

当人们原地踏步的时候，当然啦，就前进不了，

不过当人们走动时，是否真的在前进？

〔几秒钟之内，一阵浓雾笼罩舞台；与此同时，外面的噪声渐渐平息；仅仅听见几个含糊的词。

女门房的声音 （在入口处的门发出一阵声响之后）啊，大雾跟工厂的烟雾混合在一起之后，就什么也听不见啦！（极其高亢的工

厂汽笛声)幸亏还有汽笛声!

〔停顿。随着最后一声汽笛逐渐停止,所有噪声骤然消失。或许还能听到,也是最后一次,女门房朝她那条狗的痛骂声以及紧接着的狗叫声。一阵静场。然后,人们看到贝朗热贴着窗子从右边上,回到家中。他身穿风衣,右手神经质地攥着帽子摇晃。他头低着走路。一经过窗子,就听见他到门口的声音。传来钥匙在锁孔里转动的声音。

女门房的声音 (十分有礼貌地)咦,您回来啦,贝朗热先生。您散步得可好?呼吸呼吸新鲜空气是对的!您需要这个!

贝朗热的声音 您好,太太。

女门房的声音 您要是散过步的话,那就是出去过了。可我没有听见您出去呀。您为什么不说一声呢,我可没钥匙进去给您收拾房间。我怎么知道呢?我本想打扫房间的。您有一份电报!(停顿。贝朗热停下开门的动作,应该在读电报)也许没什么急事?所以我就看啦。是卖旧货的。他急着见您。不必担心。

〔再次传来钥匙插进锁孔里的声音。贝朗热家的房门轻轻打开。传来女门房含混不清、愤怒的嘟囔声,使劲关上门房的门,狗呜呜叫着。在半明半暗的房间里,可以看见贝朗热的身影。他步履缓慢地往前走,来到舞台中央。一片寂静。贝朗热按下电动按钮,舞台大亮。人们发现躲在角落里不时轻声咳嗽的爱德华,他戴着帽子,穿着风衣,脚下放着公文包。贝朗热先是受惊于爱德华的咳嗽声,然后几乎就在同时看到爱德华本人时,不由自主地跳了起来。

贝朗热 (惊跳)啊,您在那儿干吗?

爱德华 (细声细气,略微有点尖,几乎是童声;边咳嗽,边起身,捡起公文包并用手拎着)您家里可不暖和。

〔他往手绢里吐痰；为此他再次将公文包放在地上，并将右手从口袋里伸出，右手有些蜷着，明显要比左手短；然后他再将手绢细心地、有条不紊地折叠好，放进口袋，重新拎起公文包。

贝朗热　您吓了我一跳……我没想到您来看我。您在那儿干什么？

爱德华　我等您来着。(把那只短手插进口袋)您好，贝朗热。

贝朗热　您是怎么进来的？

爱德华　嗨，当然是从门进来。我把门打开了。

贝朗热　您怎么开的门呢？钥匙可在我身上！……

爱德华　(从口袋里掏出钥匙，展示给贝朗热看)我也有。

　　　　　〔他把钥匙放回口袋。

贝朗热　您是怎么弄到钥匙的？

　　　　　〔他把帽子放在桌上。

爱德华　嗨……有天是您自己把钥匙交给我的吧，在您不在家的时候我可以随时进来，等您回来。

贝朗热　(努力回忆)我吗，我把钥匙给了您？……什么时候？……我记不得了……一点都记不得……

爱德华　可正是您本人把钥匙交给我的呀。否则的话，我怎么会有钥匙呢？

贝朗热　亲爱的爱德华，这太离奇啦。算啦，如果您这样说的话……

爱德华　我跟您保证……对不起，贝朗热，如果由我保管这些钥匙您不放心的话，那就还给您。

贝朗热　哎嗨……别，别这样……爱德华，既然钥匙在您那儿，您就留着吧。对不起，我记性不好。我想不起来把钥匙给过您。

爱德华　可不，给过的……想想看，在去年，我觉得是在一个星期天，那时……

贝朗热　(打断他)女门房没有告诉我您在等我。

爱德华　她肯定没有看见我,对不起,我不知道进您家需要征得她的同意。您不是跟我说过这并非不可或缺的吗? 不过,要是您不愿意我到访的话……

贝朗热　我不是这个意思。您的来访总让我感到欣喜。

爱德华　我不想打扰您。

贝朗热　您丝毫没有打扰我。

爱德华　谢谢。

贝朗热　我是因为记忆丧失感到伤心……(对自己)不过,女门房上午应该没离开房子! ……(对爱德华)您怎么啦? 您在发抖。

爱德华　正是,我感觉不太好,觉得冷。

贝朗热　(抓住爱德华的那只好手,爱德华则将另一只手插进口袋里)您总是在发烧。您咳嗽,打摆子。您脸色苍白,两眼放光。

爱德华　肺部……没有好转……自从我得了这病以来……

贝朗热　而这幢房子的暖气是如此地差……(他没有脱风衣,神情消沉地往桌子旁边的椅子上坐,爱德华则站着)爱德华,请坐呀。

爱德华　谢谢。十分感谢。(他坐回窗子边的矮柜上,小心翼翼地将公文包放在桌子旁边伸手可及的地上,他看上去一直盯着公文包;一阵沉默,接着,他发现脸色阴沉的贝朗热在叹气)您看上去十分伤心,神色疲惫,心事重重……

贝朗热　(自言自语)我要是光心事重重……

爱德华　您难道也病了? ……出什么事啦? 您遇到什么啦?

贝朗热　没,没……什么都没有! 我就这个样子……我天生不快活! 呼呼呼……我也是,我发冷!

　　　　〔他搓双手。

爱德华　您肯定遇到什么事了。您比平时要激动,您躁动不已! 恕

346

我冒昧,请您告诉我,这会让您冷静下来。

贝朗热　(起身,激动地在房间里走了好几步)事出有因。

爱德华　出什么事啦?

贝朗热　噢,没什么,什么都没有……没有,没有……

爱德华　要是可能的话,我很想喝杯茶……

贝朗热　(突然换了沉重的悲剧朗诵语气)我亲爱的爱德华,我悲伤,我绝望,我伤心透啦。

爱德华　(语气并无改变)绝望什么? 伤心什么?

贝朗热　我的未婚妻遇害啦。

爱德华　什么?

贝朗热　我的未婚妻遇害啦,您听见了吗?

爱德华　您的未婚妻? 那么说您订婚啦? 您可从来没有跟我说起过婚事。祝贺您。同时表达我的哀悼。您的未婚妻是谁?

贝朗热　说真的……也并不是确切的未婚妻……她是一位姑娘,一位可以成为未婚妻的姑娘。

爱德华　噢?

贝朗热　一位既漂亮又温柔,又体贴,纯洁堪比天使的姑娘。可怕,太可怕了。

爱德华　您什么时候认识她的?

爱德华　也许有生以来。肯定是今天上午。

爱德华　是最近的事。

贝朗热　别人把她从我身边夺走啦……夺走啦!……我……
　　　　〔一阵手势。

爱德华　这该很痛苦……请问,有茶吗?

贝朗热　对不起,我没在意……这桩悲剧……摧毁了我的生活! 有的,有的,有茶的!

347

爱德华 我理解。

贝朗热 您不可能理解。

爱德华 不,理解的。

贝朗热 我不能给您喝茶。发霉了。我刚才忘了这一茬。

爱德华 那就请来一杯朗姆酒……我浑身发僵。

　　　　　〔贝朗热一边说一边拿起一只朗姆酒瓶,给爱德华斟一小杯并递给他。

贝朗热 我会怀念她,永远怀念她。我的生活就此完了。它将是永远治不好的创伤。

爱德华 可怜的朋友,您是彻底毁啦!(拿过朗姆酒杯)谢谢!(语气总是冷漠的)可怜的朋友!

贝朗热 要是只有这件事,要是就只有这位不幸姑娘遇害的话。告诉您,在这个世界上,在我们的城市里,发生了好多事,好多可怕的事,骇人听闻的事!难以想象……就在这附近!……相对而言就在附近……精神上,就在这里,这儿!……(他双手捶胸。爱德华喝光了朗姆酒。他喝呛了,咳嗽)您感觉不好!

爱德华 没什么。这酒厉害。(继续咳嗽)我该是喝呛了。

贝朗热 (在爱德华的背上轻轻拍了一下以止住咳嗽,另一只手拿回杯子)我以为一切都重新找到了。全部找回了。(对爱德华)抬起头。看着天花板。会止住的……(继续说)所有我丢失的,没有丢失的,所有曾经属于我的,从不属于我的……

爱德华 (对仍在拍他的背的贝朗热)谢谢……这就好啦……您把我拍疼啦……行啦,求求您。

贝朗热 (走过去将小杯子放在桌子上,爱德华则往手绢里吐痰)我以为春天已经永远归来……我以为重新找回了无从找回的,梦想、钥匙、生活……所有我们生活中失去的东西……

爱德华 您总是在寻找那些稀奇古怪的东西。您为自己制定的是不可企及的目标。

贝朗热 因为我曾经拥有过！因为那个姑娘……

爱德华 证明是您已经不再拥有,她也已经不在人世。您的问题复杂而又无用。是的,您身上总是有股不满足,一种拒绝苟且的心态。

贝朗热 这是因为我喘不过气来……我呼吸不到属于我的空气。

爱德华 (咳嗽)您是否认为身体健康、不病不残是福气呢?

贝朗热 (没在意爱德华对他说的这番话)不,不。我看见了,我觉得触及了某种东西……某种类似于另一个宇宙的东西。

　　　　〔说这些时用的都是朗诵腔,介于真心诚意与滑稽模仿之间。

爱德华 您想的只是您自己。

贝朗热 (略显恼怒)不对,不对。我并非只是想着我自己。我现在正遭受着的痛苦,我拒绝接受的这种痛苦,并不是为了我自己……或者说不仅仅为了我自己!是时候了,再也不能忍受可怕的事件发生了……

爱德华 可这是世界的秩序。瞧,我呢,我病了……但我完全认了……

贝朗热 (打断他)这令人压抑,极其地令人压抑,尤其是当你以为看见……觉得能够指望……啊,啊……眼下呢,再也不能……我累啦……她死了,他们死了,有人要把他们全部杀光……我们无法阻止……

爱德华 不过,这位也许并不存在的未婚妻,她是怎么死的呢?除了那些通常被杀的人之外,还能再杀谁呢?总之,您是在说谁呢?您是不是在做梦?笼统的话说明不了什么。

贝朗热 这些话可不是空穴来风……

爱德华 对不起。我一点儿也听不懂。我不……

贝朗热 您总是与世隔绝,从来都是一无所知。您到底生活在哪里?

爱德华 说得明白点,告诉我。

贝朗热 绝对是不可思议。既然您不了解,告诉您在我们这个城里有一个美丽的街区。

爱德华 那又……

贝朗热 对,有一个美丽的街区。我找到了这个美丽的街区,我从那里回来。人称"光明之城"。

爱德华 噢?

贝朗热 虽然名称如此,可是它并非一个快乐街区、模范街区、特权街区。有一个恶人、一个欲壑难填的杀人犯把它变成了地狱。

爱德华 (咳嗽)对不起,我忍不住,又在咳嗽!

贝朗热 您听懂了吗?

爱德华 完全听懂:一个杀人犯把它变成了地狱。

贝朗热 他制造恐怖,杀害众人。大家纷纷出走。街区不再有人。

爱德华 啊,正是,我懂了!肯定是那个乞丐,他给人看那张上校的照片,再趁他们看照片之际把他们推进水里!这是一个引人上钩的骗子。我还以为您说的是另外一回事。要是这件事的话……

贝朗热 (吃惊)您知道这件事?您听说了?

爱德华 嗨,早就听说了。我还以为您会告诉我什么新鲜事儿,以为又出现了第二个美丽街区。

贝朗热 那您为什么从来没有对我说起过?

爱德华 我觉得没必要。全城人都知道这件事,我还十分吃惊您没有更早知道呢,这是件旧闻啦。谁不知道呀?……我想跟您说

350

了也白说。

贝朗热　　怎么？人人都知道？

爱德华　　既然我跟您这么说。您瞧，我自己就知道。此事已知晓、已掌握、已归类，甚至学校的孩子都知道……

贝朗热　　甚至学校的孩子？……您肯定？

爱德华　　当然。

　　　　　〔咳嗽。

贝朗热　　学校的孩子们怎么会知道的呢？……

爱德华　　他们该是听父母说的吧……或者是大人……老师在教他们读书写字的时候也会……能不能再给我点朗姆酒？……噢，算了，这对我身体不好。还是节制为好。（回到刚才的解释）确实，这令人遗憾。

贝朗热　　十分遗憾！极其遗憾……

爱德华　　您想要大家怎么做呢？

贝朗热　　这回轮到我对您说了，如此情形之下，看到您并没有受到更多触动，我简直大吃一惊……我总以为您是一个生性敏感、富于同情心的人。

爱德华　　我或许正是这样一种人。

贝朗热　　这可真残酷。残酷。

爱德华　　这我承认。我同意。

贝朗热　　您的冷漠令我反感！我当面告诉您。

爱德华　　您要我怎样……我……

贝朗热　　（说得更响）您的冷漠让我反感！

爱德华　　请注意……这件事对您来说十分新鲜……

贝朗热　　这可不是理由。您让我痛心，爱德华，说真心话，您让我痛心……

351

〔爱德华剧烈咳嗽。往手绢里吐痰。

贝朗热　（看爱德华差点昏倒,朝其奔去)您不舒服?

爱德华　来杯水。

贝朗热　马上。我给您端水去。(扶住他)在这里躺下……沙发上……

爱德华　（在咳嗽或打嗝的间歇)我的公文包……(贝朗热弯身去拿
爱德华的公文包。尽管几近虚脱,爱德华还是跳起来挣脱了贝
朗热的双手去抓公文包)放下……放下……

〔他从贝朗热手中夺过公文包。接着,依然虚弱的他在贝
朗热的搀扶下来到沙发旁,抓住公文包不放。他在贝朗热的帮
助下躺下,将公文包放在身边。

贝朗热　您浑身冒汗……

爱德华　同时又浑身发冷,啊……这咳嗽,真可怕……

贝朗热　别着凉了。要不要被子?

爱德华　（哆嗦)别担心。没什么……会过去的……

贝朗热　躺好。好好休息。

爱德华　来杯水。

贝朗热　马上来……我去给您端来。

〔他急忙出去拿水杯。传来水龙头流水的声音。在此期
间,爱德华用一只手肘撑起身子,止住咳嗽,不安地用另一只手
检查偌大的黑色公文包的拉链。接着,略微平静之后,他重新
躺下,依然咳嗽,但有所缓和。爱德华不应给人试图欺骗贝朗
热的印象,他是真的病了,还有着其他担忧的事,比如他的公文
包;他擦拭额头。

贝朗热　（端着水杯回来)您感觉好些了吗?

爱德华　谢谢……(他喝了一口水;贝朗热拿走杯子)对不起,我真
可笑。现在没事啦。

贝朗热　该我说对不起。我应该想到的……当自己病倒的时候,当病得不轻的时候,就像您这样,是难以关注其他事情的……我对您有欠公正。说到底,也许您的病根正是光明之城的那些骇人听闻的罪行。这一切该让您自觉或不自觉地受到触动。是的,肯定是这个在吞噬着您。不该这样轻易地对您下判断,我要悔罪。人心不可测……

爱德华　(起身)我在您家里冻死啦……

贝朗热　别起来。我给您拿被子去。

爱德华　还不如出去散散步,透透气。我在这里等您,在如此的寒冷中等得太久。外面肯定更暖和些。

贝朗热　我精神上实在是疲惫不堪,沮丧至极。我更愿意去睡觉的。嗨,既然您坚持,我还是要陪您一会儿!

爱德华　您真是个好心人!(他重新戴上镶有黑边的毡帽,扣好深色风衣并掸去上面的灰尘。与此同时,贝朗热也将帽子往头上戴。爱德华拎起他那只又鼓又沉的黑色公文包。贝朗热走在他的前面,边走边向他转身;走到桌子旁边时,他想提着公文包从桌子上方越过,公文包却打开了,一部分东西从包里掉落在桌上;起先是些大幅照片)我的公文包!

贝朗热　(循声回头)啊!……什么呀……

　　　　〔两个人同时扑向公文包。

爱德华　放下,放下呀。

贝朗热　不,等一下,我来帮您……(他发现了照片)嗨……嗨……您的这些东西是什么呀?

　　　　〔他拿起一张照片。爱德华并不十分紧张地欲从他手里拿过照片,并用双手遮住其他从公文包中往下掉的照片,欲往里放回。

贝朗热 （尽管爱德华反对，他并不放下照片，看着照片）这是什么？……

爱德华 当然是一张照片……几张照片……

贝朗热 （一直拿着并看着照片）这是一个大胡子军人，戴着肩章……一个戴着奖章和荣誉十字勋章的上校……（他拿起其他照片）还是照片！老是同一张脸！

爱德华 （他也在看照片）是啊……确实……是个上校！

　　　　〔他似乎有意收回照片，与此同时其他照片继续掉落在桌子上。

贝朗热 （威严地）让我看看！（他在公文包里搜寻，掏出其他照片，又盯着一张看）他长相不错。表情称得上温柔。（他掏出其他照片。爱德华擦拭额头）这什么意思？它可是上校的照片，那张无人不晓的照片啊！您包里竟然有这张照片……您可从来也没跟我说起过呀！

爱德华 我又不老盯着我公文包里的东西看。

贝朗热 然而，它可是您本人的公文包，而且您从不离身！

爱德华 这可不算一条理由……

贝朗热 不说了……抓住时机。趁还在这儿，我们再找找吧……（贝朗热把手伸进巨大的公文包里。爱德华同样把那只过于白净的手伸进去，现在可以清楚地看见他蜷曲的手指）又是上校的照片……还是……还是……（对也开始把公文包里的照片往外掏、神情讶异的爱德华）这些又是什么呢？

爱德华 就像您看到的，人造花啊。

贝朗热 数量真不少哇！……这些呢？……嗨，黄色图片……（看图片。爱德华越过贝朗热的肩头看）真下流！

爱德华 对不起！

〔他略微后退。

贝朗热　（扔掉黄色图片，继续查看）糖果……扑满……（两人一起从公文包里掏出一大堆各种各样的东西）……儿童手表！……可到底在包里能找出什么呀？

爱德华　（喃喃地）我……我不知道……我跟您说……

贝朗热　您想拿这些东西干什么？

爱德华　不干什么。又能干什么呀？

贝朗热　（源源不断地掏出公文包里各种各样的东西，公文包就像魔术师的无底袋似的，东西多得不可思议，散落在整张桌子上，还有一部分掉在地上）……夹子……还是夹子……笔……这个……这个呢……这个是什么呀？

　　　　〔要非常强调这场表演：有的物件可以飞来飞去，有的可以被贝朗热扔到舞台四周。

贝朗热　（盯着爱德华看）您这些东西啊！都是些啥破玩意儿！

爱德华　我一无所知，一无所知！

　　　　〔他做出要拿回公文包的样子。

贝朗热　不，不。统统掏出来！拿呀！

爱德华　我累了。您自己掏吧，可我觉得没必要。

　　　　〔他把敞开的公文包递给贝朗热。

贝朗热　（掏出另一只盒子）永远都只是盒子。

爱德华　您看得很清楚。

贝朗热　（看着已经清空的公文包内部）再也没东西啦！

爱德华　我可以把它们放回去吗？

　　　　〔他开始把东西捡起来并胡乱地塞回公文包。

贝朗热　破玩意儿！都是些破玩意儿！真不同寻常……

爱德华　（动作同前）嗨……对……真的，不可否认……千真万确。

355

贝朗热　这些玩意儿是怎么跑到您公文包里去的?

爱德华　真的……我……您想要我说什么呢?……有些事情并不是总能够说清楚的……我可以把东西放回去吧?

贝朗热　也许,是的,嗨……这些东西又能够派什么用场呢?(他开始帮爱德华把先前掏出来的东西塞回公文包;接着,就在他要把没有检查过的最后一只盒子放回公文包时,盒子突然散架,各种各样的文件在桌上四处散落,还有几十张名片:所有这一切都像变戏法似的)咦,名片!

爱德华　是啊。名片。正是,真奇怪……嗨呀!

贝朗热　(察看名片)这可能就是他的名字。

爱德华　谁的名字?

贝朗热　嗨,罪犯的名字呗,罪犯的名字!

爱德华　是吗?

贝朗热　我觉得无可争辩。

爱德华　真的吗?为什么?

贝朗热　您可看得清清楚楚,是吧!所有名片上都是同一个名字。瞧瞧!读出来!

〔他递过去几张名片给爱德华。

爱德华　(读着名片上的名字)确实……是同一个名字……全都是一个名字……没错!

贝朗热　啊……不过……亲爱的爱德华,这事情变得越来越离奇了,是的(看着他)……越来越离奇!

爱德华　您是否认为……

贝朗热　(从盒子里拿出他所说的东西)这就是他的地址……(爱德华轻声咳嗽,显得很担心)他的身份证……他的照片!……就是他……他本人的照片在上校的照片之上!(越来越激动)一张记着……记着所有被害人姓名的……名单……还有他们的住址！……我们会把他逮住的，爱德华，会把他逮住的！

爱德华 （不知道从哪里拿出一只小匣子；也许是从他的口袋里，或者从一只袖子里，就像魔术师那样。它可以是一只扁的匣子，拿出来时一下子变成立体的）还有这个呢……

贝朗热 （紧张地）打开看看，快点！（他打开小匣子，从中拿出其他文件，摊在桌子上）一本簿子……（他翻簿子）"一月十三日：今天，我要杀……一月十四日：昨天晚上，我把一个老太婆扔进水池，她戴着金边眼镜……"这是他的私人日记！（他气喘吁吁地翻着，与此同时，爱德华似乎感觉不适）"一月二十三日：今天，无人可杀。一月二十五日：今天没什么猎物！……"

爱德华 （小心翼翼地）我们这样是不是有点不得体？

贝朗热 （继续）"一月二十六日：昨天晚上，我已经不再抱有希望，非常无聊。我想可以定下让两个人在水池边看上校的照片……二月：明天，我想可以决定让一个金发姑娘看照片，我已经为此做了一段时间的准备……"啊，这个姑娘就是达妮，我的未婚妻，可怜的女人……

爱德华 我觉得很可能是这样。

贝朗热 （一直在翻簿子）嗨，看哪，爱德华，看看，不可思议……

爱德华 （越过贝朗热的肩膀看）"犯罪学"。这是什么意思？

贝朗热 意思是："犯罪论文"……这就是他的犯罪证明，他的理论……这里，您看见了吗？读读看……

爱德华 （动作同前，读）"详细供词"。

贝朗热 可恶的家伙，我们可把他给逮着了。

爱德华 （动作同前，读）"未来项目。行动计划"。

贝朗热 达妮，我亲爱的，你的仇要报啦！（对爱德华）所有证据都有啦。我们可以叫人逮捕他。您意识到了吗？

爱德华 （结巴地）我不知道……我不知道……

贝朗热 您原本可以救出这么多人命的！

爱德华 （动作同前）嗯……我意识到了。我被弄糊涂了。不知怎么办才好。我从来不知道我有这些东西，从不看我的公文包。

贝朗热 这种粗心大意真该罚。

爱德华 是的，我很抱歉，也很难过。

贝朗热 不过，话说回来，这些东西不是自己跑到包里去的。是您找到了它们，收到了它们。

爱德华 （咳嗽，擦拭额头，身体摇晃）……我惭愧，虚心接受……我不明白……我……

贝朗热 别脸红。亲爱的朋友，我怜悯您。您想到过吗，您对达妮……被害负有部分责任？……对许许多多的被害人负有责任！

爱德华 请原谅我……我不知道。

贝朗热 瞧瞧我们还能做什么吧。（大声叹气）唉，后悔已经于事无补。懊恼无济于事。

爱德华 您说的是，说的是，说的是。（接着，努力回忆）啊，是的，我现在想起来了。好笑的是，也就是说，不，不好笑。罪犯给我寄来了他的私人日记，他的笔记，他的卡片，这是好久以前的事，他求我在一份文学杂志上发表。这是在凶杀案发生之前。

贝朗热 不过，他记录的是刚刚做过的事。有细节。仿佛是本杀人日记。

爱德华 不，不。那个时候，只是简单的预谋……想象中的预谋。我完全把这些给忘了。我认为他自己也不想完成所有这些谋杀案。是想象力驱使了他。之后，他就只想着将计划付诸行动了。我呢,只是把这一切当作梦幻,不会有结果……

贝朗热 (双臂伸向空中)您真天真哪!

爱德华 (继续)……类似某种幻想杀人案、诗歌、文学……

贝朗热 文学引向一切。您难道不懂吗?

爱德华 不能阻止作家写作,也不能阻止诗人做梦。

贝朗热 本该如此。

爱德华 我后悔没有考虑过这个问题,没有把这些文件与事件联系起来……

　　〔爱德华和贝朗热一边说,一边开始把散落在桌子上、地上和其他家具上的东西捡起来,并尽可能放回公文包里。

贝朗热 (边将东西放进公文包,边说)不过,这就是企图与实现之间的联系,不多不少,明明白白……

爱德华 (从口袋里拿出一只大信封)还有这个呢!

贝朗热 这是什么?(他打开信封)啊,是一张图,一张地图……地图上的这些叉叉,什么意思呢?

爱德华 我认为……对……这些应该是杀人犯要出现的地方……

贝朗热 (察看摊满整张桌子的地图)这个呢?"九点一刻、十三点二十七分、十五点四十五分、十八点零三分……"

爱德华 看上去,这是他的时间表。事先定好。一个地点接着一个地点,一个时间接着一个时间,一分钟接着一分钟……

贝朗热 "二十三点,九分,两秒……"

爱德华 一秒接着一秒。他不浪费时间。

　　〔他说这话时,语气里混杂着钦佩和漠不关心。

贝朗热 我们也不要浪费时间。很简单。通知警察。只需要把他逮住。不过,咱们得抓紧,警察局天黑前就关门了。

爱德华 您可变成了一个行动积极的人。我呢……

贝朗热　（继续）给他看证据！

爱德华　（相当虚弱）好哇！

贝朗热　（激动地）那么,这就走！一秒钟也不能浪费！快把这些都
整理完……（他们尽可能地把东西塞进巨大的公文包、衣服口
袋和帽子夹层里）快。

爱德华　（更加虚弱）是啊,是啊。

贝朗热　（装好公文包。不过,几张名片、几件东西还有可能留在地
板上、桌子上）快啊,别睡了,快,快……他……来啊,现在把
它……好好锁上……（爱德华略被推搡了一下,徒劳地企图用
一把小钥匙锁住公文包……他略微停下,咳嗽）转两圈！……
现在可不是咳嗽的时候！（爱德华竭力忍住咳嗽,同时继续锁
公文包）啊,您这个样子,像这样笨手笨脚,手指间没有一点力
气。嗨,打起精神来,有点精神！……动动啊。啊,把钥匙给
我……

　　　　〔他从爱德华手中拿过小钥匙和公文包。

爱德华　对不起,我这双手真不灵活……

贝朗热　这公文包可是您的,您竟然不知道怎么锁住……（他相当
用力地从爱德华的手中夺过钥匙,爱德华此前已经拿回钥匙。
他把公文包锁住）好啦。看好包……

爱德华　谢谢。

贝朗热　把钥匙放进口袋。您会把它弄丢的。（爱德华听命于他）
就这样。好啦……（爱德华拿回公文包;贝朗热朝门口走去,爱
德华不情愿地跟在身后;他朝爱德华转过身）不要让灯亮着,请
把灯关掉。（爱德华回去关灯。他为此放下公文包,并把它忘
在了椅子旁。所有这些动作都该做得很清晰可见）走吧……走
吧……动动……动动……

〔两人迅速下场。

可以听见门打开和关闭的声音。听见两人走到门前的脚步声。又看见他们来到马路上，再次传来城市的喧嚣。匆忙中他们冲撞了站在窗前的女门房。贝朗热拉着爱德华走。

女门房　（摇摇晃晃，贝朗热和爱德华不见了人影）真没脑子！……

　　　　　〔接着她又喃喃自语，并不能听清。

幕　落

第三幕

　　市区边缘的大道。布景深处，远景被挡住。在看不见的那一边，马路地势无疑有所增高。这个增高部分，宽约几米，边上有护栏。而从观众席能够看到舞台的这一边，同样有护栏的梯道引向上方的人行道。这些石阶应该与巴黎某些古老街道上的石阶相似，比如让-德-博韦路。稍后，在舞台深处，红色的落日巨大却无光彩。光亮并非来自太阳。如此，舞台深处，就好似存在着一道高达一米半或两米（视舞台高度而定）的墙。在本幕的后半部分，这堵墙应该拆掉，让人看到远景，即一条长长的马路，远处是幢幢高楼：警察局的高楼。舞台可以设计成倾斜的。如果这样的话，梯道也许就没用了。

　　〔在舞台右侧，前方有一个小凳子。在幕启之前，听见有人大喊："比普大妈之鹅万岁！比普大妈之鹅万岁！"
　　大幕打开。
　　幕启时，在舞台深处的增高部分，比普大妈从护墙后露出半个身子。这是个胖乎乎的女人，与第一幕中的女门房相似。她对着一群看不见的人讲话：只看见两三杆旗帜，旗帜的中央画有鹅。旗帜的绿色底子衬托着鹅的雪白。

比普大妈 （也举着一杆中央画着白鹅的绿旗）百姓们！我是比普大妈,饲养着公共之鹅,我有着长期的政治生活经验。请把国家之舆托付给我,由我本人执鞭、我的鹅来牵引！请大家给我投票。请大家相信我。我的鹅和我本人要求掌权。

〔人群叫喊声。旗帜摇晃:"比普大妈万岁！比普大妈之鹅万岁！"贝朗热右上,爱德华紧随其后。爱德华气喘吁吁。贝朗热手拉着他的衣袖,把他拖在身后。二人就这样从右到左,穿过舞台。在爱德华和贝朗热交谈时,听不见比普大妈的演讲。人们只看见她做着手势,张大嘴巴,而看不见的人群发出的欢呼声只是某种减弱的背景音效。在爱德华和贝朗热对话间歇,比普大妈的演讲和人群的喊声当然还会响起。

贝朗热 好啦,快一点,快一点呀。再努力一把。就在那儿,路尽头。（他伸手指着）那边,警察局大楼,必须及时赶到,赶在办公室关门之前。

爱德华 （喘气,但有礼貌地）请等等,就一会儿,您逼我跑得太快啦……

比普大妈 市民们……

贝朗热 好啦,好啦。

爱德华 让我休息一下……我撑不下去啦。

贝朗热 我们没时间。

比普大妈 市民们……

爱德华 我撑不住啦。

〔他在小凳上坐下。

贝朗热 咦,这是群什么人哪?

爱德华 一场选举集会。

比普大妈 给我们投票！给我们投票！

贝朗热　好像是我家的女门房。

爱德华　您出现幻觉了。她可是个政治人物,养鹅的比普大妈。一个强势人物。

比普大妈　百姓们,你们受人蒙骗了。你们将会清醒过来。我为大家饲养了一群醒脑鹅。它们将会使你们清醒过来。但是,要清醒就得有蒙骗。我们得有一场新的骗局。

贝朗热　(对爱德华)走吧。

爱德华　随您的便。

贝朗热　(发现正在艰难起身的爱德华没带公文包)您的公文包呢?

爱德华　我的公文包!什么公文包?啊,对,我的公文包。

比普大妈　我们要解放全人类!

贝朗热　(对爱德华)快去找呀,找公文包呀!

　　　　〔两个人开始在凳子下、舞台上、地上寻找公文包。

比普大妈　(对众人)为了解放全人类,尤其必须把每个人都束缚起来……你们将得到免费供应的食物!

贝朗热　(对爱德华)找啊,咱们得抓紧。您会把它掉在哪里呢?

比普大妈　(就在贝朗热和爱德华寻找公文包——贝朗热紧张狂热,爱德华则无精打采——的同时,对众人)我们将不再有迫害,但要实行惩罚、伸张正义。我们将不会对其他国家进行殖民,但要占领它们以便解放人民。我们不会剥削人民,但要让他们生产。强迫劳动将更名为自愿劳动。战争将更名为和平,幸亏有我和我的鹅在,一切都将改变。

爱德华　(对贝朗热,漫不经心地)安心地找吧。归根结底是要冷静。

　　　　〔他们重新寻找。

比普大妈　至于知识分子,我们要让他们跟上鹅的步伐!鹅万岁!知识分子在破除那些早已被破除了的骗局之后,就得给我们滚蛋！他们将变得愚昧,也就是说聪明。他们将变得勇敢,也就是说胆小;他们将变得清醒,也就是说盲目。

爱德华　比普大妈万岁！

贝朗热　(对爱德华)还没到凑热闹的时候。别管比普大妈了！

比普大妈　我们将往后退,我们会成为历史的前锋！不再有不劳而获分子。由我和我的鹅……我和我的鹅来分配公共财产。我们要公正地分配。我要把最大最好的部分留给我和我的鹅,增强鹅队,使之能够更强有力地拉动国家之舆。

人　群　最大最好的部分留给鹅！最大最好的部分留给鹅！

比普大妈　让我们都跟上鹅的步伐。

警　察　(高处,处于卡车之间,吹着哨子)闪开！闪开!

爱德华　(对贝朗热)我该是把它落在您家了,我们出门的时候,多么匆忙！

贝朗热　(对爱德华)糊涂虫！

爱德华　对不起！……我们真的是太赶啦！

贝朗热　(对爱德华)去找！快去找哇！我呢,去通知警长,让他等我们！您也赶紧,争取尽快和我会合。

爱德华　我理解您,当然理解您。

贝朗热　(对一动不动的爱德华)您赶快呀！别待在这儿,快快回来。

爱德华　好吧。(他步子极慢地朝右边走去,他将在那儿下场,同时无精打采地说)好,我赶紧。我赶紧。等会儿,等会儿。

警察乙　(转向贝朗热)您瞎掺和什么？这跟您有何相干……

贝朗热　可我什么也没说啊,警察先生,我什么也没说……

警察乙　要猜到像您这种人脑子里在想什么易如反掌！

贝朗热　您怎么知道……

警察乙 这跟您无关,好好纠正您的错误思想……

贝朗热 (语无伦次)完全没有的事,警察先生,您搞错了,对不起,完全没有的事,我没有……从来没有……相反,我甚至……

警察乙 首先,您在这里搞什么名堂呀?把证件拿出来!

贝朗热 (在口袋里搜寻)好啊,随您便,警察先生……您有权利。

警察乙 (现在身处舞台中央,靠近贝朗热;贝朗热在他身边自然显得极其矮小)嗨,给我快点,我没时间好浪费!

警察甲 (一直站在上面,两辆卡车之间)哟,您就让我一个人来疏导交通?

〔吹哨。

警察乙 (朝警察甲叫喊)马上。我现在要处理这位先生。(对贝朗热)再快些!哼,您那些证件,找不到了吧?

贝朗热 (找到了证件)给,警察先生!

警察乙 (检查证件,然后还给他)唔……唔……证件有效!

〔警察甲吹哨,挥舞着白色警棍。卡车发动机的声音,两辆车微微分开,然后又回到原位。

警察甲 (对警察乙)别难过。我们会逮住他的,下一次!

贝朗热 (收回证件,对警察乙)警察先生,非常感谢!

警察乙 没关系。

贝朗热 (对正准备离开的警察乙)既然您已经知道我是谁,也了解我的情况,我不揣冒昧地向您讨教和求助。

警察乙 您的情况,我可不了解。

贝朗热 您是了解的呀,嗨,警察先生。您很清楚我在找凶手。在这个鬼地方我还能干什么?

警察乙 妨碍我指挥交通哪,比方说。

贝朗热 (没有听见这句话)……我们可以逮捕他,我有一切证据。

就是说,爱德华手里有证据,他会给我带来的,证据就在他的公文包里……原则上,我有证据……在此之前,我得去警察局,还有点远。您能不能陪我去呢?

警察乙 (对警察甲)听见了吧? 他可有要求呢!

警察甲 (停下正在做的动作,对警察乙)他是自己人吗? 是线人?

警察乙 (对警察甲)都不是! 啊,这些个活宝呀!

〔他吹哨指挥交通。

贝朗热 求求您,请您听我说,这事很严重。您已经看见了,我是一个体面的人。

警察乙 (对贝朗热)这一切,又跟您有什么关系呢?

贝朗热 (挺起腰身)对不起,对不起,我是公民,这事跟我有关系,跟我们大家都有关系,我们人人都对犯罪负有责任……说到底,我可是一个名副其实的公民。

警察乙 (对警察甲)您听见他说的了吗? 真够啰嗦的!

贝朗热 我再一次地向您提出这一请求,警察先生。(对警察甲)也向您提!

警察甲 (继续指挥交通)好啦……好啦!

贝朗热 (继续,对警察乙)……也向您请求:能不能有个人陪我去警察局呀? 我是警长的一个朋友,建筑师的朋友!

警察乙 这可不归我管。您不是笨蛋,很清楚我是管交通的!

贝朗热 (更大胆地)我是警长的朋友! ……

警察乙 (俯身向贝朗热,几乎就在他的耳朵里叫喊)我、是、交、通、队、的!

贝朗热 (略微后退)是呀,是呀,不过……无论如何……事关公众的利益! ……公众的性命! ……

警察乙 公众的性命? 我们管。有空就管。交通优先!

警察甲 这个家伙是谁呀?

贝朗热 一个普通公民,我向您保证……

警察甲 (两次吹哨间歇)他有没有照相机?

贝朗热 没有,警察先生们,请您搜查……(他将兜底翻开)……我
并不是记者……

警察乙 (对贝朗热)没带照相机算您运气,否则就要砸扁您的头!

贝朗热 我不在乎您的威胁。公众的性命比我个人更重要。他还
杀了达妮呢!

警察乙 达妮,谁呀?

贝朗热 他把她给杀啦!……

警察甲 (在两次吹哨、信号灯和"向左! 向右!"之间)那是他的相
好……

贝朗热 不,她是我的未婚妻。本该是未婚妻。

警察乙 (对警察甲)就是这么回事儿。他要为相好报仇。

贝朗热 罪犯不可以逍遥法外!

警察甲 这帮子人可是死脑筋! 嘿嘿嘿!

警察乙 (声音更高,回头向贝朗热)这不关我的事,听见没有? 您
的故事我没兴趣。既然您跟头儿是哥们,那就找他去啊,别来
烦我!

贝朗热 (试图争辩)警察先生,我……我……

警察乙 (动作同前,警察甲则嘲笑)……我是太平卫士,您就他妈
的给我太平点! 您认识方向(指给他看被卡车堵住的舞台深
处)……好啦,滚蛋吧,路是畅通的!

贝朗热 好的,警察先生! 好的,警察先生!

警察乙 (对警察甲,讽刺地)请为先生让道! (犹如变魔术一般,卡
车分开了! 整个舞台深处完全变样,布景应该是活动的)请为

先生让道！（警察甲、舞台深处的墙以及卡车同时消失；人们现在可以看到舞台深处有一条很长的大道，夕阳下矗立着警察局大楼，远处有一辆小型电车穿过舞台）请为先生让道！

警察甲　（随着布景忽隐忽现，布景眼下正在那条刚出现的路上一幢房子的屋顶上隐去）好啦，散开！

　　〔做让其离开的动作，消失。

贝朗热　我正散开呢！……

警察乙　（对贝朗热）我恨您！

　　〔警察乙突然之间也消失了；舞台略微暗了下来。现在贝朗热独自一人。

贝朗热　（冲着警察乙消失的方向）我才更有权跟您这么说。现在我没功夫……可是您会听到我的消息的！（对着消失的警察们叫喊）你们——会——有——我的——消息——的！

　　〔回声："会——有——我的——消息——的！"

　　贝朗热因而绝对是独自一人在舞台上。

　　舞台深处的小型电车消失了。导演、布景师、灯光师要让观众感受到贝朗热的孤独，那种包围着他的空虚，位于城市与乡村之间的这条大道上的寂寞。可以去掉部分活动布景，以便扩大舞台空间。在之后的场景中，贝朗热应该看上去仿佛走了很久。如果没有转台的话，贝朗热可以原地走动。之后，譬如说可以让墙面再次出现，与过道靠近，让人产生贝朗热会跌入陷阱的感觉。灯光不会发生变化：正值黄昏，人们会看到棕红色的太阳，无论是在舞台宽阔的时候，还是在走道的尽头；走道可以由代表某种狭长马路的布景组成；这是某个固定不变的时辰，黄昏。

　　贝朗热的行为举止将显得越来越不安。当他走动时，无论是否在原地,起先都是步伐十分雄健,接着越来越经常地转身,步子不再有力,迟疑不决;再后便是时而左顾,时而右盼,重新回头看;最后,他看上去想要逃离,正准备转身之际,却难以自制;此后,他下定决心,又朝前走去;如果布景不是活动的,或不得不降幕或暗场才能改变的话,贝朗热也完全可以在舞台上从头走到尾,然后再反向走回,如此等等。最后,他小心翼翼地往前行走,前后左右地看;不过,临近幕尾,此剧最后一个人物上场之际——或者先闻其声,或者声音与人同时出现——贝朗热措手不及;因此,该人物应该趁贝朗热在另外一处观察的时候出现。此外,他的上场应该由贝朗热本人做好准备,观众应该能够仅仅随着贝朗热担心的上升而感觉到其出现的临近。

贝朗热 （开始走路,比方说就在原地;他一边跑一边甚至朝右侧的警察转过头去,跟他们挥拳）我可做不到同时什么都干。我管凶犯。之后再管你们。（他一声不响地走了两秒,步伐快速）你们的态度不可容忍! 告状是不光彩,可我还是要告诉警长,你们放心吧!（他默默地走着）但愿不会为时太晚!（风声;一片枯叶飘旋着;贝朗热将风衣领子立了起来）现在呢,这风啊,又刮起来了! 还有这正在落山的太阳。爱德华能不能及时赶上我呢? 这家伙,真够慢的!（默默地走着。就在贝朗热走动的同时,布景开始转换）必须改变一切。首先从改革警察开始。这些人只能教你们循规蹈矩,可是当你们真正需要他们的时候……需要他们保护你们的时候……叫别人吧……他们却把你们丢下不管……（他转过身来）咱们抓紧呀。（他继续前行）我必须在天黑之前赶到。听说路上不太安全。还远着呢。老走不到。我前进不了。就好像在原地踏步似的。（静场）这条走有轨电车的路没完没了……（静场）这不终于到了城门了,郊外林荫大道……(他默默地走)有人会说我心里害怕,不对。我习惯了孤独……(默默地走着)我一直都是独自一人……可是我热爱人类,只不过敬而远之。这又能怎样呢,既然我关心人类的命运。证据:我在行动……(微笑)行动……行动……发音难哪!亲爱的达妮,警察亵渎了您的名声。为此我要他们付出代价。(往四周观察,停下)我走了一半。不完全如此。大概如此……(犹豫地继续前行;边走边往身后看)爱德华!是您吗,爱德华?(回声:爱……德……哇华……)不……这不是爱德华!……但愿不会太晚!但愿不会太晚!(风声或者兽叫声。贝朗热停下)要是我返回……去找爱德华?要是明天去警察局呢?对,我明天去,跟爱德华一起……(他转身……朝回头路迈开一步)不,我必须为达妮报仇。必须阻止罪恶!对,对,我有信心。再说,现在我已经走得太远了,回家的路太黑了。这里更亮堂些!往警察局去的路还是最安全的!(再次叫喊)爱德华!爱德华!

回　声　爱——德——华!……哇……华……

贝朗热　(加倍小心地重新上路)虽然看上去不像,但我是在往前走……是的,就是的……这是不可否认的……别人会不相信,可我在往前走……往前走……我的右边是耕田,这边呢,空旷的道路。至少呢,再也不会有塞车的风险,可以畅通无阻!(笑。笑声隐约回荡。贝朗热惊骇地回过头去)什么?是回声……(他继续前行)没有人,没有一个人!我必须往前走……必须坚持!(停下)不,不。没这个必要,无论如何,我都到得太晚了。(又朝所谓的警察局方向走了两三步)到了现在这个程度,再多几个人牺牲,也算不了什么大事!……我们明天去,爱德华和我,明天去。(他向右边侧幕内叫喊)爱德华!爱德华!

回　声　爱……阿……阿！

贝朗热　他不会来了。别坚持了。太晚啦。(看手表)我的手表停

啦……(他转回身去)房子呢？但愿我能返回！往那儿！(他再

一次转身,动作有力,突然间,发现杀手就在眼前)啊！……

〔当然,布景不再变动。再说几乎已经没有什么布景。只

剩下一堵墙,一张长凳子。空旷的平原。地平线上模糊的光

亮。微弱的灯光打在两个人身上,其余地方均处于昏暗之中。

杀手十分矮小,胡子拉碴,身体孱弱,头上戴一顶破帽子,

身穿一件旧的老式华达呢雨衣,是个独眼龙;其独眼有着钢铁

般的反光;一动不动的造型,如同柱子;一双旧鞋,鞋尖已破,露

出了脚趾。他出场时应该站在一张凳子上,或站在一堵墙

上,带着令人印象深刻的冷笑。他不紧不慢地从上面下来,

走向贝朗热,神情略带嘲讽。直到这时人们才发现他的个头

之小。

另一种可能:不出现杀手。只听见他的冷笑。贝朗热独自

在黑暗中说话。

贝朗热　就是他,杀手！(对杀手)嗬嗬,就是您呀！

〔杀手冷笑。贝朗热不安地看看周围。

贝朗热　四周除了昏暗的平原,一无所有……没有必要告诉我这

个,我和您一样看得清清楚楚。

〔他朝远处的警察局方向望去。

贝朗热　警察局太远啦,是吗？您刚才是这么说的吧？我知道。要

么是我说的？(杀手冷笑)您在嘲笑我！我要叫警察,把您给抓

起来。您说这是徒劳的,谁也不会听见我在这里叫喊吗？

〔杀手从凳子上或墙头下来,向其靠近,明显的无所谓神

态,淡淡地嘲笑贝朗热;双手插在口袋里。

贝朗热　（旁白）这些个臭警察，故意留下我单独跟他在一起。他们
想让人相信这只是一桩仇杀。（对杀手，几乎是在叫）为什么？
告诉我为什么？（杀手冷笑，令人难以察觉地耸耸肩；他就在贝
朗热身边；贝朗热不仅要显得高大很多，而且要显得结实很多，
而杀手几乎是个侏儒。贝朗热爆发出一阵神经质的笑声）噢，
可您太虚弱啦，虚弱得难以当个罪犯，可怜的朋友！我不怕您！
看看我，看看我比您更强壮。我只要弹弹手指，只一下，您就会
倒下。我可以把您装在口袋里。听懂了吗？我、不、怕、您！我
可以把您像地上虫子一样踩得粉碎。但我不这样做。我要搞
清楚。您现在回答我的问题。说到底，您是一个人。也许您有
自己的理由。您要跟我说清楚，否则我不知道……您要告诉我
理由是什么……回答！

〔杀手冷笑，不为人察觉地耸耸肩。贝朗热应该表现得十
分激动和幼稚，相当可笑；他的所有动作都应该同时显得滑稽
和真诚、可笑和悲壮。他说话时雄辩地强调的理由既过时又令
人悲哀地一无用处。

贝朗热　一个像您那样所作所为的人，也许是因为……听着……您
阻碍了我的幸福，阻碍了如此众多的人的幸福……这座城市里
如此灿烂的街区，它很有可能在全世界大放光芒……法兰西的
又一新亮点。要是您对祖国还剩下哪怕是一丁点儿的感情，它
也会辉映到您的身上，和许许多多人一样，也会使您自己感到
幸福……必须等待，只不过是个耐心的问题……急躁，乃是毁
坏一切的毛病……是的，您本该享有快乐，幸福本该降临于您，
幸福的范围本该扩大，或许您不知道，或许您不相信……那您
就错啦……嗨，您毁掉的可是您自身的幸福，但同时也毁掉了
我的幸福，以及所有人的幸福……（杀手轻声冷笑）您肯定不相

信幸福。您以为在这个世界幸福是不可能的吗？因为您相信这个世界注定不幸，所以您要把它摧毁。是吧？真的是这样吗？答话呀！您有没有想过，哪怕一刹那，也许是您错了。您确信自己正确。这是您愚蠢的傲慢。在对问题作最终评判之前，至少让别人试试。他们在这里，就在这块土地上，正在脚踏实地、科学地实现着这种幸福：他们也许会成功，您又知道什么呢？如果他们成功不了，您再瞧着办嘛。（杀手冷笑）您是一个悲观主义者？（杀手冷笑）一个虚无主义者？（杀手冷笑）一个无政府主义者？（杀手冷笑）也许您就不喜欢幸福？也许幸福对您来说不是那回事儿？告诉我，什么是您的生活观；什么是您的人生哲学？您的动机？您的目的？请回答！（杀手冷笑）我告诉您：您对我个人造成了最大的伤害，摧毁了所有……好吧，不说了，不说我自己吧。可是您杀害了达妮！她又对您做了什么，达妮？她可是一个可爱的女人，肯定也有缺点，也许有点性子火暴，有点任性，可是她心好，漂亮得可以让人原谅一切！如果把所有任性的女人杀掉，就因为她们任性，或者把邻居杀掉，就因为他们吵吵闹闹搅得您睡不了觉，这可是愚蠢的，是不是？然而，这就是您的所作所为！难道不是吗？不是吗？（杀手冷笑）不谈达妮了，她是我的未婚妻，您可以反驳我说这还是一个涉及个人的问题。可是，请您对我说说看……那个工兵、那个参谋官又对您做了什么呢？（杀手冷笑）好，好……我明白，有些人讨厌制服。他们——不管有理还是无理——从中看到滥施威权的象征、暴君统治的象征、摧毁文明的战争的象征。好吧，不提这个问题，也许它会把我们扯得太远，可是那个女人呢，您很清楚我要说的是哪个女人，就是那个红头发女人，她又对您做了什么呢？您有什么好怨恨她的？回答呀！（杀手冷笑)就算您仇恨女人:也许她们背叛过您,也许她们不爱您,因为您……您……嗨嗨,您长得不太帅……确实,这不公平,可是生活当中也不光是情色哪,要克服这种不满心理……(杀手冷笑)还有孩子,孩子,他又怎么惹您了?孩子们都是无辜的。是不是?您明白我说的是谁:那个被您与女人、官员一起扔到水池里的小孩子,可怜的小娃子……儿童可是我们的希望,不应该对儿童下手的,这是共识。(杀手冷笑)也许您认为人类本身是恶的。回答呀!您想惩罚人类,甚至不惜对孩子下手,人类中受污染最少……我们可以公开辩论,如果您愿意,我向您提议,就这个问题进行辩论!(杀手冷笑,耸耸肩)也许您是出于善心才杀死这些人的!目的是阻止他们遭受痛苦!您认为生活只是一种痛苦!也许,您是想治愈人类挥之不去的对死亡的畏惧?您认为,而在您之前已经有人持这种观点,人类是病态的动物,尽管有一切社会的、技术的或科学的进步,它都将永远都是病态的,因此您也许想对全人类实施某种安乐死?那么,您错了,您错啦!说话呀!如果说,无论如何,生命算不了什么,如果生命是短暂的,那么人的痛苦也是短暂的:他们痛苦三十年、四十年,多十年或少十年,这又能妨碍您什么呢?如果有人想受苦,就让他们痛苦去。他们愿意痛苦多久就多久……让他们自然死去,很快就没有任何问题。一切都将熄灭,一切都将自我了结。不要揠苗助长:这是徒劳无益的。(杀手冷笑)然而,您将自己置于一种荒诞的境地:如果您以为自己通过毁灭人类来为人类行善的话,那您就错了,这是愚蠢的!……您不怕被人耻笑吗?嗯?请回答我的话啊!(贝朗热神经质地大笑;接着,在观察了杀手一段时间后)有关那触动您深层的东西,我找到了真正的症结。回答我:您是不是仇视人类?您仇

375

视人类吗？那又是为什么？答话呀！（杀手冷笑）在这种情况下，不要因仇恨去迫害人类，那是徒劳的，反而让您自己痛苦，仇恨令人痛苦，不如蔑视他们。是的，我同意您蔑视他们，远离他们，生活到山里去，当牧羊人去，这样一来，您将在羊群中生活，在狗堆里生活。（杀手冷笑）您也不喜欢牲畜？您不喜欢任何活物？甚至不喜欢植物？……可是石头呢，太阳呢，星星呢，蓝天呢？不。不。我真傻。一个人不可能仇视一切！您认为社会不好，不可能把它改造好，革命者都是傻瓜？（杀手耸肩）您倒是回答我呀，说话呀！啊！跟您是谈不下去了！听着，我要发火啦，您当心点！不，不，我不应该失去冷静。我应该理解您。不要这样用您的钢眼盯着我。我要跟您推心置腹。刚才呢，我打算报仇来着，为我和其他人。我想叫人逮捕您，砍掉您的头。可复仇是愚蠢的。惩罚不是解决之道。我刚才对您浑身冒火，把您恨得要死……可当我一看到您时……不是立刻，不是瞬间，不是，而是在一段时间之后，我对您就……说这些话很好笑，您也不会相信我，可是我还是要跟您讲……是的……您是一个人，我们是同一物种，我们应该相互理解，这是我们的责任……一段时间之后，我爱上了您，或者说几乎爱上了您……因为我们是兄弟……如果我厌恶您，那就是厌恶我自己……（杀手冷笑）别笑，人类之间的团结、博爱还是存在的，我深信不疑，您别嘲笑……（杀手冷笑、耸肩）……啊……您可是一个……您只是一个……好好听我说。我们是最强大的，我自己在体力上就强于您，可怜的残废、愚蠢的造物！此外，跟我站在一边的还有法律……警察！司法，一切维持秩序的手段！（杀手动作同前）我不应该，我不应该情绪失控……对不起……您更能控制自己，强于我控制自己……不过，我冷静下来了，冷静下来了……您别害怕……不过,您好像并没有害怕……我想说,别怨我……可是您也没有怨我呀……不,不是这个,我糊涂了……啊,是的,是的,也许您并不知道:(声音很高)基督为了您而死在十字架上,他为您受苦受难,他爱您! 您肯定需要爱,您以为没有人爱您! 我向您保证,圣人在为您流泪,海洋般、瀑布般流泪。您从头到脚都被泪水浸透,不可能一点湿的感觉都没有! (杀手冷笑)别冷笑啦。您不相信我,您不相信我! 如果一个基督对您还嫌不够的话,我庄严地向您保证,就让无以计数的拯救者,仅仅为了您,去上十字架,为了对您的爱,去被钉死! ……这应该做得到,我会有办法的! 好吗? (杀手动作同前)您是否要全世界为了拯救您而断送,就为了您的一刻幸福、一个微笑? 这个嘛,也可以做到的! 我自己就准备好拥抱您、成为您的安慰者之一;我将为您包扎伤口,因为您受了伤,对吧? 您为此痛苦过,是吧? 您还痛苦吗? 要知道,我怜悯您。您要不要我给您洗脚? 要不要洗完之后穿上新鞋? 您讨厌幼稚的情感。是的,我知道,不可能用情感征服您。您不愿意被温情缠绕! 您害怕受到欺骗! 您的天性与我的天性截然相反! 人类都是兄弟,当然是并不永远相同的同类。不过,还是有一个共同点。应该存在着一个共同点,一种共同的语言……是什么呢? 什么呢? 啊,我知道了,现在啊,我知道了……您瞧,我不对您绝望是做对了。我们可以使用理性的语言。这是合适于您的语言。您是一个科学家,是吧,一个现代人,是吧,我猜想的,您是一个爱动脑筋的人? 您否认爱情,您怀疑行善,这些都不是您要考虑的对象,而您认为行善是一种欺骗! 是不是? 是不是? 我不指控您。我不因为这个而蔑视您。说到底,这是一种可以辩护的观点,可是,咱俩之间说说:在这一切当中,您有什么利益呢？您的利益？这能给您带来什么,给您本人？杀人吧,如果您想杀人的话,但只在精神层面……让他们的肉体活着吧。(杀手耸肩,冷笑)啊,是的,在您看来,这是一种可笑的自相矛盾。一种理想主义,您会这样认为！您相信实用哲学,您是一个行动派。好极了。可是这一行动能够把您领向何方？它的最终目的是什么？您是否想过人的临终时刻？总之,这是一种彻头彻尾的徒劳的、令人筋疲力尽的行动。它只会给您带来麻烦……(杀手冷笑)喏,您是个穷人,您需要钱吗？我可以为您提供工作,一个很好的职位……不,不,您不穷？有钱人？……啊……好,不穷也不富！……(杀手冷笑)我明白,您不愿意工作:您不会去工作的。我会照顾您,或者不如说,我会安排好,因为我是个穷人,我们可以凑份子,我有朋友,我可以跟建筑师说这件事。您就安安静静地生活。我们上咖啡馆、酒吧,我给您介绍些容易得手的姑娘……犯罪并无回报……所以不要再犯罪,您会得到回报的。我可是跟您讲正经的！您接受吗？请回答,回答呀！您会法语吗？……听着,我要痛苦地向您坦白。我自己呢,我也常常怀疑一切。请您不要告诉任何人。我怀疑生活的用处、生活的意义、我的价值,以及所有的雄辩术。我不再知道该坚持什么,也许既没有真理,也没有善心。然而,在这种情况下,当一回哲学家:如果一切皆虚妄,如果善心只是一种虚妄,那么犯罪也只是虚妄……如果您明知一切都归尘土,却给犯罪定价,那您就是愚蠢的,因为这便是赋予生活以价值……这便是严肃地对待一切……这样一来,您便彻底地自相矛盾。(贝朗热神经质地笑)嗯？这可清楚了,有逻辑,我胜过了您。在这种情况下,您便是一个可怜虫,一个蠢货,一个笨蛋。从逻辑上讲,人们有权利嘲笑您！您想让别人嘲笑您吗？肯定不想。您肯定有自尊心，相信自己的智慧。没有什么比当傻瓜更烦人的了。比当罪犯还要糟糕得多，即便发疯也是一种荣耀。可是，当傻瓜呢？当蠢货，谁又能够接受呢？（杀手冷笑）您会为千夫所指。大家会说："哈！哈！哈！（杀手冷笑。贝朗热越来越明显地不知所措）这边过去的就是傻瓜，这人就是傻瓜！哈！哈！哈！（杀手冷笑）他杀人，他疯狂地下手。哈！哈！哈！可是他没有得到好处，无缘无故……哈！哈！"您是想让人们这样说您，让人们把您当作一个蠢货，一个理想主义者，一个"相信"某种东西、"相信"犯罪的幻想家，笨蛋的化身。哈！哈！哈！（杀手冷笑）……竟然相信犯罪本身的价值。哈！哈！（贝朗热的笑声突然停顿）回答呀！是的，这就是人们要说的……如果还剩下能说这些话的活人的话……（贝朗热蜷起双手，合在一起，跪在杀手面前，祈求）我不知道再对您说什么了。我们肯定对您做了什么错事。（杀手冷笑）也许我们什么错事也没做。（同样的冷笑）我不清楚。您的所作所为也许是恶，也许是善，或者非恶非善。我不知道如何评价。也许人类的生命毫无意义，因此它的消逝也一样毫无意义……整个宇宙也许毫无用处，也许您将其摧毁自有道理，或者至少将其蚕食，一个生物接着一个生物，一片接着一片……谁知道！将这一切一扫而光吧。忘掉您已经造成的不幸……（杀手冷笑）同意吗？这样的话，您便是无理由杀人，求求您，无理由杀人，我求您了，是的，住手吧……您莫名其妙地杀人，莫名其妙地手下留情。让大家太太平平，苟且偷生，把他们全部留下来，甚至包括警察，甚至还有……答应我吧，至少停止一个月……我求求您，停一个星期，停四十八个小时，好让大家喘口气……您同意了，对吧？……（杀手不为人察觉地冷笑，十分缓慢地，从口袋里掏出一个大刀片,刀片闪闪发光,杀手玩弄着)混蛋!骗子!血腥的蠢货!您比癞哈蟆还要丑!比老虎还要凶残!比驴子还要蠢……我跪下了……是的,但不是为了求您……而是为了看得更清楚。我要打死您,然后把您踩在脚下,我要踩碎您,人渣,食腐尸的畜生!(贝朗热从口袋里掏出两把手枪,朝杀手瞄准,杀手一动不动)我要杀掉您,您要付出代价,我要连续地射击,然后再吊死您,我要把您千刀万剐,我要把您的骨灰扔进地狱,和着粪便,那是您的源头;您这个撒旦的骚狗养的杂种,臭不可闻的罪犯……(杀手继续玩弄着刀片;轻声冷笑;一动不动,不为人察觉地耸肩)不要这样看我,我不怕您,无耻的东西。(贝朗热朝着近在咫尺的杀手瞄准,并不开枪,杀手一动不动,慢慢地举起刀)噢,面对您冷静的坚定、面对您毫无人性的残忍,我是多么软弱无力!……面对您的坚持所具有的无尽能量,子弹本身又能做什么?(惊跳)可是,我会逮住您,我会战胜您的……(然而,面对高举着刀、一动不动的杀手,贝朗热再次慢慢放下手中那两把过时的旧手枪,把枪放在地上,低下头,然后,跪下,低头,垂下双手,他喃喃地重复着)我的天,无能为力!……可是为什么……可是为什么……

〔与此同时,杀手还在走近……

幕 落

Eugène Ionesco：Théâtre complet，tome 2

Les chaises © Editions Gallimard，Paris，1958
Amédée ou comment s'en débarrasser © Editions Gallimard，Paris，1954
Le nouveau locataire © Editions Gallimard，Paris，1958
Scène à quatre © Editions Gallimard，Paris，1963
Le tableau © Editions Gallimard，Paris，1963
L'impromptu de l'Alma ou le caméléon © Editions Gallimard，Paris，1958
Tueur sans gages © Editions Gallimard，Paris，1958

图字：09-2006-444 号

图书在版编目(CIP)数据

椅子/(法)欧仁·尤内斯库著；宫宝荣等译.—
上海：上海译文出版社,2023.6
(尤内斯库戏剧全集)
ISBN 978-7-5327-9217-7

Ⅰ.①椅… Ⅱ.①欧…②宫… Ⅲ.①剧本—作品综
合集—法国—现代 Ⅳ.①I565.35

中国国家版本馆 CIP 数据核字(2023)第 071589 号

椅子	[法]欧仁·尤内斯库 著		出版统筹 赵武平
	宫宝荣 黄晋凯 屠 珍		责任编辑 张 鑫
尤内斯库戏剧全集 2	梅绍武 谭立德 杨志棠	译	装帧设计 尚燕平

上海译文出版社有限公司出版、发行
网址：www.yiwen.com.cn
201101 上海市闵行区号景路 159 弄 B 座
杭州宏雅印刷有限公司印刷

开本 890×1240 1/32 印张 12 插页 6 字数 186,000
2023 年 7 月第 1 版 2023 年 7 月第 1 次印刷

ISBN 978-7-5327-9217-7/I·5736
定价：84.00 元